学校はもはや
戦場かもしれません

貴志祐介

학교는 이미 전쟁터일지도 모릅니다.

기시 유스케

悪の教典

악의 교전 1

Lesson of the evil

기시 유스케 장편소설
한성례 옮김

현대문학

차 례

본문의 주석은 모두 옮긴이 주입니다.

제1장 까마귀

혼란스러운 꿈속이었다. 아무래도 연극무대를 보는 상황인 듯하다. 배우는 모두 고등학생이다. 보자마자 내가 담임을 맡은 2학년 4반 학생들임을 바로 알아보았다.

공연 작품은 쿠르트 바일의 〈서푼짜리 오페라〉 같다. 반도네온이 모리타트*의 선율을 연주하기 시작한다. 자세히 보니 학생들에게는 꼭두각시 인형처럼 끈이 달렸다. 어색하게 무대 위를 이리저리 돌아다니는 모습이 아무리 봐도 자기 의지로 움직이는 몸짓이 아니다.

양손의 꽃처럼 양옆에는 아주 젊은 여성이 앉아 있다. 왼쪽에는 보건교사인 다우라 준코가, 오른쪽에는 상담교사인 미즈오치

* 살인 행위를 의미하는 독일어 Mordtat에서 유래한 것으로 살인이나 공포 사건을 소재로 한 떠돌이 가수의 발라드풍 노래.

사토코가 걱정스러운 얼굴로 무대를 지켜본다. 학생들은 조종당하는 대로 정연하게 주어진 역할에 충실하지만 그중에는 제멋대로 행동해서 극의 흐름을 방해하는 학생도 몇 명 있다. 화가 나서 분필을 던져보지만 영 맞질 않는다. 그래서 사격 게임장에서 사용하는 코르크 탄알이 장전된 소총을 쏘았다.

한 사람, 또 한 사람 명중한다. 총알을 맞은 학생은 그림자 인형처럼 납작해지더니 무대 밑의 지하실로 떨어졌다. 객석에서 와하하 하고 웃음이 터져 나왔다. 자신의 사격 솜씨를 칭찬하리라 기대하고 옆자리의 두 여성을 돌아보았으나 아무런 반응이 없다.

갑자기 앞줄에서 술렁임이 일었다. 교장과 교감, 주임교사 등의 학교 직책을 맡은 교사들이다. 무엇이 마음에 안 드는지 계속 떠들어댄다. 우왕좌왕하는 그들의 그림자가 무대를 가리기에 총을 겨누었다. 몇 발 쏘았을 때 갑자기 시야가 확 바뀌었다.

드넓은 하늘을 난다. 하늘을 나는 꿈은 오랜만이다. 여느 때라면 아무리 높이 날려고 기를 써도 억지로 땅으로 끌려 내려와 기껏해야 지상 몇 센티미터를 활공했다. 하지만 지금은 높이 날아다닌다. 게다가 주위 정경이 믿기지 않을 만큼 실감 난다.

아직 이른 아침인지 동쪽 하늘에서 아침놀의 여운이 느껴진다. 마치다시 북부의 상공 수백 미터쯤 될까, 다마시와 마치다시를 가르는 구릉지가 한눈에 보인다. 오노지 성터에 위치한 신코 재단의 마치다 고등학교가 바로 눈 아래에 펼쳐졌다. 복도로 이어져 ㄷ자 형태로 늘어선 학교 건물과 체육관, 그리고 운동장이 뒤로 휙 날아간다. 거기서 유턴하여 남쪽으로 방향을 틀었다. 도쿄 지방도로 57호선을 가로질러 나나쿠니야마산의 녹지로 향한다. 저 앞쪽으로 단지가 모습을 드러낸다. 급히 고도를 낮추었다.

자그마한 주택이 눈앞으로 다가온다. 몹시 낡은 일본식 단층 건물인데 지붕 기왓장의 일부가 떨어져 나가서 파란 천으로 영구적인 응급 보수를 해놓았다. 여기는…… 그래, 바로 이 집이다. 반쯤 정신이 든 상태에서 인식한다. 자신이 현재 잠들어 있는 집을 하늘에서 내려다본다는 부자연스러움도 거의 느끼지 못한다. 시야가 가뿐하게 빨래 건조대 위로 내려갔다.

번뜩 정신이 든다. 까마귀의 울음소리가 들린다.

두 번, 세 번.

베개 맡에 놓인 자명종 시계를 들여다보았다. 이제 겨우 다섯 시가 조금 지난 시각이다. 하스미 세이지는 크게 기지개를 켰다. 무엇이 그리 애달아서 아침마다 이리도 이른 시간에 잠을 깨우는지 모르겠다. 그동안 매일 아침 아무리 참고 애써 잠을 청하려 해도 까마귀 울음소리는 멈추지 않았다. 아침마다 꼬박꼬박 깨우러 오는 성실함은 칭찬할 만하다. 까마귀의 일방적인 모닝콜은 이쪽에서 일어났다는 표시를 할 때까지 결코 끝나지 않는다.

하스미는 자리에서 일어나 양 어깨를 앞뒤로 움직이고 목을 크게 돌렸다. 마루 쪽으로 가서 덧문을 열고 마당을 흘깃 내다보았다. 있다. 거대한 까마귀 두 마리가 빨래 건조대에 앉아 태연하게 이쪽을 돌아본다. 마치다시의 까마귀는 전체적으로 체구가 크고 태도가 당당하다. 이 녀석들은 그중에서도 틀림없이 우두머리 까마귀 한 쌍이다. 어찌된 영문인지 이 낡아빠진 집이 마음에 든 모양이다. 매일 찾아온다.

하스미는 북유럽 신화의 주신 오딘의 부하와 연결지어 이 두 마리에게 후긴*과 무닌**이라는 이름을 붙여주었다. 후긴은 큰부리까마귀치고는 눈에 띄게 거대하다. 홋카이도의 갈까마귀에 필적하는 크기다. 한참 작은 무닌은 아마도 암컷이겠지. 까마귀는 눈을 깜빡일 때마다 순막***이 눈동자를 덮어 눈 전체가 새하얗게 변한다. 특히 무닌의 왼쪽 눈은 어딘가에서 다쳤는지 항상 뿌옇게 흐린 상태여서 한층 불길해 보였다. 둘 중 한 마리라도 목청껏 울면 떠돌이 개 따위는 꼬리를 내리고 도망칠 만큼 울음소리도 위협적이다.

후긴과 무닌은 침착하고 여유롭게 이쪽을 돌아본다. 하스미가 '이놈'하고 소리를 쳐도 도망갈 기척이 전혀 없다. 무언가를 집어

* 온 세계를 날아다니며 날마다 모든 정보를 모아 오딘에게 전하는 두 마리의 큰 까마귀 중 '사고'를 담당한다.

** 후긴과 함께 다니는 까마귀로 '기억'을 담당한다.

*** 눈의 각막을 보호하는 얇고 투명한 막.

들고 던지는 시늉을 해도 소용없다. 하지만 하스미가 위 미닫이 틀 위에 숨겨놓은 딱딱한 공을 슬며시 집자마자 휙 날아간다. 아무리 되새겨 봐도 멍청이라는 발음으로밖에 들리지 않는 울음소리를 남긴 채. 아무리 매일 아침 반복되는 일과라지만 이쪽의 눈속임을 간파하는 분별력이 실로 대단하다.

이를 닦고 차가운 물로 세수를 하는 사이에 서서히 머리가 맑아졌다. 그러자 오히려 아까 꾸었던 꿈이 떠올라 신경이 쓰였다. 앞부분은 그렇다 쳐도 후반부는 마치 자신의 의식이 까마귀에 동조된 듯한 감각이었다. 지난달 이 집에 이사 온 뒤로 어떻게든 까마귀를 내쫓으려고 공방전을 펼쳤지만, 쫓아내기는커녕 녀석들이 상상 이상의 지능을 가졌다는 사실만 뼈저리게 깨달았다. 하지만 설마하니 텔레파시 같은 능력까지 갖추지는 않았겠지. 조류가 공룡의 직계자손이라고 하던데 몰래 초능력을 갈고 닦아 언젠가 포유류에게서 패권을 탈환할 작정인지도 모른다.

물론 냉정하게 생각하면 그런 일은 일어날 리 없다. 모두 꿈 특유의 혼란스러운 시간 감각 탓이다. 아마도 꿈결에 까마귀의 첫 울음 소리를 들었으리라. 깨기 직전에 무언가 기척을 느낀 순간 그때까지 꾸던 꿈의 내용이 순간적으로 머릿속에 형성되었음이 틀림없다. 하늘에서 내려다본 마치다시는 자신의 기억에서 생겨났다고는 생각하지 못할 정도로 굉장히 생생했지만 말이다.

마음 편하게 혼자 살다 보니 집에 돌아오면 운동복으로 갈아

입고 그대로 잔다. 편리한 점도 있다. 이 시간에 일어나면 조깅 말고 달리 할 일이 없으니까. 현관으로 향하던 하스미는 문득 생각이 나서 냉장고에서 비닐봉지를 꺼내어 힙색에 넣었다. 나이키의 러닝슈즈를 신고 현관문을 연다. 마치다시는 좀도둑이 많아서 잠깐 나갔다 올 때라도 꼭 문을 잠가야 한다.

집을 나와서 달리기 시작하자마자 사납게 짖는 개 소리가 하스미를 반긴다. 두 집 건너 옆집에 사는 야마자키 씨 댁에서 기르는 잡종견 모모다. 다른 사람에게는 별로 짖지 않는데 어찌 된 일인지 모모는 처음 봤을 때부터 하스미에게 적개심을 드러냈다. 야마자키 씨의 집 앞을 지날 때마다 주위에 민폐가 될까 신경이 쓰였지만, 야마자키 씨가 집주인이라서 불만을 토로하기도 힘들었다. 그리고 모모에 대한 묘책은 이미 준비해 두었다.

하스미는 힙색에서 비닐봉지를 꺼내어 안에 든 햄버거를 모모에게 던져주었다. 모모는 한참 짖다가 멈추고는 잠시 냄새를 맡더니 이윽고 정신없이 햄버거를 먹기 시작했다.

"어때, 모모? 맛있지?"

저녁 식사용으로 산 국산 쇠고기를 다져서 만든 햄버거는 개의 먹이로 주기에는 아까운 음식이다. 일단 뇌물 공세는 성공한 듯 싶었으나 눈을 치뜨고 이쪽을 노려보는 꼴을 보아하니 완전히 마음을 열지는 않은 듯하다. 섣불리 길들이려는 생각은 그만두는 게 낫다. 하스미는 휘파람을 불며 모모에게서 떨어져 다시 달리기 시작한다. 좁은 비탈길을 경쾌하게 달려 나와 나나쿠니야마산에서 민켄노모리 숲을 지나 노즈타 공원을 한 바퀴 돌고 온다. 마라톤 선수만큼의 속도를 유지하며 달렸더니 그 사이 운동복이 땀으로 흠뻑 젖었다.

집에 돌아오니 야마자키 영감님이 현관 앞에서 자신이 만든 이상한 체조를 한다.

"오, 하스미 씨. 안녕하시오."

용건도 없이 문 밖까지 나온다. 머리카락이며 눈썹은 모두 새하얗지만 혈색이 좋고 목소리도 활기가 넘친다.

"안녕하세요."

하스미도 걸음을 멈추고 인사한다.

"아침마다 꾸준히 운동하시는구려. 굉장하군요. 역시 학교 선생이라 체력 관리도 필요하군요."

"네. 기운이 철철 넘치는 녀석들을 다루려면 저도 지지 않을 만큼 힘이 있어야 하니까요."

야마자키 씨의 뒤에서 모모가 얼굴을 내밀었다. 아까 베푼 은혜는 벌써 잊었는지 갑자기 낮게 으르렁댄다.

"얘, 모모. 짖으면 못 써."

야마자키 씨는 모모를 혼내고 정원 쪽으로 쫓아 보냈다.

"미안하게 됐소. 다른 사람한테는 별로 짖지 않는데 말이오."

"뭐, 사람이나 개나 서로 잘 맞는 궁합이 있을 테니까요. 그나

저나 실은 제가 매일 아침 까마귀 우는 소리에 꼭 이 시간에 깨는데요, 어떻게 해결 방법이 없을까요?"

야마자키 씨는 이 지역의 자치회장도 맡고 있다.

"으음, 어렵겠군요. 야생동물이니 우리 마음대로 없애지도 못하고, 시청에다 말해도 속 시원한 해결책을 내주지 않을 게 불 보듯 훤하니까요. 바꾼다는 게 기껏해야 쓰레기봉투 색깔을 노란색에서 황토색으로 바꾸는 정도이니 말 다한 셈이지. 전부터 생각했지만 공무원은 구체적인 피해가 생기기 전에는 아무것도 하지 않는 습성이 있거든. 밭에서 쓰는 까마귀 막이용 풍선인지 뭔지가 있다던데 곤란하면 그거라도 빌려다 드릴까?"

그런 뻔한 속임수에 그 약삭빠른 후긴과 무닌이 넘어갈 리 없다. 땀이 식자 몸이 차가워졌다. 하스미는 야마자키 씨에게 가볍게 인사를 하고 집으로 돌아왔다. 운동복과 속옷을 낡은 반자동 세탁기에 던져 넣고 세탁 버튼을 누른 다음 샤워를 한다. 프로판 가스를 사용하는 탓인지 처음 1분은 찬물밖에 나오지 않다가 갑자기 뜨거운 물이 세차게 뿜어져 나오기 시작한다.

까마귀는 자명종 대신이라고 생각하면 앞으로 한동안은 참을 만하다. 그것보다 당장 해결해야 할 문제가 산더미다. 하스미는 눈을 감고 더운물을 맞으며 자신의 직장이자 작은 왕국인 학교에 대해 생각했다.

오래된 셋집이지만 좋은 점이 세 가지나 된다. 방세가 싸고, 학교와 가까우며, 마당이 넓어서 주차하는 데 애먹지 않는다는 점이다.

하스미는 자신이 소중히 여기는 경트럭 하이제트에 올라타고 좁다란 비탈길을 내려갔다. 마치다의 고등학교에 일자리를 얻은 작년에 폐차 직전의 경트럭을 공짜나 다름없는 가격으로 구입했다. 처음에는 이사할 때나 당장 이동할 때 쓰면 좋겠다는 생각이었지만 곧 손에서 놓지 못하게 되었다.

마치다시는 도로 사정이 나빠서 정체가 빈번하다. 게다가 구릉지를 개간한 땅에 세운 학교인 탓에 좁은 농삿길도 끄떡없이 달리는 경트럭은 귀중한 보물이다.

지난달까지는 JR 마치다역 근처의 작은 방에 세를 들어 살았다. 다달이 나가는 주차비가 터무니없다고 느끼던 차에 마침 지금 사는 집을 발견했다. 호박이 넝쿨째 굴러들어 온 셈이다. 단, 경트럭에는 의외로 연비가 나쁘다는 단점이 있어서 지난겨울부터 휘발유 비용을 절약할 방법을 찾아 시도해 보기 시작했다.

국도 156호선에서 신코 재단의 마치다 고등학교, 통칭 신코 마치다를 위해 조성된 길에 오른다. 바로 얼마 전까지 길을 따라 벚꽃이 한창이었는데, 지금은 꽃이 다 지고 새 잎이 나려고 한다. 대부분의 학생은 마치다역에서 버스로 갈아타고 통학하지만, 아직 일곱 시 전이어서인지 학생들의 모습이 거의 보이지 않는다.

그런 줄만 알았는데 교문을 300미터 정도 남겨둔 지점에서 죽도 자루를 멘 여학생 두 명을 만났다. 두 사람은 엔진소리에 뒤를 돌아보고는 하스미의 하이제트로 시선을 향한다.

"하스민 쌤!"

구보타 나나와 시라이 사토미가 웃는 얼굴로 손을 흔든다. 둘 다 하스미가 담임인 2학년 4반 학생이다.

"이렇게 일찍 웬일이야?"

하스미는 하이제트를 멈추고 물었다.

"검도부 아침 훈련이에요. 여름에 도쿄도 도 대회가 열린다고 우시지마가 혼자서 의욕이 넘치거든요."

"맞아요. 혼자서만 의욕이 충만하다니까요. 꼭 바보 같아요."

구보타가 말하자 시라이도 한마디 거든다. 의욕 없는 말투지만 둘 다 검도 2단에 도내 개인전에서 우승 후보로 주목받는 인재들이다.

"얘들아, 고문 선생님을 바보라고 하면 안 되잖니."

타이르는 하스미의 말은 귓등으로도 듣지 않고 시라이는 상처투성이인 경트럭을 찬찬히 살펴본다.

"하스민 쌤, 아무리 생각해도 이건 아니에요. 이런 걸 타고 다니니까 서른두 살인데도 애인 한 명 없잖아요."

"선생님 애인은 너희 모두야."

"헉, 그게 뭐예요. 느끼해요!"

"저기요, 쌤. 학교까지 태워주세요."

구보타가 짐칸에 손을 얹고 조른다.

"안 돼. 교감선생님이 보시면 혼난단 말이야."

"혼나면 좀 어때서요. 치사하게."

"너희 지금 아침 훈련하러 가는 길이지? 제대로 다리를 단련할 겸 아예 지금부터 토끼뜀으로 가보면 어떨까?"

하스미는 두 사람의 야유를 흘려들으며 하이제트를 출발시켰다. 이미 열린 교문을 들어가 교직원 전용 주차장에 하이제트를 세운다. 아무리 빨리 와도 제일 먼저 도착하는 영예를 차지하지는 못한다. 교감인 사카이 히로키의 은색 렉서스 IS가 항상 하스미보다 먼저 정해진 자리에 들어가 있기 때문이다.

"하스미 선생님."

하이제트에서 내리자 뒤에서 콧소리가 들려왔다.

"교감선생님, 안녕하세요."

하스미는 속마음과는 다르게 웃는 얼굴로 인사한다.

"이 지저분한 경트럭 말입니다. 웬만하면 이제 정리 좀 하시죠?"

"아뇨, 보기엔 그래도 나름대로 꽤 소중해서요. 축제 준비할 때 여러 가지 짐을 실어 나르기도 편하고요."

"하긴, 경박하게 스포츠카 타고 학교에 오는 누구보다는 낫군요."

사카이 교감은 골프를 치러 다니느라 햇볕에 검게 그을린 콧잔등을 찌푸렸다. 두말할 것 없이 수학교사인 사나다 슌페이가 타고 다니는 노란색 마쓰다 RX-8을 가리키는 말이다.

"가능한 한 내 차와 멀리 떨어진 곳에 세워두세요. 실수로 긁을지도 모르니까요."

사카이 교감은 농담 같은 말투로 훤히 보이는 본심을 드러낸 뒤에 표정을 굳혔다.

"그보다 신학기가 시작하자마자 2학년 4반에서 여러 문제가 생긴 모양이던데, 어떤가요?"

이른 아침부터 가장 듣기 싫은 질문이 날아왔다. 신학기가 시작 되고 겨우 두 주가 조금 지났는데 왜 이렇게 많은 문제가 생기는지 모르겠다.

"문제가 다 조금씩 애매해서 신중하게 학생들의 이야기를 들어보는 단계입니다."

"빨리 손을 쓰지 않으면 더 꼬이기만 할 겁니다. 집단 따돌림 문제라면 특히 더 그렇지요."

사카이 교감이 코맹맹이 소리로 말한다.

"예, 그렇지요. 그런데 돈이 얽힌 얘기다 보니 우선 증거를 확보해야 할 듯해서요."

"예? 돈이라고요? 기요타 리나의 아버지가 아이가 돈을 빼앗겼다고 말하던가요?"

사카이 교감이 동요한다.

"아뇨. 그 건이 아니라 다른 아이의 이야기입니다. 기요타 리나는 돈을 빼앗긴 적이 없다고 봅니다. 애당초 기요타는 자신이 따돌림을 당했다고 느끼지도 못한 눈치더군요."

아차. 안 해도 될 말을 해버렸다.

"다른 아이라니요? 2학년 4반에 따돌림을 당한 아이가 더 있습니까? 더군다나 돈이 얽혔다면 문제가 복잡해지지 않습니까. 피해자가 누굽니까?"

"마에지마 마사히코입니다. 다만 이 또한 진위 여부를 확인하는 단계입니다. 돈을 강제로 빼앗겼냐고 물어보니 본인은 그렇지 않다고 부인하더군요."

"거 참, 일 좀 제대로 처리하세요!"

사카이 교감은 콧방귀를 뀌었다.

"학생을 장악하는 하스미 선생님의 능력을 전폭적으로 신뢰해서 담임을 맡겼으니까요. 처음 반 배정 때 그렇게 많은 문제아들을 한 반에 넣어도 괜찮을까 하는 우려의 목소리도 꽤 나왔지만 말입니다."

"걱정하지 않으셔도 됩니다. 사실 여부만 확인하면 해결 방법도 저절로 보일 테니까요."

하스미는 끝까지 저자세로 일관했다.

"그래요. 뭐, 그 건에 대해서는 맡겨두겠습니다. 하스미 선생님은 학생들 사이에서 인기가 굉장하니까요."

사카이 교감이 갑자기 비위를 맞추는 간살스러운 목소리를 내기 시작한다. 왠지 불길한 예감이 든다.

"실은 2학년 4반에서 큰 문제가 하나 더 생겼습니다. 어젯밤 일인데요, 저한테 전화가 걸려 왔습니다."

"전화요? 누구한테서 말입니까?"

"나루세 슈헤이의 아버지가 건 전화였습니다. 하스미 선생님도 아시겠지만 그분은 일본에서 다섯 손가락 안에 들 정도로 규모가 큰 상업지구 법률사무소에서 근무하시는 변호사지요. 기업법무가 전문입니다만."

"나루세 슈헤이라면 얼마 전 체육 시간에 소노다 선생님께 맞아서 피가 난 그 아이 말씀하시는 겁니까?"

나루세는 교사에게 자주 반항한다. 요령껏 잘 넘기고 진정을 시키면 그 정도로 애먹이는 학생은 아니지만 소노다 이사오 같은 고지식한 체육교사에게는 학생이 교사에게 대들었다는 자체가 참지 못할 일인 듯했다.

"그렇습니다. 교사가 감정에 휘둘려 학생에게 체벌을 가하는 일이 용서가 되느냐고 하시며, 이쪽의 대응에 따라 합당한 조치를 취하겠다고 하셨습니다."

"교육위원회에 소송을 걸겠다는 말씀일까요?"

"아뇨. 아무래도 느닷없이 형사나 민사로 고소한다는 말인 듯합니다."

사카이 교감은 고심하는 표정이다.

"소노다 선생님은 소송보험에 가입하셨을 텐데요."

정식 명칭은 교직원 배상책임보험으로 2000년 무렵부터 각 손해보험회사가 팔기 시작한, 교사가 학부모에게 소송을 당했을 때 소송비용이나 배상금을 대주는 보험이다.

"그게 문제가 아닙니다. 소송당하는 일 자체가 학교 이미지에 큰 타격을 주지 않습니까."

사카이 교감은 이미 초조함을 감추지 못할 지경에 이르렀다.

"알겠습니다. 그런데 이 문제를 잠재우기 위해서는 우선 소노다 선생님께서 그 아이에게 제대로 사과를 해야겠군요."

하스미가 이치에 맞는 의견을 내놓는다.

"우선 교감선생님께서 소노다 선생님께 용서를 구하라고 말씀해 보세요. 소노다 선생님이 사과를 했는데도 그쪽이 받아들이지 않는다면 그때는 제가 설득해 보겠습니다."

"으음……. 하스미 선생님의 말이 정론이긴 하지만 세상사가 그리 만만치 않아서 말입니다."

"무슨 말씀이십니까?"

"소노다 선생님도 교육자로서의 신념이나 긍지를 가졌다는 말입니다. 제가 그렇게 말하면 소노다 선생님은 아마 '학생에게는 때로 사랑의 매가 필요하다. 나는 그걸 부정하지 않겠다'라고 말하실 겁니다. 억지로라도 사과하라고 한다면 그만두겠다고 말씀하실 테고요."

"그렇다면 그만두시는 게 더 낫지 않을까요? 그러면 문제는 쉽게 해결되니까요."

"그러면 안 되지요. 하스미 선생님은 모르시겠지만 우리 학교도 공립학교처럼 혼란스러웠던 적이 있습니다. 그때 교내 질서를 회복하는 데 가장 큰 힘을 발휘한 사람이 바로 소노다 선생님입니다."

"하지만 이전에 공적이 있다고 해서……."

"문제는 과거가 아니라 미래입니다."

사카이 교감이 미간을 심하게 찌푸리며 말한다.

"아시겠습니까? 우리 정도의 사립학교에 입학하는 학생 수준은 천차만별입니다. 옥과 돌이 함께 뒤섞여서 들어오지요. 그러다보니 개중에는 수업을 따라오지 못하고 틈만 나면 날뛰려는 학생이 반드시 나옵니다. 그럴 때 교내 질서를 유지하기 위해서는 누가 뭐래도 강압적인 체육교사가 필요합니다."

"설령 그렇다 해도 대신할 만한 다른 분이 계실 텐데요?"

"소노다 선생님은 다른 사람이 대신하지 못하는 인재입니다. 다른 무서운 선생님도 계시지만 학생들한테 두려움과 존경을 동시에 받는 무도의 달인은 소노다 선생님뿐입니다. 무서운 선생님이 필요하다고 해서 시바하라 선생님 같은 분께만 의지할 수는 없는 노릇이지 않습니까."

그건 그렇다. 같은 체육교사라도 삼류 조직폭력배가 실수로 교직에 몸담은 듯한 시바하라 데쓰로와 학생을 엄하게 다스리지만 자신에게는 더욱 엄한 소노다 같은 무도가는 엄연히 다르다. 학생들도 자연스럽게 소노다 선생을 다른 시각에서 바라보게 된다.

"교감선생님의 말씀은 잘 알겠습니다. 하지만 제가 어떻게 하길 원하시는지는 잘 모르겠습니다."

"나루세 슈헤이를 설득해 주십시오."

사카이 교감이 속삭이듯 말한다.

"본인이 아버지를 설득해서 소송을 관두게끔 말입니다."

"그건 곤란합니다. 아무리 본인을 설득한들……."

"안녕하세요!"

구보타 나나와 시라이 사토미가 겨우 도착해서 교문에 모습을 드러냈다.

"그래, 왔으면 얼른 교실로 들어가거라. 그럼 하스미 선생님. 방금 말한 일 좀 잘 부탁합니다."

사카이 교감은 킁 하고 콧소리를 내며 발길을 돌린다.

하스미는 아침 교문 지도를 끝내고 교무실로 돌아왔다. 교사에게는 담당하는 반과 담당 교과목 외에 교무분장이라는 역할 분담이 있는데, 하스미는 학생지도 및 생활지도를 맡았다. 때로는 학생들을 압박해야 하는 득 될 것 하나 없는 역할이지만 하스미는 오히려 자진해서 미움받는 역할을 도맡았다. 덕분에 하스미는 교장이나 교감의 신뢰를 받았고, 학생들의 정보도 자연스럽게 모였다.

하스미는 다소 엄하게 지도를 해도 학생들 사이에 쌓아놓은 절대적인 인기가 흔들리지 않을 자신이 있었다. 학생들의 불만 가득한 시선이 집중되는 난폭한 시바하라나 엄격한 소노다에 비하면 자신이 착한 사람으로 보일 것이라는 계산도 포함되었다.

그래, 역시 소노다는 필요한 존재다. 그렇다면 이 사건에서는 소노다 선생님이 사직하지 않고 잘 넘어가도록 그의 마음을 돌리는 방법이 상책이겠지.

"하스미 선생님, 아침부터 표정이 언짢아 보이시는데 무슨 일 있으십니까?"

같은 영어교사인 다카쓰카 요지가 말을 걸어온다. 무척 뚱뚱해서 사카이 교감이 다이어트를 하라고 엄명을 내리기도 했지만 살이 빠질 기미는 전혀 보이지 않는다. 덧붙이자면 학생들이 다카쓰카에게 붙인 별명은 헤비메탈이다. 본인은 옛날에 록Rock 활동을 했던 것을 학생들이 기억해 주었다며 기뻐했지만, 사실은 헤비 메타볼릭*의 줄임말이다.

"어찌된 일인지 저희 반에는 문제가 끊이질 않아서요."

하스미는 푸념했다.

* metabolic syndrome, 인슐린이 제대로 만들어지지 않거나 제 기능을 하지 못해 고혈압, 고지혈증, 비만 등의 성인병이 복합적으로 나타나는 증상. 한국에서는 대사증후군이라 한다.

"학생들 사이에서 일어나는 문제만으로도 벅찬데, 당당하게 체벌을 가한 선생님까지 나오니 말입니다."

소노다가 들을까 봐 뒷말은 작게 말했다.

"뭐, 하는 수 없지요. 소노다 선생님은 무력파시니까요. 게다가 그런 무서운 선생님이 계신 덕분에 저희가 도움을 받기도 하고요."

커다란 몸을 구부린 다카쓰카 역시 작은 목소리로 이야기에 합류한다.

"애당초 하스미 선생님 반에 문제 있는 아이들이 너무 많이 모였어요. 우리 학교 학생들은 공립학교에 비하면 온순한 아이가 많지만요. 1학년 때 사고를 일으킨 아이들 대부분을 하스미 선생님께서 혼자 도맡으셨잖아요?"

거기에는 일종의 거래라고 할까, 은밀한 사정이 있지만 말이다.

"그야 그렇지만 우리 학교 학생들 정도면 귀여운 수준입니다. 하긴 몇몇에게는 취급 주의 딱지를 붙여두어야 할 정도지만요."

"아니…… 그렇지만 농담으로라도 그렇게 말하지 못할 학생도 한 명 있지 않나요?"

다카쓰카가 점점 목소리를 낮추며 말한다.

"다테누마 말씀이십니까?"

다테누마 마사히로는 현재 2학년을 꽉 틀어쥔 두목이다. 체격은 그리 크지 않지만, 권투를 한 경험이 있어서인지 겁이 없고 대담하다. 다테누마는 1학년 때 손도 대지 못할 만큼 난폭한 2학년 선배와 장렬하게 싸운 끝에 때려눕힌 일을 계기로 이름을 떨치기 시작했다. 뿐만 아니라 다른 학교 학생과 벌이는 사소한 시비나 싸움 같은 건 손가락으로 세지 못할 정도고, 이미 정학 처분을 몇 차례나 받았다.

그런데도 그가 퇴학을 당하지 않은 이유는 단 하나였다. 당시 마치다역 주변에서 신코 마치다 고등학교 학생이 다른 학교의 불량 학생에게 협박을 받고 돈을 빼앗기는 사건이 잇따랐는데 다테누마가 입학한 후로는 그런 일이 자취를 감추었다는 점에 기인한 바가 크다. 말하자면 학교 측의 고도의 정치적 판단이다.

"그 녀석이 또 무슨 짓을 저질렀습니까? 요즘 얌전하던데요."

"드러나게 사건을 일으키지는 않지만 교사에 따라 수업 태도가 극단적으로 바뀌나 봐요. 하스미 선생님의 수업에서는 조용하던가요?"

하스미는 자신의 수업 시간에 다테누마가 어떤 태도를 보였는지 기억해 내려고 했지만 전혀 떠오르지 않았다.

"글쎄요. 영어가 가장 못하는 과목이어선지 평소와는 달리 꽤 얌전하던데요."

"그게 말이죠, 수학 담당인 스리이 선생님의 수업 시간에는 태도가 돌변한다고 합니다. 숭어가 뛰니까 망둥이도 뛴다고 부하인

가토 다쿠토나 사사키 료타까지 합세해서 수업 시간 내내 잡담을 하거나 선생님에게 야유를 보낸다더군요. 꽤나 심각한 상태인가봐요."

"정말입니까?"

하스미는 눈살을 찌푸렸다. 문제아이긴 해도 겉과 속이 다른 학생이라고는 생각하지 않았는데…….

"스리이 선생님이 타테누마의 1학년 때 담임이셨죠? 무슨 일이 있었는지는 모르지만, 다테누마가 그때의 일에 꽤 앙심을 품었는지 끈덕지게 괴롭힌다고 합니다."

다카쓰카의 이야기는 충격이었다. 2학년 4반의 일이라면 이미 다 파악했다고 생각했는데 이 일에 대해서는 까맣게 몰랐다.

"다카쓰카 선생님은 어떻게 그 일을 알고 계십니까?"

"스리이 선생님께 들었습니다."

"왜 담임인 저에게 직접 얘기하지 않으셨을까요?"

"아무래도 스리이 선생님은 하스미 선생님께 묘한 경쟁의식이 있는 듯합니다. 제가 이렇게 하스미 선생님께 말을 전해주길 바라고 저에게 이 얘기를 하신 눈치더군요."

스리이 마사노부는 50대 중반의 노련한 교사지만, 작년에 1학년 담임을 맡은 이후로 몸이 안 좋아져서 잠시 휴직을 했다가 복직했다.

"이건 여담입니다만, 그 선생님이 여러모로 뒤에서 일을 잘 꾸미지 않습니까? 하스미 선생님도 조심하셔야 합니다. 괜히 밉보였다가 보복당할지도 모르니까요."

그렇게 될 것은 듣지 않아도 뻔하다. 스리이는 교사로서는 무능하지만 위험한 존재일 가능성이 높다. 아무쪼록 대응에 실수를 해서는 안 된다.

하스미는 조례시간에 평소보다 더 주의 깊게 학급을 관찰했지만 특별히 다른 점은 눈에 띄지 않았다. 다테누마 마사히로는 지루한 표정으로 팔짱을 끼고 앉아 있다. 나루세 슈헤이는 아직 눈꼬리에 반창고를 붙였으나 웃는 얼굴로 옆 친구와 잡담을 나눈다. 기요타 리나는 전달사항을 꼼꼼하게 공책에 적는다. 마에지마 마사히코가 고개를 약간 숙이고 있긴 하지만 잠이 모자라 보일 뿐이다.

조례를 마치고 1교시 수업에 들어가려고 할 때 의외의 학생이 하스미를 불러 세웠다.

"선생님, 잠깐 상의드릴 일이 있는데요."

가타기리 레이카였다. 커다란 눈으로 이쪽을 똑바로 바라본다. 이마가 넓고 턱이 좁아서 전체적으로 자그마하고 귀여운 인상을 주는 얼굴인 그녀는 어째서인지 나를 대할 때면 언제나 긴장한 모습이다.

"그래. 무슨 일이니?"

하스미는 웃는 얼굴로 응했다. 반에는 무슨 생각을 하는지 모를 아이가 몇 명 있는데 이 아이도 그중 한 명이다.

"좀 복잡한 얘긴데요, 시간을 내주시면 안 될까요?"

"그렇구나. 그럼 점심시간에 학생상담실로 올래?"

"알겠습니다."

가타기리는 가볍게 인사하고 자리를 떴다. 지금까지 자신에게 거리를 두던 학생이 갑자기 상담을 요청하다니, 무슨 일인지 흥미롭지만 이처럼 많은 난제가 쌓인 와중에 귀찮은 일이 추가되는 상황은 사양하고 싶다.

"하스민 쌤!"

가타기리가 갈 때까지 기다렸다는 듯이 세 명의 여학생이 다가왔다. 아베 미사키와 사토 마유, 그리고 미타 아야네다. 반에서 하스미에게 가장 충실한 친위대다.

"걔는 뭐예요? 무슨 일 있어요?"

"아니. 별일 아니야."

하스미는 손짓으로 친위대를 복도로 불러 세웠다.

"그보다 하나만 좀 가르쳐주라. 우리 반 말이다, 스리이 선생님 수업 시간에 정말로 난장판이니?"

세 명은 곤란하다는 듯 서로 얼굴을 마주 보았다.

"그게, 난장판이라기보다는…… 몇몇 애들이 수업을 방해하긴 해요."

대표로 아베 미사키가 대답한다.

"다테누마하고 그 친구들 말이니?"

"뭐, 그렇죠."

"그런 일을 왜 나한테 알리지 않았어?"

셋은 풀이 죽었다.

"그게, 저희는 그냥 하스민 쌤한테 걱정 끼치기 싫었어요. 게다가 우리 모두 스리이 쌤은 어찌 되든 상관없다고 생각하니까……."

"그래, 알았다, 알았어. 날 걱정해 줬다는 말이지?"

하스미는 세 명의 머리를 가볍게 두드렸다. 요즘 아이들은 작은 일에도 쉽게 상처받는다. 조금이라도 혼내고 나면 반드시 다독여주어야 한다.

"그런데 말이야. 수업을 제대로 듣지 못하면 모두가 곤란하잖니?"

"별로."

사토 마유가 툭 내뱉는다.

"어차피 스리이 쌤 수업 따윈 아무도 안 들어요."

"그래?"

"뭐라고 하는지 하나도 모르겠거든요."

"그리고 스리이 쌤은 우리가 이해를 하든지 말든지 신경도 안 쓰고요."

"다들 그냥 처음부터 자습한다니까요."

셋은 이구동성으로 스리이의 수업에 대해 불만을 토로했다.

하스미는 들으면서 아연실색했다. 스리이는 교사가 대거 채용되기 시작한 70년대 말에 교사가 되었다. 그 시대에는 취직을 못하면 교사가 된다는 말이 나돌 정도였다. 당연히 교육에 대한 열정이나 책임감이라고는 눈곱만큼도 없는 교사가 상당수였다. 그건 다 알려진 사실이다.

아무리 그래도 스리이의 수업은 해도 너무했다. 교무실에서도 뒤에 뭔가가 있다는 소문이 많은 교사다. 그런데도 왜 사립학교에 이런 교사가 잘리지 않고 살아남았는지 확인할 필요가 있다.

"그래, 알았다! 알려줘서 고마워. 역시 너희밖에 없구나."

하스미는 양손으로 친위대의 머리카락을 흐트러뜨리고는 1교시 수업을 하러 갔다.

"OK. Great! 문장은 Mr. Aoyagi가 해석해 보자."

하스미는 쉴 틈을 주지 않고 수업을 진행했다. 요즘 학생들은 끈기가 없고 집중력이 떨어진다고 비난하는 교사가 많다. 하지만 잘 들리지도 않는 나지막한 목소리나 불경 외듯 단조로운 리듬으로 수업을 받으면 누구라도 졸리기 마련이다. 즉 학생들이 지겨워할 틈을 주면 안 된다는 말이다.

하스미는 50분의 수업시간 동안 반드시 고조된 분위기를 유지한다. 그러기 위한 최대의 무기는 가수나 배우 지망생을 대상으로 하는 보이스 트레이닝 학원에 다니며 단련한 목소리다. 빠르기를 조절하며 학생들에게 반응이 좋은 원어민 같은 발음으로 영어 문장을 읽어준다. 지루한 문법을 설명할 때도 적절하게 농담을 섞어가며 흥미를 유발한다. 또한 학생이 정답을 말하면 칭찬을 아끼지 않는다.

"프랑스에서 국경없는 의사회가 설립된 시기는 1971년이며 그 이후 인종과 종교…… 으음, 그리고 정치적인 의견에도 불구하고 의학적인 협력을 해주었습니다."

"Good! Good!"

2학년 1반의 수업은 잘 진행되는 편이다. 자신이 담임인 4반과 평균 점수는 비슷하지만, 문제를 일으키는 학생이 적어서 교사 입장에서는 비교적 편한 학급이다.

"여기까지 질문 있는 학생?"

"선생님."

한 학생이 손을 들었다. 4반이라면 이쯤에서는 거의 질문이 나오지 않는다.

"교과서와는 상관없는 질문인데요, 평가 기준과 관련된 단어를 알려주세요."

질문한 아이는 마루카와 노부유키다. 성적은 중간이지만 수업 태도가 가장 좋은 학생이다.

"All right. 평가 기준이라면 Mr. Marukawa가 궁금한 점이 구체적으로 뭔가요?"

"선생님은 'Good'이라든지 'Great', 아니면 'Excellent'라고 하

시는데 그 차이가 궁금합니다. 어떤 평가가 가장 좋은지 잘 모르겠어요."

"Good question!"

웃음소리가 들렸다.

"우선 순서를 설명하죠. 정답이라면 Good, 더 좋으면 Great, 뛰어난 대답이라면 Excellent! 그것보다 더 높은 평가도 있어요. 웬만해선 말하지 않지만 마음속 깊이 감동을 주는 굉장히 훌륭한 답변이라면 Magnificent라고 평가합니다."

하스미는 힘주어 화이트보드에 영어 철자를 썼다.

"이 말의 의미를 아니요, MR. Hayami?"

하스미는 제일 뒷자리에 앉은 하야미 게이스케를 지명했다. 성적은 상위권이지만 불만이 가득한 인상이다. 자신이 담당하는 4반 학생이 아니라서 자세히는 모르지만, 1학년 때는 종종 가출을 반복했고 최근에는 시부야에 위치한 클럽에 드나든다는 소문도 들린다.

키가 큰 하야미 게이스케는 귀찮은 듯한 표정으로 일어난다. 미심쩍어하는 눈길로 화이트보드를 바라본다.

"장대한…… 이나 장엄한? 거기서 훌륭하다는 의미로 바뀌었다고 기억하는데요."

"Excellent! 맞아요. 기억하나요? Magnify는 확대한다는 뜻이죠. Magnificent는 원래 그에 대한 형용사형이지만 대학입시에서는 '훌륭하다', '아름답다', '인상적이다'라는 의미까지 기억해 두어야 합니다."

조금이라도 학생들의 어휘를 늘리기 위해 하스미는 틈만 나면 파생어를 들려준다. 광고처럼 몇 번이고 반복해서 들으면 몇 퍼센트는 머릿속에 남기 마련이다.

"아까 하던 이야기를 이어서 해볼까요? 예를 들어 점수로 평가한다면 좀 더 알기 쉽겠지요. 하지만 매번 백 점 만점으로 점수를 매기기는 힘듭니다. 아예 5단계 평가나 기업 등급처럼 트리플 에이AAA나 더블 비BB 같은 평가 방법을 도입하는 게 좋을까요?"

요즘 아이들은 정보가 홍수처럼 넘쳐나는 세상에 익숙해서 속사포처럼 말을 빨리해도 충분히 따라온다. 오히려 열의나 활력이 느껴지지 않는 태도나 느려터진 말투로 수업을 진행하면 더 싫어한다.

"그런 건 싫은데요."

맨 앞줄에 앉은 미쓰다 하루미라는 여학생이 툭 내뱉는다.

"그래. Miss Mitsuda. 그 싫다는 감각을 소중히 여기세요. 인간은 기계가 아닙니다. 숫자나 ABC 같은 직선적, Linear한 평가기준은 객관적이긴 하지만 너무 무미건조해요. 영어나 일본어는 컴퓨터 언어가 아닙니다. 낭비와 여유가 있어야 사람의 말이라는 기분이 들지 않겠어요? 말은 오랜 역사 속에서 자라난 문화유산, Heritage입니다. 우리는 그것을 계승하고 지켜나갈 의무가 있습니다."

"그런데 때로는 체에 걸러지는 말도 있지 않나요? 전부를 일률적으로 남기기보다는 취사선택할 필요가 있다고 생각하는데요."

하야미 게이스케가 반론했다. 말재간이 뛰어나 어려운 질문으로 교사를 당혹스럽게 만드는 것이 취미 같아 보이지만, 미국에서 대학을 다니며 토론 능력을 기른 하스미로서는 조용히 듣기만 하는 아이보다 의사소통을 하며 수업을 진행해 나가는 학생이 더 반갑다.

"분명 말은 시대에 따라 쇠퇴하고 새로운 말로 변합니다. 그러나 그러한 변화를 자연의 흐름에 맡기지 않고 특정한 의도를 가지고 행한다면 문제가 생기지요."

"언어 규제 말씀이신가요?"

하야미 게이스케가 입술에 옅은 미소를 띠며 묻는다.

"그렇지요. 영어에서도 Political Correctness라는 표현을 사용하곤 합니다. 예를 들어 소방관을 뜻하는 Fireman이란 단어가 Firefighter로, Businessman은 Businessperson이라는 말로 바뀌었지요. 또 키가 작다는 뜻의 Short라는 단어도 Verticallys challenged, 즉 수직에 도전한다는 어처구니없는 표현으로 바뀌었습니다. 그러나 언어 규제는 문화에 대한 끔찍한 만행입니다. 예를 들어 어떤 말이 차별어인지 아닌지는 거기에 포함된 인간의 생각에 의해 결정될 따름이죠. 귀중한 문화유산인 언어를 일부 인간의 방자한 생각으로 말살하는 행위는 당치도 않은, Outrageous한 얘기입니다. OK. 그럼 교과서로 돌아가서……."

그만 이야기가 옆길로 새고 말았다. 이것이 새로운 문제의 불씨가 되리라고는 하스미도 미처 예상하지 못했다.

오전 중에 세 시간의 수업을 끝낸 하스미는 북쪽 건물에 위치한 학교 식당에서 점심식사를 마쳤다. 4교시 수업이 비는 날은 한가한 시간에 맞춰서 오지만 그러지 못할 경우에는 좋든 싫든 혼잡한 상태에 휩쓸린다. 하스미 주위에는 자연스레 학생들이 모여들기 때문에 적당히 상대하면서 후다닥 빠져나가곤 한다.

점심시간이 시작되고 겨우 12~13분 정도 지났으니 가타기리 레이카도 아직 오지 않았겠지. 하스미는 잠깐의 시간도 허투루 보내지 않으려고 교내의 사각지대를 둘러보았다. 학생 지도 관점에서 문제의 싹은 조금이라도 일찍 발견해서 제거하는 편이 좋다.

학교 건물이나 체육관의 뒤쪽을 살펴봤지만 어디에도 학생의 모습은 보이지 않고, 바닥에 떨어진 담배꽁초 등도 없었다. 슬슬 학생상담실로 가볼까 하다가 마지막으로 본관의 옥상을 확인해두기로 한다. 신코 마치다에서 가장 오래된 건물인 본관 옥상에는 아무런 시설도 없이 넓은 장소가 방치돼 있다. 그뿐이라면 괜찮지만 문제는 문을 잠그지 못한다는 점이다. 2~3개월 전에 누군가가 열쇠 구멍에 껌을 쑤셔 넣은 탓에 열쇠가 꽂히지 않는다. 게다가 껌이 실린더까지 고정시키지는 않았는지 옥상 쪽에서 자물쇠를 돌리면 잠기곤 해서 관리하기 어려운 상태였다.

학생지도부인 하스미는 당장 열쇠로 문을 잠글 수 있게끔 수리해달라고 학교에 요청했다. 서둘러 자물쇠를 새로 바꿔 달았지만 누군가가 금세 또 껌을 쑤셔 박았다. 이렇게 다람쥐 쳇바퀴 돌듯 악순환이 반복되다 보니 자물쇠에 아무리 많은 예산을 투자해도 밑 빠진 독에 물 붓기였다.

다시 자물쇠를 교체한 뒤 곧바로 문을 잠그자는 의견도 나왔지만, 문이 잠긴 상태에서 누군가가 열쇠 구멍에 껌을 쑤셔 넣으면 다시 문을 열기 힘들어지니 그 또한 불편하다. 다행이라고 해야 할지 옥상에서 뛰어내릴 만한 학생은 아직 없다. 그밖에 옥상에서 누군가 나쁜 짓을 벌인 흔적은 발견되지 않았다. 교무회의에서는 당분간 추이를 지켜보자는 미적지근한 결론을 내렸다.

하스미는 동쪽 계단을 올라 옥상으로 들어가는 문을 열려고 했지만 문이 꿈쩍도 하지 않았다. 하스미는 씁쓸하게 웃었다. 아마도 학생 커플이 자신들만의 시간을 만끽하려는 짓인 듯했다. 껌으로 열쇠 구멍을 막은 것도 그런 목적임에 틀림없다. 교사에게 발각되었을 때 잠시라도 버틸 시간을 벌면 그동안 옷매무새를 가다듬을 여유가 생기고, 틈을 봐서 도망을 쳐도 된다. 하지만 이렇게 발견한 이상 그냥 지나치면 안 된다.

“문 열어!”

하스미는 철문을 두드렸다.

“누가 문을 잠근 거야? 당장 열지 못해?”

잠시 간격을 두었다. 이윽고 자물쇠 여는 소리가 들린다. 열린 문 앞에 서 있는 사람은 4반의 사사키 료타였다.

“거기서 대체 뭐한 거야?”

“별일 없었어요.”

하스미는 고개를 돌린 채 앞을 막아선 사사키를 밀어젖히고 옥상으로 나갔다. 여자아이가 있으리라는 예상은 빗나갔다.

사사키 외에 옥상에 있는 사람은 두 명의 남학생이었다. 다테누마 마사히로는 잠깐 하스미를 노려보았지만 그 후로는 무시하는 태도였다. 마에지마 마사히코는 쭉 고개를 숙인 채였다. 하스미는 얼굴을 찡그렸다. 집단 따돌림의 현장인가?

다테누마는 사사키를 향해 턱을 치켜세워 신호를 보내고는 재빨리 건물 안으로 들어가려고 했다.

“너희 문을 잠그고 뭐했느냐니까?”

하스미가 묻자, 걸음은 멈췄지만 말이 없다.

“선생님. 그냥 저절로 잠긴 게 아닐까요?”

사사키가 조롱하듯 말한다.

“헛소리하지 말고. 자물쇠를 잠그지도 않았는데 문이 잠겼을 리가 없잖아!”

하스미가 큰 소리로 말하자 사사키는 주눅이 들었다.

"그거…… 제가 잠갔어요."

마에지마가 힘없이 말한다.

"정말이야? 문은 왜 잠갔는데?"

"무심코 집에서 하던 습관대로 그만 잠가버렸어요. 별다른 의미는 없습니다."

하스미의 관심이 마에지마에게 향한 사이 다테누마는 모습을 감추었다. 사사키도 바로 그 뒤를 따랐다.

"마에지마. 잠깐 선생님이랑 얘기 좀 할까?"

"아직 점심을 안 먹어서요. 그냥 가도 될까요?"

하스미는 마에지마의 모습을 관찰했다. 몸집이 작고 선이 가늘며 여자아이처럼 예쁘장한 얼굴이다. 확실히 따돌림당할 만한 아이다. 하지만 폭행을 당한 흔적은 없다.

"알았다. 가도 좋아."

마에지마의 뒷모습을 향해 소리친다.

"저기 말이야, 혹시 상담이 필요하면 언제든지 날 찾아와. 뭐든지 혼자서 끌어안고 끙끙대지 말고."

대답이 없다. 하스미는 동쪽 계단을 단숨에 뛰어 내려가 1층으로 향했다. 때마침 보건실에서 보건교사인 다우라 준코가 나왔다.

"어머, 왜 지금 와? 가타기리가 아까부터 상담실에서 기다렸는데."

하스미는 동갑인 다우라와는 처음부터 말을 편하게 놓았다. 커다란 눈은 언제나 약간 촉촉하게 젖어 있고 눈가에는 눈물점이 있다. 웨이브진 풍성하고 긴 머리카락은 근무 중에는 올려 묶는다. 자연스러운 화장에 흰 가운을 걸쳤는데도, 좋은 향기가 나듯 여성스러운 매력을 발산한다. 그런데도 학생들에게는 모성적 이미지로 보이는 것이 신기하다.

"응, 잠깐 학생 지도 좀 하느라고 늦어졌어."

그러고는 문득 생각이 나서 묻는다.

"2학년 4반 마에지마 마사히코 말이야, 최근에 보건실에 온 적 있어?"

"없는데? 4반이라면 쓰보우치가 단골이야."

쓰보우치 다쿠미는 1학년 때 수업일 절반을 등교 거부했던 학생이다. 2학년에 올라온 후로 등교를 하기 시작했지만 걸핏하면 몸이 안 좋다며 보건실로 도망치기 일쑤였다.

"그러고 보니 쓰보우치가 학교에 오지 않으려고 했던 계기도 집단 따돌림이었지, 아마?"

"응, 전부 하스미 선생님 탓이야."

눈을 치뜨고 노려보는 시늉을 한다.

"응? 어째서?"

"반을 배정할 때 따돌림을 주도하는 아이랑 따돌림을 당하는 아이를 다 같은 반으로 몰아넣었잖아. 이제는 다테누마 무리와 다른 반이 된다고 기대했을 텐데 다시 같은 반이 되었으니 쓰보우치 입장에서는 실망이 컸겠지. 더구나 이번에는 졸업할 때까지 같은 반이니까."

"그런가? 내 잘못인가?"

"그렇게 생각하지도 않으면서 거짓말하긴. 그 부자연스러운 반 배정은 아무리 봐도 의도적이야."

"오해야. 그건 여러 정치적인 전술과 타협의 산물이라고."

"그건 그렇고 가타기리가 상담실에 오다니 별일이네."

다우라가 의미심장하게 웃었다.

"그 애는 하스미 선생님의 다정한 겉모습에 속지 않는 몇 안 되는 학생 중 하나라고 생각했는데 말이야."

"무슨 말이 그래? 듣기 안 좋은데?"

하스미는 쓴웃음을 지으며 보건실 옆에 위치한 상담실 문을 열었다.

"미안. 좀 늦었구나."

"아니에요."

등을 곧게 펴고 소파 가장자리에 앉아 기다리던 가타기리 레이카가 대답했다.

"시간이 없으니까 단도직입적으로 물을게. 상담하고 싶은 게 뭐야?"

가타기리의 정면에 앉아 용기를 주려는 듯 웃는 얼굴로 말한다. 가타기리는 흘깃 하스미를 쳐다보고 곧 시선을 돌렸다.

"이 이야기를 저한테서 들었다는 건 꼭 비밀로 해주셔야 해요."

이제껏 가슴에 담아둔 사실을 뱉어내려는 듯 희미하게 목소리가 떨린다.

"알았어. 가타기리한테서 들었다는 말은 아무한테도 하지 않을게. 약속해."

아무래도 상담하고 싶은 내용이 자신의 일은 아닌 듯했다. 가타기리는 무릎 위에 놓인 손을 꽉 쥐었다.

"우리 반 여자아이 중 한 명이 성추행을 당하고 있어요."

하스미는 맥이 빠졌다. 어쩌면 꽤 심각한 문제다. 게다가 성추행이라는 단어로 봐서 가해자는 남학생이 아니다.

"무슨 말이라도 좋으니 나를 믿고 다 털어놓지 않을래? 여자아이 중 한 명이라는 게 누구야? 그리고 성추행을 한 사람은 누구지?"

가타기리는 눈을 감았다.

"피해를 당한 아이는 야스하라 미야예요."

의외의 이름이 튀어나와서 하스미는 잠시 어리둥절했다. 야스하라 미야는 분명 꽤 미소녀 부류에 들어가는 아이다. 남학생 중에는(특히 다른 반에는) 상당수의 숨은 팬이 있을 것이다. 아니, 교사 중에도 야스하라를 그런 눈으로 보는 무리가 분명히 존재할 것이다. 그러나 야스하라가 성추행의 피해자라는 말은 아무래도 수긍이 안 된다.

“하지만 야스하라는 그럴 성격이 아니잖아? 순순히 성추행을 당한다는 게 상상이 안 되는데.”

2학년 4반에서 기가 센 야스하라 미야에게 반항하는 여자아이는 한 명도 없을뿐더러 남학생들조차 대부분 무서워한다. 다테누마조차 미야에게는 두 손을 들 정도다.

“하지만 거짓말이 아니에요!”

가타기리는 화가 난 기색이다.

“그래. 거짓말이라고 생각하지 않아. 그럼 누가 가해자지?”

“체육 담당인 시바하라 선생님이요.”

“시바하라?”

시바하라 선생님과는 만날 일이 없지 않느냐고 말하려다가 생각이 났다. 소노다가 나루세 슈헤이를 체벌한 사건 이후로 2학년 4반 체육교사가 일시적으로 교체되었다. 요즘은 시바하라 데쓰로가 4반의 체육을 담당한다.

“그래서 구체적으로 시바하라 선생님이 야스하라에게 어떻게 했어?”

말하고 난 후에야 이 질문 자체가 또 다른 성추행이 될지도 모른다고 생각했다. 가타기리는 다행히도 그렇게 느끼지 않는 듯했다.

“현장을 본 게 아니라서 정확히는 몰라요. 근데 창고에서 뭘 가지고 와야 한다며 항상 야스하라만 지명해요. 그리고 둘이서 다녀오면 야스하라의 눈치가 이상하고요. 또 시바하라 선생님이 애들 앞에서 야스하라한테 이상한 말을 해대고, 그럼 야스하라는 그 말을 듣고 귀까지 시뻘게져요."

"알았다. 이제 됐어."

하스미는 가타기리의 말을 막았다. 그러한 부분에서 관찰력은 여자아이가 남자보다 백배는 뛰어나다. 게다가 이 아이는 신기할 정도로 예리하다. 시바하라가 저지르는 성추행은 명백한 사실이라고 봐도 된다.

"네가 하는 말은 사실이라고 생각해. 믿어. 제대로 조사해서 엄중하게 대처할게. 더 이상 야스하라가 상처받지 않게 말이야."

가타기리는 깊이 고개 숙여 인사하고는 일어섰다.

"그런데 가타기리가 야스하라와 친한 줄은 몰랐는데."

하스미의 말에 가타기리는 피식 웃었다.

"안 친해요."

"그래? 그런데 왜……."

"전 야스하라에게 집단 따돌림도 당했어요. 하지만 그건 그거고, 이런 일은 절대로 용서 못 해요. 아무리 그래도 교사가 학생을 성추행하다니!"

"그러게 말이야. 어쨌든 나를 믿어줘서 고맙구나. 기쁘고."

"그건 아니에요."

가타기리는 딱 잘라서 말했다.

"저는 별로 선생님을 믿지 않아요. 단지 선생님이라면 이런 문제에 물러서지 않고 발 벗고 나설 거라고 생각했어요."

"그런 걸 두고 신뢰라고 하지 않나?"

하스미는 일부러 농담 같은 투로 말했지만 가타기리는 표정 하나 바꾸지 않았다.

"그 둘은 다른 감정이에요. 하스미 선생님이라면 상대가 시바하라 선생님이라도 지지 않고 확실하게 해결해 주시리라 생각할 뿐이죠. 근데 사실 전 시바하라 선생님보다 선생님이 더 무서워요."

"무서워? 왜……."

"그럼 저 먼저 교실로 돌아가겠습니다."

가타기리는 한 번 더 고개 숙여 인사하고 빠른 걸음으로 상담실을 나갔다.

오후 수업 두 시간 중 마지막 한 시간이 비었다. 처음에는 내일 수업 준비를 할 예정이었지만, 왠지 교무실에 있으면 좋지 않은 일이 일어날 듯한 예감이 들었다. 영어준비실로 피난해 봤자 사카이 교감이 자신을 찾는다면 바로 들키고 말겠지. 이럴 때 숨을 곳은 딱 한 군데다.

하스미는 본관에서 나와 북쪽 건물로 향한다. 본관과 북쪽 건물은 모든 층이 연결되어 있지 않다. 그래서 이동할 때는 지면에

콘크리트를 깔아 지붕만 달아놓은 복도를 지나야 한다. 수업 중이라서 인기척은 없다. 2층의 생물준비실에 들어갔다. 한낮인데도 이곳은 어둑하고 요사스러운 기운이 흐른다. 이 방의 주인은 하얀 가운을 걸치고 책상을 향해 고양이처럼 등을 구부린 자세로 무언가 세심한 작업에 몰두 중이다.

"네코야마 선생님. 잠깐 들어가도 될까요?"

꼭 놀리려고 지은 별명 같지만 네코야마 다카시가 본명이다. 본인의 독특한 성격과 이름에서 따와서 학생들은 그를 고양이의 저주*라고 불렀다. 생물과목의 정교사는 네코야마뿐인데다 생물준비실 자체에 대한 소문이 신코 마치다에서는 괴담처럼 떠돌아서 학생이나 교사 모두 괜스레 기분이 나쁘다며 누구 하나 가까이 다가가지 않았다.

"하스미 선생님. 이것 좀 보세요. 멋있죠?"

네코야마 앞에는 머리가 까맣고 꼬리가 긴 새의 사체가 있다.

"이게 뭐죠?"

"물까치입니다. 사인은 모르지만 아침에 발견했어요."

네코야마가 황홀해하며 말한다.

"희귀한 새는 아니지만 이런 표본은 쉽게 손에 들어오지 않거든요. 으흐흐…… 히히히, 히히히."

* 네코야마의 네코猫가 일본어로 고양이라는 뜻이고 다카시祟라는 한자가 재앙 또는 저주를 뜻하는 타타리祟り라고도 읽힌다는 점을 응용한 별명.

네코야마는 섬뜩한 목소리나 사람을 대하는 태도와는 정반대로 영화배우처럼 잘생겼다. 그 심한 차이가 오히려 학생들을 더 두렵게 했다.

"그거…… 여기서 해부합니까?"

하스미는 약간 움츠러든다.

"아뇨, 아뇨. 해부는 안 합니다. 전 내장을 좋아하는 사람들과는 다르니까요."

네코야마는 고개를 흔든다.

"전 단지 완벽한 골격표본을 만들고 싶을 뿐입니다. 뼈는…… 정말 아름다우니까요."

생물준비실의 벽장은 수십 개의 작은 동물 골격표본으로 가득했다.

"그럼, 이건 어떻게 하나요?"

이상한 냄새가 나지는 않았지만 하스미는 무심결에 코와 입을 막았다.

"음. 깃털을 모조리 뽑아내고 내장과 근육도 가능한 한 제거한 뒤, 약품에 담가서 뼈에 들러붙은 조직을 녹입니다."

그게 해부가 아니면 대체 뭐가 해부냐는 생각에 하스미는 맥이 빠졌다.

"땅에 묻어도 되지만 시간이 걸리는 데다가 아무래도 마무리가 지저분해지거든요. 중탄산소다에 넣고 끓이는 방법도 좋지만 너무 끓이면 뼈가 상해버려요. 그래서 지금까지 수산화나트륨 희석용액이나 화장실용 세제 등 여러 가지를 시도해 봤는데 으뜸은 역시 이거더군요."

네코야마가 자랑스럽게 내세운 것은 틀니 세정제였다.

"이게 가장 뼈를 상하지 않고 깔끔하게 살을 제거하는 방법입니다. 단백질 제거 효소가 들어 있어서 참 좋아요. 지금까지는 주로 참새로만 시도해 본지라 이렇게 큰 새는 처음입니다. 아주 흥분됩니다."

"이렇게 보니 확실히 물까치란 녀석은 비교적 큰 새군요."

"까마귀 종류니까요."

하스미는 후긴과 무닌이 생각났다.

"그러고 보니 아침마다 까마귀 때문에 골치가 아파요. 쫓아낼 만한 좋은 방법이 없을까요?"

"그건 쉽지 않아요."

네코야마는 흥미로운 듯 물까치의 깃털을 뽑아가며 대답한다.

"그 녀석들은 똑똑하거든요. 더구나 법으로도 보호를 받고요."

"머리가 좋은 건 아는데요, 기껏해야 새잖아요?"

"동물용 지능검사 결과를 보니 문항에 따라서는 영장류보다 높은 점수를 받았던데요? 뉴칼레도니아 까마귀 같은 종류는 상황에 따라 잔 나뭇가지 같은 도구를 구별해서 쓰더군요."

일본 까마귀도 그에 가까운 지능을 가졌다면 속이거나 위협만으로는 쫓아내기 어렵겠군.

"이것을 드리겠습니다. 사용해 보시겠어요?"

네코야마는 일회용 비닐장갑을 낀 손으로 막 뽑은 물까치의 깃털 몇 개를 하스미에게 건넸다. 그다지 만지고 싶진 않았지만 마지못해 받아들었다.

"이걸 어떻게 하나요?"

"까마귀가 오는 장소에 꽂아두세요. 검은 쓰레기봉투 같은 걸로 까마귀 사체처럼 꾸민다면 더 좋겠군요. 까마귀는 경계심이 강하니까 한동안은 얼씬도 안 할 겁니다. 뭐, 그래봤자 2~3일밖에 안 가겠지만요."

네코야마는 번쩍번쩍 빛나는 수술용 칼을 꺼내어 당장이라도 해부할 기세였다. 하스미는 자리를 뜨기로 했다.

"귀중한 물건을 주셔서 고맙습니다. 시도해 볼게요. 그럼, 전 이만 가보겠습니다."

"그리고 까마귀가 침입하는 통로에 명주실을 걸쳐놓으면 엄청 싫어합니다. 베란다라면 모를까 마당의 상공을 전부 덮지는 못하겠지만요."

"그럴 바에 철사를 쳐서 전류를 흐르게 한다면 어떨까요? 농가 어딘가에서 멧돼지를 막을 때 그런 방법을 사용한다던데요."

하스미는 문득 떠오른 생각을 말했다. 멧돼지에게 통한다면 까마귀에게도 효과가 있지 않을까?

"그런 방법은 안 통합니다. 하스미 선생님은 물리를 잘 못하셨나 보군요."

네코야마는 체셔고양이처럼 소리 없이 입으로만 웃었다.

"멧돼지가 감전되는 이유는 전류가 다리를 통해 땅으로 흐르기 때문입니다. 새는 고압전선 위에 앉아도 감전되지 않잖아요? 공중이라서 전류가 흐를 곳이 없어서예요."

'그렇군.' 하스미는 실망했다.

"뭐, 까마귀라도 고무나 에나멜 같은 절연체를 씌우지 않은 나전선 두 줄에 동시에 닿는다면 바로 통할 테지만 말입니다. 하지만 그런 짓을 해선 안 됩니다. 만일 죽는다면 조수보호법 위반이거든요. 야생동물은 소중히 여겨야 합니다."

네코야마는 그렇게 말하면서 물까치의 배를 칼로 짝 갈랐다.

생물준비실에서 빠져나온 하스미는 체육준비실로 향했다. 아무도 없는 듯한 체육관을 들여다보니 검은 운동복 차림의 소노다가 팔짱을 끼고 서 있다. 체육수업으로 1학년의 배구 감독을 하는 모양이다.

"소노다 선생님!"

하스미가 부르자 돌아본다. 같은 학생지도부라서 어느 정도 친분은 있다.

"아, 하스미 선생님. 무슨 일이십니까?"

소노다는 배에서부터 울리는 우람한 목소리로 답했다. 키는

180센티미터 정도로 하스미보다 3센티미터가량 클 뿐이지만, 체중은 확실히 헤비급이어서 미들급인 하스미와는 몸 두께부터가 다르다. 운동복 겉으로만 봐도 어깨부터 광배근까지 불거진 근육이 격투기 선수 수준이다.

"응? 그게 뭡니까?"

하스미가 들고 있는 물까치의 깃털을 보고 진한 눈썹 아래 커다란 눈이 뒤룩뒤룩 움직인다.

"그러니까 이건, 아무것도 아닙니다. 실은 말이죠, 오늘 밤에 시간 좀 내주십사 해서요. 상의드릴 일이 있습니다."

무슨 이야기인지 알아차렸겠지. 소노다는 고개를 끄덕였다.

"상관없습니다. 그럼 특별활동 수업이 끝난 7시 이후라도 괜찮습니까?"

"물론입니다. 저도 ESS*가 있거든요. 그럼 7시 반쯤 래빗펀치에서 뵙죠."

래빗펀치는 마치다역 앞에 위치한 선술집인데 어떤 이유에서인지 신코 마치다 교사들의 집합 장소가 되었다. 교무실로 돌아가면서 하스미는 머릿속으로 현안을 정리했다. 우선 긴급한 문제순으로 정리해 나가야 한다. 나루세 슈헤이 건은 오늘밤 소노다와 나누는 대화의 결과에 달렸다. 그보다 더 재빨리 손을 써야 하

* English Study Society의 약자. 학교의 특별활동인 영어 스터디 모임.

는 문제는 야스하라 미야의 성추행 사건이다. 우연이라고는 하지만 둘 다 체육교사가 얽혔다. 차라리 두 사람이 싸워서 서로 상대를 처리해 주면 두 가지 문제가 한꺼번에 해결될 텐데 하고 생각해본다.

교무실로 들어가 자신의 책상 앞에 앉자마자 국어교사인 도지마 지즈코가 안색이 변해서 다가왔다.

"하스미 선생님. 학생들에게 대체 뭐라고 하셨어요?"

갑자기 시비조로 덤벼드는 통에 하스미는 당황했다.

"무슨 말씀이신지……."

"시치미 떼지 마세요! 1반의 국어수업을 제가 담당한다는 건 아시죠? 오늘 6교시가 제 수업이란 걸 알고 일부러 학생들을 부추기는 말을 하셨나요?"

"잠, 잠깐만요. 무슨 말씀이세요?"

하스미는 오른손에 물까치의 깃털을 쥐었다는 사실을 잊고 양손을 앞으로 내밀어 도지마를 말리려는 몸짓을 했다. 눈앞에 새까만 깃털이 바싹 다가오자 도지마는 순간적으로 비명을 질렀다.

"꺄악!"

통통한 도지마는 뒤로 나자빠질 뻔했다. 만약 이 사람이 보건교사인 다우라 준코나 상담교사인 미즈오치 사토코, 음악교사인 고바야시 마유미였다면 어땠을까. 타고난 반사 신경을 발휘해서 잽싸게 달려들어 끌어안고 위기를 모면했겠지. 하지만 이번에는 몸이 전혀 움직여주질 않아서 그저 바라만 보았다. 그런데 균형을 잃고 쓰러질 줄 알았던 도지마는 의외로 넘어지지 않고 스스로의 힘으로 자세를 가다듬는 데 성공했다.

"하, 하스미 선생님…… 이게 무슨 짓입니까? 포, 폭력이나 휘두르고."

도지마는 두꺼운 입술을 파르르 떨며 안경 너머의 작은 눈을 동그랗게 떴다.

"아닙니다. 오해예요. 이건 그냥 새의 깃털일 뿐입니다. 진정하세요."

도지마가 충격에서 회복하기까지는 오 분 이상이 걸렸다. 시간을 낭비했다는 사실에 진절머리가 나지만 덕분에 히스테릭한 공격을 초장에 막는 효과를 얻었다.

"그런데 제가 학생들에게 무슨 말을 했다는 얘기인가요?"

하스미는 상대방을 달래기 위한 미소를 띠며 물었다.

"무슨 말이고 자시고, 당신이 선동하는 바람에 수업을 못 했어요! 대체로 1반은 겉으로는 온순하지만 교사를 무시하는 아이들이 많아요. 특히 그 하야미라는 아이는 정말이지 귀여운 구석이라고는 눈 씻고 봐도 없다고요!"

하스미는 이상한 느낌이 들었다.

"그러고 보니 도지마 선생님은 지금 수업 중이잖습니까?"

"맞아요! 그런데 이 지경이 돼서 자습시키고 왔어요!"

그러니까 그 이 지경이 된 일이 뭐란 말인가. 하스미는 가만히 한숨을 내쉬었다.

그것이 무엇이든 제발 자신까지 끌어들이지 않았으면 좋겠다. 더욱이 수업을 내팽개치기까지 했으니 일이 더 커지지 않을까. 지금 생각해 보니 교무실에 있으면 안 되겠다는 직감이 든 이유가 바로 이 일이었던 듯하다.

"난 순수한 학생들이 남성 중심 사회의 편견으로 인해서 해를 입기 전에 올바른 성교육을 하려고 열심히 노력했어요. 그런데 당신이 '언어 규제'라는 딱지를 붙여서 그 전부를 부정했잖아요!"

"잠깐만요. 전 도지마 선생님의 수업에 대해서 한마디도 언급하지 않았습니다."

더구나 당신은 성교육 교사가 아니라 국어교사잖아요 하는 소리가 목구멍까지 나왔지만 그냥 삼켰다.

"그저 언어는 중요한 문화유산이니까 소중히 여기고 계승해야 한다고, 그렇게 학생들에게 가르쳤을 뿐입니다."

"나 원 참, 지금 뭐라는 거예요? 옛날부터 존재했다는 이유로 그대로 남겨야 한다는 말인가요? 과거의 인습과 차별의 역사 같은 부분까지, 그 모든 것을 다 인정하라고요?"

"그런 말은 안 했잖습니까?"

하스미는 저도 모르게 하늘을 향해 원망을 토로하고 싶어졌다. 도지마 지즈코는 40대 후반의 노련한 교사지만 급진적인 성해방론자여서 교무실에서 사사건건 물의를 빚어왔다. 학교의 출석번호를 남녀 공통으로 해야 한다는 주장 정도는 괜찮지만 '남녀 혼합계주'의 '남녀'라는 말을 '여남'으로 바꾸라는 식의 이상한 주장을 교무회의 석상에서 끝없이 떠들어댔다. 반론이라도 하면 몇 배로 되돌아오니 나중에는 사카이 교감조차도 입을 다물고 만다. 다들 폭풍이 어서 지나가기만을 바랄 따름이다.

이 학교의 교사는 대부분 어떤 연줄로 채용된 경우가 많았다. 하스미는 한참 뒤에 도지마가 히로세 세이조 이사장의 먼 친척뻘이라는 말을 다카쓰카에게서 듣고서야 그녀가 잘리지 않는 이유를 이해했다.

하스미는 도지마가 토해내는 분노에 찬 끈덕진 열변을 듣는 동안, 그전에 무슨 일이 있어났는지 대충 추리해냈다. 하야미 게이스케다. 그 성격으로 도지마에게 반발하지 않을 리가 없다. 언젠가 골탕을 먹이려고 기회를 엿보았겠지. 오늘 영어수업에서 우연히 하스미가 언어 규제를 반대한다고 언급하자 옳거니 하며 이용했음이 틀림없다. 도지마에게 덤비는 공격에서 전부 하스미가 한 말이라고 전하여, 마치 하스미가 도지마의 방침에 바로 정면에서 반대한다는 인상을 심었겠지.

"도지마 선생님, 저는 맹세코 그런 말을 하지 않았습니다. 그러기는커녕 이전부터 선생님의 선진적인 사고에 늘 탄복하곤 했습니다."

하스미는 마음에도 없는 말을 했다.

"정말입니까?"

도지마는 의심스러운 듯 말했다.

"물론이죠. 이거 아무래도 우리 둘 다 하야미에게 당했나 보군요."

하스미는 밝게 말했다. 어떻게 될까 하고 조마조마하게 보던 교무실 분위기는 그렇게 해서 평온해졌다. 결국 마지막 시간은 완전히 날려버렸지만 어찌어찌 도지마의 공격은 피했다. 그렇다 해도 도지마에게는 질려버렸다. 유일하게 동감한 부분은 하야미 게이스케가 전혀 귀여운 구석이 없다는 정도였다.

종례가 끝나고 하스미는 야스하라 미야를 불러 세웠다. 멀리서 가타기리 레이카가 흘깃 쳐다보는 모습이 보였다.

"왜요, 쌤?"

야스하라는 어딘가 불안한 표정이었다. 가타기리처럼 작은 얼굴의 미소녀지만, 치켜 올라간 눈썹과 빛나는 눈빛이 자신감과 승부욕을 느끼게 한다. 그런 모습이 오늘은 왠지 자취를 감추었다.

"잠깐 시간 되니? 얘기 좀 하고 싶은데."

일부러 '묻고 싶다'가 아니라 '얘기를 하고 싶다'고 말한다.

"시간은 되는데요."

야스하라는 이전부터 하스미에게 고분고분한 편이었지만 오늘은 유난히 기운이 없어 보여서 신경이 쓰였다. 하스미는 야스하라를 학생상담실로 데리고 갔다. 소파 건너편에 앉아 머뭇거리는 야스하라를 보며 순간적으로 이야기를 꺼내기 위한 전략을 짰다.

"저어, 야스하라. 나를 어떻게 생각하니?"

의외의 질문이었겠지. 야스하라는 고개를 들었다.

"어떻게? 무, 무슨 말이에요? 쌤, 지금 저한테 고백하시는 거예요?"

"바보, 그런 말이 아니야."

하스미는 쓴웃음을 지었다.

"그게 아니라 나를 믿느냐는 얘기야."

"그야 그렇죠. 담임선생님인데다 다른 선생님과는 전혀 다르고……."

야스하라는 또 눈을 내리깔았다.

"그럼 나를 믿고 뭐든지 털어놓을래?"

야스하라는 얼굴을 들었다. 눈동자에 희미한 희망의 빛이 켜진 듯했다.

"나는 야스하라 편이야. 그것만은 믿어줘."

"네, 알겠어요."

야스하라는 고개를 끄덕인다.

"지금 야스하라를 괴롭히는 녀석이 있지?"

야스하라는 잠시 눈길을 돌렸지만 천천히 고개를 끄덕였다.

"시바하라 선생님이야?"

"어떻게 알았어요?"

"나에게 알려준 학생이 있어."

"누구요?"

"그건 중요하지 않아. 그 아이는 네가 걱정돼서 일부러 말해 주러 왔으니까."

야스하라는 아랫입술을 깨문다.

"아무튼 더 이상 내 사랑스러운 학생들을 가지고 놀게 내버려 두지 않을 거야. 시바하라 선생님께 자신이 저지른 일에 대한 책임을 확실히 지게 하마."

"고맙긴 하지만…… 그러지 마세요."

야스하라는 고개를 흔들었다.

"어째서?"

"난처해지니까요."

"녀석에게 무슨 약점이라도 잡혔니?"

야스하라는 말이 없었지만 긍정하는 것과 마찬가지였다.

"무슨 일이 있었어? 선생님한테 가르쳐줘. 약속할 테니까. 절대로 아무한테도 말 안 할게."

첫마디를 가로막던 심리적 저항이 제거되니 다음부터는 일사천리였다. 야스하라는 안정된 상태로 사건의 전말을 전했다.

야스하라가 마치다역 앞에 있는 화장품 가게에서 화장품을 훔친 것이 계기였다. 우발적이었다고 말하지만 실제로는 상습범이었을 터라고 하스미는 짐작했다. 어찌되었든 야스하라는 직원에게 들키지 않고 태연하게 가게를 나왔다. 그런데 뒤에서 누군가 어깨를 툭 치기에 깜짝 놀라 돌아보았다. 경비원에게 들켰다고 생각했는데 체육교사인 시바하라가 거기 서 있더라는 것이다.

"시바하라는 처음에는 친절했어요. 저를 찻집에 데리고 가서 이유가 어쨌든 이미 네가 저지른 일이라며 전부 말하라고 하더라고요. 잔소리만 좀 하고 용서해 줄 분위기여서 훔쳤다고 솔직하게 얘기했어요. 그런데 그걸 저 몰래 녹음해서는……."

야스하라는 예쁜 눈썹을 곤두세우며 분개했다.

"그러고는 그걸 학교에 폭로하면 너는 퇴학당할 거라고 협박했어요."

"그 말을 믿었어?"

하스미는 눈살을 찌푸렸다.

"웬만해서는 그 정도 가지고 퇴학까지 안 당하잖아?"

"근데 학생지도부 선생님이 그렇게 말하니까 그럴지도 모른다는 생각이 들더라고요. 게다가 시끄러워지면 곤란한 상황이었어요. 가뜩이나 부모님이 이혼하고 나서 엄마가 우울증이 생겼거든요. 지금 그런 얘기를 들었다가는 어떻게 될지 몰라요."

야스하라는 분해하며 눈물을 흘렸다.

"알았다."

하스미가 일어섰다.

"가자."

"네? 어딜요?"

"네가 물건을 훔친 가게 말이야. 내가 같이 가서 용서를 구할게."

"지금 당장이요?"

"빨리 결말을 짓지 않으면 기분이 계속 안 좋잖아? 얼른 가자니까."

야스하라는 마음이 놓이는 듯 고개를 끄덕인다.

하스미는 먼저 교무실에 들러 다카쓰카를 붙잡았다.

"다카쓰카 선생님. 잠시 학생지도 때문에 일이 생겨서 그런데 오늘 저 대신 ESS 좀 감독해주시겠어요?"

"네? 괜찮긴 한데 학생들이 실망하지 않을까요? 다들 하스미 선생님의 팬이잖아요."

"은혜는 잊지 않겠습니다."

거절당하지 않으려고 손을 모아 몇 번이고 빌고 나서 하스미는 주차장으로 갔다. 먼저 보낸 야스하라는 신기한 듯 상처투성이인 경트럭을 쓰다듬고 있었다.

"야스하라, 뭐하니? 얼른 타."

"네."

야스하라는 기뻐하며 조수석에 앉았다.

"안은 꽤 넓네요."

"그야 하이제트니까."

야스하라는 웃음을 터뜨렸다.

"바보 같아요. 이런 경트럭이나 자랑하고!"

"이런 경트럭이라 미안하다. 그렇지 않아도 교감선생님한테 한 소리 들었어."

하스미는 하이제트를 출발시켰다. 눈치 빠르게 발견한 여자아이 몇 명이 치사하다는 듯 항의의 목소리를 높인다. 야스하라는 웃음 가득한 얼굴로 조수석에서 손가락으로 V자를 만들어 보였다.

"너 지금 뭐하냐? 우린 지금 네가 한 잘못을 빌러 가는 길이거든?"

"전부터 한 번 타보고 싶었어요."

"이런 경트럭에?"

"네."

야스하라는 조수석 창문에 팔을 대고 턱을 얹었다. 어깨까지 오는 머리카락이 바람에 날린다.

"내가 쌤 좋아하는 거 언제부터 알았어요?"

"오, 고백하는 거야?"

하스미는 농담처럼 말했지만 야스하라는 웃지 않았다.

"1학년 때 우리 반에서 개를 키웠잖아요? 이름은 쇼콜라였고요."

"그래, 맞아. 학교에다 허락도 안 받고 멋대로 말이야."

"부탁해도 허가가 떨어지지 않았을 텐데요, 뭐."

야스하라는 입을 삐죽이며 하스미를 봤다.

"내버려두면 보건소에서 쇼콜라를 잡아갈 테니까 몰래 학교에 숨기고 먹이를 줬어요. 그런데 누가 찔렀죠. 아마 학생은 아니었다고 생각하지만."

"아, 그거 시바하라 짓이야."

"정말요?"

"그래, 확실해. 나중에 들었으니까."

직책을 맡은 교사들 사이에서 자신의 평가가 좋지 않다는 사실을 자각한 시바하라가 점수를 딸 속셈으로 한 말임에 틀림없다.

"그랬구나. 그 자식!"

야스하라의 눈동자가 다시 분노로 불타올랐다.

"그 탓에 보건소 사람들이 학교에 와서 쇼콜라를 데리고 가버렸어요. 애들이 다들 엉엉 우는데 아무도 도와주지 않았죠. 쌤 말고는요."

하스미는 말없이 듣는다.

"마침 지나가는 길이던 쌤이 우리가 우는 모습을 보고 무슨 일이냐고 물었잖아요? 그래서 사정을 말했더니 바로 이 경트럭을 타고 달리기 시작했어요. 그리고 조금 후에 쇼콜라를 데려와 줬고요."

야스하라의 목소리에 울먹임이 섞인다.

"그때부터 우리는 다 하스민 쌤의 열렬한 팬이 됐어요. 친위대나 ESS 애들뿐만이 아니에요. 학년의 여자애들 모두예요."

'한 명 정도, 왜 그런지는 몰라도 무서워하는 아이도 있지.' 하스미는 속으로 생각한다.

"쇼콜라는 지금 어떻게 지낼까요? 잘 있겠죠?"

"가는 길에 보러 갈까?"

"정말요? 어디로 보내졌는지 아세요?"

야스하라의 목소리에 기쁨이 넘친다.

"다케다 씨라고 사무직원의 집이야. 지난달에 정년퇴직을 했는데 마침 집 지키는 개를 원하셔서 그분이 데리고 가셨지. 근데 미리 말해두지만 지금은 쇼콜라라는 이름이 아니야."

"네? 그럼 뭐예요?"

"곤."

"진짜요? 완전 촌스러워!"

야스하라는 얼굴을 찌푸리며 긴 분홍빛 혀를 내밀었다.

화장품 가게 사장은 두 사람의 느닷없는 방문에 놀란 기색이었다. 물건을 훔쳤다는 말에 금세 표정이 험악해졌지만 야스하라가 후회가 돼서 용서를 구하러 왔다고 말하고, 하스미가 대신 물건값을 치르며 싹싹 빌기까지 하자, 온화한 안색이 되었다. 머리카락 숱이 없어서 마치 부처님처럼 보였다.

"으음, 알겠습니다. 그럼 이제 이 일은 없던 일로 하겠습니다."

사장은 얌전히 눈을 내리깔고 있는 야스하라에게 친절하게 말했다.

"그렇지만 이제 두 번 다시 훔치면 안 된다. 그렇지 않아도 요즘 들어 절도 사건이 잦아서 큰일이거든. 우리처럼 작은 가게는 타격이 커."

"죄송합니다. 이제 절대로 안 할게요."

"정말 면목이 없습니다. 오늘 이후로 엄격하게 지도하겠습니다."

하스미도 옆에서 고개를 숙였다.

"그래도 너는 하스미 선생님처럼 좋은 분이 담임이라 다행이구나."

사장이 돌아가려는 두 사람을 출구까지 배웅하면서 말했다.

"네, 저도 그렇게 생각해요."

야스하라가 기특한 말로 대답했다.

"우리 딸도 내년이면 수험생입니다. 이참에 가능하다면 신코마치다에나 보낼까 봐요. 아이 성적을 봐서는 좀 더 노력해야 하겠지만요."

"꼭 따님을 저희 학교에 보내주십시오. 기다리겠습니다."

화장품 가게를 나와서 하스미는 야스하라에게 말했다.

"사장이 좋은 사람이라서 다행이었어."

"네. 두 번 다시 안 한다는 말 진심이에요. 이제 절대 저 가게에서는 물건 안 훔칠게요."

하스미는 한숨을 깊이 내쉬었다.

돌아가는 길에 다케다 씨의 집에 들러 쇼콜라가 아닌 곤과 놀며 야스하라는 완전히 명랑해졌다. 다케다 씨가 언제든지 놀러오라고 말하자 야스하라는 "네"라고 활기차게 대답했다. 마치 어린 소녀로 되돌아간 듯했다.

하스미는 야스하라를 마치다역 개찰구까지 바래다주었다.

"잘 들어. 이걸로 협박당할 구실은 없어졌어. 그 가게 사장도 야스하라 편이야. 그러니까 이제 시바하라 따윈 조금도 무서워할 필요가 없어."

"테이프는요?"

"농담이었다고 말하면 돼. 물건을 훔친 일 자체가 없으니 이제 와서 테이프를 공개해 봤자 헛짓이야."

"그럼 만약에 시바하라가 또 무슨 말을 하면 어떻게 해요?"

"당장 나한테 말해. 내가 결말을 지을 테니까. 그런데 어떻게 할까? 야스하라 네가 피해를 입었으니 그 녀석을 학교에서 내쫓을 수 있어."

"그렇게까지 하고 싶지는 않아요. 엄마한테 걱정 끼치고 싶지도 않고요. 처음부터 제가 물건을 훔치면 안 되는 거였잖아요."

야스하라는 완전히 해방되었다는 표정이었다.

"저기요, 저 시바하라 따위한테 더럽혀지지 않았어요."

"응?"

"체육복 위로 만졌을 뿐이에요. 정말이에요. 키스도 하지 못하게 했어요."

"알았어. 더 이상 말 안 해도 돼."

하스미는 한 손으로 야스하라의 머리를 흐트러뜨렸다.

"아우, 정말! 그러지 좀 마세요! 혹시 아세요? 그거 여자애들이 정말 싫어하거든요?"

"그러니까 하는 거야. 나도 스트레스를 좀 해소해야 하지 않겠어?"

하스미는 양손으로 야스하라의 머리를 샴푸하듯 비벼대며 흐트러뜨렸다.

야스하라가 손을 흔들며 하스미의 시야에서 사라지자, 하스미는 유료 주차장에 세워둔 하이제트 쪽으로 돌아갔다. 소노다와 만나기로 한 래빗펀치가 바로 옆이지만 아직 약속시간이 되지 않았다. 계속 여기에 차를 세워두면 주차비가 추가되니 일단 집에 돌아가기로 했다. 가는 도중에 문득 생각나서 철물점에 들렀다.

우선 머릿속으로 완성도를 그렸다. 받침기둥은 마당에 있는 빨래 건조대를 사용하면 되니까 그 외에 필요한 자재를 물색한다. 일단 직경 3.2센티미터의 스테인리스 파이프를 10센티미터 길이로 두 개 잘라달라고 주문했다. 다음에 직경 2.5센티미터의 대나무를 30센티미터 길이로, 그리고 직경 6센티미터에 길이 100센티미터인 대나무도 주문했다. 그다음에는 못과 철사, 접착제, 고무시트, 납땜질 세트, 15미터의 전원코드, 스위치를 바구니에 담는다. 없을 줄 알았던 소형 변압기도 발견했다.

물건을 고르면서 자신도 모르게 휘파람을 불었다. 〈서푼짜리 오페라〉에 나오는 곡 중 하나인 〈모리타트〉의 선율이었다.

하스미는 구입한 물품을 하이제트의 짐칸에 던져 넣고 집으로 돌아왔다. 우선 두꺼운 대나무 끝에 도끼로 틈을 만들어 가는 대나무의 중앙 부분을 끼워 넣고 못과 접착제, 철사를 사용해서 단단히 고정한다. 이로써 세로 100센티미터, 가로 30센티미터인 T자형의 홰*가 완성되었다. 이번에는 전원코드 끝을 이등분해서 피복을 벗기고 각각 스테인리스 파이프의 안쪽에 납땜질을 한다. 마지막으로 T자의 홰에 고무시트를 감고 스테인리스 파이프를 푹 씌웠다.

이제 이 홰를 건조대에 부착하기만 하면 되는데, 벌써 약속시간이 다가왔다. 작업을 중단하고 다시 마치다역으로 향한다. 이

* 닭장이나 새장 속에 새나 닭이 올라앉게 가로지르는 나무막대.

곳저곳을 계속 돌아다닌 하루의 마무리는 크로스컨트리용 산악자전거로 했다. 도로교통법에 의하면 자전거 역시 음주운전에 걸리지만 시내에서는 타지 않고 끌고 걸어가면 붙잡히지 않는다.

전용주차장에 산악자전거를 세우고 래빗펀치로 들어갔다. 손님이 전부 아는 얼굴이어서 저도 모르게 씁쓸한 웃음이 새어나왔다.

"어머, 하스미잖아? 이쪽으로 와."

다우라 준코가 일찍부터 취했는지 방금 목욕하고 나온 사람마냥 달아오른 얼굴로 권한다. 칸막이로 구분된 좌석 옆자리에 앉은 사람은 수학담당인 사나다 슌페이다.

"괜찮아. 내가 방해하면 안 되잖아?"

"방해는 뭐가 방해야. 우리 사이에 남처럼 굴기는."

"다우라 선생님 오늘 기분이 좋아 보이시네요. 사나다 선생님과 함께여서 그런가요?"

하스미는 사나다를 향해 말한다.

"아니…… 그런 건 아니고요."

사나다는 머리를 긁적이며 소주잔을 들이켰다. 사나다는 현재 스물여덟 살로 신코 마치다에서 가장 젊은 교사다. 한 사람도 낙오시키지 않겠다는 것이 신조인 그는 수업에 따라오지 못하는 학생들에게는 보충학습까지 해준다. 연식 테니스부의 고문으로, 날씬하고 키가 큰 데다가 소년 같이 앳된 얼굴이다. 그래서인지 학생이 뽑은 인기투표에서는 하스미의 뒤를 따르는 부동의 2위다.

"아이 참, 그렇게 서 있지만 말고 빨리 앉아."

다우라가 팔을 잡아당겨서 하스미는 하는 수 없이 자리에 앉았다. 세 명이 앉기에는 조금 비좁은 의자라서 몸이 가볍게 스쳤다. 아무 말도 하지 않았는데 직원이 잘게 간 얼음을 넣은 잔과 물수건을 가져왔고, 다우라는 고구마 소주를 따라 하스미가 마실 온더록스를 만들었다.

"건배!"

세 사람은 잔을 부딪친다.

"양손에 꽃이라니……. 와, 기분 최고다."

교사라는 생각이 들지 않을 만큼 요염하게 숨을 내쉰다.

"너무 마시면 남편이 뭐라고 안 해?"

하스미의 말에 미간을 찌푸린다.

"괜찮아. 어차피 그쪽도 엄청 마시고 들어오니까."

다우라의 남편은 열다섯 살 연상인 대기업 부장이다. 아이는 없다.

"맞아요. 오늘 밤은 마시자고요!"

사나다도 전에 없이 취한 모습이다. 그뿐만이 아니다. 어딘지 모르게 눈치가 이상했다.

"왜 그래요? 무슨 일 있어요?"

하스미는 마치 학생을 대하듯 물었다.

"무슨 일이고 자시고 우리 학교는 정말이지 형편없어요. 교사는커녕 인간이 될 자격도 없는 쓰레기 같은 놈들이 당당하게 교단에 서 있죠. 하스미 선생님은 그렇게 생각하지 않으세요?"

처음부터 불온한 말투다. 상당히 격해진 모습이다.

"뭐, 사나다 선생님께서 무슨 말씀을 하시는지 모르진 않지만요."

시바하라를 떠올리며 답한다.

"같은 과목 담당으로서 전 정말 부끄럽습니다."

'같은 과목?'시바하라가 아닌가 보다. 수학교사들을 차례로 떠올려본다. 주임교사인 오스미 야스후미는 우리 학교에서 가장 인격자라고 여겨지는 사람이고, 그 외에 그처럼 문제가 있을 만한 교사라면…….

"혹시 스리이 선생님 말씀이세요?"

사나다가 술에 취해 몽롱한 얼굴을 들었다.

"맞습니다! 하스미 선생님도 무슨 얘기 들으셨나요?"

"아뇨. 저희 반에서 약간 수업 분위기가 안 좋았다고 해서요."

하스미는 다테누마 무리가 수업을 방해한다는 사실을 이야기했다.

"그런가요? 역시……. 아니, 당연합니다. 그 일은 다테누마 잘못이 아니라고 생각해요."

"잠깐, 나를 사이에 끼워놓고 왜 그렇게 살벌한 이야기만 해요?"

다우라가 따지고 든다.

"아, 미안. 그런데 못 들은 척하기 좀 그래서 말이야. 분명히 스리이 선생님 수업은 좀 심한 면이 있지요. 허나 아무리 그래도 인간 자격이 없는 쓰레기 같은 놈이라는 말은 좀 그렇지 않습니까?"

"수업만 그렇다면 저도 그렇게까지는 말 안 합니다. 할 게 없어 선생이 된 자들은 다 그러니까요."

하스미는 래빗펀치 안에 베이비붐 세대*인 교사가 몇 명은 있겠다는 생각에 조마조마했다.

"업자에게서 뇌물을 받아먹는 교사는 파면해야 합니다!"

"뇌물이라고요? 무슨 업자가 그런 짓을 합니까?"

"자, 자. 그런 이야기는 이제 그만둬요. 술은 즐겁게 마시는 거라고요."

다우라가 부드럽게 막았지만, 사나다는 이미 불의의 폭로에 불이 붙어 멈추지 못하겠다는 태도였다.

"그런 악질 교사가 왜 잘리지 않는지 아세요? 오늘 처음 알았는데 스리이가 교장의 약점을 쥐고 협박하더군요."

* 일본에선 종전 후 1947년부터 1949년 사이에 태어난 사람을 제1 베이비붐 세대라 하고 1970년부터 1974년 사이 에 태어난 사람을 제2 베이비붐 세대라고 한다.

'협박?' 하스미는 어리둥절했다.

"무슨 말입니까? 교장의 약점이라니?"

"그건 몰라요. 둘의 대화를 우연히 엿듣게 되었습니다. 스리이가 뭔가를 폭로하겠다며 교장을 협박하더군요. 게다가 그 요구가 하스미 선생님에 관해서였어요."

하스미는 손에 든 잔을 탁자 위에 내려놓았다.

"좀 더 자세하게 얘기해 보세요."

"확실하게는 모르지만 하스미 선생님네 반을 어떻게 하라는 소리 같았어요. 지금 수업 분위기가 엉망이라는 소릴 들으니 이해가 되네요. 분위기를 봐서 하스미 선생님을 경질하라고까지 말했어요. 아무래도 그렇게는 못 한다고 교장도 거부했지만요."

수면 아래에서 내가 모르는 사이에 그런 말이 나왔다니. 하스미는 목덜미가 서늘해졌다.

"솔직히 말해 우리 학교에서 성실한 교사는 하스미 선생님과 저 밖에 없지 않습니까? 그런 상황에서 만약 하스미 선생님이 이 학교를 떠나시면 어찌해야 합니까?"

"어머, 속상해라. 전 사나다 선생님이 보기에 성실한 교사 축에 끼지 않나 보죠?"

다우라가 찬찬히 사나다를 노려본다.

"아니, 그런 말이 아닙니다. 그게, 다우라 선생님은 물론 오스미 주임선생님과 하시구치 선생님도 그렇고, 착실한 선생님은 몇

분 더 계시지요. 근데 결국 개혁을 행하려는 열의라든지…….”

사나다는 횡설수설했다.

그때 갑자기 침묵이 흘렀다. 돌아보니 소노다가 입구에서 가게 안을 둘러보고 있었다. 학교에서처럼 검은 운동복 차림이다. 그냥 서 있을 뿐인데도 존재감이 주위를 압도한다.

“소노다 선생님!”

하스미는 일어섰다.

“사나다 선생님, 지금 이야기를 다음에 다시 천천히 들려주면 안 될까요?”

“알겠습니다.”

하스미는 소노다를 구석 자리로 데리고 갔다. 사나다의 이야기는 충격이었지만 지금은 우선 이 일에 주력해야 한다.

“갑자기 불러내서 죄송합니다. 가라테를 지도하느라 바쁘실 텐데…….”

“아뇨, 별거 없습니다. 지금은 아직 기본 훈련을 반복하는 시기니까요.”

체육대학 학생시절에 가라테 전국대회에서 우승한 적이 있는 소노다는 가라테부의 고문이기도 하다.

“그렇다니 다행입니다. 아, 뭐 좀 드시겠습니까?”

하스미는 느닷없이 본론으로 들어가기보다는 잠시 술을 마시며 상대방의 경계심을 없애는 편이 좋겠다고 판단했다. 우선은 심리학에서 말하는 라포르*를 구축해야 한다.

"소노다 선생님은 종합격투기에서 이전 성적이 최강임을 증명한다고 생각하십니까?"

잠시 이야기하는 동안 격투기 이야기가 공통의 관심사가 되고 분위기가 가장 고조되었다고 느꼈다.

"참고는 되지만 완벽한 증명이 되지는 않지요."

소노다는 말고기 육회를 볼이 미어지도록 입에 넣고, 소주를 물처럼 마시면서 말했다. 잔을 든 손이 체격에 비해 큰 데다 마디가 굵고 거칠었으며 손 마디마디 두껍게 굳은살이 박였다.

"애초부터 무엇이 최강인지 따위는 결정되지 않아요. 자그마한 무기가 하나라도 있으면 형세는 180도 바뀌니까요."

"그건 그렇겠네요."

"무엇보다 상대가 여러 명인 상황이면 누워서 하는 온갖 기술, 즉 그래플링은 전혀 쓸모없어집니다. 종합격투기는 권투나 유도와 마찬가지로 규칙 안에서 최강을 겨루는 데 지나지 않아요."

소노다는 여느 때와 달리 열변을 토했다.

"더군다나 요즘 종합격투기는 타격 기술에만 금지가 너무 많아요. 발리투도**의 초기 규칙처럼 깨물기와 급소 공격, 눈 찌르

* 두 사람 사이의 공감적인 인간관계. 특히 치료자와 환자 사이의 친밀도를 일컫는 심리학 용어.

** 무기를 쓰거나 무는 것 말고 치기, 내던지기, 조르기 등 무엇이든 가능한 종합격투기.

기 정도만 금지하면 될 텐데 수직 팔꿈치 공격이나 안면 가격까지 안 된다니 이상하지 않습니까? 애당초 최강의 타격 기술인 박치기만 가능하다면 훨씬 빨리 KO로 끝날 텐데 말이죠."

"그런 지독한 기술을 썼다가는 출전자가 죽을지도 모르잖아요."

하스미는 조심스럽게 반론을 폈다.

"그리고 소노다 선생님은 타격 기술이 손해를 본다고 하셨지만 그래플링에도 금지 기술이 제법 많습니다. 예를 들어 다리 관절을 잡았을 때 비틀어 버리기라도 하면 한 번에 경기가 끝날 텐데 무릎이나 목을 비트는 기술은 대부분 반칙이니까요."

"오호…… 잘 아시는군요. 하스미 선생님, 혹시 격투기 한 적 있으십니까?"

"당치도 않습니다. 보는 것만 좋아하지 직접 해볼 만한 끈기는 없어요."

"그렇습니까? 말라 보여도 꽤 다부진 체격이라고 생각했는데요."

"그런 식으로 보지 마세요. 전 어머니 뱃속에 있을 때부터 평화주의자였어요."

하스미는 두 팔을 벌려 격투기를 잘하지 못하고, 잘 싸우지도 못 한다는 제스처를 해보였다.

"그렇군요. 그건 그렇다 치죠. 제가 하고 싶은 말은, 하스미 선생님께서는 자화자찬이라고 여길지 모르지만 가라테야말로 최강의 격투기라는 것입니다. K1이든 UFC든 선수의 건강을 중시한 규칙 안에서는 센 정도를 가늠하지 못합니다. 하지만 실제로 죽느냐 죽이느냐 하는 극한 상황에 다다랐을 때 비로소 가라테는 그 진가를 발휘하죠. 가라테는 단순히 육체의 기술을 높이는 데 그치지 않고 강인한 마음을 단련하는 무도니까요."

어느덧 조용해진 래빗펀치 안에 소노다의 말만이 울렸다. 격투기 설법이 점차 교육론으로 발전한다.

"어떠한 고난에 직면해도 절대 꺾이지 않고 좌절하지 않는 정신. 그거야말로 혹독한 훈련을 통해 제가 학생들에게 전수하고 싶은 내용입니다."

주위에서 귀담아 듣던 교사들 모두가 많든 적든 감명을 받은 모양이었다. 조금 더하면 박수가 쏟아질 분위기다. 하지만 단 한 사람, 하스미만은 정신을 차렸다.

모든 무도와 격투기는 결국 상대방을 죽이거나 전투 능력을 빼앗기 위한 기술이다. 그것이 왜 교육현장에서는 항상 인간성 함양이라는 수단으로 은근슬쩍 바뀌는지 전혀 이해가 되지 않았다. 물론 이 자리에서는 그런 말은 하지 못하고, 말할 생각도 없다.

"소노다 선생님의 말씀을 듣게 되어 정말 기쁩니다. 역시 선생님은 우리 학교에 필요한 분이라는 확신이 드는군요."

소노다는 소주잔을 놓고 커다란 눈으로 하스미를 보았다.

"하스미 선생님께서 하시고 싶은 말씀은 잘 압니다. 그 때문에 오늘 이런 자리를 권하셨고요. 하지만 전 체벌을 가해서 미안하다는 사과 따위는 할 의향이 없습니다. 그건 제 신념에 반하는 일이니까요."

"물론입니다."

하스미는 즉시 대답했다.

"네? 무슨 말입니까?"

소노다는 무언가에 홀린 얼굴이었다.

"그러니까 선생님께서 나루세를 때린 일을 사과할 필요가 전혀 없다는 말입니다. 분명 원칙상으로 체벌은 전면 금지되었지요. 그러나 지금 아이들이 그런다고 말을 듣습니까? 일시적인 감정의 발로가 아니라 마음속 깊이 아이들의 감정을 염려하면서 가하는 체벌은 사랑의 매입니다. 아이들이 길을 잘못 가려고 할 때 사랑의 매로 바른 길을 가게 된다면 나중에 반드시 고마워할 겁니다."

소노다는 고개를 깊이 끄덕였다.

"하스미 선생님께서 그렇게 생각하시는 줄은 몰랐습니다. 제 마음을 정확히 표현해 주시는군요."

건너편에서 다우라가 입을 떡 벌린 모습이 보였다. 하스미가 학생들에게 했던 말과는 180도 다른 이야기인 까닭이다.

"필요한 체벌을 일부 선생님께서 대신해 주시는 건데 저희 일반 교사들은 그런 생각은 못하고 태평하게 체벌을 반대한다는 얼굴을 하고 다녔나 봅니다. 저부터 반성해야 할 일입니다."

"그러, 나 그게 말, 이지요, 하슈미 선생님."

사나다가 혀 꼬인 목소리로 무슨 말을 하려고 했지만 다우라가 입을 가로막았다.

"아니, 잘 알겠습니다. 저도 오늘 하스미 선생님의 생각을 알게 되어 기쁩니다. 그런데 이번 일은 어떻게 처리할 작정이십니까? 나루세의 부모님이 꽤나 강경하게 나왔다는 이야기를 교감선생님께 들었는데요."

"네. 그러니 소노다 선생님께서 사과하셔야 합니다."

"뭐라고요?"

소노다의 눈이 번뜩이며 험악한 표정을 지었다.

"지금 사과할 필요가 없다고 하셨지 않습니까?"

두 사람을 제외한 모두가 얼어붙었다. 래빗펀치 안의 기온이 단숨에 10도 정도 떨어진 듯했다.

"네. 선생님이 나루세를 때린 일에 대해서는 사과할 필요가 없습니다. 그러나 상처를 입힌 부분에 대해서는 이야기가 달라지지요."

하스미는 침착하게 대답한다.

"화가 난다고 감정적으로 대하지 않고 냉정하게 학생을 지도하려고 가한 체벌이라면 당연히 상처가 나지 않게 신경 써서 혼내야 합니다. 실례를 무릅쓰고 말씀드립니다만, 숙련된 교사가 학생의 눈가가 찢어져서 피가 흐를 만한 체벌을 했다면 그건 문제라고 봅니다. 더구나 소노다 선생님 같은 가라테의 달인이 어쩌다 그렇게 어설프게 체벌을 가하셨는지 지금도 이해가 가지 않습니다."

잠시 답답한 침묵이 이어졌다. 주위에 있는 모두가 마른침을 삼키며 상황을 지켜본다.

"비전문가에게 어설프다는 소리를 듣는 건 본의가 아니지만, 뭐 사실 그대로니까 어쩔 수 없군요."

이윽고 소노다가 내뱉은 말에는 웃음이 담겼다. 모두 안심한 듯 가슴을 쓸어내렸다.

"손바닥으로 머리를 때리려는 그 순간 나루세가 피하려고 했는지 머리를 젖히는 바람에 눈가에 맞아 버렸습니다. 뭐, 그 정도의 움직임도 읽지 못한 저의 미숙함이 초래한 결과였습니다."

"보통 머리를 때릴 것 같으면 숙이는데 말이죠. 반대로 뒤로 젖히다니 요즘 아이들의 행동은 통 모르겠다니까요."

옆에 있던 고전교사인 이하라 히사시가 나서서 자신의 의견을 곁들였다. 수업할 때와 마찬가지로 온화한 말투에 분위기도 누그러졌다.

"잘 알겠습니다. 나루세에게 상처를 입힌 부분에 대해서는 사과하죠."

소노다의 태도는 무도인답게 단순명쾌했다.

"다만 체벌 자체의 잘잘못에 대해서는 신념을 굽힐 생각이 없습니다."

"고맙습니다!"

하스미는 정중히 머리 숙여 인사했다.

"우리 체육 수업도 빨리 소노다 선생님이 복귀했으면 합니다. 지금 좀 이런저런 문제가 있어요."

문제가 있다는 낌새를 내보이자 소노다는 두꺼운 눈썹을 치켜올린다.

"시바하라 선생님 말입니까?"

"네. 뭐, 여기서 말씀드릴 이야기는 아닙니다만."

"그래요. 그렇다면 이번 문제는 빨리 정리해야겠군요."

소노다가 커다란 손으로 잔을 쥐며 말했다.

하스미는 한숨 돌렸다. 이것으로 어떻게든 나루세의 아버지와 화해할 길이 생겼다. 알코올이 날아간 맹물 같은 소주를 다 마시고 나니 갑자기 허기가 느껴졌다.

다음 날 하스미는 사카이 교감과 소노다 셋이서 도쿄 마루노우치에 위치한 상업지구 변호사 사무실을 찾아가 나루세 슈헤이의 아버지와 만났다. 나루세 아키오 변호사는 작은 체구에 고급 양복을 입었는데 미국 영화배우인 우디 앨런과 약간 닮은 사람이었다. 학교의 잘잘못을 따질 때도 말투는 사무적이었지만 머리가 아주 명석한지 쓸데없는 말은 하지 않았다.

하스미는 그가 시간 낭비를 가장 싫어하는 성격이라고 간파했다. 이런 사람은 교사 급여로 따지면 상상도 못할 시급으로 움직인다. 그 때문에 시간은 곧 돈이라고 생각하며 하찮은 문제에 필요 이상으로 시간 쓰기를 두려워한다. 결국 어려운 상대이기는 하지만 끝까지 물고 늘어지는 부류들과는 달리 조기에 결말을 짓기 쉬운 상대이기도 하다.

하스미는 쓸데없는 서론은 배제하고 먼저 담임으로서 사과했다. 배턴을 이어받은 소노다는 나루세에게 상처를 입힌 일에 대해 솔직하게 용서를 구했다. 다음으로 사카이 교감이 다시금 학교의 입장에서 유감을 표했다. 그런 다음 두 번 다시 이러한 일을 일으키지 않겠다고 다짐하고 의료비 배상에 대해 말을 꺼냈다. 사전에 논의하고 간 대로 변명은 전혀 하지 않았다.

나루세 변호사는 표정 하나 바뀌지 않았지만 이쪽의 대응에 만족한 눈치였다. 적어도 압력을 가해봤자 더는 얻어낼 게 없다고 판단했으리라. 고개를 두세 번 끄덕이고는 "알겠습니다. 앞으로도 잘 부탁드립니다"라고 말했고, 그 사건은 그렇게 마무리되었다.

사무소를 나왔을 때 시계를 보니 방문한 지 15분밖에 지나지 않았다. 사카이 교감의 지시처럼 나루세 본인을 설득해서 부모를 말리려고 했다면 일이 더 꼬였을지도 모른다. 수완가인 그 변호사를 더욱 화나게 했을 가능성도 있다. 역시 골칫거리라고 생각했던 소노다 쪽을 설득하는 방법이 정답이었다.

사카이 교감이 하스미의 등을 토닥였다. 아무래도 잘했다는 의미인 듯하다. 소노다도 이쪽을 보고 고개를 끄덕인다. 사직할 뻔했던 참에 결국은 구두로만 엄중한 주의를 받고 끝났으니 감사의 표시는 당연하다.

하스미는 눈을 떴다. 까마귀의 울음소리가 들린다. 고양이처럼 유연하게 몸을 일으켜서 살며시 마당 쪽으로 간다. 덧문에는 바깥이 보일만한 틈이 있다. 슬그머니 눈을 가까이 대고 바깥 상황을 살핀다. 있다. 거대한 까마귀 두 마리가 빨래 건조대 위에 앉아 있다.

하스미가 특제 홰를 만든 지 나흘이 지났다. 까마귀는 경계심이 강해서 새로운 것이 있으면 한동안은 멀리하고 다가가지 않는다. 특히 후긴과 무닌은 지능이 높아서 이쪽의 의도를 간파하는 능력이 뛰어났다.

이번에는 그런 점을 반대로 이용했다. 하스미는 홰 바로 옆에 물까치의 깃털을 꽂아두었다. 물까치는 까마귀에 비해 한참 작지만 긴 꼬리 부분의 깃털은 길이가 20센티미터 이상 되어서 딱 봤을 때 강렬한 인상을 준다.

후긴과 무닌도 이틀 정도는 꼬리 깃털이 있는 주변을 기피했다. 까마귀는 무엇보다 동족의 사체에 관심을 갖고 두려워하는 습성이 있다. 그러나 3일째가 되니 이쪽의 의도를 알아차렸다. 서서히 곁에 다가오더니 마침내 동족이 아니라고 판단했는지 물까치의 꼬리 깃털을 뽑아버렸다. 그와 동시에 경계심도 떨쳐버린 듯했다.

후긴은 지금 하스미가 만든 T자형 홰에 앉아있다. 홰는 빨래 건조대 받침기둥에 철사로 땜질하여 한 단 높였는데 후긴은 마치 여기가 자신의 지정석이라도 된다는 태도였다. 직경 3.2센티미터의 스테인리스 파이프는 까마귀에게 꼭 맞는 굵기다.

홰의 중앙부에 T자의 세로획에 해당하는 대나무가 튀어나온 탓에 후긴의 두 다리는 좌우로 각기 다른 스테인리스 파이프를 잡고 있다. 고무시트와 대나무가 두 개의 파이프에 전기가 통하지 않게 막아주는 역할을 한다.

스테인리스 파이프에서 뻗어 나온 전선을 합쳐서 하나의 코드로 묶은 후에 덧문 틈으로 방안으로 연결해 놓았다. 그 코드는 100V를 200V로 승압하는 변압기를 거친 후 최종적으로 방 콘센트에 접속된다. 코드 중간에는 스위치가 달렸다.

하스미는 후긴의 모습을 살피면서 스위치를 켰다. 결과는 격렬했다. 후긴이 커다란 입을 벌리고 반쯤 날개를 펼친 채로 굳어서 경련을 일으킨다. 깜짝 놀란 무닌은 한 번 크게 울고는 날아가 버렸다. 후긴도 울음소리를 내려고 했지만 아무리 애를 써도 소리가 나오지 않는 모양이다. 두 눈이 순막 때문에 새하얘졌다.

새는 하나의 고압선에 앉아도 감전되지 않지만, 그렇다고 사람이나 다른 짐승보다 절연성이 높지는 않다. 좌우의 다리 사이에 전압을 흘려보내면 잠시도 버티지 못한다. 분명 홰에서 도망치고 싶겠지만 감전되면 근육이 수축하고, 그렇게 되면 자기 의지로는 파이프를 쥔 두 발을 떼지 못한다.

이윽고 후긴은 온몸의 날개를 거꾸로 세워서 펼친 상태로 움직임을 멈추었다. 그대로 박쥐처럼 홰에 거꾸로 매달렸다. 이미 목숨이 끊어진 상태임은 분명하다.

하스미는 전기 홰의 스위치를 끄고는 뒷문을 열고 마당으로 나왔다. 까마귀의 사체가 털썩 하고 땅으로 떨어진다. 안도의 한숨을 쉬었다. 가까이에서 보니 상당히 컸다. 물까치 따위는 비교가 안 될 정도였다. 이 정도로 부피가 큰 물체를 도대체 어떻게 처리해야 할까. 타는 쓰레기라고 하면서 노란색 쓰레기봉투에 넣어서 내놓으면 분명히 수상쩍게 여기겠지.

인터넷으로 검색해보니 까마귀를 재료로 파이나 스튜를 만드는 방법이 나왔지만 먹고 싶은 기분은 조금도 들지 않았다. 모모의 먹이로 쓴다면 가계에 보탬이야 되겠지만 주는 것이 햄버거가 아니면 의미가 없다. 햄버거를 만들려면 일단 까마귀 고기를 잘게 다져야 하는데 그다지 내키지 않았다.

하스미는 자신이 무의식적으로 휘파람을 분다는 사실을 깨달았다. 버릇은 쉽사리 고쳐지지 않는다. 선율은 〈서푼짜리 오페라〉의 〈모리타트〉였다.

제2장 병든 학교

가타기리 레이카는 교실로 돌아가려다가 발걸음을 멈췄다.

맞은편에서 수학 담당인 스리이 마사노부 선생님이 다가왔다. 그는 평소와 다름없이 돌부처처럼 무표정했다. 시선은 바로 정면에 고정되어 미동조차 하지 않는다. 일 년의 대부분을 허름한 갈색 상의에 와이셔츠, 짙은 감색 바지 차림으로 다닌다. 겨드랑이에 출석부를 낀 채 머리를 앞으로 쑥 내밀고 걷는 모습이 꼭 로봇같다.

작년에 가타기리가 입학했을 때는 스리이 선생님의 상의 어깨 부근이 자주 분필가루로 더러워졌다. 교실 문을 열면 칠판지우개가 떨어지는 고전적인 장난의 표적이었기 때문이다. 그 직후에 신코 마치다 고등학교의 교실에서 칠판이 전부 없어지고 화이트보드를 사용하게 되어서 장난도 자연스럽게 종식되었다.

못된 장난만 일삼는 히가시데라는 남학생이 2학년 5반 교실에서 나와 프로 야구 경기에서 투수가 공을 던지는 폼을 흉내 내며 스리이 선생님에게 종이뭉치를 던졌다. 종이뭉치는 보기 좋게 스리이 선생님의 머리에 명중하고는 튕겨 나갔다. 교실 문으로 얼굴을 내밀고 구경하던 학생들이 폭소를 터트렸지만 스리이 선생님은 신경이 마비된 사람처럼 변함없는 걸음걸이를 유지하며 걸어간다.

가타기리는 눈살을 찌푸렸으나 엮이고 싶지 않아서 고개를 약간 숙이고 스쳐 지나가려고 했다. 스리이 선생님은 평상시에는 묵례에 아무런 반응도 보이지 않지만 이번에는 웬일인지 가타기리가 인사를 하는 순간 이쪽을 쳐다보았다. 금속 테 안경 렌즈 너머로 치켜 올라간 가는 눈이 움직인다. 검은 눈동자는 부자연스러울 정도로 작고 시선은 송곳처럼 날카롭다.

가타기리는 소름이 끼쳐서 그 시선을 피했다. 가타기리는 사람을 겉모습으로 차별하는 행위를 가장 혐오했다. 더군다나 스리이 선생님은 우울증에 걸렸으며, 등교하자마자 항우울제를 복용하지 않으면 수업도 하지 못한다는 소문이 돌았다. 그런 사람을 웃음거리로 만들거나 괴롭힘의 대상으로 삼는 일은 용서받을 수 없다고 생각했다.

그러나 스리이 선생님의 경우는 조금 다르지 않을까. 가타기리의 직감이 그렇게 알렸다. 때때로 학생들이 아무리 그를 깔보고 괴롭힌들 그는 아무렇지도 않다는 생각이 들 때가 있다. 이 사람은 뭔지 몰라도 터무니없이 깊은 절망에 사로잡혔다. 그래서 평상시에는 일상생활에 필요한 기력조차 내지 못한다. 그렇다고 하더라도 스리이 선생님의 분노를 사서는 절대 안 된다. 그것은 깊이 잠재한 무의식이 알려주는 무시무시한 경고였다.

가타기리가 생각하는 스리이 선생님의 이미지는 눈을 가만히 감은 채, 마치 죽은 듯이 진흙투성이가 된 몸을 움직이지 않는 거대한 악어였다. 주위에 얼쩡거리는 파리에는 무관심하지만 아무도 예측하지 못하는 타이밍에 분노가 폭발하고 그 순간 거대한 입을 벌려 먹이를 덮치는 거대한 악어.

물론 그것은 자신이 멋대로 생각한 망상에 지나지 않는다. 가타기리는 자신이 예전부터 상상력이 지나치게 풍부하다는 사실을 충분히 자각하고 있다.

초등학교 6학년 때의 경험이 모든 것을 바꾸었다. 그 당시 가타기리는 모두가 좋은 선생님이라며 신뢰하던 중년의 남자 선생님에게 말로 표현하지 못할 공포를 느꼈다. 이 선생님은 아이들을 이상한 눈으로 바라보았다. 그 공포심은 평소라면 지나칠 만한 하찮은 일이나 사소한 눈빛, 태도, 목소리 등의 정보가 축적되어 그 무의식이 보내는 경고였다.

부모님을 비롯해서 주위의 누구 한 사람도 가타기리의 공포를 이해하지 못했다. 저렇게 열심히 가르치는 착한 선생님을 왜 그런 식으로 생각하지? 대다수의 사람들은 네 마음이 삐뚤어져서 그렇게 의심한다는 반응이었다.

그런데 얼마 지나지 않아 그 남자 선생님은 갑자기 교단에서 물러났다. 학생들에게는 일신상의 사정이라는 애매모호한 이유만 전해졌으나, 진실은 금방 알려졌다. 누구에게나 평판이 좋았던 노련한 교사의 실제 정체는 최악의 아동성범죄자였다. 그 남자가 교사를 지망하고 오랫동안 교단에 선 유일한 이유는 어린 소녀를 자기 성욕을 채우는 도구로 삼기 위해서였다. 그 남자 선생님에게 희생당한 동급생 두 명도 어느새 전학을 갔다.

그때 가타기리는 깨달았다. 학교란 아이를 지키는 성역이 아니라 약육강식의 법칙이 지배하는 치열한 생존경쟁의 장이라는 사실을……. 여기에서 무사히 살아 돌아오기 위해서는 태어날 때부터 타고난 행운이나 다른 사람보다 빨리 위험을 감지하는 직감, 또는 자신의 몸을 보호할 만한 무력이 필요하다. 자신이 갖춘 능력은 직감뿐이다.

이 학교에 입학한 뒤 직감이 격렬하게 경종을 울린 대상은 네 명의 선생님이었다. 이렇게 많았던 적은 과거에 한 번도 없었기에 한동안은 살아도 사는 것 같지 않았다. 진지하게 전학을 고려할 정도였다.

제일 처음 경종을 울린 사람은 체육 담당인 소노다 선생님이었다. 이 사람은 폭력적인 기술을 구명하는 기괴한 목표를 이루기 위해 살아간다. 그 점은 바로 전해졌다. 왜 그런 일에 정열을 불태우는지 이해가 가지 않았다. 가타기리가 두려웠던 점은 무서운 힘을 드러내 보이는 근육도, 굳은살이 박인 큰 주먹도 아니었다. 무슨 일이 일어나면 이 덩치 큰 남자는 주저 없이 맨 주먹으로 사람을 죽이리라는 강렬한 확신 때문이었다. 평화로운 21세기의 일본 교사이면서 그의 정신은 전국시대의 무장과 다를 바 없다. 소노다의 시대착오적 발상은 위화감 정도가 아니었다. 항상 그를 접하면 다리가 후들후들 떨릴 만큼 겁이 났다.

또 같은 체육교사인 시바하라 선생님은 소노다 선생님과 비교하면 하찮은 존재이지만 실제로 위험도를 따지자면 훨씬 무서웠다. 원숭이처럼 이마가 좁은 두개골에는 지저분한 욕망과 타인을 괴롭히고 싶은 사디스트적인 욕구 이외에는 아무것도 들어 있지 않을 것이라는 생각이 들었다. 누가 봐도 비열하기 그지없는 성품인데 어떻게 교사 자리를 지키는지 불가사의했다. 어쨌든 그에게 찍히지 않으려면 접점이 생기지 않게 주의해야 한다.

약간의 차이가 있겠지만 이 두 사람에 대해서는 다른 학생들도 비슷한 감상을 가질 것이다. 그러나 나머지 두 사람에 대해서 가타기리가 품은 공포는 아무도 이해해주지 않았다.

가타기리가 스리이 선생님을 무서워한다고 속마음을 밝힌 친구는 단 한 명, 중학교 시절부터 친했던 오노데라 후코뿐이다.

오노데라는 누구나 좋아하는 활기찬 아이였다. 낯을 가리는 가타기리와는 성격이 정반대였지만 이상하게도 처음 만났을 때부터 마음이 맞아서 금방 친해졌다. 같은 모양으로 네모반듯하게 자른 단발머리를 맞대고 비밀 이야기라도 나누면 사람들은 그 둘을 쌍둥이 자매 같다고 했다. 가타기리의 하소연을 들은 오노데라는 처음에는 농담이라고 생각했는지 웃을 준비라도 한 사람처럼 가지런한 치열을 보이며 웃었다. 그러나 곧 가타기리의 진심을 깨닫고 걱정스러운 듯 눈살을 찌푸렸다.

"뭐, 확실히 섬뜩하긴 하지만…… 그냥 지나친 생각이야. 쓰리가 무슨 짓을 벌이는 장면은 상상도 안 되는걸?"

쓰리는 스리이 선생님의 별명이다.

"그건 잘 모르겠지만……."

"섬뜩한 사람이라면 '고양이의 저주'가 훨씬 무섭잖아? 난 이제 네코야마 선생님의 웃음소리를 듣기만 해도 등줄기가 섬뜩해."

오노데라는 이를 악물고 몸서리치는 시늉을 했다.

"네코야마 선생님은 해를 끼치지 않아."

'그렇다고 이익을 주지도 않지만' 하고 가타기리는 속으로만 말을 덧붙였다.

"어떻게 설명해야 할지 모르겠지만 스리이 선생님은 뭔가 전혀 달라. ……그러니까 오노데라, 절대로 그 선생님을 화나게 하지 마."

오노데라는 석연치 않은 얼굴이었지만 가타기리의 날카로운 직감을 알고 있는지라 스리이 선생님에 대한 견해를 약간은 바꾼 눈치였다.

"흐음, 그 말을 들으니까 생각났는데 말이야, 가만 보면 쓰리가 가끔 뭔가를 메모하잖아? 그 메모를 기준으로 태도가 나쁜 학생한테 독자적으로 평점을 매긴다는 소문이 돌았는데, 알아? 점수가 올라가는 경우는 없고 감점만 누적된대."

"그 소문 진짜일지도 몰라."

이야기를 들으니까 그럴 법하다는 느낌이 들었다. 설마하니 블로그에 글 쓸 소재를 모으려고 메모하는 건 아니겠지.

"응. 뭐, 그저 그런 학교 괴담일 뿐이지만 말이야. 그래서 감점이 한계에 다다르면 뭔가 무서운 일이 일어난대. 그런데 쓰리는 학생이 아무리 떠들어도 화내지 않아서 요즘에는 다들 깔보니까 이런 말이 없어지긴 했지만 말이야. ……그보다는 이 이야기가 더 흥미로워. 고양이의 저주가 숙직이어서 밤에 학교를 순찰할 때면 뒤에서 몇백 마리나 되는 고양이 망령이 야옹야옹 울면서 붙어 다닌대! 동아리 활동이 늦게 끝나서 남은 애가 정말 봤다고 말했다니까!"

마지막으로 남은 한 사람에 대해서는 친구인 오노데라에게조차 말하지 못한다. 그 사람에 대한 말을 넌지시 비추기만 해도 열화와 같이 화를 내는 탓이다. 오노데라뿐만이 아니다. ESS 부원들을 필두로 해서 반에서 여학생 대부분이 하스미 선생님의 열광적인 신자나 마찬가지다.

가타기리도 처음부터 색안경을 끼고 하스미 세이지라는 교사를 보지는 않았다. 오히려 처음에는 밝고 행동력 있는데다 학생들을 위하는 좋은 교사라는 인상이 압도적이었다. 그런데 부임 1년째부터 학생지도부에 들어가서 다양한 문제를 시원시원하게 해결하는 모습을 보는 동안 기묘한 감각에 사로잡혔다.

'이 사람은 인간의 거짓말을 꿰뚫어보는 게 아닐까.'

처음 그런 생각이 든 것은 돈을 훔쳤다, 훔치지 않았다 하면서 두 학생이 다툰 사건이 일어났을 때였다. 의심받은 학생은 완강하게 부인했지만 예전에 물건을 훔친 전적이 있어서 주위 사람들은 대부분 그가 범인이라고 생각했다.

그 사람들 속에서 가타기리만은 그가 무고하다고 직감했다. 그리고 하스미 선생님도 역시 같은 판단을 내렸다. 교육적인 배려 차원에서 믿는 척 하는 게 아니라 확신을 갖는 느낌이었다. 그 직후에 없어진 돈이 발견되었고, 모든 일은 돈을 도둑맞았다고 주장했던 학생의 오해였음이 드러났다. 이 사건으로 주위에서는 하스미 선생님에 대한 신뢰가 점점 두터워졌지만 가타기리는 그들과는 반대로 하스미 선생님에 대해 의혹을 갖기 시작했다.

하스미 세이지에게는 독심술처럼 사람의 마음을 내다보는 능력이 있음이 분명하다. 하지만 왠지 모르게 자신과 같은 부류라는 생각은 들지 않았다. 자신과 같다고 봐주기에는 표현하기 어려운 위화감이 존재했다.

그 이유를 밝혀내는 동안, 불안이 싹트기 시작했다. 극과 극은 서로 통한다고 하지 않는가. 하스미 선생님은 혹시 자신과는 정반대이기 때문에 자신과 마찬가지로 거짓말을 판별하는 것이 아닐까.

타인의 마음을 헤아릴 줄 아는 사람의 대부분은 풍부한 감성의 소유자다. 상대방의 감성과 깊이 공감하기에 역시 그의 마음의 변화를 쉽게 느끼고 상상한다. 그렇지만 하스미의 경우는 정반대라는 느낌이 들었다. 그가 거짓말을 간파한 이유는 오히려 거짓말이라는 개념을 잘 알기 때문이라는 생각이 들었다. 어설프게 상대방에게 공감하지 않으니까 판단력이 흐려지지도 않는다.

한번 그렇게 생각하자 하스미 선생님이 하는 일이 모두 가식으로 보였다. 그 상쾌한 웃음이나 평소 학생들을 대할 때의 따스함이나 배려를 잊지 않는 언동도 마찬가지였다. 이제 가타기리 레이카의 머릿속에서 담임 선생님은 이 세상에서 가장 이해하기 어려운 존재였다.

스리이 선생님을 지나쳐서 교실에 돌아왔다. 자리에 앉자 눈앞에 어떤 여자애가 서 있다. 시선을 위로 향하자 전혀 생각지도 않은 아이가 가타기리를 내려다보고 있었다.

"잠깐 나 좀 보자."

야스하라 미야는 그렇게 제 말만 하고는 바로 교실을 나갔다.

가타기리는 할 수 없이 그 뒤를 따라 나갔다. 야스하라는 복도를 걸어서 여자 화장실로 들어갔다. 지금 막 거기서 나온 참이었는데……. 야스하라가 화장실에 들어가자마자 그 안에 서서 떠들썩하게 이야기하던 여자아이들이 입을 딱 다물었다. 모두 1반 아이들이다.

"너희 당장 나가."

야스하라가 험악하게 턱짓으로 문을 가리키자 여자아이들은 허둥지둥 화장실에서 나갔다. 두 사람만 남게 되자 야스하라는 세면대 앞으로 걸어갔다. 가타기리가 옆에 있다는 사실을 잊은 사람처럼 자신의 머리카락 끝부분만 이리저리 바라보았다.

"저기…… 야스하라."

가타기리는 조심스럽게 자기를 불러낸 이유를 물어보려고 했다.

"너야?"

야스하라는 거울을 보면서 단조롭게 말했다.

"어?"

"다시 한번 묻겠어. 너야?"

가타기리는 침을 꿀꺽 삼켰다. 질문의 의도는 명확했다. 야스하라를 진심으로 화나게 하지 않기 위해서는 전부 정직하게 인정해야 한다.

"응."

야스하라는 가타기리를 향해 돌아섰다.

"흐음. 이제 와서 헛소리를 지껄이면 어떻게 해줄까 고민했는데 말이야."

야스하라는 천천히 다가와서는 가타기리의 바로 눈앞에 서서 소름끼칠 만큼 오싹한 미소를 지었다. 엇비슷한 키에 귀엽게 생긴 얼굴이지만 그 위압감은 도저히 동급생이라는 생각이 들지 않았다.

"그래서? 왜 아무 관계도 없는 네가 하스민 쌤한테 고자질을 했는데?"

"미안해. 난 나쁜 뜻으로 말한 게 아니라……."

"됐으니까 이유나 말해."

야스하라는 차갑게 말을 가로막았다.

"시바하라가 한 짓을 용서할 수 없었으니까."

"흐음, 뭘 용서하지 못하겠다는 말이야?"

야스하라의 얼굴이 가까이 다가왔다. 가타기리는 고개를 떨어뜨렸다.

"……성추행."

갑자기 엄청난 힘으로 머리카락이 잡히는 바람에 가타기리는 얼굴을 들어올렸다.

"두 번 다시 그 단어를 입에 올리지 마! 다시 말하면 죽여버릴 테니까!"

"……응, 알았어."

가타기리는 아주 가까운 거리에서 야스하라의 눈을 보고 "어!" 하고 어리둥절했다. 야스하라는 실제로는 별로 화가 난 것 같지 않았다.

"뭐, 알아들었으면 됐어. 이번에는 결과가 좋았으니까 특별히 봐주지. 그렇지만 다음에 또 이번처럼 네 멋대로 행동하면 그때는 어떻게 될지 잘 알지?"

야스하라는 의외로 선선히 가타기리의 머리카락을 놓았다. 냉정을 되찾고 야스하라를 살펴보니 무서운 표정이 아니었고 오히려 기분 좋아 보였다.

"야스하라…… 이제 괜찮아?"

가타기리는 용기를 내어 물었다.

"그래, 이미 끝난 일이야. 그러니까 너도 전부 잊어."

야스하라는 귀찮은 듯이 말한다.

"그리고 더 이상 하스미에게 접근하지 마. 알았어?"

"응."

야스하라는 가타기리를 한 번 흘깃 쳐다보고는 아무 일도 없었다는 듯 화장실을 나갔다. 가타기리가 화장실에서 나오자 근처에서 서성거리던 남학생 둘이 달려왔다.

"가타기리, 괜찮아?"

큰 키의 하야미 게이스케가 걱정스러운 듯 물어본다. 광대뼈가 튀어나왔고 턱은 갸름하다. 또래 남자아이들과 비교하면 얼굴과 분위기가 어른스러워서 은근히 팬을 자처하는 여자아이들도 많다.

“괜찮아. 둘 다 무슨 일이야?”

“우리 반 여자아이가 야스하라가 너를 화장실로 끌고 들어갔다고 알려줬어. 어디 맞거나 뭘 빼앗기진 않았지?”

“그런 거 아니야. 괜찮아.”

다시 심장이 쿵쾅쿵쾅 뛰었지만 가까스로 진정되었다.

“다행이다. 우린 여자 화장실에 못 들어가니까 걱정했어. 비명이 들리면 뛰어 들어갈 생각이었지만 말이야.”

나고시 유이치로가 안심한 듯이 말한다. 이 남자아이는 사람 좋아 보이는 둥그런 얼굴에 땅딸막한 체형이다.

하야미와 나고시는 1학년 때 가타기리와 같은 반이었다. 이 두 사람은 성격도 외모도 전부 대조적이지만 풋살 동호회에서 친해졌다고 한다. 두 사람의 자리가 가타기리의 양옆이어서 항상 가타기리를 사이에 두고 이야기를 나누게 되었고, 그러다 보면 무심코 이야기에 끼어들곤 했다. 그래서 언제부터인가 가타기리를 포함한 세 사람이 친해졌다. 하야미만 이과를 선택하는 바람에 그는 2학년 1반이 되었지만 가타기리와 나고시는 둘 다 문과여서 운 좋게도 같은 반에 배정되었다.

“그래서 야스하라가 왜 널 불러낸 건데?”

하야미가 물어본다.

“아무 일도 아니야. 그 이상은 물어보지 마. ……여자들만의 이야기니까.”

야스하라가 두렵다기보다는 남자에게 별로 말하고 싶지 않은 내용이었다.

“여자들만의 이야기라니…… 무슨 일인지 모르겠지만.”

하야미는 한숨을 내쉬며 말했다.

“뭐, 말하고 싶지 않으면 지금 이야기해 주지 않아도 괜찮아. 하지만 만약 위험해진다면 바로 우리에게 말해야 해. 알았지?”

“응. 그럴게. 고마워.”

가타기리는 두 사람에게 고맙다는 눈빛을 보냈다. 가타기리는 위급한 순간이면 둘 다 정말로 자신을 구하러 와주리라고 믿는다.

“근데 위험한 사람은 오히려 하야미 아냐?”

“뭐가? 무슨 소린지 모르겠는데?”

하야미는 미간을 찌푸리면서 팔짱을 끼고는 작게 중얼거렸다.

“커닝, 이번 중간고사 때 또 할 작정이야?”

“바보야, 너 무슨 말을 하는 거야. 이런 곳에서.”

당황한 하야미가 가타기리의 입을 막으려고 했다. 가타기리는 재빨리 하야미의 손이 닿지 않는 곳으로 도망쳤다.

“이제 와서 뭘. 괜찮잖아? 나한테까지 이야기가 들릴 정도면 벌써 상당히 소문이 퍼졌다는 뜻이야.”

"그러니까 말이야……. 아. 으음. 그런데 커닝Cunning은 단순히 머리가 좋거나 교활하다는 의미야. 미스 가타기리, 시험 등에서 부정을 저지르는 경우는 치팅Cheating이라고 합니다!"

하야미는 얼른 태도를 바꿔서 큰소리로 외쳤다. 우연히 복도를 지나가는 여학생들이 이쪽을 보고는 쿡쿡거리고 웃으면서 이야기한다.

"웃을 일이 아니잖아."

가타기리는 눈살을 찌푸렸다. 하야미가 하스미 선생님을 흉내내면 왠지 모르게 불쾌하다.

"그렇지만 말이야, 하야미 너도 참 별난 애야. 그런 짓을 해서 무슨 이득이 있지?"

나고시가 희한하다는 듯이 이야기한다. 하야미는 아무리 놀러 다녀도 항상 성적은 상위권이었다. 하야미에게 커닝이란 가능한 한 많은 학생들에게 답을 알려줘서 학교 성적을 무의미하게 만드는 게임에 지나지 않았다.

"내 말이! 대체 뭐하자는 거야? 학교에 대한 레지스탕스?"

하야미는 웃음을 터트렸다.

"레지스탕스라니……. 너 어느 시대에서 시간 이동해 온 거야?"

"그럼 뭣 때문이야?"

"목적 따윈 없어. 그냥 심심해서 그래."

하야미는 아무렇지도 않게 시치미를 뗐다.

그날은 1교시 수업이 없었으므로 하스미는 하이제트의 짐칸에 놓인 쓰레기봉투를 들고 생물준비실로 갔다.

"네코야마 선생님, 선물입니다."

네코야마는 하스미가 쓰레기봉투에서 꺼낸 후긴의 사체를 보고 몹시 기뻐했다.

"이, 이것은…… 멋져요! 아름답습니다. 게다가 큰부리까마귀 치고는 상당히 크군요! 으음, 이 시체는 제가 가진 골격표본 중에서도 걸작이 되겠군요. 정말 제가 받아도 됩니까?"

"당연하지요. 요전에 주신 물까치 깃털의 답례니까요."

실은 필요 없다고 말해도 두고 갈 생각이었다.

"이 단단한 부리! 정말이지 짜릿하군요. 우히히히히히히 …… 다들 까마귀는 어딜 가든 있다고 생각하지만 시체는 웬만해서 구하기 힘들어요. 오죽하면 까마귀 시체를 소재로 한 『까마귀 시체는 왜 눈에 띄지 않을까?』라는 엉터리 책도 나오겠어요?"

하스미는 까마귀 시체를 입수한 경로에 대한 변명을 준비해 두었지만 네코야마는 갑작스러운 선물에 빠져서 의문을 갖지도 않는 듯했다.

개다래나무*를 받은 고양이처럼 까마귀 시체에 빠진 네코야마를 뒤로 하고 하스미는 보건실로 향했다.

* 고양잇과 동물들에게 환각 작용을 일으키는 덩굴나무. '고양이 최음제' 또는 '마약'이라고 불린다.

"어머, 하스미 선생님."

컴퓨터를 하던 다우라 준코가 얼굴을 들었다. 아직 1교시라 그런지 안쪽 침대에서 자는 학생은 없었다.

"아무래도 날 만나러 온 건 아닌 모양이네."

"응. 미즈오치 선생님은?"

"정말 질투 나게 구네! 젊은 여자애가 그렇게 좋아?"

다우라는 하스미의 팔을 손가락으로 꼬집었다. 꼬집는 척인 줄 알았는데 실제로 힘껏 꼬집는다.

"아…… 아프잖아. 무슨 짓이야. 그런 게 아니라고."

운 나쁘게도 마침 그때 상담교사인 미즈오치 사토코가 들어왔다. 마치 한창 사랑싸움을 벌이는 연인 같은 하스미와 다우라의 모습을 보고서는 머쓱해진 표정이다.

"미즈오치 선생님, 잠깐 부탁드리고 싶은 일이 있습니다."

하스미는 최대한 몸가짐을 바르게 하고 말했다.

"네."

미즈오치 사토코의 답변은 조금 느렸지만 하스미의 요청에 응해서 캐비닛에 보관된 자료를 꺼냈다. 지체하지 않고 보건실 모퉁이에 마련된 소파에 마주보고 앉았다. 다우라의 의미심장한 시선은 무시하기로 했다.

"다테누마와 마에지마 말인가요? 으음, 알겠습니다. 얼마나 도움이 될지 모르지만요."

미즈오치는 작년에 학생들을 대상으로 시행한 심리 테스트 자료로 눈을 돌렸다. 그녀는 이 학교에는 일주일에 이틀만 오지만 상담에 대한 평판이 좋아서 하스미와 마찬가지로 2년째 근무 중이다.

하스미는 '속눈썹이 꽤 길구나'라고 생각한다. 깔끔한 짧은 머리에 옅게 화장한 소녀 같은 얼굴이어서 흰 가운을 걸치지 않으면 이 학교의 학생이라고 해도 믿을 정도다. 국립대학의 대학원을 졸업한 임상심리사라고 하니 학교 상담교사로서는 아직 신입이어도 27, 28세는 되지 않았을까.

"하스미 선생님?"

고개를 든 미즈오치가 의아한 표정으로 이쪽을 본다. 하스미는 딴생각을 하다가 정신이 들었다.

"네, 듣고 있습니다."

"솔직히 망설여집니다. 비밀을 지킬 의무도 있고, 학생들을 대상으로 시행한 심리 테스트 결과를 학급 운영을 위해 사용해도 괜찮을지 잘 모르겠어요."

"미즈오치 선생님이 어떤 점을 염려하시는지 잘 압니다. 하지만 제가 어떠한 경우에도 학생을 첫 번째로 생각한다는 점을 알아주시기 바랍니다. 지금 2학년 4반에는 문제가 발생할 징조가 조금 보입니다. ……아니, 아마도 문제는 이미 여기저기에서 발생한 상태고 우리 교사들이 눈치 채지 못했을 뿐입니다."

미즈오치는 잠자코 고개를 끄덕였다. 상담교사이다 보니 상대방의 이야기를 바른 자세로 듣는 태도가 몸에 밴 모양이다.

"문제를 품은 학생들은 우리에게 호소하고 싶은 일이 많으리라 생각합니다. 하지만 그 아이들은 대부분 자신의 생각을 말로 표현하기 어려워하는 듯해요."

"저도 요즘 아이들은 말로 표현하는 것이 서툴다는 인상을 받았어요. 표현 이전에 자신의 문제를 확실하게 인식하지 못하는 건지도 모르지만요."

미즈오치는 심리 테스트 용지를 착착 정리해서 테이블에 올려놓았다. 가능하면 여기서 이 이야기를 끝맺고 싶은 모양이다.

"마에지마가 작년 상반기, 그리고 2학기 중반까지는 자주 보건실에 들른 모양이던데 혹시 미즈오치 선생님의 상담을 받은 적도 있습니까?"

"네. 네다섯 번 정도 받았습니다."

"무슨 일로 상담했습니까?"

"그 부분은 알려드리지 못합니다."

미즈오치는 딱 잘라서 거절한다.

"2학기 중반 이후부터는 보건실에 오는 횟수도 현저하게 줄어들었다고 들었습니다. 상담도 그 이후부터는 중단되었나 보군요."

"네."

"마에지마의 문제가 해결되어서 더 이상 오지 않는 겁니까?"

미즈오치는 잠시 생각했다.

"그 역시 저로서는 판단하기 어렵습니다."

방어벽이 꽤 튼튼하다. 하스미는 다른 돌파구를 찾았다.

"실은 2학년 4반이 갖고 있는 문제 중 하나가 집단 따돌림입니다. 어떻게든 빨리 손을 써야 합니다. 다행히도 신학기가 시작되고 얼마 지나지 않았으니까 지금이라면 그런대로 해결이 가능할 듯합니다. 어영부영하다가 지도할 시기를 놓쳐버리면 돌이키지 못할 사태를 초래할지도 모릅니다."

미즈오치는 눈살을 찌푸렸다. 태도가 매우 진지해졌다.

"말씀하시는 집단 따돌림의 당사자가 다테누마와 마에지마입니까?"

"네. 그러나 두 사람 다 아무 말도 하지 않습니다. 문제를 해결할 실마리가 보이지 않아요. 그래서 심리 테스트에 나타난 그 아이들의 심리 상태라도 보고 싶습니다."

그녀의 얼굴에 동요가 보인다. 명백하게 망설이는 중이다. 조금만 더 밀어붙이자.

"하지만 집단 따돌림 문제를 해결하는 데 심리 테스트 결과가 도움이 될지는……."

"물론 테스트의 결과만 봐서는 문제 해결에 필요한 지식은 얻지 못 하겠지요. 그러니 부디 전문가인 미즈오치 선생님께서 충고해 주셨으면 합니다."

미즈오치는 대답을 하지 않는다.

"물론 사생활은 최대한 지키겠습니다. 모두 학생을 위한 일이니 제발 협조 부탁합니다."

하스미는 소파에 앉은 채 몸을 굽히고 머리를 깊숙이 숙였다.

"하스미 선생님…… 아니, 이러지 마세요."

미즈오치는 안절부절못하는 모습이었다.

학교 상담교사는 자주 소외감과 욕구불만을 느낀다. 어차피 외부인인 데다가 학생의 고민을 들어주기는 하지만 고민 해결을 위해 행동하진 못하기 때문이다. 그런데 갑자기 교사가 이렇게 저자세로 부탁하고, 더구나 그 부탁이 집단 따돌림 문제를 해결하기 위해서라는 말을 들으면 거절하기 어렵다. 계획대로 미즈오치는 하스미의 설득에 넘어갔고, 마지못해 협조해 주었다.

"……글쎄요. 나무갓과 줄기의 비율을 보니 이 아이는 조금 어릴지도 모르겠네요."

미즈오치는 나무 그림 검사의 결과를 해설했다. A4용지에 4B 연필로 나무 그림을 그리는 단순한 심리 테스트지만 무척 대중적인 인격 검사 방법 중 하나다. 신코 마치다에서는 매년 1학년을 대상으로 여러 종류의 심리 테스트를 실시한다.

"분명히 나무갓의 크기를 기준으로 할 때 줄기의 길이는 정신적인 발달에 따라서 짧아지게 되지요?"

하스미가 물었다.

"네. 나무 그림 검사의 창시자인 코흐는 그렇게 말했습니다. 그 기준으로 계산하면 마에지마는 초등학생 수준이에요. 물론 이 결과가 정신연령 자체를 가리키지는 않지만요. 게다가 전체적으로 선이 약하고 데생에 성의가 없습니다. 이것은 약한 의지력을 나타내지요. 또 윤필潤筆은 감수성이 풍부하다는 신호이고, 줄기의 왼쪽에 그려진 그림자는 내향성을 나타냅니다."

여기서 말하는 윤필이란 연필을 뉘어서 화면을 칠하듯이 그리는 방법을 뜻한다. 하스미는 미즈오치의 분석이 타당하다고 생각했다. 마에지마 마사히코는 내성적이고 의지가 약한 성격이어서 따돌림을 당할 조건에 부합한다.

그렇지만 다시 마에지마가 그린 나무를 보니 다른 학생의 그림과 비교해서 큰 위화감이 느껴졌다. 나무갓을 만화처럼 물결선으로 그렸고, 꽃이나 열매는 달렸지만 정말로 기묘한 느낌이 들었다. 단순히 어리다거나 현실 도피의 경향이 있다는 이야기가 아니다. 그림의 오른쪽에 덩굴풀이 침범해서 나무를 휘감으려는 것을 제외한다 해도 말이다.

"……다음은 다테누마의 나무 그림 검사 결과입니다. 이 그림은 마에지마와는 대조적이네요."

미즈오치는 두 장의 그림을 나란히 놓았다. 그림의 차이는 일목요연했다. 다테누마의 그림은 필치가 거칠고 황량했다.

"나무가 뿌리에서 두 개로 갈라진 것은 특별히 이상한 징후가 아닙니다. 자아를 재편성하는 15세 전후에 자주 보이는 특징입니다. 다테누마도 그림을 잘 그리지는 않았어요. 선이 지나치게 강하고 나무 오른쪽이 화면에서 삐져나왔습니다. 이는 폭주하기 쉬운 경향을 가리키지요. 또 나뭇가지 일부가 뾰족한 것은 공격성을 나타내며, 다른 나뭇가지 일부가 전지가위로 잘라낸 듯이 보이는 부분은 그가 주위 환경에 속박당한다고 느낀다는 증거입니다."

나뭇가지의 끝은 인간관계를 가리킨다. 다테누마 마사히로의 경우는 그야말로 전형적인 문제아가 그린 그림이었다.

"지면에 달라붙은 듯이 뿌리를 그리는 방식을 보면 자신의 존재 기반을 위협당한다고 느낄지도 모르겠군요. 사회심리학자 앤서니 그린발트의 공간 도식에서는 일반적으로 오른쪽 위가 능동성의 영역이라고 했지만……."

미즈오치는 계속 다테누마의 그림을 분석했지만, 하스미는 어느새 자신의 생각에 몰두했다.

"미즈오치 선생님, 여기 마에지마가 그린 나무 말입니다. 어딘가 여자아이의 그림 같은 기법이라는 느낌이 들지 않습니까?"

한 반 분량의 그림을 다 정리하면서 살펴본 덕분에 알아차렸다. 남자아이는 나뭇가지 하나하나를 사실적으로 그리는 경향을 보이는 데 반해, 여자아이는 나무갓을 하나로 합쳐서 그리고, 꽃이나 열매를 덧붙이는 경우가 많았다. 마에지마가 그린 그림은 명확하게 여자아이 그림의 특징을 갖추었다.

"예…… 확실히 그렇군요."

미즈오치는 조금 곤혹스러운 표정을 지었다.

"이전부터 그런 인상이 있긴 했지만…… 그 아이는 약간 여성적인 경향이지 않습니까?"

"이 그림만으로 거기까지는……."

"TAT에서는 어땠습니까? 그런 진단이 나오지 않았습니까?"

TAT(Thematic Apperception Test)란 흑백 그림이 그려진 카드를 보여주고, 피실험자에게 무슨 장면인지 이야기를 만들게 하는 심리 테스트다. 카드는 전부 30장이지만 통상적으로 그중에서 10~20장을 사용한다. 나무 그림 검사의 결과와 비교해서 해석하는 경우도 많다. 단지 테스트하는 데 시간이 많이 걸린다는 애로사항이 있다. 그래서 당연하게도 1학년 전원을 대상으로 테스트하지는 못한다.

"마에지마가 TAT를 한 것을 어떻게 아시나요?" 미즈오치는 눈을 크게 떴다.

"마에지마 본인에게서 들었습니다. 물론 구체적인 내용까지는 못 들었지만요. ……저도 옛날에 받아본 적이 있고요."

당연하지만 실제 정보원을 밝혀선 안 된다.

"그렇군요. 그래도 이 이후의 이야기는 좀……."

미즈오치가 망설이자 하스미는 미심쩍은 생각이 들었다. 마에지마 마사히코의 TAT에 그 정도로 말하기 힘든 내용이 나타났다는 뜻일까? 몇 가지 가능성을 곰곰이 생각하는 동안 어떤 점이 떠올랐다.

"마에지마 마사히코가 따돌림을 당할 때 '오카마'*라고 불리기도 한다고 합니다. 물론 단순한 욕일지도 모르겠지만 실제로 성동일성 장애나 동성애적 경향이 있다고 나오지 않습니까?"

미즈오치는 난감한 표정이었다.

"……아무리 담임 선생님이라도 거기까지 파고들 필요는 없을 텐데요. 성적인 기호는 사생활입니다. 지켜주어야 하는 부분이에요."

"맞는 말씀이십니다. 저도 원래는 절대 개입하지 않아야 한다고 생각합니다. 하지만 만약 그것이 따돌림의 원인이라면 파악해야 합니다. 이건 다 마에지마를 보호하기 위해서입니다."

미즈오치는 잠깐 생각하다가 한숨을 쉬고 각오한 듯이 말했다.

"……그렇군요. 확실히 단정할 수는 없지만 카드 1의 반응에서 그 특징이 나타났습니다."

미즈오치는 TAT에서 사용한 카드를 하스미에게 건넸다. 카드 1은 어린 남자아이가 바이올린 앞에서 턱을 괴고 있는 그림이다.

* 여성스러운 남자나 남색男色을 일컫는 비속어.

"이 그림에서 바이올린의 음색을 고집스럽게 언급하는 경우에는 나르시시즘이나 동성애, 약물 중독 등의 경향이 있다고 말합니다."

"마에지마가 그런 반응을 보였습니까?"

"네. 소년이 바이올린을 앞에 두고 아름다운 음색을 상상한다는 내용이었습니다. 예전부터 음악을 좋아했는지 음의 높낮이나 부드러움, 울림 등에 대해서도 상당히 자세하게 말했습니다."

미즈오치가 공책을 보면서 대답했다.

"그럼 카드 2는 어땠습니까?"

카드 2는 밭의 두둑을 배경으로 젊은 여성과 나이가 든 여성, 그리고 반라의 남성과 말이 그려진 카드다.

"이 카드도 그랬습니다. ……여성에게는 대부분 반응이 없고 상반신을 벗은 남성에 뚜렷하게 반응했어요."

"카드 3BM은요?"

이 카드는 침대를 마주보고 웅크린 인물의 뒷모습이 그려진 그림이다.

"3BM은 부정적인 자기 이미지나 공격성을 확인하는 카드입니다. 그러나 남성 피실험자가 이 인물을 여성이라고 인식하는 경우라면 잠재적인 동성애의 신호로 여기지요. 마에지마도 여성이라고 했습니다."

"카드 8BM은요?"

이 카드는 두 남자가 한 남자를 외과수술 하는 것처럼 보이는 장면으로, 그 앞에는 한 사람의 소년이 서성거리고 있다.

"이것도 마찬가지입니다. 마에지마는 이 소년을 남장한 여성이라고 생각한 모양이에요."

"그럼 카드 8GF는 어땠습니까?"

8GF는 네 명의 남자가 풀밭에서 뒤엉켜 자는 모습을 그린 그림이다.

"마에지마는 이 그림의 남자들이 매우 불편해 보인다고…… 말했습니다."

"과연, 분명 그것도 전형적인 동성애 경향의 특징이지요?"

미즈오치는 놀란 듯 눈을 치켜떴다.

"네, 그렇습니다."

그 이외의 카드 대부분에서도 동성애의 특징이 나왔다. 흔히 섹슈얼 카드라고 불리는 13MF에서도 여성에 대한 혐오를 나타내는 반응이 나왔다고 한다.

'이 정도로 중복되면 틀림없겠군.'

"고맙습니다."

하스미는 다시 한번 깊이 고개를 숙였다. 어째서인지 그녀의 표정이 다시 흐려졌다.

"역시 여기까지는 말하지 말아야 했어요."

"괜찮습니다. 지금 들은 이야기는 절대 외부로 새어나가지 않을 테니까요. 물론 다른 선생님들에게도 말입니다."

"네…… 그렇지만."

미즈오치가 머뭇거리며 말했다.

"실은 심리 테스트의 결과에 대해서 이야기한 사람은 하스미 선생님이 두 번째입니다."

"두 번째라고요? 그럼 저보다 먼저 물어본 사람은 누구였습니까?"

"미술 담당인 구메 선생님입니다."

하스미는 놀랐다.

"구메 선생님이 심리 테스트에 흥미를 가진 이유가 뭡니까?"

"작년 여름쯤이었어요. 미술시간에 학생이 그렸다는 그림을 몇 장 가지고 오셔서 제 의견을 물으시더군요. 학생이 무의식적으로 사인을 보낸다면 교사로서 지나치지 못한다고 말씀하셨어요."

"그렇게 문제의식을 가진 분인 줄은 몰랐는데요."

하스미는 콧대가 얇고 신경질적인 구메 다케키의 얼굴을 떠올렸다. 분명 37~38세쯤 되었으리라. 옆머리를 전부 쳐올린 독특한 헤어스타일에 깡마르고 키가 크다. 마치다에서는 팔지 않는 도회적이고 세련된 옷을 걸쳤다. 유명한 미대의 유화학과를 졸업했다고 하는데, 교무실에서 다른 교사들과 교제를 즐기지도 않고 초연하게 지내는 사람이라 대화를 나눈 적이 한 번도 없다. 그렇게까지 학생을 생각하는 인물로는 보이지 않았는데…….

"몇 반 그림을 가져오셨습니까?"

"1학년 그림들이었는데, 여러 반의 그림이 섞인 듯했어요. 그 중에 마에지마의 그림도 있었고요."

"그래서 그림에 무슨 신호가 있었습니까?"

"아니요. 특별하진 않았습니다."

미즈오치는 쓴웃음을 지었다.

"뭐라고 해야 할까. 보라색은 증오를 나타내는 것이 아닌지, 태양과 집은 뭘 상징하는지 등의 평범한 질문이었어요. 대부분 잡담이나 마찬가지였지만요."

구메처럼 예술가인 척하는 타입이 오히려 여성에게는 경계심을 갖지 않게 할지도 모른다. 구메 선생님은 분명 독신이었다.

"……단지 그 안에 나무 그림이 있었습니다. 거기서부터 나무 그림 검사 이야기로 흘러가서 후학을 위해서 꼭 보여주었으면 한다고 말씀하셨어요."

"그때 마에지마가 화제로 올랐나요?"

미즈오치는 당혹스러운 듯 끄덕였다.

"방금 TAT의 이야기도요?"

"물론 방금과 같은 이야기를 하지는 않았습니다. 하지만 마침 테스트를 실시한 직후여서 이야기 흐름에 휘말린 나머지 무의식 중에 쓸데없는 이야기를 했을지도 모르죠. ……구메 선생님은 이야기를 무척 잘 들어주는 분이셨거든요."

미즈오치는 후회하는 듯이 미간을 좁히며 머리카락을 만지작거렸다.

"알겠습니다. 귀중한 시간을 할애해 주셔서 고맙습니다."

하스미는 일어났다.

"어쨌든 따돌림 문제가 더 이상 심해지지 않게 바로 대책을 강구해 보겠습니다. 그 대책을 세우는 데 지금 미즈오치 선생님께서 해 주신 이야기는 무척 유익했습니다."

미즈오치도 일어났지만 시무룩한 얼굴이다.

"다음에는 부디 제 개인적인 상담도 부탁드립니다. 요즘 너무 많은 문제가 계속 터져서 머리가 이상해질 지경이거든요."

하스미가 푸념하자 미즈오치는 어렴풋이 미소를 보였다. 작은 입술 사이로 진주 같은 이가 비친다.

"하스미 선생님은 괜찮으세요."

"답변이 너무 차가우신데요?"

"아뇨. 진심으로 드리는 말씀이에요. 어딜 어떻게 보든 이 학교에서 다른 누구보다도 정신적으로 안정되셨어요."

그리고 갑자기 다시 의심스럽다는 표정이 되었다.

"그건 그렇고, 하스미 선생님은 심리 테스트에 대해서 꽤 자세히 아시네요. TAT 카드에서도 동성애 지표를 보여주는 것만 뽑아내셨고요. 조금 놀랐습니다."

"아니요. 그렇지 않습니다."

내심 움찔했지만 하스미는 내색하지 않았다.

“예전에 조금 흥미를 갖고 책을 읽은 적이 있을 뿐입니다.”

“그런가요?”

거짓말은 아니다. 책을 읽은 시간과 권수를 안다면 그녀는 틀림없이 놀라겠지만 말이다.

하스미는 활기 넘치게 두 시간 연속으로 수업을 마친 후 점심시간 전의 빈 시간을 이용해서 몇 가지를 조사할 생각이었다. 하지만 그 계획은 한 침입자의 방문으로 인해 완전히 어긋나고 말았다.

“그러니까 아까부터 내가 학교에서 제대로 조사를 했느냐고 물었잖아!”

기요타 가쓰시는 담배를 한 손에 들고 소파에 몸을 뒤로 기댄 자세로 거만하게 말했다. 응접실은 금연이라고 몇 번이나 주의를 주었는데 들은 체도 하지 않는다. 계속 다리를 떨면서 수상쩍다는 눈빛으로 하스미를 바라본다.

“물론입니다. 담임으로서 우리 반 안에서 일어나는 일은 확실히 파악하고 있고, 다시 한번 반 아이들에게 물어보고 조사도 했습니다. 기요타 리나는 따돌림을 당한 적이 없습니다.”

“흥, 바로 그 말이 나오는구먼. 학교에서 대답하는 말이란 따돌림은 없었다느니, 관리에 실수는 없었다느니 따위의 말밖에 없지. 당신들 머릿속에는 사실을 은폐하고 책임을 모른 척하고 넘어가자는 생각밖에 없나?"

"하지만 기요타 리나는 정말 따돌림을 당하지 않았습니다."

하스미는 냉정하게 말했다.

"그럼 지금 내 딸이 나한테 거짓말을 했다는 얘기야?"

기요타의 아버지는 작은 눈을 매섭게 뜨고 화를 내며 말했다. 햇볕에 탄 얼굴이 원래부터 기름져 보이는데다 앞머리에 섬처럼 남은 머리카락에 끈적거릴 정도로 헤어왁스를 잔뜩 발랐다.

"그렇게 말하지 않았습니다. 하지만 사실을 오인하거나 착각했으리라 생각합니다."

"사실을 오인했다고?"

기요타는 휴대용 재떨이에 담뱃불을 비벼 끄고 일어나더니 눈을 치켜뜨고 이쪽을 노려본다. 미묘하게 연극 같다는 느낌이 드는 동작이다. 하치오지시 옆에 자리한 대형마트에서 부사장으로 일한다고는 하지만 실제로 하는 일은 고객 불만 처리라고 한다.

이 남자는 골칫거리 고객을 상대하면서 쌓인 울분을 학교에 와서 풀 작정이라는 생각이 들었다. 자신에게 전혀 어울리지 않는 남을 위협하는 일조차도 지금껏 자신이 당해 온 것을 그대로 흉내 내는 듯했다.

"그렇다면 따돌림을 당하지도 않은 우리 애가 따돌림당했다고 거짓말을 했다는 거야? 어? 당신 그러고도 교육자야? 학생이 아무리 호소를 해도 들어줄 생각조차 없지?"

"그래서 사실을 확인해봤습니다. 그러나 기요타 리나는 폭행을 당하거나 놀림을 당한 적이 전혀……."

"따돌림은 그게 다가 아니잖아!"

기요타는 테이블을 탕 치면서 소리 질렀다. 큰소리를 내는 데는 익숙한 모양이었지만 으르렁대기보다는 특가 상품을 팔려고 사람을 모으는 장사치 같은 모습이었다.

"무시도 당연히 따돌림이잖아! 안 그래? 내 딸은 동급생에게 무시를 당해 정신적인 따돌림을 받은 거라고! 그래서 완전히 움츠러들었단 말이야!"

"……진정하세요, 아버님."

하스미는 참을성 있게 말했다.

"기요타 리나가 반에서 겉돈다는 사실은 알고 있습니다. 학년이 바뀌어서 새로운 반에 아직 적응하지 못한 듯합니다. 담임으로서 하루라도 빨리 따님이 반에 익숙해지도록 최대한 노력하겠습니다."

"뭐? 진정하라고? 참나."

팔짱을 낀 기요타는 흡사 야생동물이 자신의 작은 몸집을 크게 보이려고 할 때처럼 가슴을 내밀었다.

"난 말이야, 딸아이를 위해서라면 언제든지 직접 나설 생각이야! 무슨 뜻인지 알겠어? 여차하면 끝까지 간다는 말이야! 언제든 끝장을 내주겠다고, 이 자식아!"

도중에는 그런 자신의 말에 스스로 흥분해서 얼굴이 새빨갛게 달아올랐다. 술냄새도 나지 않는데 이상한 일이라고, 하스미는 의아한 생각이 들었다. 아무래도 직장에서 받은 스트레스로 뇌세포가 파괴되어 알코올로 발효된 모양이다.

그 뒤로도 몇십 분 동안 하스미는 속으로 '참을 인忍'자를 새기며 대응했다. 도중에는 기요타의 얼굴이 후긴처럼 보였다. 응접실 소파에 전극을 설치했다면 흰 눈을 치켜뜨고 죽었을 텐데. 그 모습을 상상하자 휘파람이 불고 싶어졌지만 꾹 참고 적당히 맞장구를 쳐주자 기요타는 갑자기 시간에 쫓기듯이 말했다.

"젠장, 아무런 대책이 없구먼. 당신이 해결 방법을 제시해야 하잖아? 난 시간이 없다고!"

일하는 동안 짬을 내서 온 게 아니고 아예 빼먹고 왔겠지. 기요타는 일방적인 말을 해대고는 자리에서 일어났다. 드디어 해방된 하스미가 응접실에서 나오자 수업시간이 끝났음을 알리는 종이 울렸다. 이거 참. 귀중한 쉬는 시간을 완전히 망치고 말았다.

교내순찰을 하면서 아침에 사둔 카레빵과 커피우유로 재빨리 점심식사를 때웠다. 체육관과 북쪽 건물 사이의 공간에서 여학생 몇 명이 춤연습을 하고 있다. 넓은 운동장 쪽이 연습하기엔 좋지만 주변에 보이기 싫은 모양이다. 모두 2학년이었지만 4반 학생은 없었다. 아이들이 하스미의 팔을 잡아끄는 통에 잠깐 구경하기로 했다. 여자아이가 교복을 입고 추는 힙합은 기술이 미숙해도 열정과 힘이 느껴졌다.

나중에는 하스미에게도 춤을 춰달라고 졸랐다. 잘 못 춘다고 말하고 지나가려고 했지만 "선생님은 춤 못 추시죠?" 하고 깔보듯이 말하며 웃기에 조금 놀라게 해주고 싶었다.

갑자기 땅바닥에 누워서 윈드밀을 선보였다. 십몇 년 전에 브레이크 댄스가 유행할 당시 유일하게 몰래 연습해 둔 기술이었다. 화려하게 두 다리를 돌리고 어깨와 등으로 지탱하면서 빙글빙글 돌자 처음에는 놀랐던 여자아이들이 일제히 박수갈채를 보냈다.

그 소리를 듣고 점점 사람이 몰려와서 재빠르게 끝내고 퇴장했다. 브레이크 댄스는 영어로 Breakin이라고 말한다는 것부터 시작해서 영어에 관한 이야기를 한바탕 쏟아내고 싶었지만 다음 수업시간을 기약하기로 했다.

북쪽 건물과 이어진 복도에서 본관으로 돌아가려고 할 때 이상한 기운이 느껴져서 뒤를 돌아보았다. 마침 시바하라 데쓰로와 야스하라 미야가 이어진 복도의 막다른 곳에 위치한 체육준비실로 들어가는 모습이 보였다. 시바하라는 어깨를 젖히고 죽도를 지팡이처럼 써서 바닥을 짚었다. 미간을 찌푸리면서 턱을 앞으로 내민 얼굴은 심술궂은 일본원숭이 같았다. 단정치 못하게 벌어진 분홍색 운동복의 가슴 부분에서 금색 체인이 살짝 비쳤다.

하스미가 바라보는 동안에도 시바하라는 주변을 조금도 신경 쓰지 않는 눈치였다. 야스하라의 어깨를 뒤에서 밀면서 체육준비실에 들어가 미닫이문을 닫는다.

시바하라가 아직도 성추행을 계속하는 건가? 하스미는 깜짝 놀랐다. 믿어지지가 않았다. 야스하라도 마찬가지다. 왜 아직도 시바하라가 시키는 대로 따르는지 모르겠다.

차가운 분노가 온몸에 차올라 체육준비실로 향했다. 미닫이문을 열려고 할 때 안에서 희미하게 말소리가 들렸다. 자기도 모르게 문을 열려는 손을 멈추고 소리에 귀를 기울였다.

"……그러니까 더 이상 네놈이 하는 말을 들을 생각이 없다니까! 하스민 쌤이 날 도와준다고 했어. 성추행 교사로 파면당하는 것과 경찰에 체포되는 것 중에 뭐가 더 나아? 어?"

야스하라가 힘주어 말했다. 아무래도 야스하라는 직접 시바하라와 대결하는 길을 선택한 모양이다. 하스미는 시바하라의 대답이 듣고 싶어서 기다렸다.

"……뭐야? 왜 아무 말도 없어? 쫄아서 말도 못하겠어?"

낮게 웅얼거리는 시바하라의 목소리는 잘 들리지 않았다.

"웃기지 마! 이 변태 교사!"

야스하라의 고함은 날카로웠지만 희미하게 두려움도 느껴졌다. 하스미는 휴대전화를 꺼내서 녹음하기 시작했다.

"……그게 다야?"

"어?"

"하고 싶은 말은 그게 다냐고 했다! 이 암캐!"

"뭐야, 이 자식? 여기서 날 때리기라도 하겠다는 거야? 어디 한 번 때려봐! 그럼 나도 더 이상 가만있지 않을 테니까!"

"잘됐군. 너처럼 어른을 무시하는 맹랑한 애에게 어른이 얼마나 무서운지 깨닫게 해주마. 무슨 벌을 줄까? 여기서 있었던 일을 평생 잊어버리지 못하게 몸에 새겨주지."

"까불지 마! 그랬다간 하스민 쌤이……."

"네 담임? 네 담임이 뭘 어쨌다고? 이 멍청이가, 이제 와서 뭐라는 거야. 너 말이지, 혼자서 태연하게 여기까지 따라왔을 때 이미 네 인생은 끝났어."

사나운 말이 오가다가 갑자기 커다란 소리가 났다. 하스미는 당황해서 휴대전화를 주머니에 집어넣고 힘껏 미닫이문을 열었다. 안에서 몸싸움을 벌이던 두 사람이 얼어붙은 듯 움직임을 멈추었다. 놀랍게도 시바하라는 그 짧은 사이에 재빨리 둥글게 말린 매트 위에 야스하라를 누르고 있었다.

"무슨 짓이지?"

하스미의 목소리는 조용했지만 시바하라는 그 기에 눌린 듯 야스하라를 놓았다.

"무슨 짓이냐고 묻잖아."

"응? 내가 잘못 들었나. 이봐, 하스미 선생! 선배 교사에게 말버릇이 그게 뭐지? 아, 영어교사는 체육교사보다 신분이 높은가?"

시바하라는 일부러 귀를 후비면서 내뱉듯이 말한다.

"야스하라, 이쪽으로 와."

하스미가 손짓하자 창백해진 야스하라가 튀어 오르듯 일어나서 재빠르게 그의 뒤에 숨었다.

"흥, 그 자식은 말이야, 상점에서 물건을 훔쳤다고. 우리 학교의 명예를 훼손했단 말이야. 그래서 이 몸이 교육 차원에서 지도해주고 있었는데, 무슨 불만이라도 있나?"

"교육 차원에서 지도했다고? 네놈이 한 짓은 그저 성추행…… 아니, 폭행 미수다."

"그게 웬 건방진 말버릇이야! 그 성격 뜯어고쳐 줄까? 엉?"

시바하라는 불시에 죽도로 하스미의 가슴을 찌르려고 했다. 하스미는 타고난 반사 신경으로 죽도를 잡았다. 시바하라는 죽도에 힘을 주었지만 하스미가 꽉 움켜쥐었기에 꿈쩍도 하지 않았다. 그대로 힘을 겨룬 채 한동안 둘은 서로를 노려보았다.

"……쳇. 좋아. 까짓 거 오늘은 이쯤에서 물러나지."

시바하라는 속이 메슥거릴 만큼 비열하게 웃으면서 죽도에서 손을 떼었다.

"헛소리하지 마."

하스미는 체육준비실 구석에 죽도를 내던지고 한 발짝 앞으로 다가섰다.

"어이, 이봐, 생각 좀 해보라고. 일이 커지면 곤란한 사람은 누구일까? 나야 뭐, 해고당해도 상관없거든. 저년이 가게에서 물건을 훔치다가 나한테 들키자 내 입을 막으려 몸을 팔았다고 매스컴에 고자질이라도 할까? 인터넷에도 꼭 실명을 적어주지. 저년의 부모가 울면서 기뻐하겠지? 귀여운 딸아이가 미인계를 쓸 만큼 훌륭하게 성장했다고 말이야!"

야비한 품성에도 정도가 있다. 하스미는 기가 막히는 정도가 아니라 이 현실이 놀라웠다. 어떻게 저런 인간이 교사로 근무할 수 있지?

"왜 그래? 어? 그게 귀여운 제자를 위해서 고민하는 얼굴인가? 하지만 말이야, 네놈도 꽤 쓸 만한 녀석이잖아? 이 자식, 이제까지 얌전한 척 했잖아."

시바하라가 처음으로 말했다. 그 목소리는 방금 전까지 응대했던 기요타와는 달리, 확고하게 악당이라는 생각이 들 만큼 음험했다.

"자, 어떻게 할래? 그냥 해보는 협박이라고 생각하지 마. 그쪽이 어떻게 나오느냐에 따라서……."

시바하라는 급하게 말을 멈췄다.

하스미는 뒤쪽에서 사람의 기척을 느끼고 뒤돌아보았다.

"뭐지……? 무슨 일 있습니까?"

검은 운동복을 입은 소노다가 굵은 목소리로 묻는다. 등 뒤로 빛이 비치는 모습이 마치 금강신* 같은 위압감이 있었다.

"아닙니다. 아무 일도 아니에요. 잠깐 하스미 선생님과 교육관의 차이 때문에 언쟁이 있어서요."

시바하라는 아첨하면서 비열한 웃음을 지었다. 소노다를 두려워한다는 것이 확실히 느껴졌다.

"하지만 벌써 마무리 지었어요. 뭐, 이번 건은 담임인 하스미 선생님에게 한번 맡겨보기로 했습니다."

소노다는 시바하라를 완전히 무시하고 하스미에게 무슨 일인지 궁금하다는 시선을 보낸다.

"……예, 괜찮습니다. 지금으로서는요."

숨을 한 번 내쉬고 나서 하스미는 대답했다.

하스미는 동쪽 계단을 통해 옥상으로 나가서 문을 잠갔다. 둘러보니 아무도 없었다.

"둘만 있으면 입장이 난처해지잖아요?"

야스하라가 응석부리는 말투로 말했다.

"그런 건 어찌됐든 상관없어."

하스미는 굳은 얼굴로 야스하라를 돌아봤다.

* 불교에서 불법을 수호한다는 두 신. 절 문 또는 수미단 앞의 좌우에 세운다.

"그보다 왜 나에게 아무 말 없이 혼자서 시바하라를 만나러 갔는지 이유를 말해."

"그렇지만, 그게……."

야스하라는 시선을 피하면서 옥상 울타리에 기대어 학교 밖 경치를 바라봤다.

"하스민 쌤한테 더 이상 폐를 끼치고 싶지 않았어요."

"폐? 뭐가 폐라는 말이야?"

하스미는 팔짱을 꼈다.

"게다가 진짜 이유는 그게 아니잖아?"

야스하라는 어떻게 알았냐는 듯이 바라보더니 곧장 시선을 돌렸다.

"음……. 일단 저 인간 계획대로 넘어가는 척한 다음에 상황을 확 뒤집어서 찍소리 못하게 만들어주고 싶었어요."

"이 바보야, 그런 시시한 이유로 혼자 따라갔단 말이야? 어떻게 될 뻔했는지 알아? 자칫하면 돌이킬 수 없는 일이 일어날 판이었어. 그 점만큼은 그 녀석이 말한 대로라고."

"네."

"'네'가 아니잖아? 너 말이야, 평소에 조금 당돌하게 굴긴 하지만 정말 질 나쁜 어른에게 걸리면……."

하스미는 더 말을 잇지 못했다. 야스하라가 울고 있었다.

"이제 괜찮아. 알겠지? 앞으로 두 번 다시 저자식과 둘이서 만나지마. 나나 소노다 선생님이 옆에 있을 때가 아니면 30미터 이내에 접근하지 마."

"하스민 쌤……. 무서웠어요!"

야스하라는 갑자기 하스미의 품에 안겨 흐느껴 울었다.

"그래, 그래. 얼마나 무서웠겠니."

하스미는 야스하라를 떼어내려고 했지만 매달려서 떨어지지 않는다. 어쩔 수 없이 그대로 울음이 멈추기를 기다렸다. 와이셔츠의 가슴 부분이 야스하라의 따뜻한 눈물로 흠뻑 젖었다. 아까 브레이크 댄스를 춰서 어깨에는 모래도 잔뜩 묻었다. 오후 수업에 들어가기 전에 옷을 갈아입어야겠다.

조금 시간이 흐르자 오열은 진정되었지만 야스하라는 여전히 하스미의 품에 꼭 붙어서 얼굴을 묻은 채였다.

"그렇지만 저 기뻤어요."

"어?"

"하스민 쌤이 구하러 와줬잖아요. 진짜 무서워서 마음속으로 '하스민 쌤! 도와줘요!'라고 소리 질렀어요. 그랬더니 정말 와주셨어요."

'잠시 상황을 지켜보았다는 말은 하지 않는 편이 좋겠군.'

"하스민 쌤 진짜 멋있었어요. 완전 정의로운 우리 편! 나의 영웅이에요."

"그래, 알았으니까 그만하고 좀 떨어져."

"싫어요."

"무슨 소리야. 이제 조금 있으면 점심시간도 끝난다고."

"조금만 더 이러고 있을래요."

옥상에 온 게 잘못인지도 모른다. 하스미가 후회하기 시작할 때 점심시간이 끝났다고 알리는 예비종이 울렸다.

"자, 이제 됐지?"

하스미는 야스하라의 두 어깨를 잡고 가슴에서 떼어냈다.

"하스민 쌤……."

야스하라가 촉촉이 젖은 눈으로 하스미를 올려다본다. '어라?' 하고 생각한 바로 그 순간 야스하라가 하스미의 목에 매달려 입을 맞췄다.

교사의 입장에서 생각하면 당연히 바로 그만두게 해야 하지만 충격을 받고 위로를 바라는 야스하라를 뿌리치기가 망설여졌다. 그렇지만 만약 누군가가 이런 장면을 목격하면 교사에서 해직될 위험도 있다. 하스미는 바로 역발상의 수단을 쓰기로 했다.

야스하라를 꽉 끌어안고 적극적으로 키스하는 자세를 취했다. 야스하라의 몸은 전기에 감전된 사람처럼 반응했다. 하스미는 다리에서 힘이 빠진 야스하라의 허리에 손을 감아 지탱해주었다. 이 모습을 보니 의외로 남자 경험이 없는 모양이었다.

이쯤에서 그만둬야 한다. 야스하라의 입술이 상상 이상으로 달콤했다. 흥분해서 그만 도를 넘어버렸다. 자기도 모르게 야스하라의 입안에 혀를 넣고 빨던 하스미는 아슬아슬한 순간에 이성을 되찾았다.

"……야스하라."

다시 밀어냈을 때 야스하라의 눈은 초점을 잃었다. 교사로서 해서는 안 되는 행위까지 하고 말았지만 이런 때는 사과해도 무의미하고 역효과였다.

"수업 시작해. 어서 가자."

야스하라는 겨우 고개를 끄덕였다.

문을 열고 실내로 들어가려고 할 때 머리 위에서 희미하게 소리가 들려와서 움찔했다. 옥탑 위에 누군가 있었다.

"먼저 가. 함께 들어가면 의심받으니까."

실내에 들어가면서 귓가에 그렇게 속삭이자 야스하라는 순순히 고개를 끄덕였다. 계단의 층계참까지 내려가다가 야스하라는 뒤돌아서 미소를 짓고 손을 흔든다. 그리고 다시 건강한 어린아이처럼 단숨에 계단을 내려갔다.

하스미는 옥상으로 돌아가서 문을 잠갔다. 옥탑 위에서는 아무 소리도 들리지 않았다.

"거기 있는 사람 누구야!"

대답이 없다.

"당장 내려와! 거기에 있는 거 다 알아."

하스미가 덮어놓고 내려오라고 하자 드디어 반응을 보였다. 옥탑 위에서 다테누마가 얼굴을 드러냈다.

"거기서 뭐하고 있지?"

"아무것도…… 낮잠 잤어요."

다테누마는 손에 든 교복 상의를 휘날리며 옥탑에서 뛰어내렸다. 언짢은 듯이 눈을 가늘게 뜬다. 넥타이를 느슨하게 매고 이마에는 땀이 배었다. 분명히 바로 전까지 잠을 잔 듯 보이지만…….

"지금 했던 이야기 들었어?"

평정을 가장하고 물었다.

"몰라요. 누군가 우는 소리는 들렸지만요."

다테누마는 귀찮다는 듯이 문을 열었다.

"잠깐 기다려."

다테누마는 어깨를 잡으려는 하스미의 손을 매몰차게 뿌리치고 그대로 실내에 들어갔다. 권투를 해서인지 움직임이 민첩했다.

하스미는 거짓말은 아니라고 생각했다. 만약 야스하라와 키스하는 모습을 목격했거나 감을 잡았다면 지금처럼 반응하지는 않았을 것이다. 나이를 생각해도 저렇게 훌륭하게 시치미를 뗄 수 있다고는 생각되지 않는다. 하지만 그렇다고 해도 이대로 방치해선 안 된다.

하스미는 오후 9시가 지나서야 셋집으로 돌아왔다. 집에 들어오자마자 모든 일을 제쳐놓고 컴퓨터 전원을 눌렀다. 벽장 안에 들어가서 페인트가 벗겨지려는 합판 뒤에 숨겨둔 USB 메모리를 꺼내서 USB 포트에 꽂았다.

비밀번호를 입력하자 카드 형식의 파일이 나타난다. 각각의 카드에는 2학년 4반의 이름이 붙었다. 기억을 더듬어 오늘 온종일 얻은 정보를 기록한다.

개인정보를 보호해야 한다고 말이 많기 때문에 학급 명부에는 학생의 이름과 주소, 생년월일, 동아리 정도만 기록하는 것으로 바뀌었다. 최근에는 전화번호도 기재하지 못하게 되어 비상연락망조차 없는 학교도 있다.

그러나 하스미가 개인적으로 만든 파일에는 휴대전화를 포함한 전화번호는 물론이고 학생의 가족구성이나 아버지의 직업에 이르기까지 다양한 개인정보가 가득 기록되어 있다. 그 대부분은 정보 제공자인 학생들의 밀고와 잡담을 하면서 얻은 정보지만, 수업 중에 벨이 울려서 잠시 압수한 휴대전화도 중요한 정보원이다. 말하자면 마에지마 마사히코의 심리 테스트에 관한 정보는 직소 퍼즐의 마지막 조각이다.

이것으로 드디어 모든 이야기가 이어진다. 반에 있는 친위대를 통해 모은 소문이나 도청기를 통해 단편적으로 얻은 정보를 종합하면 마에지마가 다테누마에게 빼앗긴 돈은 알려진 것만으로도 십만 엔이 넘는다. 공갈은 1학년 때부터 시작되었으니 다 합치면 수십만 엔에 이르리라 추측된다.

마에지마가 어디에서 그런 돈을 조달했는지가 수수께끼였다. 마에지마의 집은 작은 개인 상점을 운영하니 이 학교에서는 결코 부유한 부류가 아니다. 게다가 마에지마의 부모는 개인 상점에서 할 법한 사채 거래나 돈놀이와도 인연이 없는 듯해서 마에지마가 몰래 가져갈 돈은 없어 보였다. 1학년 때부터 마에지마와 같은 반이었던 학생들의 말에 의하면 마에지마가 용돈을 저금하는 은행 통장마저 어머니가 관리한다고 했다.

그렇지만 마에지마가 다른 학생에게서 돈을 뺏는다고는 보기 어렵다. 여학생이라면 먼저 원조교제라는 이름의 매춘 행위나 술집에서 아르바이트를 하지 않을까 의심하겠지만 남학생은 그런 일을 하기 어렵다. 즉 마에지마에게는 후원자가 있을 공산이 크다. 그렇다면 그 후원자는 대체 누구일까. 그리고 마에지마에게 돈을 건네주는 이유가 뭘까.

그 대답이 바로 미즈오치 사토코가 말한 심리 테스트 결과다. 첫 번째 열쇠는 마에지마 마사히코가 동성애자라는 점이다. 그렇다고 하면 후원자도 같은 성향을 가진 사람임이 쉽게 추측된다. 두 번째 열쇠는 어째서인지 심리 테스트에 흥미를 보였다고 하는 구메의 존재다. 구메가 자신의 성향을 숨긴 동성애자라라면 전부 이치에 맞는다. 구메의 집안은 오래전부터 대지주였으며 아버지는 광범위한 술집 체인을 경영하는 실업가라고 한다. 구메가 학교에 출근하는 차는 폭스바겐이지만 평소 생활할 때 타고 다니는 차는 검은색 포르셰 카이맨이라고 들었다. 자신의 패션에도 풍족하게 돈을 뿌린다.

그 정도로 여유가 있다면 전업 화가로 살아도 굶지는 않는다. 교사가 될 필요가 없다. 그렇다면 구메가 같은 성향을 가진 소년을 물색하기 위해 교사를 한다는 가능성을 추측해 본다. 그 경우 심리 테스트는 상대를 찾는 유력한 단서가 된다. 처음에 구메가 미즈오치 사토코에게 접촉할 때 '보라색'에 대한 질문을 했던 이유도 납득이 된다. 속설이지만 보라색은 예전부터 동성애를 의미하는 색이다.

잠깐. 마에지마를 공갈하던 다테누마도 후원자가 있다는 사실을 알지 않았을까? 그렇지 않다면 마에지마에게서 그렇게 많은 돈을 뜯어낼 생각은 하지 못했을 것이다. 그러한 사실을 알고 있으니 공갈도 성립이 되는 것이다.

약점을 잡히지 않았다면 마에지마가 먼저 자신에게 상담했을 것이다. 하스미는 그 점에는 자신이 있었다. 작년 한 해 동안 그러한 문제를 여러 건 해결했고, 학생들 모두 그 점을 잘 알고 있으니 당연한 일이다.

그렇게 생각해보면 다테누마가 마에지마를 '오카마'라고 불렀던 것도 단순한 괴롭힘 정도가 아니라 협박의 일환이었을 확률이 높다. 하스미는 물을 끓여 인스턴트 블랙커피를 타서 한 모금 마셨다.

하지만 다테누마 패거리도 후원자의 정체는 알아채지 못했다고 봐야 한다. 알았다면 일부러 마에지마를 중간에 두지 않고 구메에게 직접 빼앗는 편이 손쉬우니까 말이다.

이것으로 대략적인 도식은 분명해졌다. 물론 지금 단계에서는 모두 억측에 지나지 않는다. 그러나 진위 여부는 나중에 직접 구메와 부딪쳐보면 알게 될 것이다. 지금 생각할 점은 만약 이 추측이 사실일 경우 어떻게 대응해야 할지에 대해서다.

말할 것도 없이 반에서 따돌림이 방치되어서는 안 된다. 한 사람의 따돌림은 교실 공기를 완전히 오염시키고 또 다른 따돌림을 유발한다. 더구나 이 경우는 벌써 공갈로 발전했다. 머지않아 다테누마는 큰 문제를 야기할 것이다. 사건의 전말이 만천하에 드러나면 아무런 대책도 강구하지 못했던 무능한 담임교사는 매스컴의 지탄을 받을지도 모른다.

하스미는 USB 메모리에서 다른 파일을 실행했다. 2학년 4반 학생들의 심리적인 거리를 나타내는 관계도다. 원래 이 데이터는 학생들이 새 학년을 맞이한 첫날 실시한 설문조사였다. 반 전원을 대상으로 자신이 잘 아는 반 친구에게 얼마나 친근감을 느끼는지 백점 만점으로 대답하게 했다. 한 사람, 한 사람의 답변만 보면 누가 누구와 친한지를 아는 정도지만, 반 전원의 대답을 모으면 학생들의 마음속에 든 반의 모습이 선명하게 떠오른다.

하스미는 친밀도를 거리로 변환하고 다차원 척도 구성법*을 적용한 2차원 분석 차트를 만들었다. 원래 데이터인 채로는 변수가 너무 많고, 엉터리인 답도 적지 않기 때문이다. 적당히 줄이고 그 후의 변화를 하스미 자신의 판단으로 수정해서 꽤나 실제에 가까운 도식을 만들어냈다.

컴퓨터 화면에 표시된 그림에는 학생 마흔 명의 이름을 배치했고, 사회 네트워크 분석과 그래프의 이론 수법을 참고해서 학생들 사이의 상호 연결을 다양한 색깔의 선으로 표시했다.

이 관계도를 보면 2학년 4반은 뚜렷하게 5개의 무리로 나뉜다. 하스미의 영향 아래에 있는 ESS 부원들이 가장 결집력이 강하고 위치 또한 반의 중심이다. 그리고 ESS와는 미묘하게 거리를 둔 하스미의 친위대가 그다음 가는 세력을 유지한다. 두 집단에 공통으로 소속된 멤버는 아베 미사키뿐이다.

야스하라 미야는 두려움의 대상으로 경원시되는 듯하지만 그다지 미움은 받지 않았고 또 친위대와도 비교적 가까운 관계다. 보기와는 달리 의외로 대인관계에 신경을 쓰는 모양이다.

이에 비해 남학생의 두목인 다테누마 마사히로의 위치는 미묘했다. 우선 다테누마가 느끼는 상대와의 거리와 상대가 느끼는

* multidimensional scaling method, 대상의 심리적 속성에 대한 특성을 다차원 공간축 상의 척도치로 표현하는 방법

거리 사이에서 여러 차례 괴리가 보였다. 대체적으로 일치하는 사람은 라이벌로 평가받는 야마구치 다쿠마 무리뿐이다. 이들과는 명백하게 대립관계다.

한편으로 다테누마의 추종자인 가토 다쿠토나 사사키 료타의 속마음은 다테누마와 그다지 친밀감을 느끼지 않는다. 결국 다테누마와 친하다고 느끼는 남학생은 이즈미 데쓰야 한 사람뿐이었다. 왜 그럴까, 순간 의아했지만 곧 그들이 록 밴드 비슷한 걸 따라한다는 사실이 떠올랐다. 여학생 중에서 다테누마에게 호의적인 사람은 세리자와 리사코와 다카하시 유즈카 두 사람뿐이었다. 이들도 아마 밴드와 관계가 있으리라.

마에지마 마사히코도 마찬가지로 반 안에서 고립되었다. 하지만 똑같이 따돌림당하는 아이들 중에서도 쓰보우치 다쿠미나 와키무라 하지메, 다지리 유키오, 피해망상증이 심한 기요타 리나와는 달리 아이들이 특별히 싫어하지는 않았다. 마에지마를 동정하는 아이 중에 여자아이가 많다는 점은 하스미의 추리력을 뒷받침하는 중요한 열쇠가 된다.

그 외에도 가타기리 레이카의 위치가 눈길을 끈다. 4반의 절반 정도는 그다지 좋게 생각하지 않는 듯하지만 오노데라 후코 무리와 ESS의 부원 일부와는 친한 모양이고, 나고시 유이치로 등 남학생 친구도 적지 않다.

학생들의 관계도를 보면서 하스미는 골똘히 머리를 굴렸다. 상식적으로 생각했을 때 가장 온당한 대책은 다테누마에게 공갈을 그만두라고 경고하는 방법이다. 다테누마는 껄렁하긴 해도 절대로 멍청하지는 않다. 진지하게 설득해서 퇴학당할 가능성이 있다고 슬쩍 내비치면 시바하라처럼 적반하장으로 나오지는 않고 일단 물러나겠지.

하지만 그것만으로는 재미가 조금 부족하다. 이번 사건은 위기인 동시에 기회다. 수비로 일관하기보다는 한 걸음 앞서나가야 하지 않을까?

그렇게 생각하는 이유는 네 가지다.

첫 번째는 오늘 야스하라와 둘뿐이라고 생각한 옥상에 다테누마가 있었다는 점이다. 나중에라도 그때 운 사람이 야스하라라고 알아챌지도 모르고, 어쩌면 우리 둘의 관계를 의심할 지도 모른다. 그렇게 되면 상황이 귀찮아진다. 다테누마가 날 협박할지도 모른다. 그는 이미 공갈을 실행한 적이 있으니 그럴 가능성은 충분하다.

두 번째 문제는 스리이다. 지금은 소강상태를 유지하는 듯하지만, 만약 다테누마가 계속해서 스리이를 분노하게 만든다면 그 영향이 나에게까지 미칠지도 모른다.

하스미에게 있어서 신코 마치다의 교사와 학생 대부분은 그저 장기짝에 지나지 않는다. 어떤 방법으로 조종할지는 신경 써야 하지만. 이 말인즉슨 그 말들은 어떻게든 조종이 가능하다는 뜻이다.

그중 유일한 예외가 스리이다. 스리이는 장기짝이 아니라 장기판 반대편에 앉은 장기 명수라고 생각해야 한다. 게다가 어찌된 일인지 인사권을 가진 교장이라는 절대적인 패를 쥐었다. 그의 계략이 무엇인지는 모르지만 상대의 속셈을 알 때까지는 결정적인 대립을 피해야 한다.

세 번째로 구메와 마에지마 마사히코의 관계는 매우 이용가치가 높은 정보가 될 가능성이 크다. 이 정보를 어떻게 활용할지는 지금부터 차분하게 생각해야 하지만 언제가 되더라도 그렇게 되면 다테누마는 훼방꾼에 지나지 않는다.

마지막은 2학년 4반이 떠맡은 불량채권인 다테누마를 처분하기에 이번 기회가 적당하다는 점이다. 새로운 2학년 학생의 담임이 되기로 결정했을 때 이 아이들로 자신의 왕국을 건설하겠다는 생각에 가슴이 두근거렸다. 3학년은 2학년 때의 반 그대로 올라가니 같은 반을 2년 동안 담당하게 된다.

꼭 자신의 반에 넣고 싶은 학생이 몇 명 있었다. 1학년 때부터 점찍어둔 여학생들이다. 항상 학년 전체에서 10등 안에 드는 재색겸비의 이사가와 마이는 놓쳐선 안 된다. 의젓한 성격에 힐링계인 우시오 마도카는 반 분위기를 차분하게 만들 것이다. 남녀불문하고 인기 있는 오노데라 후코에게서는 반을 이끄는 데 있어 양의 무리에 넣은 산양 같은 역할을 기대했다. 그리고 물론 미스 신코 마치다라고 불리는 가시와바라 아리도 잊어서는 안 된다. 전원이 1학년 때부터 ESS 소속이었고 이미 내 사람이라고 단정해도 될 정도였다.

그녀들 이외에도 어두운 분위기가 신비로운 가타기리 레이카와 강인한 성격과는 반대로 쓸쓸한 표정을 보여주는 야스하라 미야도 신경이 쓰였다.

이 아이들을 모두 2학년 4반 학생으로 얻어내기 위해서는 당연히 대가가 필요했다. 2학년은 1반에서 3반까지는 이과, 4반부터 6반까지는 문과다. 반 편성 회의는 복잡하게 뒤얽혔다. 2학년에는 문제아가 여러 명 있는데 그중 대다수가 문과였다. 5반 담임인 기타바타케 요코 선생님도, 6반 담임인 사쿠라기 마사미치 선생님도 각각 이유가 있어 문제아의 지도를 망설였다.

기타바타케 선생님은 40대 중반으로 하스미와 같은 영어교사다. 성실한 교사고 평판도 좋지만 한편으로는 학생들을 엄격하게 대하지 못한다는 단점이 있다. 그나마 상대가 여학생이라면 별문제 없지만, 남학생이 정면으로 덤벼들면 당황하는 경향이 있다.

한편 사쿠라기 선생님은 일본사 담당으로 정년이 다 되어가는 노련한 교사지만 스리이와 마찬가지로 '마지못해서' 교사가 된 최악의 부류였다. 매일 반드시 정시에 퇴근했고 회의할 때는 절대로 발언하지 않았다. 온갖 수를 다 써서 여분의 일을 일절 떠맡지 않는 것을 금과옥조처럼 여기며 다양한 이유를 붙여 담임을 맡지 않겠다고 버텼지만 결국 사카이 교감의 마지막 선언을 듣고 포기했다. 항상 벌레라도 씹은 얼굴로 근엄함과 정직을 가장하는 것에 비해 귀여운 여학생들만 편애한다는 소문이 난 교사지만, 반을 편성할 때는 호색가 기질과는 거리가 먼, 귀찮은 것만은 회피하겠다는 대원칙을 우선시했다.

이 상황을 이용해야 한다. 하스미는 교묘한 화술로 반 편성 회의를 이끌어나갔다. 기타바타케와 사쿠라기에게 다테누마 패거리가 또다시 폭력사태를 일으킬 것이라는 인상을 주고 사태의 수습과 지도가 얼마나 번거로운지를 강조해서 겁을 먹게 했다.

그다음은 식은 죽 먹기였다. 실제로는 그다지 대수롭지 않은 문제아들과 하스미가 바라는 학생들을 묶어서 맡는다는 조건을 내밀자 두 교사는 두말없이 받아들였다.

하지만 역시 다테누마만은 정말로 애물단지였다. 하스미는 두 잔째 커피를 탔다.

불량학생 특유의 감으로 하스미에게는 정면으로 반항하지 않았지만 다테누마는 개선의 여지가 없다. 2학년이 된 이후로도 벌써 몇 차례나 다른 학교 학생과 폭력사태를 일으켰고 돈까지 빼앗았다는 사실을 하스미는 알고 있었다. 만약 이번 문제가 정리된다고 해도 다테누마는 2학년 4반의 학급 운영에 큰 지장을 줄 것이다.

고민한 끝에 역시 이번 기회에 다테누마를 추방하기로 정한다.

문제는 그 방법이었지만 2학년 4반의 관계도를 주시하는 사이에 구체적인 계획이 자연스럽게 떠올랐다.

다음 날 아침 하스미는 상쾌한 마음으로 눈을 떴다. 후긴을 처형한 뒤로는 무닌뿐만 아니라 주변의 까마귀들도 일제히 가까이 오지 않는다. 네코야마가 잡아 뽑은 후긴의 깃털을 빨래 건조대 외에도 이곳저곳에 장식한 효과인지도 모른다. 이 집에 발을 들이면 죽는다는 메시지가 까마귀들에게 충분히 전해진 듯하다.

조깅을 하려고 집에서 나오자 야마자키 씨가 기르는 모모가 꼬리를 열렬하게 흔들면서 마중 나왔다. 하스미가 준비한 햄버거를 주자 게걸스럽게 먹는다. 그 왕성한 식욕에 쓴웃음이 절로 나왔다.

양파에 함유된 알릴프로필 디설파이드는 개가 섭취하면 혈액 속의 적혈구를 파괴하는 맹독으로 작용한다. 애초의 계획대로라면 양파를 잔뜩 넣은 햄버거를 몇 번 받아먹은 모모는 빈혈로 이 세상을 떠나야 했다. 그런데 개의 종류의 따라서 저항력에 차이가 있는지 또는 개체차가 있는지 모르겠지만 모모는 죽을 기색은커녕 팔팔하게 여기저기를 뛰어다닌다.

먹이를 준 결과 모모가 하스미를 잘 따르고 더 이상 짖지 않게 되었으니 좋은 일이지만, 몸속에 독이 쌓여 가는데 꼬리를 흔들며 반겨주는 꼴은 정말이지 멍청하기 그지없다.

그런 생각을 하는데 평소보다 빨리 야마자키 영감님이 집 밖으로 나왔다. 위험할 뻔했다. 조금만 더 빨랐다면 모모에게 햄버거 주는 모습을 봤을지도 모른다.

영감님은 어쩐 일인지 요즘 들어 모모가 아침에 밥을 잘 안 먹는다며 이상하다고 말했다. 속으로는 당연하다고 생각하면서도 일단 이야기를 맞춰드렸다. 그리고 가볍게 10킬로미터를 달리고 샤워를 한 후 평소처럼 하이제트를 타고 출근했다.

이 시간의 주차장에는 여느 때와 마찬가지로 금색으로 빛나는 사카이 교감의 렉서스 IS뿐이다. 가끔은 바로 옆에 주차해서 스릴을 느껴볼까 하는 생각도 들지만, 별로 의미가 없다는 결론을 내리고는 가장 떨어진 위치에 주차했다. 그리고 곧 그것이 정답이었음을 깨달았다. 어디선가 사카이 교감이 나타났다. 어쩌면 기다리고 있었는지도 모른다.

"하스미 선생님, 잠시 시간 좀 내주시죠."

갑자기 손짓한다. 또 무슨 문제인가 하는 생각에 맥이 빠져서 하이제트에서 내렸다.

"안녕하십니까."

"그 건 말인데, 그 뒤에 어떻게 됐습니까?"

내가 아무리 감이 좋다지만 그 말만으로는 알아듣기 어렵다. 하스미는 딱딱하게 굳은 얼굴 근육을 부드럽게 펴서 억지로 미소를 만들어냈다.

"무슨 건 말씀이십니까?"

사카이 교감은 왜 못 알아듣느냐는 표정을 지었다.

"그러니까 커닝 말입니다. 이제 곧 중간고사이지 않습니까. 대책은 세웠나요?"

아. 그 이야기군.

"수법은 대충 짐작이 갑니다. 야기사와 선생님과 상담해 봤는데요, 이제는 절대로 커닝을 하지 못하게 막을 방법을 찾아냈습니다."

"그렇습니까? 그럼 안심해도 되겠군요."

"단지 조금 문제가 있습니다."

사카이 교감은 자주쓴풀* 뿌리를 핥은 고양이 같은 표정이 되었다. 다른 사람에게 문제를 제기하는 것은 좋아하지만 반대로 자신에게 문제를 제기하면 몹시 싫어하는 성격이었다.

"뭐가 문제입니까?"

"법률에 약간 저촉된다고 합니다."

사카이 교감에게는 가장 마음에 들지 않는 답변인 모양이다.

"무슨 일입니까? 법에 저촉된다니…… 도대체 무슨 말입니까?"

그때 그 자리에 오스미 야스후미 선생이 나타났다. 그는 수학

* 산지의 양지쪽에 자라며, 약간 네모진 모양에 검은 자주색이 돌고 풀뿌리가 매우 쓰다.

과 주임이며 교무부장이기도 했다. 매일 아침 첫 차로 출근하는 모양이다.

"안녕하십니까. 무슨 일이라도 있습니까?"

오스미 주임이 두 사람에게 물었다. 로덴스톡* 안경 너머로 친밀감이 감도는 눈을 깜박인다. 온화하고 성실한 성격으로 교사들 사이에서 신뢰가 두텁고 화난 모습을 한 번도 보인 적이 없는 선생님이다.

"아, 그렇지요. 이 이야기는 역시 오스미 주임 선생님도 들으셔야겠군요. 장소를 좀 옮깁시다."

세 사람은 건물 안으로 들어가서 회의실로 이동했다. 시험은 교무부가 담당하는 일이므로 분명 오스미 주임이 책임자이긴 하지만 교감이 그에게 애써 이야기를 들려주려고 하는 까닭은 아마도 몸을 사리기 위한 본능에 따른 결과일 것이다. 하스미의 이야기가 위험한 내용일 경우에 책임을 분산할(또는 책임을 떠넘길) 상대를 만들 작정이었다.

"중간고사에서 일부 학생이 치팅을 벌인다는 소문에 대해서입니다만."

세 사람이 착석하자 하스미가 먼저 이야기를 시작했다.

"됐으니까 평범하게 커닝이라고 말하세요."

* 독일제 명품 안경테, 렌즈 브랜드.

사카이 교감이 코맹맹이 목소리로 말을 막는다.

"알겠습니다. 그 커닝에 관한 소문은 사실이라고 생각합니다. 1학년 2학기의 중간고사 및 기말고사에서 아무리 봐도 부자연스럽게 편향적인 점수 결과가 나왔고, 게다가……."

"그 점에 대해서는 이미 알고 있으니, 그보다는 이번 중간고사에서 어떤 수법으로 커닝을 할 것 같은지 말해주십시오."

사카이 교감이 짜증 섞인 말투로 말했다.

"네. 이번 커닝은 한두 명이 아니라 상당수의 학생이 공모해서 실행할 것이라고 예상합니다. 수법도 커닝 페이퍼 같은 귀여운 수준이 아닐 테고요."

지금까지는 커닝이라고 하면 커닝 페이퍼만 경계하면 됐다. 여러 학교에서 지금도 샤프를 금지하는 실제 이유는 연필 속에는 커닝 페이퍼를 숨기지 못하기 때문이다.

"아마도 이번 커닝 계획도 지난번과 마찬가지로 성적이 좋은 학생이 다수의 학생들에게 정답을 알려주는 방법일 것이라고 예상합니다. 교무부와 학생지도부에서는 작년 3학기 기말시험부터 몇 가지 방지책을 강구해왔습니다. 시험 볼 때에 교실 정면에 걸어놓은 시계를 떼어내는 것도 방지책의 일환입니다. 시계의 초침이 가리키는 숫자를 보면서 소리 등으로 신호를 주고받는 수법을 막기 위해서지요."

"학생들이 사전에 미리 의논해서 손목시계의 초침을 똑같이 맞춰 놓았다면 어떻게 합니까?"

오스미 주임이 신중하게 말했다.

"아무래도 거기까지는 막지 못합니다. 시험을 볼 때 손목시계를 빼앗지는 못하니까요."

하스미는 백기를 든다.

"그럼 속수무책이란 말입니까?"

사카이 교감이 언짢은 듯 콧방귀를 뀐다.

"그렇지만 시험시간에 부자연스러운 소리를 내거나 몸짓으로 사인을 보내는 학생의 감시는 가능합니다. 이 점은 이번에 감독관을 맡을 선생님들께 철저하게 주지할 예정입니다."

"그렇군요. 하지만 지난번에는 그러한 조치에도 불구하고 감쪽같이 커닝에 성공하지 않았습니까."

"죄송합니다."

"그 외의 수법이라면 뭐가 있을까요?"

"작년에는 한 사람뿐이었지만 커닝에 아이팟을 사용한 학생이 있었습니다. 음악 감상뿐만 아니라 다양한 정보도 기록할 수 있는 기계니까요. 자신의 다리 밑에 본체를 숨긴 뒤 소매로 이어폰을 꺼내서 턱을 괴는 자세로 녹음된 파일을 듣는 방법을 썼습니다. 턱을 괴는 자세를 철저하게 금지하면 이 방법은 얼마든지 사전에 막을 수 있습니다. 문제는 역시 휴대전화를 이용한 커닝입니다."

"그렇다면 예상과 같이 문자를 이용하는 방법입니까?"

사카이 교감이 몸을 앞으로 내밀었다.

"예, 보지 않고 문자를 입력하는 데 숙달된 학생이라면 책상 밑에서 버튼을 눌러서 문자를 송신하는 정도는 식은 죽 먹기죠."

"그렇다면 시험시간에는 철저하게 휴대전화 반입을 금지해야겠군요."

오스미 주임의 말에 하스미는 고개를 저었다.

"물론 반입을 금지하긴 하겠지만 모든 학생의 몸을 수색하고 책상 속을 다 조사하지는 못합니다. 학교 측이 노골적으로 학생들을 의심한다는 모습을 보이는 것은 좋은 방법이 아닐뿐더러 보호자의 반발도 예상됩니다."

"그럼 대체 어쩌자는 말입니까?"

사카이 교감은 미간을 찌푸렸다.

"야기사와 선생님의 협력을 얻어서 포괄적인 대책을 찾아보겠습니다. 실은 이 방법은 전례가 없지도 않습니다."

하스미는 전자적인 커닝 방지책에 대해서 상세하게 설명했다.

"이 방법이라면 휴대전화를 사용한 커닝은 거의 완벽하게 차단이 가능합니다."

"과연, 획기적인 방법이군요. 그런데 뭐가 문제입니까?"

"전파법에 위반됩니다."

하스미의 설명에 사카이 교감의 표정은 점점 어두워졌다.

"그렇군요. 아무래도 그건 좀……. 그럼 소용없지 않습니까!"

"하지만 이 방법은 포기하지 못할 만한 장점이 있습니다."

사카이 교감의 반응은 예상했던 대로였다. 하스미는 자세하게 설명하기 시작했다.

"이 방법이 성공하면 입시 때도 적용하면 됩니다. 게다가 형식상 전파법 위반이지만 실제로 피해는 전혀 없습니다."

"그렇습니까?"

"시판하는 기계조차 위반이 아닐까 의심받을 정도로 기준이 애매한 법입니다. 시간은 커닝이 의심되는 '교과목 수×45분'뿐이고 본교 부지 외에는 전혀 영향을 미치지 않게 미세한 조정이 가능해서 우선 발각될 일이 없습니다. 게다가……."

이제 와서 다른 수단을 강구하려고 하면 처음부터 다시 시작해야하기에 하스미는 어떻게든 교감을 설득하려고 애썼다.

"아니요. 역시 그러면 안 되지요. 들키지만 않으면 된다는 생각은 곤란합니다."

오스미 주임은 신중하게 궁리를 하며 고개를 저었다.

"커닝을 방지하려고 법령을 위반한다면, 앞뒤가 바뀐 작전입니다. 다른 방법을 생각해 봅시다."

사카이 교감은 다시 말을 하려다 그만두었다. 오스미 주임만 없다면 사카이 교감을 설득했을 텐데 아쉬웠다. 할 수 없다. 하다못해 의욕이 없는 감독관들이라도 격려해서 어떻게든 더욱 엄격하게 시험 감독을 하는 방법뿐이다.

"익명 게시판이요?"

야스하라는 어안이 벙벙한 표정을 지었다.

"그런 게시판이야 엄청 많죠. 갑자기 그건 왜 물어요?"

"교감이 확인해 보라고 시켰거든."

하스미는 매우 난처한 표정을 지었다.

"요즘 익명 게시판을 이용한 여러 문제가 생겼잖아? 공립학교에서는 이미 대규모로 조사를 시작한 모양이야. 그러다 보니 우리 학교도 조사하는 게 좋지 않겠냐는 이야기가 나왔나 봐. 따돌림의 온상이 되지는 않았는지, 혹시 매춘과 관련된 건 아닌지 알아봐야 한다고 말이야."

"익명이라고 해서 꼭 나쁜 짓을 하지는 않아요. 그저 공식 사이트와는 달리 학생들끼리 자주적으로 운영할 뿐이죠."

"그건 나도 알아. 그런데 교장이나 교감은 실제 사이트를 본 적이 없잖아? 여러 사람에게서 이런저런 이야기를 듣다 보니 걱정이 되나 보더라고."

"네, 알았어요."

야스하라가 하얀 이를 드러내며 웃었다.

"목록을 만들어볼게요."

"그리고 ID나 비밀번호가 필요한 곳도 있잖아?"

야스하라는 뭔가 생각하는 듯하다.

"그런 곳은 없어요. ……있다고 해봤자 요코타의 게시판 정도일 걸요?"

요코타 사오리는 반에서는 눈에 띄지 않지만 비교적 친위대와 가까운 학생이다.

"그것도 알고 있다면 알려줘."

"제 거면 되나요?"

하스미는 잠시 생각했다.

"아니, 가능하다면 요코타 본인 것이 좋아."

"그래요? 네, 알았어요."

"특별히 지도를 하거나 사이트 이용을 금지하지는 않을 테니 걱정하지 마. 그저 한 번 들어가서 살펴보고 학교에는 문제가 없다고 보고하면 되니까."

"그렇구나. 하스민 쌤도 참 고생이 많네요."

야스하라는 고개를 끄덕였다.

"그리고 이 이야기는 아무한테도 말하면 안 돼. 교사가 익명 사이트를 체크한다는 것만으로도 반발하는 녀석이 나올 테니까."

"알아요. ……근데 저에게 부탁한다는 건 혹시 하스민 쌤이 나를 의지한다는 뜻인가요?"

야스하라는 조금 우쭐거리며 복도를 걸어가는 학생들을 바라보았다. 두 사람이 서서 이야기를 하는 곳은 교무실 근처였다. 평소 학생들이 와서 머무르지 않는 장소일뿐더러 야스하라와 대화를 나눌 때는 다른 여학생들조차 하스미에게 가까이 다가오려고 하지 않는다. 아마 야스하라의 후환이 두려워서겠지.

"그럼, 당연히 이런 이야기를 하는 건 야스하라 너를 의지한다는 거지."

하스미는 야스하라의 머리를 문지르듯 쓰다듬었다.

"이제 그거 좀 그만하세요! 그런데 이런 이야기라니 무슨 뜻이에요?"

야스하라는 투덜거리면서도 기쁜 듯했다.

"익명이라든가 범죄와 같은…… 뭐, 일반적으로 우리 학교의 어두운 면에 대해서지."

순간, 야스하라는 하스미의 가슴에 정권지르기를 날렸다. 꽤 힘이 들어갔다.

"하스미 선생니임! 범죄라면 예를 들어서 옥상에서 교사가 학생에게 한 키스 같은 걸 말하나요?"

하스미가 허둥거리는 모습은 연기가 아니었다.

"이 바보야! 그만해! 큰소리로……."

야스하라는 신이 난다는 듯 깔깔거리며 웃었다.

익명 사이트의 정보를 모으는 데는 친위대를 이용하는 것이 가장 효율적이겠지만, 그렇게 되면 최소 3명의 학생이, 아니다, 10명 정도는 그 사실을 알게 된다. 비밀 유지를 위해서는 야스하라에게 부탁하는 방법이 가장 좋다.

"……응? 누구지?"

하스미의 셔츠 주머니에 든 휴대전화가 진동하며 울린다. 발신자를 보니 사카이 교감이다. 옆에 있던 야스하라도 화면을 기웃거린다.

"왜 학교 안에서 전화를 거신대요?"

"글쎄다."

하스미는 통화 버튼을 눌렀다.

"네. 하스미입니다."

— 하스미 선생님, 지금 통화 괜찮습니까?

사카이 교감은 어쩐 일인지 목소리를 낮추었다.

"네, 무슨 일이십니까?"

— 오늘 아침에 나눈 이야기 말인데요. 역시 커닝은 어떻게든 방지해야 합니다. 방금 이사장님과 대화를 나눴는데 그 점에 대해 엄명을 받았습니다. 이번에 학생들이 커닝에 성공하면 인터넷 등에서 순식간에 불명예스러운 소문이 퍼져 나가지 않겠느냐며, 그 부분을 무척 염려하셨습니다.

하스미는 통화를 하면서 몸에 바짝 달라붙는 야스하라를 밀어냈다.

"그렇습니까. ……그럼 아침에 말한 방법을 쓰자는 말씀이십니까?"

— 아니, 그게 말입니다. 제 입장에서는 법령 위반을 인정하면 안 됩니다. 하지만 그렇다고 커닝을 허용해서도 안 되지요. 그리고 적발해서 처분하기보다는 처음부터 실행하지 못하게 하는 방법이 훨씬 바람직합니다.

"네에……."

— 어떻게 해야 좋을지 생각해 봤습니다. ……그래서 이건 단순히 참고하려고 여쭤보는 겁니다만 아침에 말한 방법을 사용할 경우에 새로운 예산이 필요합니까? 그…… 기계를 사야 한다든가 하는…….

"아니요. 돈은 1엔도 들지 않습니다. 야기사와 선생님께서 동아리에 구비되어 있는 기계를 사용하면 된다고 했으니까요."

야기사와 가쓰야는 요즘 시대에는 골동품 같은 존재로 아마추어 무선부의 고문이다.

— 그렇습니까. 역시.

사카이 교감은 만족스러운 듯한 목소리였다.

"교감선생님, 이번 건을 저에게 일임해 주셨으면 합니다."

하스미는 사카이 교감이 가장 바라던 말을 해주었다. 요점은 아침에 말한 방법으로 커닝을 방지하되 자신은 전혀 몰랐던 일로 해주길 바란다는 것이다.

— 일임 말입니까? 그렇다면 뭐, 하스미 선생님이 그리 말하신다면 기꺼이 일을 맡겨도 되겠군요.

"상황을 종합적으로 검토한 후에 필요한 수단을 찾아보겠습니다. 물론 교감선생님께서 어디까지나 법령을 준수하라고 지시하신 점을 충분히 반영하겠지만, 최종적으로는 현장에서 판단해 방법을 결정하겠습니다."

— 과연, 알겠습니다. 알겠어요. 음, 그래요. 항상 하스미 선생님을 의지하고 있습니다. 그렇다면 방금 말한 방향으로 진행해 주시기 바랍니다.

사카이 교감은 만족하며 전화를 끊었다.

"뭐예요? 대체 무슨 이야기인가요?"

야스하라가 수상하다는 눈초리로 묻는다.

"아까 한 이야기야. 익명 사이트 조사를 빨리해달라고 재촉하셨어."

"그런데 야기사와가 맡은 부는 무선인가 뭔가가 아니었어요?"

"야기사와 선생님이겠지? 뭐 인터넷에 관해서도 야기사와 선생님이 가장 잘 아시니까."

"흐음……."

야스히라는 뭐가 뭔지 모르겠다는 표정이었다.

그때 교무실 안에 위치한 교감실 문이 열리고 사카이 교감이 얼굴을 내밀었다. 아주 기분이 좋아서 콧노래라도 부를 듯한 모습으로 문을 연 사카이 교감은 하스미의 얼굴을 보자마자 당황해서 문을 쾅 닫았다.

“……저 안에서 전화하셨구나.”

야스하라는 웃음을 참으면서 작게 말했다.

“선생님들은 도대체 뭐 하는 거예요? 바보 같잖아요.”

“숨길 일도 아닌데 말이야.”

하스미는 한숨 섞인 목소리로 중얼거렸다.

짧은 홈룸*이 끝나자 하스미는 자신에게 관심 좀 가져 달라는 듯이 끊임없이 달라붙는 학생들을 떨쳐내고 교실을 나왔다. 오늘은 구메가 미술부의 실기 지도를 하는 날이다. 붙잡고 이야기할 절호의 기회다.

복도 앞쪽에서 갈색 상의를 걸친 뒷모습이 보였다. 스리이다. 평소와 똑같이 머리만 앞으로 내민 자세로 거북이처럼 느릿느릿하게 걸어간다. 그 바로 뒤로 종이뭉치를 든 손을 머리 높이 쳐들어 스리이를 맞히려고 노리는 학생이 보였다. 5반의 히가시데라는 장난꾸러기다. 하스미는 재빠르게 히가시데의 뒤를 쫓아가서 머리를 때렸다. 히가시데가 깜짝 놀라서 뒤를 돌아본다.

“으아! 걸렸다!”

“너 대체 뭘 하려던 중이냐? 이 바보 녀석.”

하스미는 집게손가락의 두 번째 관절이 튀어나오게 구부려서

* 학교에서 담임교사의 지도 아래 이루어지는 학급 내 학생 자치 활동.

히가시데의 관자놀이를 세게 눌러 돌렸다. 히가시데는 죄송하다고 외치며 교실로 도망갔다.

하스미가 앞쪽으로 몸을 돌리자 스리이가 복도 중간에 멈춰 서서 하스미를 바라본다.

"스리이 선생님."

하스미는 바로 웃는 얼굴을 지어냈다.

"저희 반이 소란스러워서 매번 폐를 끼치게 되었습니다. 죄송합니다."

스리이는 아무 말도 하지 않았지만 그에게서는 싸늘한 뭔가가 느껴졌다. 다른 교사에게는 없는 이 숨 막히는 압박감의 정체는 무엇일까.

"얘기를 듣고 몇 번이나 주의를 줬습니다. 만약 또 시끄러워지면 언제라도 저에게 말씀해 주세요."

스리이의 눈이 금속 테 안경 렌즈 너머에서 카멜레온처럼 천천히 움직인다.

"그런가요. 잘됐네요. 그럼 잘 부탁합니다."

쉰 목소리로 느릿하게 말했다. 간사이 지방의 사투리 억양인데 이렇게 억울한 분위기가 감도는 간사이 사람은 처음 본다.

"오늘도 4반 수업이 있으셨지요? 어땠습니까?"

"음…… 그 아이가…… 그러니까……."

스리이가 무언가 생각해내려는 사람처럼 눈을 감았다.

"다테누마 말씀이신가요?"

하스미가 조심조심 물어보자 천천히 고개를 끄덕인다.

"맞습니다. 그 아이가 잘 알아듣게 말 좀 잘 해주십시오."

"알겠습니다. 알아듣게 잘 타이르겠습니다."

"고맙습니다."

스리이는 앞을 바라보면서 다시 느려빠진 걸음으로 걷기 시작했다. 할 말은 다했다는 태도였다. 하스미는 스리이와 같은 속도로 그 뒤를 따라 한 발 한 발 걸었다. 스리이가 계단을 내려갈 때까지 기다린다. 그 바람에 4반 교실에서 나온 학생들에게 따라잡히고 말았다.

"하스민 쌤! 뭐해요? 빨리 ESS에 가요."

"오늘 영어 연극 배역 정하기로 했잖아요."

제각기 말하면서 이사가와 마이와 가시와바라 아리가 하스미의 두 팔을 잡아당겼다.

"알았다. 먼저 가 있어. 바로 따라갈 테니까."

"네?"

"정말 바로 갈게. 용무가 있거든."

요즘 아이들이 용무라는 말을 이해할까 하는 의문이 들었지만 하스미는 경쾌한 발걸음으로 계단을 내려가서 북쪽 건물로 향했다.

대부분의 특별활동부에는 부실이 있지만 미술부는 미술실을 그대로 사용한다. 하스미는 살그머니 문을 열었다. 열네댓 명의 학생이 진지하게 캔버스를 바라보며 그림을 그린다. 여학생이 대부분이지만 남학생도 세 명 끼어있다. 그 한 명이 마에지마 마사히코였다. 그리고 구메는 마에지마의 뒤에서 그림을 바라보는 중이다. 마에지마와 바짝 붙은 거리다.

구메는 하스미가 온 것을 눈치 채고 무슨 용무가 있냐는 듯 눈썹을 올린다. 하스미가 밖에서 이야기하자고 손짓하자 얼굴을 찌푸리면서 다가왔다. 학생들도 하스미가 온 것을 알아챘지만, 곧 그림 그리기에 열중했다. 유일하게 마에지마만이 걱정 가득한 눈초리로 이쪽을 주시한다.

"무슨 일이세요?"

복도로 나온 구메는 작업복처럼 풍성한 옷의 허리춤에 손을 얹고 당혹스러운 표정으로 묻는다. 키는 하스미보다 크지만 날씬해서 체중은 더 가벼워 보인다. 섬세하다기보다는 신경질적인 얼굴이었고 옆머리를 바싹 쳐올린 머리 모양이 잘 어울렸다. 과거의 록스타가 연상되었다. 희미한 코오롱 향기가 코를 스친다.

"잠깐 상의할 일이 있습니다."

"상의라니…… 뭐에 관해서죠?"

선입견 때문인지 모르지만 억양이나 태도가 여성스럽다는 생각이 든다.

"학생 지도에 관한 이야기입니다. 가능하면 미술부 아이들까지 듣게 하고 싶지 않은데 잠시 다른 교실에서 대화를 나누지 않겠습니까?"

"다른 교실이요? ……저어, 지금은 미술 지도 중인데요. 무슨 이야기인지는 몰라도 여기서 짧게 얘기하고 끝내면 안 될까요?"

구메는 짜증을 섞어 말했다. 그러나 하스미의 귀에는 그 속에 감춰진 어렴풋한 두려움이 느껴졌다.

"우리 반 학생인 마에지마 마사히코에 관한 이야기입니다. 그렇게만 말하면 잘 아실 거라고 생각합니다만."

"마에지마요? 아뇨, 무슨 말인지 전혀 모르겠는데요."

"시치미를 떼셔도 상관없습니다. 하지만 저는 그 애의 담임이면서 학생지도부이기도 합니다. 선생님과 이야기해서 결말이 나지 않는다면 전부 학교에 보고해야 합니다."

"네? 도대체 무슨 뜻입니까? 정말로 저는 모르겠는데요."

구메는 속마음을 알아챌 만큼 금방 얼굴이 창백해졌다.

"그렇게 되면 당연히 구메 선생님의 아버님 귀에도 얘기가 들어가겠지요. 전 그런 사태를 바라지 않습니다. 하지만 끝까지 지금과 같은 태도로 계속 모른 척하신다면 방법이 없지요."

"하스미 선생님! 잠, 잠깐만 기다려주세요. 제발 제가 알아들을 수 있게 자세히 설명해 주세요."

구메는 입으로는 여전히 항의하면서도 태도는 확연히 누그러졌다.

"그럼 이쪽으로 오시죠."

하스미는 발길을 돌려서 미술실 옆의 미술준비실로 구메를 불러냈다. 구메는 언뜻 보기에도 무거운 발걸음으로 따라왔다. 미술준비실에 들어가서 하스미는 구메를 의자에 앉히고 조용히 문을 닫았다.

"우선 밝혀두겠습니다. 저는 학교에 불명예스러운 이야기를 불필요하게 광고할 생각은 없습니다. ……그렇지만 형사사건이라면 그 같은 재량을 베풀어드릴 여지가 사라집니다. 방금 전에는 학교에 보고하겠다고 말했지만 당장 경찰에 신고할 생각입니다. 부디 그 점을 염두에 두시기 바랍니다."

하스미는 구메 앞에 서서 냉정하게 말한다.

"형사사건이라니……. 저기, 뭔가 착오가 있으신 겁니다. 전 그런 짓은……."

구메는 벌써 고양이 앞의 쥐나 마찬가지였다. 재기할 틈을 주지 않고 하스미는 말을 이어나갔다.

"변명은 됐습니다. '예', '아니요'로만 대답하세요. 당신은 마에지마 마사히코와 성적인 관계를 가졌나요?"

구메는 입술을 부들부들 떨면서 대답한다.

"아니요! 아닙니다. 기가 막힌 생트집이군요. 저는 맹세코 그런 일은 한 번도……."

하스미는 거짓말이라고 생각했다. 대답은 어떻게 해도 상관없다. 목소리에서 심리적인 부담이 느껴진다는 것이 중요하다. 게다가 무의식적인 보디랭귀지, 즉 몸을 지키려고 가슴을 감싼 팔이나 꼰 다리 등이 모두 '예'라고 큰소리로 자백한 것이나 다름없었다.

"그렇습니까. 이런 상황에 이르러서도 거짓말로 발뺌하시다니 정말 유감입니다. 아무래도 진상은 법정에서 규명되겠군요."

"어떻게 그런 말을……! 왜 믿어주지 않죠? 처음부터 제가 그, 그 아이와 관계가 있다고 단정 짓고 몰아붙이지 않았습니까!"

"구메 선생님."

하스미가 깊이 한숨을 쉬며 몸을 수그려 구메의 얼굴에 가까이 댔다. 하스미의 눈빛에 압도된 구메가 눈길을 피한다.

"맨 처음에 밝히지 않았습니까? 포인트는 형사사건이냐 아니냐 입니다. 아시겠습니까? 당신이 마에지마 마사히코와 합의하에 관계를 가졌다면 그건 자유연애의 범주에 들어갑니다."

"네에? 아뇨, 그러지 않습니다. 마에지마는 미성년자이니 음란행위나 아동복지법 등으로…… 아니, 전 그런 짓을 하지 않았지만……."

구메는 완전히 혼란에 빠진 모습이었다.

"물론 학생과의 관계는 용인되지 못합니다. 하지만 억지로 강요해서 한 경우와 합의한 후에 한 경우는 천지 차이입니다. 하물며 피해자가 남자아이인 경우에는 어디까지가 책망을 받아야 하는 행위인지도 애매하고요."

구메는 궁지에 몰린 표정이었다. 어떻게 하면 이 곤경에서 벗어날지 열심히 머리를 굴리고 있겠지.

"질문을 바꾸지요. 당신은 교사라는 위치를 이용하거나 폭력을 써서 마에지마 마사히코에게 관계를 강요했습니까?"

"말도 안 돼! 그런 짓은 절대 하지 않았습니다!"

구메가 눈을 크게 뜨고 소리를 지른다.

"그럼 처음부터 서로 합의한 일인가요?"

구메는 눈을 내리깔고 입술을 핥는다.

"그…… 그건."

"어느 쪽입니까?"

하스미는 목소리에 힘을 주었다.

"강요를 했거나 또는 이제 와서 사실을 부정하고 이 질문에 답을 하지 않는 경우에는 즉시 경찰에 신고하겠습니다. 그럴 경우에 원만히 해결되기를 바라지 마십시오. 모쪼록 곰곰이 생각해서 대답해주시기 바랍니다."

독사는 서두르지 않는다는 태국의 속담이 있다. 실제로 맹독을 가진 뱀은 대부분 사냥감에게 독액을 주입한 뒤 일단 물러서서 독이 퍼지기를 기다린다고 한다. 어설프게 급히 사냥감을 잡아먹으려다가 죽음의 공포로 인해 발광하는 사냥감이 반격해 오는 경우에 다치지 않기 위해서다.

하스미는 독을 품은 말이 구메의 의식 속으로 침투해서 뇌수가 마비되기를 기다렸다. 이미 이 먹잇감에게는 도망칠 길이 없다. 그때 조용히 미술실 문이 열렸다. 구메는 깜짝 놀라서 고개를 들었다. 입구에 선 사람은 마에지마 마사히코였다.

"선생님."

"마에지마. 당장 제자리로 돌아가!"

구메가 망연자실해서 소리를 질렀다. 마에지마는 하스미 쪽을 향했다.

"선생님은…… 그런 강요 따위 하지 않으셨어요! 믿어주세요."

착한 아이군. 하스미는 크게 고개를 끄덕였다. 덕분에 수고가 줄었다.

"알았다. 믿으마."

그 말을 듣고 구메는 고개를 푹 숙였다.

"구메 선생님. 모두 합의한 일이라는 말씀이군요?"

하스미가 구메의 어깨에 손을 올려놓자, 구메는 넋이 나간 눈을 들어 느릿하게 고개를 끄덕였다.

"알겠습니다. 그렇다면 가능한 한 은밀하게 사태를 수습해 보죠."

"하스미 선생님. 제발 부탁합니다."

구메는 의자에 앉은 채 깊숙이 고개를 숙였다.

"전…… 퇴학당하나요?"

마에지마가 울 것 같은 얼굴로 말한다.

"아니, 괜찮을 거야. 그리고 지금부터 구메 선생님이 학교를 그만두지 않아도 될 방법을 생각해 보자꾸나."

"정말인가요?"

"그래, 다만 그러기 위해선 뭐든지 솔직하게 말해줘야 해. 두 사람 모두 도와주리라 믿습니다."

두 사람은 얼굴을 마주보았으나 포기한 듯이 얌전하게 고개를 끄덕였다. 하스미는 수업에 사용하는 마커 따위가 든 필통을 열어서 구식 카세트 레코드를 꺼냈다.

"하스미 선생님! 빨리 와주세요!"

삼일 후 점심시간의 일이다. 4반의 쓰카하라 유키가 교무실 안으로 급하게 뛰어 들어오며 호들갑을 떤다. 달려왔는지 숨을 헐떡인다. 반의 여자아이 중에서 가장 뚱뚱한 쓰카하라는 그새 얼굴과 팔에 땀이 배었다.

"무슨 일이야?"

하스미가 일어서며 물었다.

"교실에서 다테누마하고 야마구치가…… 치고받고 싸워요!"

하스미는 술렁거리는 교무실을 뒤로 하고 뛰쳐나갔다. 계단을 두 칸씩 성큼성큼 뛰어서 단번에 올라가니 주위에 있는 학생들이 놀란 눈으로 하스미를 바라보았다. 2학년 4반 앞에는 많은 아이들이 몰려있었다. 그 가운데에서 큰소리를 내지르는 격한 소리가 울려 퍼졌다.

"비켜! 당장 거기서 나와!"

하스미는 방해가 되는 학생의 목덜미를 움켜쥐고 계속 밀어내면서 교실로 뛰어 들어갔다. 책상과 의자가 넘어지면서 교과서나 학용품 등이 여기저기로 흩어져 난장판이 되었다. 그 한 가운데서 두 학생이 거친 숨을 몰아쉬며 서로 노려보고 서 있다. 마침 싸움이 멎은 듯하다.

키가 큰 쪽이 야마구치 다쿠마다. 1학년 때부터 럭비부에서 록 포지션을 맡은 야마구치는 다테누마와 나란히 반의 두목 격이다. 하지만 이번엔 아무래도 상대를 잘못 고른 모양이다. 야마구치의 코에서는 피가 흐르고 왼쪽 눈 아래는 이미 자주색으로 부어올랐다.

아직 싸울 자세를 취하고 있는 다테누마는 얼굴만 보면 타격이 없는 듯했다. 키가 15센티미터나 더 큰 상대를 기백으로 제압한 모양이다. 죠 고이즈미*가 점수를 매긴다면 1라운드는 10대 9로 다테누마의 손을 들어줄 법한 모습이었다.

"그만둬! 이게 무슨 짓이야?"

* 일본의 권투 평론가.

하스미는 권투경기의 심판처럼 두 사람 사이를 비집고 들어갔다. 물론 방심은 금물이다. 흥분한 나머지 피가 거꾸로 솟은 상태라면 상대가 교사라 해도 구분하지 않고 덤비는 경우도 있으니 조심해야 한다.

하지만 둘 다 이성을 잃을 정도로 흥분한 상태는 아니었다. 야마구치는 이미 반 정도 싸울 생각을 그만둔 상태여서 오히려 하스미의 개입에 안심한 듯 보였다.

다테누마는 평소 섬뜩하리만큼 냉정하게 싸우는 것으로 유명하다. 이성을 잃는 일이 거의 없지만 이 날만큼은 화가 나서 눈에 핏발을 세우고 야마구치를 계속 매섭게 쏘아보았다.

"이유가 뭐야?"

하스미의 질문에 다테누마는 말이 없었지만 야마구치는 손수건을 꺼내 흘러나오는 코피를 닦으면서 다테누마를 향해 손가락을 들이댔다.

"이 자식이 갑자기 때리면서 덤벼들었어요!"

다테누마가 야마구치 쪽으로 돌진하려는 행동을 취해서 하스미는 양손을 펼쳐서 말렸다.

"갑자기 덤벼들었다고 해도 그 이유가 있을 거 아냐?"

"몰라요! 저는 아무 짓도 안 했다고요!"

야마구치는 손수건에 묻은 피의 양을 보고 다시 화가 나는지 벌컥 성을 내며 소리쳤다. 다테누마는 여전히 말이 없다.

"좋아, 알았다. 두 사람 모두 학생상담실로 와."

하스미는 다시 싸움이 일어나지 않게 다테누마와 야마구치 사이에 적당한 거리를 유지하며 두 사람을 데려갈 준비를 했다.

"얘들아, 미안한데 교실 좀 정리해 줄래?"

하스미의 말에 학생들은 넘어진 책상을 세우기 시작했다.

"이 새끼들, 뭐하는 짓이야? 어이, 비키지 못해!"

교실 입구에서 상스러운 말투의 성난 목소리가 울린다. 저 자식은 또 뭐하러 온 거야. 하스미는 짜증이 나서 시바하라를 흘긋 쳐다봤다. 하지만 학생들 앞에서 학생지도부 교사끼리 서로 으르렁대는 모습을 보여서는 안 된다.

"시바하라 선생님, 힘들게 여기까지 와주신 건 감사하지만 괜찮습니다. 이제 끝났으니까요."

"니들 교실에서 싸웠냐? 엉?"

시바하라가 죽도로 다테누마와 야마구치를 찌르려고 한다. 다테누마는 미끄러지듯이 몸을 돌려 피했지만, 옆구리를 찔린 야마구치는 화난 표정으로 시바하라를 노려보았다.

"그 눈은 또 뭐냐?"

이를 드러내고 위협할 때의 표정은 일본원숭이라기보다는 아프리카산 개코원숭이에 가깝다. 4반 학생들은 모두 혐오스럽다는 표정을 지었다.

"이 녀석들을 학생상담실로 데려가겠습니다."

하스미가 이렇게 말하고 야마구치의 등을 떠밀면서 가려고 하자 시바하라가 손바닥 뒤집듯 태도를 바꾼다.

"하스미 선생님, 도와드리겠습니다!"

"예?"

하스미는 어안이 벙벙해졌다.

"혼자서 이 녀석들을 데리고 가긴 힘드시잖아요? 왜 갑자기 남처럼 그러십니까? 일단 저도 학생 지도를 같이 하는 동료니까 필요하실 땐 언제든 말씀하세요!"

시바하라가 드러내놓고 비위를 맞추려는 웃음을 지으며 알랑거리자 이상한 분위기를 감지한 듯 교실이 술렁거렸다.

동료는 무슨. 하스미는 속이 메슥거렸다. 시바하라는 야스하라의 일로 위험을 느꼈는지, 가까이 다가오는 방법이 유리하다고 판단한 듯했다. 그러나 필요 이상의 이상한 주목은 가능한 한 피하고 싶다. 하스미는 여기서 입씨름을 벌이느니 차라리 함께 가는 편이 낫겠다는 생각에 시바하라의 제의를 받아들였다.

"알겠습니다. 그럼 부탁드리겠습니다."

시바하라는 힘이 넘치는 모습으로 다테누마를 교실에서 내몰았다. 야스하라가 한 발 앞으로 나가서 덤빌 듯한 시선을 던졌지만 시바하라는 모르는 척 외면했다.

하스미와 다테누마, 야마구치는 침묵을 지켰지만 시바하라만 활기차게 죽도를 휘두르며 앞장서서 그들을 이끌었다. 우여곡절 끝에 학생상담실에 도착한 뒤 큰 임무를 달성했다는 얼굴로 시바하라가 사라지자 한 사람씩 사정을 듣기로 했다. 야마구치는 자신은 아무짓도 하지 않았다고만 주장하고, 다테누마는 한마디 말도 하지 않는다. 그러는 동안 점심시간이 다 지나갔다. 일단 처분을 보류하고 두 사람을 풀어주었다.

하스미가 학생상담실에서 나오자 벽에 몸을 기대고 기다리던 야스하라의 모습이 보인다.

"무슨 일이야? 이제 곧 수업 시작하는데 왜 여기 있지?"

"저기요, 하스민 쌤. 저 다테누마가 폭발한 이유를 얼추 알아요."

"이유? 뭔데?"

야스하라는 복잡한 표정으로 하스미를 쳐다봤다.

"익명 게시판이에요."

"익명 게시판?"

"요코타의 게시판 보지 않았어요? 저번에 아이디랑 비밀번호 가르쳐줬잖아요?"

"아……. 요즘 좀 바빠서 아직 못 봤어."

"그래요? 거기에 어제부터 다테누마를 비방하는 글이 많이 올라 왔거든요."

"그렇구나."

"대부분 '짜증나'라든가 '죽어버려' 같은 말이 많은데, 그런 글

말고도 여러 가지 개인정보까지 올라왔어요. 다테누마네 집이 꽤 나 복잡하더라고요."

"그런데 왜 야마구치를 때린 거지?"

"다테누마는 야마구치가 그 글을 올렸다고 의심하나 봐요. 그 녀석들은 지금도 사이가 나쁘지만 오래전부터 끔찍한 악연이었으니까요. 야마구치 외에는 아는 사람이 두세 명뿐인 일까지 올라왔더라고요."

"그래?"

"그래도 야마구치는 범인이 아니라고 생각해요. 갠 비겁한 짓을 싫어하거든요. 알고 보면 착한 녀석이에요."

"그렇구나…… 알았어."

하스미는 야스하라의 어깨를 두드렸다.

"일단 그 게시판에 들어가 볼게. 그런데 놀랍다. 교장선생님이나 교감선생님의 걱정이 꼭 기우만은 아니었구나."

"지금은 그 아이디랑 비밀번호로 게시판에 못 들어가요."

"왜?"

"요코타의 아이디랑 비밀번호에는 관리자 권한이 있는데 그걸 누군가가 해킹한 모양이에요. 곧바로 다른 걸로 바꿨더라고요."

"그럼 지금은 아무도 게시판을 못 보는 거야?"

야스하라는 고개를 저었다.

"다른 아이들의 아이디와 비밀번호는 그대로 써도 돼요. 하지만 게시판을 장악한 녀석이 요코타의 아이디와 비밀번호를 변경한 다음에 관리자 권한을 이용해서 신규 아이디와 비밀번호를 많이 만들어낸 듯해요. 다테누마를 비방하는 글은 거의 새로운 아이디와 비밀번호를 사용했어요."

"그럼 그 게시판을 지금 그…… 누군가가 하고 싶은 대로, 마음대로 조종한다는 말이야?"

"그래요."

"그건 큰일이네. 바로 폐쇄하는 쪽이 좋지 않을까?"

"네. 저도 그렇게 생각해요. ……그런데 제가 폐쇄하자고 말해도 요코타는 듣지 않을 거예요."

"어째서? 너희는 친한 친구잖아?"

요코타는 친구라기보다 야스하라의 부하에 가깝지만 말이다.

"그렇긴 한데…… 제가 요코타한테 아이디와 비밀번호를 캐낸 바로 다음에 이런 일이 일어나버렸으니까요. 아, 물론 요코타한테는 하스민 쌤이 물어봤다고 말하지 않았어요. 요코타는 절 의심할지도 몰라요. 내 부주의로 아이디와 비밀번호가 유출된 건 아닐까 하고 의심하는 눈치였어요."

"그래? 미안하게 됐구나. 우연이지만 시기가 안 좋았구나."

"하스민 쌤 탓이 아니잖아요."

야스하라는 일단 말을 끊었다.

"저기…… 아니죠?"

"응? 뭐가?"

야스하라는 미소를 지으며 고개를 흔들었다.

"아뇨, 아무것도 아니에요."

제3장 악마의 미소

“좋아, 시작.”

감독을 맡은 오스미 주임이 신호를 보내자 학생들은 일제히 답안지를 앞으로 뒤집었다.

하야미 게이스케는 아무도 모르게 빙긋이 웃었다. 일본사는 가장 자신 있는 과목이고, 보아하니 90퍼센트 정도는 예상했던 문제가 나왔다. 이 정도면 식은 죽 먹기다. 잽싸게 해답란을 메워나가면서 오스미 선생님의 시선에서 벗어나길 기다렸다.

골똘히 생각하는 척하면서 책상 서랍에 집어넣은 오른손으로 안을 더듬어 휴대전화를 찾아낸다. 액정화면을 보지 않고 미리 작성해 둔 문자에 각 문제의 해답을 마구 써나간다. 오스미 선생님의 눈이 이쪽을 향하려 할 때는 재빨리 오른손을 빼내서 열심히 답을 적는 척한다. 빈틈을 노려 몇 번에 걸쳐서 문자 작성을 끝내고 회원들에게 일제히 전송했다. 마지막으로 전송이 끝난 문자를 지우고 휴대전화의 전원을 껐다. 일련의 동작은 물 흐르듯 자연스러웠다. 오스미 선생님은 전혀 눈치채지 못한 듯했다. 문자를 받은 회원들도 꼬리를 붙잡힐 만한 실수는 하지 않은 모양이다. 하야미는 집게손가락으로 연필을 빙글빙글 돌리면서 새 학년 첫 번째 집단 커닝의 성공을 확신했다.

"뭐? 휴대전화가 안 터졌다고?"

하야미는 깜짝 놀랐다.

"그래. 그래서 아무것도 못 받았어."

2반의 요시오카가 두 손 두 발 다 들었다는 자세를 취했다.

"말도 안 되는 소리 하지 마! 산속도 아니고 학교 안에서 갑자기 휴대전화가 안 터질 리가 없잖아!"

"난들 아냐? 시험 끝나고 화장실에 가서 휴대전화를 보니까 그땐 또 멀쩡하더라고."

요시오카는 입을 삐죽거렸다. 4반의 이사다도 불쾌한 눈빛으로 고개를 끄덕였다.

"내 문자가 도착하긴 했어?"

하야미가 목소리를 낮추어 묻는다.

"아니. 송신 자체가 안 된 모양이야"라고 이사다가 말했다.

'젠장' 하고 하야미는 입술을 깨물었다. 책상 안에서 문자를 작성하고 보내는 동안에는 액정화면을 한 번도 보지 않았다. 물론 버튼음과 에러 알림음도 꺼놓았으니 송신되지 않았다 해도 알 길이 없다. 애당초 휴대전화가 갑자기 통화권에서 이탈될 가능성은 조금도 생각하지 않았다.

당했다. 우리가 휴대전화를 사용해서 커닝하리라고 예측하고 학교 측에서 시험 시간 동안에만 전파가 터지지 않게 손을 쓴 것이 틀림없다. 그렇다면 다음 시험 결과도 마찬가지다.

설마하니 강력한 방해전파를 발신해서 통신 불능 상태로 만든 걸까? 하지만 그런 짓을 하면 학교뿐만 아니라 이 부근에서까지 휴대전화가 안 터져서 큰 문제가 생길 텐데……. 전파법 위반으로 학교에 강제수사가 들어올지도 모르는 큰 사건이다.

아니, 그렇지 않다. 통화권에서 이탈되었다는 건 휴대전화와 기지국 간에 주고받는 위치 확인 전파 중에서 가장 약한 전파를 골라 공격했다는 얘기다. 시판되는 휴대전화 방해 장치와 똑같은 방식이다. 그렇다면 영향이 미치는 범위를 정하면 된다. 시판 기기의 출력이라면 교실 전체, 아니다, 학교 건물 한 층을 통째로 통화권 이탈로 만든다는 거친 방법이 우선은 불가능하다.

하야미는 아마도 야기사와가 관련된 일이라고 짐작했다. 야기사와는 어찌됐든 물리교사이자 아마추어 무선부 고문이다. 하려고만 든다면 이 정도의 곡예는 얼마든지 간단히 할 수 있다. 필요한 기계만 있으면 나도 만들 수 있다.

하지만 그렇다면 역시 전파법 위반이지 않을까. 하야미는 간토 종합통신국에 찔러버릴까 하고 생각했지만 아무래도 그 방법은 현실적으로 실현하기 어렵다는 사실을 깨닫는다.

우선 학교 밖에서는 피해가 발생하지 않는 한도에서 출력을 조정했을 것이다. 전파법 위반을 입증하기 위해서 시험시간에 휴대전화가 통화권을 이탈했다고 증언한다면 스스로 커닝을 고백하는 꼴이 돼버린다. 자신의 잘못은 감춰두고 학교만 고발했다가 발각되기라도 하면 퇴학당할 우려도 있다. 그렇다고 해서 익명으로 통보하면 장난으로 여겨질 뿐이다. 단순한 전파 마니아라고 생각했던 야기사와가 설마하니 이런 악랄한 짓을 할 줄은 꿈에도 몰랐다.

아니, 잠깐. 아무리 생각해 봐도 야기사와는 배후 인물이 아니다. 누군가 뒤에서 야기사와의 전문지식을 이용한 인간이 있다. 사카이 교감일까.

아니, 그렇지 않다. 사카이 교감이 이런 방법을 착안했다고 생각하기는 어렵다. 숨어서 계략을 꾸민 인물은 따로 있다. 학교 측이 커닝 대책을 세운다면 우선 학생지도부가 중심이 된다.

하스미……. 그래, 맞아. 그 인간밖에 없다.

좋아. 이번 게임에서는 하스미 네가 선취점을 땄어. 그렇지만 다음에는 이쪽이 점수를 낼 차례야. 조용히 불타오르는 투지가 느껴진다. 하야미는 머릿속으로 반격할 수단을 짜내기 시작했다.

"그래, 어땠습니까?"

사카이 교감이 콧소리 섞인 목소리로 묻는다.

"이상 없었습니다. 우리가 강구한 방법을 사용한 결과, 커닝 계획은 완전히 봉쇄했다고 생각합니다."

하스미는 매우 간단하게 보고했다. 표면상 사카이 교감은 휴대전화 통신 방해에 관여하지 않았으며 알지 못하는 일로 되어 있어서 아무래도 말투가 영 석연치 않다.

"그렇습니까. 그리고 하스미 선생님께서는 학생들이 시험을 치르는 동안 학교 건물 안을 확실하게 둘러보셨다는 말씀이지요?"

사카이 교감은 전파와 관련한 단어는 절대 언급하려 하지 않는다.

"네. 4반 시험 감독은 소노다 선생님이 대신해 주셨습니다. 학교 안은…… 누구라도 외부와 통신이 가능한 상태가 아니었습니다."

하스미는 학생들이 일본사 시험을 치르는 동안 학교 안을 돌아다니면서 확인했다. 그의 휴대전화는 완전히 먹통이었다.

"그래요. 그렇군요. 다른 장소에서는 어땠습니까?"

적당히 해라, 이 능구렁이야. 이렇게 생각했지만 일단 마지막까지 속이 빤히 들여다보이는 연극을 계속해 주기로 한다.

"네. 만약을 대비해서 운동장에도 나가보았지만 그곳은 평소와 다름없었습니다."

요컨대 학교 건물에서 조금만 벗어나면 휴대전화는 정상적으로 작동했고 인근에 사는 주민에게 폐를 끼쳤을 가능성은 거의 없었다는 말이다.

"그렇습니까. 아무튼 수고하셨습니다. 다음 시험시간에도 같은 방법으로 부탁드립니다."

사카이 교감은 만족스러운 듯 콧소리를 내며 자리를 떴다. 다음 시간에는 영어 시험 감독을 해야 한다. 하스미는 그전에 갔다 오자는 생각에 북쪽 건물 2층에 위치한 아마추어 무선부실로 향했다.

"야기사와 선생님, 고맙습니다."

흰 옷을 입은 야기사와는 곤혹스러움을 감추지 못했다. 자꾸만 검은 테 안경에 손을 대거나 수염을 깎은 자리를 매만진다.

"하스미 선생님, 이거 계속할 생각이십니까?"

야기사와는 40대 중반의 노련한 교사다. 학생 때부터 전파 마니아였고, 매년 해외에서 열리는 월면반사통신(EME)* 대회에 참가하거나 지역 상점가의 부탁을 받고 지붕이 덮인 상점가 위에 길이가 60미터나 되는 안테나를 설치하는 사람으로 유명했다.

"물론입니다. 사카이 교감선생님께서도 이대로 계속해달라고 부탁하셨습니다."

* 달 표면에서 반사되는 전파를 이용해 교신하는 높은 수준의 아마추어 무선통신 기술.

"하지만 이건 일단 법을 위반하는 일입니다."

야기사와는 입가에 미소를 띠었으나 걱정하는 기색이 역력했다.

"그건 잘 알고 있습니다. 그래도 커닝을 적발해서 학생들의 장래에 무익한 처분을 내리기보다는 미연에 방지하는 방법이 바람직하지 않을까요?"

야기사와는 머리를 갸웃했다.

"음. 뭐, 취지가 그러시다는 건 이해하지만 아무래도 좀……."

만약 문제가 생기면 책임지기 어렵다는 말투다. 야기사와 앞에 있는 책상에는 출력이 큰 전력 증폭기에 접속된 아마추어 무선기나 시판되는 휴대전화 방해 장치 등이 가지런하게 놓였다. 우선 각 통신회사별로 휴대전화가 기지국과 신호를 주고받는 데 사용하는 주파수대를 전부 파악한다. 그 후 시판하는 방해 장치보다 몇십 배 더 강력한 방해전파를 출력할 안테나를 교내방송에서 사용하는 전선을 이용해서 본관 옥상과 각 교실에 아무도 눈치채지 못하게 설치한다. 이 안테나가 전파를 발신해서 학교 전체를 통화권에서 벗어나게 만든다.

"그럼 앞으로도 계속 잘 부탁드리겠습니다. 야기사와 선생님께만 살짝 알려드리지요. 교감선생님도 이번 일에 큰 감명을 받으셨는지 내년 예산에 특별한 배려를 하겠다고 말씀하셨습니다."

바꿔 말해서 협력을 망설인다면 아마추어 무선부의 예산이 대폭 삭감될지도 모른다는 뜻이다. 하스미는 야기사와가 동의를 하거나 말거나 상관하지 않고 무선부실을 나왔다.

"다우라 선생님, 계세요?"

하야미는 보건실 문을 열었다.

"어머, 하야미. 무슨 일이야?"

"시험 보는 중에 두통이 생겨서요. 조금 쉴게요."

하야미는 보건실에 들어가서 제멋대로 커튼을 열고 실내화를 신은 채로 침대 위에 아무렇게나 드러누웠다.

"정말이지, 시험기간 중에 보건실에 오는 사람은 너뿐이야."

다우라는 쓴웃음을 지으며 일어서서 보건실 문을 닫고 침대 옆으로 다가갔다.

"설마하니 감기라도 걸렸니?"

다우라가 하야미의 이마에 부드러운 손을 올린다.

"'설마'라니 그게 아프다는 학생한테 할 말이에요? ……하지만 감긴 아니에요. 시험 때문이라고요, 시험."

하야미는 위를 향해 보면서 무뚝뚝한 얼굴로 말했다.

"으응? 넌 항상 성적이 좋잖아? 정답이라도 놓쳤어?"

"정답을 놓치진 않았지만 이번에는 문제를 잘못 읽었나 봐요."

하야미는 앞으로 어떻게 대처해야 할지 속으로 생각했다.

학교 측의 전파 방어 활동에 따라 이쪽의 계획은 완전히 봉쇄

되었다. 그러나 적은 어떻게 휴대전화를 표적으로 압축했을까? 확실히 커닝에 사용할 만한 수단이긴 하지만 여러 교실에서 휴대전화가 터지지 않게 하기 위해서는 그만큼 준비가 필요하다. 단지 가능성만으로 그렇게까지 일을 벌였을까? 분명히 무언가 확증을 가지고 한 일이 틀림없다. 확실한 증거 없이도 반드시 휴대전화를 사용하리라는 심증이랄까, 확신을 가졌음이 분명하다.

잠시 하야미의 이마에 놓였던 다우라의 손이 곧 뺨을 가만히 어루만졌다. 그리고 하야미의 넥타이를 느슨하게 풀고 단추를 열어 앞가슴을 드러냈다.

"괜찮아? 호흡은 편해?"

"응. ……선생님은?"

"어, 나? 왜? 난 아무렇지도 않은데?"

다우라는 유혹하는 듯한 미소를 지었다. 하야미는 군침을 꿀꺽 삼켰다.

"억지로 참지 말아요. 이 방안은 왠지 답답해. 선생님도 여길 여는 게 좋지 않아요?"

하야미는 몸을 일으키고 다우라가 흰 가운 안에 입은 블라우스를 힘주어 열었다.

"……정말이지, 학생이 이런 짓을 하면 안 되잖니."

다우라는 말은 그렇게 하면서도 조금도 저항하지 않는다. 하야미의 오른손은 분위기에 맞춰 다우라의 앞가슴까지 내려갔고 주저 없이 젖가슴을 더듬었다.

"정말 나쁜 아이네. 학생이 선생님에게 이런 짓을 하면 안 되지."

"나는 그냥 선생님이 숨 쉬기 힘들다고 하니까……. 자원봉사라고 해야 하나. 인명구조라고요."

하야미는 멈추지 않았다.

"안 된다니까. 정말……."

말은 그렇게 하면서도 다우라는 하야미의 손이 움직이는 대로 내버려둔다.

"역시 괴롭죠? 다우라 선생님, 숨이 거칠어졌어요."

"그런 말 하지 마."

다우라가 뜨거운 한숨을 내쉰다. 관자놀이와 귀 사이의 머리카락이 흐트러진 모습이 정신이 혼미해질 정도로 요염했다. 역시 또래의 여자아이들과는 다르다.

"흐음. 아무래도 인공호흡이 필요하겠는데요?"

하야미는 몸을 일으켜서 다우라를 안아 자신의 몸에 가까이 댔다. 다우라는 하야미가 그렇게 행동해도 마찬가지로 저항하려는 자세만 취할 뿐 실제로 저항하지는 않았다. 세게 부둥켜안자 몸이 녹아버린 듯 힘이 빠진 다우라에게 하야미는 그대로 입을 맞췄다.

다우라는 학생에게 억지로 입술을 빼앗기는 설정을 좋아하지만 하야미의 입술이 조금 떨어지는 순간에 장난기 가득하게 "안 돼……. 누가 와"라고 타이르듯이 말한다.

"괜찮아요. 오긴 누가 온다고."

"우후후…… 안 돼."

말과는 다르게 다우라는 스릴을 만끽하는 중이다. 하야미는 자신을 통제하지 못하게 되었다. 오늘은 그렇게까지 할 생각이 없었지만 이 기회에 묵은 울분을 이 자리에서 풀어버리고 싶었다. 하야미는 다우라를 안아 올려서 침대 위에 옆으로 눕히려고 했다.

"잠깐 기다려. 그전에."

다우라는 침대에서 미끄러져 내려와서 하야미 앞에 무릎을 꿇고 앉았다.

"자, 잠깐……?"

"여기가 답답해서 보건실에 온 거 아냐? 편하게 해줄게."

다우라는 하야미를 올려다보면서 미소를 짓고 머리를 낮추었다.

하스미는 시험이 끝난 뒤 집으로 돌아가려는 다테누마 마사히로를 보았다. 언제나 그랬듯이 무표정하지만 오늘은 특히 기분이 언짢아 보인다. 부하인 가토 다쿠토나 사사키 료타도 웬일인지 가까이 다가가려고 하지 않는다.

"다테누마. 잠깐 나 좀 볼까?"

하스미는 다테누마가 교실을 나가기 직전에 불러 세웠다.

"뭐예요?"

다테누마는 눈알을 한 번 굴리면서 험악한 눈초리로 하스미를 보았다. 눈동자 아래 흰자가 보이도록 치켜뜬 눈에는 고교생답지 않은 박력이 어렸다.

"할 이야기가 있어. 학생상담실로 좀 와줄래?"

"……내가 무슨 짓을 했다고 그래요?"

"그런 건 아냐. 특별한 일이 없더라도 평소에 학생을 지도하는 게 담임의 역할이잖아."

따지기 좋아하는 학생이라면 아무 일도 아닌데 왜 지도가 필요하냐고 반문하겠지만 그런 성격이 아닌 다테누마는 묵묵히 걸어 나갔다.

다테누마의 등을 밀면서 교실을 나가던 하스미는 고개를 뒤로 돌려 학생들의 모습을 확인한다. 친위대나 ESS 아이들이 어딘가 걱정스러운 표정으로 이쪽을 주시한다. 다른 학생들은 대체로 차가운 눈길로 다테누마의 뒷모습을 좇았다.

학생상담실에서 다테누마와 마주 앉은 하스미는 일부러 시간을 두고 다테누마의 모습을 관찰했다. 테이블 위에 준비해 온 종이뭉치를 올려놓자 다테누마의 시선이 그쪽으로 움직였지만 여전히 말은 없다. 교사와 일대일이 된 상황에 익숙한 모양이다. 겉으로는 감정이 평탄한 척하지만 희미하게 무릎을 떠는 모습이 마음속 불안을 말해준다.

“미안해. 빨리 돌아가서 내일 시험 준비를 하고 싶지?”

하스미는 태평한 말투로 말한다. 다테누마의 미간 주름은 깊어졌지만 입술은 일자로 꾹 다물린 채였다.

“……실은 최근에 몇 명의 학생들에게 너의 일로 상담을 받았거든. 그래서 한번 확실하게 이야기하는 편이 좋지 않을까 생각했어.”

하스미가 학생을 이름이 아닌 ‘너’라고 부르는 경우는 좀처럼 흔치 않았다.

“나에 대한 일이라뇨? 뭐가요?”

다테누마는 하스미에게 날카로운 시선을 보낸다.

“응. ……뭐라고 말해야 좋을까.”

하스미는 상대를 다시 한번 초초하게 만든 후, 종이뭉치를 향해 의미심장한 시선을 던졌다. 다테누마도 이끌리듯이 종이뭉치를 바라본다.

“얼마 전에 학교 익명 게시판에서 일어난 문제로 이런저런 말이 많았잖아? 요즘엔 조금 잠잠해졌지만 말이야. 그래서 교감선생님이 우리 학교는 어떤지 조사해 보라고 하셨어.”

하스미는 느닷없이 화제를 바꾼다. 다테누마의 눈초리 언저리에서 붉은기가 도는 듯했다.

“그 조사를 하다 보니 네 이름이 빈번하게 나오더라고. ……뭐, 그런 게시판에서 누군가를 비난하는 건 흔한 일이지만 정도가 좀 심하다 싶어서.”

“상관없잖아요?”

다테누마는 섬뜩한 목소리를 냈다.

“그럴 순 없지. 너도 내가 담당하는 학생이니까. 이런 집단 따돌림은 방치하면 안 돼.”

다테누마는 예상대로 자존심에 큰 상처를 받은 듯했다.

“집단 따돌림이라고요?”

“응. 직접 폭력을 휘두르진 않지만 집단 따돌림이잖아. 인터넷에서 누군가를 따돌리는 것도 알고 보면 어엿한 따돌림이야.”

하스미는 다정한 눈으로 다테누마의 얼굴을 들여다본다. 다테누마는 고개를 돌렸다.

하스미가 관리자 아이디와 비밀번호를 탈취한 이후로 요코타 사오리의 게시판은 극심하게 혼란스러워졌다. 다테누마를 비방하고 헐뜯는 글이 하루에도 수십 건이나 올라왔다. 접속은 컴퓨터와 휴대전화 모두 가능하다. 올라오는 글의 절반은 마치다시 내의 피시방에서 발신되었지만 나머지 반은 학생의 휴대전화에서 발신되었다.

하스미는 사실상 학생 지도 책임자여서 매일 많은 학생의 휴대전화를 몰수했다가 집에 돌아갈 때 돌려주었다. 미리 작성한 문안을 자신이 압수한 학생들의 휴대전화로 써서 올리는 데는 한 건당 일 분이면 충분하다.

다테누마 괴롭히기가 예사가 되면서 덩달아 따라하는 녀석들도 잇따라 나타났다. 학교에서 다테누마로 인해 좋지 않은 일을 겪은 학생뿐만 아니라 그냥 재미있다는 이유 하나로 글을 올리는 학생들이 계속 나오면서 불길은 순식간에 다른 게시판으로 번져 나갔다.

이 일로 화가 난 다테누마가 분을 참지 못하고 협박하는 글을 올리는 바람에 사태는 한층 더 시끄러워졌다. 하스미는 잠시 압수했던 휴대전화로 다테누마를 매도하는 글뿐만 아니라 다테누마의 이름을 사칭해서 그에 반론하는 글도 같이 올렸다. 사건은 이윽고 학급 차원에서 다테누마에게 제재를 가해야 한다는 뜻이 담긴 호소에 상당수 학생이 동조하기에 이르렀다. 하스미가 부채질한 불꽃은 이제 수습이 불가능할 정도의 불길이 되어 번져나갔다.

다테누마가 화가 난 나머지 글을 올린 범인이라고 생각되는 학생들을 심하게 몰아세운 일 역시 상황을 더욱 악화시켰다. 억울하게 폭행을 당한 학생들의 원념에 의해 대립은 점점 더 깊어갔다.

"네가 상처받고 화가 났다는 건 잘 알아. 네 험담을 써서 올린 녀석들이 잘못한 거지. 네 개인적인 일이나 집안 문제까지 끄집어내서 그런 장소에서 망신을 주다니, 사람으로서 용서하지 못할 일이야. 그런데 말이야, 그에 대한 반발로 폭력을 휘둘러서는 아무것도 해결되지 않아. 복수는 복수를 부르고, 서로의 마음이 더욱 어긋날 뿐이야."

하스미는 공허한 말을 계속한다.

"네가 화가 난 것과 마찬가지로 반 아이들도 점점 태도가 강경해지고 있어."

하스미는 종이뭉치를 손에 들고 빠르게 읽는 시늉을 했다.

"사실을 말하자면 반 아이들 중 몇 명이 너를 퇴학시키든지 아니면 다른 반으로 옮겨달라고 요구했어."

이 말에는 역시 다테누마도 충격을 받은 듯하다.

"물론 난 그런 일은 불가능하다고 버텼어. 그래서 깊이 이야기를 나눈 후, 서로 사과해야 할 일을 사과하자고 제안했지만 내 말을 들으려고 하지 않더라고."

"……왜요? 왜 제가 사과해야 한다는 거죠?"

다테누마의 목소리는 불만을 품고 있었다.

"네 말도 일리는 있어. 확실히 발단은 철없는 게시글이었지. 하지만 그에 대한 너의 대응도 서툴렀어. 게시판에서 일어나는 그런 소란은 무시하는 방법이 제일이야. 하나하나 반론하거나 협박해서야 이런 결과가 될 게 뻔하지."

"웃기지 마! 그 글 중에 진짜로 내가 쓴 글은 거의 없다고!"

"그뿐만이 아냐. 너는 실제로 폭력을 휘둘렀잖아? 현대사회는 그런 일이 있더라도 폭력으로 자신의 의사를 관철시키려 하는 행동을 인정하지 않아."

하스미는 언어폭력 쪽은 무시하고 육체적인 폭력만을 문제 삼는다는 태도를 취했다.

"그래서 너에게 불만을 가진 학생들에게 생각을 글로 쓰게 했더니 이렇게나 많은 글이 모이더구나."

하스미는 종이뭉치를 높이 들어서 보여준다. 아무리 봐도 한 반 전체의 학생들이 썼을 정도의 분량이다.

"유감스럽게도 너한테 보여주지는 못하지만 말이야."

"나를 향한 불만이라면 당당하게 나한테 보여줘도 괜찮잖아요?"

"아니, 그건 안 돼. 쓴 사람의 허가를 받지 않으면 사생활 보호 차원에서 멋대로 제3자에게 보여주지 못해. 개인정보 문제가 있으니까."

의미가 불분명한 말로 현혹하자 다테누마는 침묵했다.

"게다가 그 내용을 읽으면 분명 충격받을 거야. 지금은 그냥 이런 게 나왔다는 사실만 너에게 알려주고 싶었어."

그때 하스미가 가지고 있던 종이뭉치에서 종이 한 장이 빠져나와 책상 위로 떨어졌다.

"어이쿠. 보지 마."

하스미는 허둥거리며 종이를 주워 올렸지만 다테누마의 눈은 이미 그 종이를 응시하고 있었다. A4용지 크기의 종이에 자잘한 글씨가 빽빽이 적혀있다. 특히 크고 짙게 써서 밑에 이중선을 그은 '다테누마'나 '학급의 암적인 존재', '학교에서 쫓아내 주세요' 등의 글자는 틀림없이 눈에 들어왔을 터다.

"그거 누가 썼어요?"

다테누마의 목소리가 분노로 떨렸다.

"안 돼. 그건 말 못 해."

"젠장. 날 깔보다니."

다테누마는 무표정한 얼굴이었지만 목소리는 이미 폭발 직전이었다.

"뭐, 어쨌든. 내가 하고 싶은 말은 잘 알아들었지? 그렇게 계속 혼자 버텨봤자 반 아이들 모두를 상대로는 못 싸워. 계속 이 학교를 다닐 거라면 반 아이들과 잘 지내는 방법밖엔 없어."

다테누마는 일어섰다.

"다테누마, 아직 이야기가……."

"저런 겁쟁이 녀석들이 몇 놈이든 상관없어. 게다가 이런 학교라면 나도 언제든지 그만두면 그만이야!"

"잠깐 기다려."

다테누마는 어깨를 추켜올리며 학생상담실에서 나가버렸다. 하스미는 종이뭉치를 들고 교무실로 돌아왔다. 종이뭉치 대부분은 '고교생활의 이상과 현실'이라는 작문이었으므로 원래대로 철해 놓은 뒤 학생의 필적을 흉내 내서 날조한 종이 한 장만 문서파쇄기에 넣었다.

"하스미 선생님, 중간고사는 무사히 끝난 거 같군요."

영어교사인 다카쓰카가 커다란 막대사탕을 핥으면서 다가온다. 단 음식을 엄청나게 좋아하는 다카쓰카는 대사증후군임에도 불구하고 당분이 뇌를 활성화시킨다는 명목을 들어가며 간식을 끊지 않는다.

"덕분에요. 커닝 계획은 그럭저럭 불발로 끝났습니다."

뒷부분은 목소리를 낮추어 은밀하게 말한다.

"그렇군요. 정말이지 우리 학교는 하스미 선생님 덕에 돌아간다니까요."

다카쓰카는 절실하게 말했지만 사탕을 입에 넣고 빨면서 말하니 그다지 진실성이 느껴지지 않는다. 매일 이런 모습인데 용케도 당뇨병에 걸리지 않는다.

"아. 맞다. 아까 구메 선생님이 하스미 선생님을 찾았어요."

"그랬나요? 고맙습니다."

다카쓰카의 큰 얼굴과 소용돌이 모양의 막대사탕이 가까이 다가왔다.

"그 사람이 하스미 선생님께 용무가 있는 일은 드물잖아요. 무은 일 있었습니까?"

"아뇨, 우리 반 학생 일인데요. 정신적인 문제를 안고 있는 것 같다면서 급히 보고해 주셨어요."

적당한 거짓말이 술술 나온다.

"그런데 미술 선생님이 그런 것도 압니까?"

다카쓰카는 여우에게 홀린 듯 어리둥절한 표정을 지었다.

"구메 선생님은 심리학에 관심이 있으셔서 상담교사인 미즈오치 선생님께 회화의 정신분석에 대한 강의도 듣는다고 하더군요."

"음, 그렇다고 해도 학생들 일을 신경 쓰는 모습은 보지 못했는데 말이죠. 그 사람으로서는 뜻밖의 움직임이군요. 정교사라는 사람이 잘 보이지도 않았는데 말이에요. 애초에 그 사람이 기간제 교사가 아니라 정교사라는 사실도 희한하고요."

다카쓰카는 구메를 그다지 좋게 생각하지 않는 듯하다.

"역시 구메 선생님의 집이 상당한 부자라는 사실과 관련이 있을까요?"

"그렇지 않을까요? 옛날부터 큰 지주였고 지금은 스이조테이라는 술집 체인을 경영한다나 봐요. 본인도 사적인 일로 돌아다닐 때는 검은색 포르셰를 몰고, 휴일에는 클레이 사격을 하러 간다던데요? 취미로 교사를 한다니 참 우아한 분이시죠."

"허, 저도 그렇게 되고 싶네요."

머지않아 그렇게 될 예정이다.

"게다가 밖에서 놀다가 시간이 늦어서 집에 돌아가기 곤란할 때 가서 잠을 잔다든가 그림을 보관할 장소로 쓰는 아파트가 여기저기에 몇 채나 된다고 하더라고요. 나 같은 사람은 좁은 주택의 대출금만으로도 낑낑대는데 말이에요."

다카쓰카는 울분을 풀 길이 없다는 표정으로 침에 젖은 막대사탕을 휘둘렀다.

"하스미 선생님."

교무실을 들여다보던 여교사가 말을 걸어온다.

"기타바타케 선생님, 무슨 일 있습니까?"

기타바타케는 같은 영어교사로 5반 담임이다. 착실한 성품으로 학생들에게 그럭저럭 인기도 있지만 기가 약해서 학생을 엄하게 야단치지 못한다는 단점이 있다. 그 때문에 하스미가 자주 도와주곤 한다.

"기요타 리나의 아버지가 오셨어요. 하스미 선생님을 만나 뵙고 싶다고 하셔서요."

'또?'라고 하며 하스미는 진절머리를 쳤다. 기요타 리나의 아버지는 요즘 유행하는 몬스터 페어런트, 아니 끝없이 시비를 거는 갑질 고객 수준의 학부모다. 하지만 아무리 그래도 설마하니 시험기간에 찾아오리라고는 생각지 못했다.

응접실에 가니 아니나 다를까 담배 연기가 모락모락 피어올랐다. 여기는 금연라고 몇 번을 말해야 알아들을까.

"당신 말이야, 전에 우리 반에는 집단 따돌림 같은 건 없다고 큰 소리를 쳤지?"

기요타 가쓰시는 검지와 중지 사이에 담배를 끼운 손으로 기름이 흐르는 끈적끈적한 머리를 긁었다. 그런 말을 한 기억은 없지만 부정하기는 어렵다.

"지난번에도 말씀드렸듯이 기요타 리나에 대한 집단 따돌림은 확인하지 못했습니다. 모르겠다는 의미가 아닙니다. 조사해 보았더니 실제로 집단 따돌림은 없었다는 결론이 나왔습니다."

하스미는 신중한 말투로 논점의 수정을 꾀한다.

"얼버무리지 마! 난 말이야, 학급 내에 집단 따돌림이 없었냐고 물었어. 그때 당신은 자신만만하게 내가 담임을 맡은 반에 집단 따돌림은 없다고 단언했다고."

그런 말을 하지 않았다고 대답해서 해결될 일이 아니었기에 하스미는 일부러 침묵했다. 그렇다면 다른 집단 따돌림이 있다는 걸 알면서 방치했냐고 반격할 가능성이 있기 때문이다.

"이건 뭐야? 엉? 집단 따돌림이 있다는 말이잖아?"

기요타는 가방에서 종이뭉치를 꺼내서 우쭐거리며 테이블 위로 내던졌다. 하스미는 종이뭉치를 집어 들었다. 요코타 사오리의 게시판을 출력한 종이다. 기요타 리나의 아이디와 비밀번호를 이용해서 찾아낸 걸까? 내심 쓴웃음이 나왔다. 스스로 뿌린 씨앗

이 이런 식으로 되돌아오리라고는 상상도 못했다.

"여기에 적힌 다테누마라는 놈은 내 딸이랑 같은 반이지? 어떻게 봐도 이건 집단 따돌림이잖아?"

기요타는 자신이 이겼다고 확신한 듯 의기양양한 표정을 지어 보였다. 울화가 치밀 지경이다.

"이 일은 지금 지도하는 중입니다. 요즘 고등학생은 인터넷에서 자신의 의견을 표현하다 못해 폭주하기도 합니다. 저희가 아무리 제동을 걸어도 인터넷에서 일어나는 일까지 완벽하게 막지는 못하니까요. 하지만 교사의 입장에서는 그건 집단 따돌림이 아니라고 생각합니다."

"집단 따돌림이 아니라고?"

기요타의 작은 눈은 삼각형이 되었다.

"게시판의 글만 보면 이 학생이 일방적으로 얻어맞는 듯 보이지만 과거에는 그 학생이 다른 학생을 꽤나 심하게 비방하고 헐뜯는 글을 올렸습니다. 또 교실에서는 위압적인 말과 행동으로 다른 학생을 억누른 일도 있습니다. 이건 인터넷상의 언쟁이라고 생각하는 것이 실상에 가깝지 않겠습니까?"

"마, 말도 안 되는 소리 하지 마!"

기요타는 휴대용 재떨이를 꺼내서 담배를 눌러 껐다. 논의가 생각처럼 진행되지 않는 데다가 목적을 이루지 못했다는 생각에 화가 치미는지 몸을 바들바들 떤다. 실제로는 없었을 터인 집단 따돌림이 있었다는 근거를 내보이며 기요타 리나가 집단 따돌림을 당했다는 이야기를 다시 문제 삼으려 했던 걸까.

"교사들이 그 모양이니까 아무리 시간이 지나도 집단 따돌림이 사라지지 않는 거라고! 당신들한테는 사람이 가져야 할 마음이 없는 게 틀림없어! 안 그래? 당신이 집단 따돌림을 당한 자식을 둔 입장에 선다면 그런 공무원 같은 말투로 회피하진 못할 텐데? 내 말이 틀려?"

지금 한 발언만 듣는다면 기요타가 하는 말이 정론이다.

"어쨌든 이 일에 대해서는 현재 적절한 지도를 하는 중입니다. 하지만 유감스럽게도 상세한 설명을 드리지는 못하겠군요."

"왜 설명하지 못한다는 거지?"

"기요타 씨는 당사자가 아니기 때문입니다. 이 학생의 사생활이 걸려있기도 하고요."

그 후로 30분간 기요타는 뭐든지 트집을 잡으려고 했지만 번번이 실패했다. 아무리 해도 안 된다는 사실을 깨닫고는 항상 그랬듯이 손목시계로 눈길을 돌리고는 "시간이 없어, 나는!"이라고 말하며 일어선다. 그대로 돌아가는가 싶더니 갑자기 문 앞에서 뒤를 돌아본다.

"하스미 선생, 나도 말이야 참는 데 한계가 있다고."

기요타는 평소와 다르게 조용히 말했다.

"이렇게 몇 번이나 발걸음을 했지만 항상 성의 없이 대응하잖아? 당신은 결국 세치 혀를 놀릴 뿐이야! 적당히 말하고 얼버무려서 나를 교묘하게 설득할 생각이라면 큰 착각이라고!"

아주 가까운 거리에서 노려봐도 하스미가 흔들리지 않는 모습을 보이자, 이윽고 노여움에 불이 붙은 모양이다.

"이런 식으로 나온다면 철저하게 싸워주지! 나는 집요한 인간이야. 절대로 물러서지 않을 테니까 각오해 둬!"

기요타는 막말을 토해내고 돌아갔다.

곤란하게 됐다. 이대로라면 앞으로 더 빈번하게 찾아올지도 모른다. 업무에 지장을 줄 염려가 있는 이상 슬슬 뭔가 근본적인 대책을 마련해야 한다.

교무실로 돌아오니 하스미의 책상에 메모지가 붙어있었다. 구메가 유려한 필체로 미술실에서 기다리겠다고 적어 놓았다.

시험기간 중이라 그런지 넓은 미술실에는 구메 혼자였다. 작업복을 입고 이젤과 마주 앉아 유화를 마무리하는 중이다. 붓 끝에 신경을 집중하고 있는 듯이 보이지만 이따금씩 틱 장애처럼 경련하는 얼굴 근육은 그가 평온해 보이는 겉모습과는 달리 극도로 긴장했다는 사실을 알려준다.

하스미는 구메의 등 뒤로 다가가서 그림을 들여다보았다. 붉게 칠해진 배경에 파란 선이 기어다닐 뿐이다. 무엇을 묘사한 그림인지 도무지 모르겠다.

"좋은 그림이네요. 인상파입니까?"

키가 큰 구메는 그림붓을 쥔 채로 하스미 쪽을 돌아보았다.

"애당초 그림에 전혀 관심이 없으시다면 적당히 아무 말이나 하지 말아주셨으면 합니다."

아무래도 키워드를 잘못 선택했나 보다.

"아닌가 보군요. 그럼 야수파인가요? 아니, 초현실주의?"

구메의 관자놀이에서 파란 근육이 튀어나왔다.

"잡담은 됐습니다. 그보다 본론으로 들어갈까요?"

"찬성입니다."

구메는 크게 심호흡을 했다.

"……어제 하신 전화 말입니다만, 저는 잘 이해가 가지 않습니다."

"무슨 말씀이시죠?"

하스미는 상대가 이야기하게끔 유도했다.

"그러니까, 그 이야기는 이미 끝나지 않았습니까? 나는 그때 스스로 실수를 인정한다고 몇 번이나 이야기했습니다. 게다가 그 이후로 마에지마는 만나지 않고 있습니다. 아니…… 그, 그러니까 학교 밖에서 따로 만나지 않았습니다."

"왜 만나지 않습니까?"

"왜라니요?"

구메는 입을 떡 벌렸다.

"아니, 그건 역시 교사와 학생이 이런 부적절한 관계를 가져서는……."

"뭐, 구메 선생님이 그렇게 생각한다면 그걸로 됐습니다. 저는 어느 쪽이든 상관없으니까요."

구메는 뭔가 말하려고 하더니 곧 자제했다.

"……하스미 선생님은 제가 학교를 그만두지 않아도 되는 방법을 생각해 준다고 약속하셨잖습니까?"

"예, 그랬죠."

하스미는 진중하게 고개를 끄덕인다.

"그럼 그 약속을 지켜주세요."

구메는 하스미를 응시하며 그림붓을 꽉 쥐고 말했다. 당당하게 말하기 위해 안간힘을 다하는 모습이다. 하스미는 아무 말 없이 잔잔한 눈길로 상대편을 바라보았다. 잠시 후 구메는 침착함을 잃고 상대방을 회유하기 시작했다.

"저는 하스미 선생님의 말대로 숨기지 않고 전부 이야기 하지 않았습니까?"

"그러셨지요."

모두 다 구식 카세트테이프에 녹음해 놓았다. 쉽게 조작이 가능한 디지털 정보는 증거 능력이 부족하므로 디지털 녹음기 대신 카세트테이프를 사용했다.

"그게…… 맞아요. 다 합의하고 한 일이라고 말했잖아요? 무리한 강요는 아니었다고요. 마에지마도 그렇게 증언했지 않습니까?"

이 남자는 왜 이리도 세상을 모르는 걸까 하고 하스미는 감탄했다. 미성년자와 음란한 행동을 하기로 합의를 했든 안 했든, 당연히 그건 아무런 의미가 없다. 학생과의 관계를 빠짐없이 자백시키려고 취한 수단을 구메는 아직도 굳게 믿고 있다니. 고통을 뛰어넘어 가히 초현실주의적이다.

"구메 선생님은 아무래도 학창시절에 사회 과목을 잘 못하셨나보군요."

"무슨 말입니까?"

"자본주의 사회에서는 무언가 자신이 바라는 결과를 얻으려 할 때에 대가를 지불해야 합니다. 당신은 교육자의 입장이면서 음행이라는 죄를 지었어요. 그럼에도 불구하고 모두 없었던 일로 하고 싶다면 그에 상응하는 대가가 필요하다는 말입니다."

구메는 잠시 말을 잃었지만 이윽고 예리한 눈으로 하스미를 매섭게 쏘아보았다. 격분한 나머지 고함치는 목소리가 갈라졌다.

"하스미 선생……! 당신은 나를 협박할 셈입니까?"

간신히 거기까지는 이해한 모양이다. 하스미는 수업을 따라오지 못하는 학생에게 보충수업을 해준 기분이었다.

"뭐, 관점에 따라서는 그런 표현도 가능하겠군요."

"지금 그 말, 진담이십니까? 내가 당신을 잘못 봤군요. 열심히 일하는 좋은 교사라고 생각했는데…….”

구메는 그림붓을 쥔 오른손으로 자신의 왼쪽 가슴을 꽉 움켜쥐고 눈을 감았다. 심장에 지병이 있는 걸까. 필사적으로 흥분을 가라앉히려는 모습이었다.

“그렇다면 이제 됐습니다. 그렇게까지 해서 이 학교에 남고 싶지는 않습니다. 미련 없이 직장을 그만두겠습니다!”

하스미는 한숨을 쉬었다. 아직도 설명을 더 해야 하다니.

“구메 선생님. 이제 학교를 그만둔다고 해서 해결되는 상황이 아닙니다. 당신과 마에지마의 고백은 테이프에 녹음되었습니다. 나는 언제든지 당신을 형사고발 할 수 있지요. 가령 불기소된다고 해도 복사본을 각 언론사에 보내면 엄청난 스캔들이 되지 않겠습니까?”

“그런……! 그런 일을 한다면 나는 당신을 공갈협박으로 고소하겠어!”

“그렇게 하시죠. 하지만 당신에게는 아무런 증거가 없습니다. 세상 사람들은 비정상적인 성벽이 밝혀진 미술교사의 헛소리라고만 여기겠죠. 이런 때는 평소의 평판이 자신을 말해줍니다. 이 학교에서 누가 더 많은 지지를 모을지 경쟁해 볼까요?”

구메는 말문이 막혔다.

“이해하셨습니까? 교섭이 결렬될 경우와 타결될 경우에 따라 잃는 것과 얻는 것을 생각해보세요. 이 일을 선생님의 부친께서 알게 되면 어떤 사태가 발생할지 말입니다. 그에 비한다면 당신이 지불할 아주 작은 대가 따위는 싸다고 생각되실 겁니다."

"아버지는…… 반드시 내 편이 되어주실 겁니다!"

하스미는 구메가 허세를 부린다는 사실을 눈치챘다.

"그렇습니까? 그렇다면 어째서 당신은 자신의 특이한 취향을 그저 숨기려고만 하죠? 평판을 듣자하니 당신의 부친께서는 완고한 성격인 듯하더군요. 쉽사리 동성애를 인정할 정도의 관대함을 바라기는 어렵다고 생각하는데요."

구메는 창백해져서 입술을 떨었다. 급소를 찔린 모양이다.

"뭐, 진정하세요. 이렇게 심각해질 필요가 어디 있습니까. 득과 실일 경우에는 얻는 부분도 있기 마련입니다."

"무슨 뜻입니까?"

희미한 구원의 끈을 내려주자, 궁지에 몰린 미술교사는 민감하게 낌새를 알아차리고 고개를 들었다.

"일단 우리끼리 합의가 된다면 나는 구메 선생님의 편입니다. 솔직히 말해서 지금까지 선생님은 너무 무방비하셨어요. 그러니 마에지마가 협박받고 돈을 빼앗기는 위험한 사태에까지 이르렀지요."

구메는 여기까지는 알아들었다는 표정을 지었다. 상대에게 적수가 못 된다는 무력감은 간단하게 체념으로 바뀌었다.

"……그럼, 그쪽에서 해결해 주기라도 한다는 말입니까?"

꽤나 의심스럽다는 어조로 묻는다.

“제가 책임지고 처리하겠습니다. 안심하세요. 이런 문제를 다루는 데는 익숙하니까요.”

하스미는 용기를 북돋우는 웃음을 띠었다.

“세상사란 생각하기 나름이에요. 저를 고용했다고 생각해 보는 건 어떠십니까? 저는 약간의 대가를 받는 대신 당신과 마에지마를 지키는 입장에 서는 겁니다.”

“그렇지만…… 그건…….”

구메는 입 안으로 웅얼거리며 무언가 말하려고 했다. 반론을 하려고 하지만 아무것도 생각나지 않는 듯한 모습이다.

“가장 큰 이득은 두 분이 지금까지처럼 계속 사귀는 일이 가능하다는 점이지요. 마에지마의 졸업까지는 앞으로 2년 가까이 남았습니다. 장밋빛 날들이 기다리고 있어요.”

하스미는 거미줄에 매달린 먹잇감을 꽁꽁 묶는 거미처럼 달콤한 말이라는 실로 구메를 칭칭 얽어맨다.

“그거야말로 당신이 바라는 일 아닙니까? 잘 생각해 보세요. 다른 선택은 없으니까요.”

구메는 고뇌하는 듯이 얼굴에 손을 갖다 댔지만 그가 할 말은 단 하나뿐이었다.

“얼마를 드리면 되겠습니까?”

기요타 리나의 집은 마치다시 서쪽의 하치오지시 경계선과 가까운 곳이다. 하스미는 하이제트를 타고 미로처럼 좁은 주택지를 돌아다녔다. 해가 질 녘에도 사람의 왕래가 이렇게 적은 걸 보니 한낮에는 사람이 거의 다니지 않을 듯하다. 때때로 마주치는 사람들도 이쪽으로는 눈길 한 번 주지 않는다. 조금 지저분한 경트럭에 주목하는 사람은 아무도 없다. 내비게이션 같은 건 없지만 이 지방 지리를 잘 아는 하스미는 처음 가는 장소임에도 목적지를 금방 찾아낸다.

슬레이트로 지붕을 이고 외벽은 방화 사이딩으로 덮은 대형 건설회사가 지은 집이 주위에 늘어섰다. 그 속에 자리한 기요타의 집은 지은 지 30년도 넘어 보이는 목조주택이다. 처음 지었을 때는 꽤나 좋은 집이었을지 모르지만 모르타르로 칠한 외벽은 연하게 때가 탔고 여기저기에 금이 가서 꽤나 초라한 느낌이다.

현관에는 가족 세 사람의 이름이 새겨진 문패가 걸려있다. 건물이 좁은 부지에 꽉 들어차게 지어져서 간이 차고를 제외하면 마당은 거의 없었다. 특히 눈길을 끄는 건 건물 주변에 늘어선 20~30개의 물이 든 페트병이었다. 고양이 배설물 때문에 어지간히 골치를 썩었나 보다. 실제로 페트병에 고양이 퇴치 효과는 별로 없는데 아직까지 이런 대책을 쓰는 집이 있다는 사실이 놀랍다. 최악의 경우에는 페트병이 볼록렌즈 역할을 해서 태양열을 모아 화재가 일어나기도 한다.

하스미는 디지털 카메라를 꺼내서 집 사진을 몇 장 찍었다. 너무 오래 머물러서 인근 주민이 자동차 번호를 기억하기라도 하면 번거로워진다. 하스미는 하이제트를 출발시켰다.

다시 한번 일의 해결 방법을 생각한다. 갑질 학부모인 기요타 가쓰시에 대한 대책은 가장 강경한 방법부터 온건한 방법까지 얼마든지 실행이 가능하다.

가장 강경한 대책은 죽여버리는 것이지만, 좋은 방법은 아니다. 위험부담이 너무 큰 데 비해 살해에 걸맞은 이익은 부족한 까닭이다. 한편 가장 온건한 방법은 기요타의 일을 교감에게 보고해서 학교 차원에서 대응하는 것이다. 그러나 이 방법은 더욱 마음이 내키지 않는다. 자기 학급의 문제를 스스로의 힘으로 해결하지 못하고 타인의 도움을 구하는 꼴이 되어서 지금까지 쌓아 올린 절대적인 신용에 흠집이 난다.

기요타를 더욱 냉엄한 태도로 대하고 요구는 모두 딱 잘라 거절하는 방법도 있다. 하지만 그렇게 하면 상대편에서 학교 상부에 이야기할지도 모른다. 학교 측은 당연히 자신을 후원해 줄 테지만 이 방법 역시 문제를 해결할 힘이 부족하다는 인상을 남기게 된다. 그렇게 되면 지금까지 애써 사카이 교감의 명령을 받아 여기저기 뛰어다닌 노력이 모두 물거품이 된다.

그럼 어떻게 할까. 처음에는 다른 방향에서 기요타에게 타격을 주려고 생각했다. 그 타격에 대처하기 위해 몹시 바빠진다면 지금처럼 빈번하게 학교에 찾아오기는 힘들어질 터다.

기요타가 근무하는 대형마트는 이미 확인해 두었다. 마트를 공격한다면 그 여파는 틀림없이 클레임 처리 부서에서 일하는 기요타에게 향한다. 예를 들어 그곳에서 산 상품을 상하게 해서 새 상품의 포장에 바꿔 넣은 후 진열대에 둔다든가. 어느 마트에서나 물건을 훔치는 사람에게는 감시의 눈을 번뜩이지만 물건을 두고 오는 사람은 경계하지 않는다. 그러니까 식품에 바늘을 섞는 등의 사건이 뒤에서 끊이지 않는 것이다.

그러나 잘 생각해 보면 그 일은 번거롭기 그지없다. 기요타에게 준 타격이 도중에 어중간하게 끝나면 그 스트레스를 해소하려고 오히려 더 뻔질나게 학교에 찾아올지도 모른다.

기요타의 집을 둘러보는 도중에 그 방법을 대신할 묘책이 떠올랐다. 죽 늘어서서 석양을 받아 아름답게 빛나는 페트병에서 착안했다. 그것을 이용하면 어떨까. 가령 페트병이 교체된다 해도 사람들은 잘 알아차리지 못한다.

하스미는 운전을 하면서 한동안 계획을 다듬었다. 일단 준비만 갖춰 놓은 뒤에 행운을 기대하는 방법도 있다. 이른바 개연성에 의한 범죄를 말한다.

방침이 정해지자 자연스레 휘파람이 나왔다. 〈서푼짜리 오페라〉의 주제가인 〈모리타트〉의 선율이다. 돌아가면 즉시 준비에 착수하자.

"아무리 생각해도 이상하지 않아?"

하야미는 아까부터 몇 번이나 같은 말을 반복했다. 하야미가 손에 움켜쥔 건 언뜻 보면 그냥 콜라가 담긴 유리잔 같지만 안에는 하야미가 가지고 온 위스키가 꽤 섞여 있다.

"그래, 그래. 이상해. 이상하다고."

가타기리는 위스키가 섞이지 않은 콜라를 마시면서 말한다.

"너희 둘 다 노래 안 할 거야?"

나고시가 마이크를 건네자 가타기리는 고개를 가로저었다.

"그럼 또 내가……."

나고시는 새로운 곡을 고른다.

"절대로 알 리가 없다고. 이번 중간고사 때 휴대전화를 사용해서 커닝을 한다는 계획을 대체 어떻게 알았느냔 말이야. 1학년 마지막 기말고사 때는 다른 방법을 썼고, 그때는 학교 측에서도 휴대전화를 통화권에서 이탈시키지 않았어."

"그거야 모르는 일이지. 우리가 눈치채지 못했을 뿐 학교 측은 전부터 같은 일을 하지 않았을까?"

"아냐. 하지 않았어."

하야미는 고개를 가로저었다.

"어떻게 알아?"

“기억 안 나? 시험 도중에 휴대전화가 울렸잖아. 누군지는 기억 안 나지만.”

“아…… 그랬지.”

가타기리는 기억해 냈다. 그건 틀림없이 나루세의 휴대전화였다. 시험 중에는 휴대전화 반입이 금지되어 있으므로 나루세는 감독 선생님에게 심하게 꾸중을 들었다.

“그럼 그 일을 계기로 이번에는 휴대전화가 울리지 않게 손을 쓴 게 아닐까?”

“겨우 그런 일 때문에 법을 어기지는 않아. 모든 교실에서 휴대전화 전파가 터지지 않게 만들 정도였다고.”

하야미는 술에 취해 눈이 풀렸지만 머릿속은 멀쩡한 모양이다. 큰북의 리듬에 맞춰서 엔카풍의 촌스러운 멜로디로 전주가 흐르기 시작했다.

“남자는 대지의 꽃으로 피어난다. 야구는 드라마다. 인생이다~.”

나고시가 노래를 부르기 시작한다. 화면을 보니 ‘새롭게 확 날려버려 야쿠르트 스왈로스’라는 글씨가 떴다. 이런 노래를 이상하게 잘 불러서 오히려 기분이 나쁘다. 하야미가 자신의 마이크를 손에 쥐는 모습을 보고 나고시는 다음 소절을 양보한다. 화면에 가사가 나왔다.

호랑이를 사로잡아 베이스터즈를 쓰러뜨리자. 용을 한입에 삼

키고 잉어를 낚자.

하야미는 원래 노래와는 다르게 가성으로 가사를 바꿔서 노래를 부른다.

"호랑이에게 씹어 먹히고 불가사리가 한입에 삼키네. 용의 산 제물이 되고 잉어의 먹이가 되지."

어른스러운 얼굴을 한 초등학생인가. 가타기리는 내심 어이가 없다. 하야미는 축구팀 마치다 제르비아의 열혈 팬이다. 야구에는 흥미가 없으면서도 열광적인 야쿠르트 팬인 나고시를 조롱하는 건 오로지 반응이 재미있어서일까.

나고시는 성을 내며 마이크를 고쳐 잡고 한층 더 큰소리로 노래를 계속 부른다.

"거인의 별으~을 쳐서 떨어뜨리자아~!"

"아무튼 나쁜 짓을 한 건 우리니까. 응? 이제 잊어 버려."

"아니, 선생님들이 나쁜 짓을 했을지도 모르지."

하야미는 마이크를 내려놓고 신중히 생각하며 말한다.

"전파법? 그런 건 별로……."

"그게 아냐."

하야미는 히죽 웃으며 위스키가 섞인 콜라를 한 입에 털어 넣었다.

"아무리 생각해 봐도 하스미가 우리 계획을 알아낼 방법은 하나뿐이야."

"그 방법이 대체 뭔데?"

"학생 중 누군가의 대화를 도청한 거야."

가타기리는 말을 멈추었다. 그럴 리 없다고 말해야 할 상황이었지만 하스미라면 그런 일을 할 법하다는 느낌이 들었기 때문이다.

"하지만…… 누군가가 누설했을지도 모르잖아."

"그렇다면 우리는 훨씬 전에 불려갔겠지. ……뭐랄까, 상대편은 어떤 방법으로 커닝할지는 움켜쥐었지만 주모자가 누군지는 까맣게 몰랐던 거야. 도청 말고는 설명이 불가능하잖아?"

익명의 투서가 있었을 가능성도 생각해 볼만하지만 가타기리는 점점 하야미의 추리가 정답이라는 느낌이 들었다. 하지만 아무리 그래도 교사가 학교에서 도청을 할까?

"다음 노래도 안 불러?"

나고시가 물었지만 두 사람 모두 고개를 흔든다.

"모처럼 노래방에 왔는데 왜 노래를 안 불러? 그건 그렇다 쳐도 시험 첫날부터 뒤풀이를 하는 학생은 우리뿐이겠지. 참 여유롭구나."

나고시는 마이크에 대고 혼잣말을 하며 다음 곡을 준비했다. 애절하고 진부한 멜로디가 흘러나온다. 화면에는 〈다치바나 중령〉*이라는 제목이 나온다.

"시체가 쌓여서 산을 이루고 몸에서 흘러나온 피는 강을 이루네. 이곳은 수라의 항구인가 아니면 샤온즈 항구인가. 구름 사이로 새어나오는 달빛이 밝기만 하구나."

하스미는 야쿠르트 스왈로스의 모자를 눈이 안 보일 정도로 깊이 눌러 쓰고 목장갑을 낀 손으로 하이제트에 시동을 건다. 손목시계를 보니 새벽 4시 정각이다. 이과 연표**에 따르면 해가 뜨기까지 앞으로 45분 정도 남았다.

신중하게 운전해서 비탈길을 내려간다. 만에 하나 경찰의 불심검문에 걸려서 짐칸에 실은 물건을 조사한다면 조금 성가셔진다. 평소보다 더 안전운전을 해야 한다. 경트럭은 낮에도 사람들의 주의를 거의 끌지 않고, 동트기 전에 달려도 의심받지 않는다는 이점이 있다. 폐품을 회수하는 경트럭이 분주히 활동하는 시각이 새벽이기 때문이다.

도로사정이 나쁜 마치다시지만 이 시간만큼은 길이 한산하다. 천천히 달렸지만 나나쿠니야마산에 위치한 집부터 기요타의 집까지 도착하는 데 삼십 분도 걸리지 않았다.

* 러일 전쟁의 영웅으로 사후에 군신의 반열에 오른 다치바나 주타를 기리며 1923년에 작곡된 군가.

** 理科年表, 일본국립천문대에서 만든 자연과학 자료 모음집.

하스미는 조금 떨어진 장소에 하이제트를 세우고 번호판에 진흙을 문질러 발랐다. 근처에 사는 주민이 어쩌다 창밖을 내다본다고 해도 번호를 읽고 기억할 걱정은 사라졌다. 느린 속도로 일단 기요타의 집 앞을 지나간다. 불은 꺼졌고 누군가가 깨어 있는 기척은 없다. 주위의 집도 모두 잠들어 조용하다. 조금이라도 위험한 징후가 있다면 되돌아갈 심산이었지만 이 정도라면 결행해도 좋겠군.

하이제트를 천천히 후진해서 기요타의 집 앞으로 돌아갔다. 지금까지는 신경 쓰이는 점이 없었지만 새벽 시간이라 그런지 엔진 소리가 꽤 크게 느껴진다. 차를 세운 뒤에 잠시 시동을 끌까 생각했지만 다시 한번 시동을 걸었을 때 나는 소리를 고려해서 공회전을 하게 내버려두었다.

차분한 동작으로 차에서 내린다. 짐칸으로 걸어가서 파란 시트를 벗긴다. 안에는 골판지 상자에 담긴 페트병 스무 개가 쌓여 있다. 기요타의 집에 있는 페트병과 같은 2리터 용량으로 총 중량은 40킬로그램에 달한다.

그것을 손쉽게 들고 기요타의 주택 부지 안으로 들어갔다. 평소에 신체를 단련한 덕분에 숨이 가쁘지는 않지만 골판지 바닥이 빠지지 않게끔 주의했다. 근처에 개가 없는 건 정말 행운이다.

하스미는 골판지 상자를 바닥에 내려놓고 상자 안의 페트병을 건물 주위에 늘어놓았다. 그리고 이미 놓여 있던 페트병은 회수했다. 원래 그곳에 놓인 페트병은 26개다. 그래서 물이 든 페트병 6개는 남겨두고 왔지만 계획에는 아무 지장이 없다.

20개의 페트병이 든 골판지 상자를 가지고 나와서 짐칸에 넣고 파란 시트를 덮는다. 그러고 나서 조용히 하이제트를 출발시켰다. 작업을 끝마치기까지 30분도 걸리지 않았다. 우선은 완벽한 듯하다. 집과는 반대 방향으로 조금 달린 뒤에 하이제트를 세우고 진흙으로 더러워진 번호판을 걸레로 깨끗하게 닦아냈다.

다시 출발해서 일부러 평소와는 다른 길로 멀리 돌아간다. 도중에 인기척이 없는 장소에 가서 한 번 더 차를 멈추고 페트병 안에 든 물을 하수구에 버렸다. 빈 병은 시에서 지정한 쓰레기 봉지 여러 장에 넣어서 지나가는 길에 적환장에 놓고 온다. 원래대로라면 뚜껑을 분리하고 페트병을 밟아 찌그러뜨려서 재활용 쓰레기를 회수하는 곳에 가져가야 하지만 오늘만은 그냥 넘어가자.

앞쪽에서 동쪽 하늘이 훤히 밝아왔다. 이번에는 페트병을 모으기도 힘들었지만, 지출이 늘어나서 무엇보다 화가 났다. 40리터의 등유를 사는 데만 5천 엔 이상이 든다는 계산이 나왔다. 연료값을 절약할 작정으로 휘발유에 섞을 등유를 대량으로 비축해 두었기에 원가는 그보다 싸게 먹혔지만, 이제 다시 그만큼 등유를 더 사야 하니까 어차피 매한가지다.

아니, 당분간은 조심성 없이 등유를 사러 가지 않는 편이 좋겠다. 하스미는 스스로 경계했다. 그런 짓을 했다가 최근 초후시에서 마치다시, 하치오지시에 걸쳐 출몰하는 방화범으로 오해받는다면 그거야말로 어처구니없는 일이다.

중간고사도 무사히 끝나고, 또다시 이전과 다름없는 일상으로 돌아왔다. 하스미는 4반 학생들에게 영어수업을 하면서 학급의 태도를 관찰했다. 2학년이 되고 한 달 남짓 지났다. 학기 초의 긴장이 풀리면서 조금 해이해지기 시작하는 시기다. 이런 때는 조금 고삐를 단단히 매어두는 편이 좋다.

"All right, everybody! 그럼 이 'Lotus eater'라는 expression은 무슨 뜻일까요?"

1학년 때부터 부동의 학년 수석인 와타라이 겐고가 손을 든다.

"Mr. Watarai!"

"'편안함만을 탐하는 자'라는 뜻입니다."

무테안경 너머의 가느다란 눈에서는 아무런 감정이 느껴지지 않는다. 본인에게 악의는 없겠지만 어딘지 모르게 다른 사람을 우습게 여기는 듯한 인상을 준다. 얼굴이 희고 포동포동하기 때문에 하스미는 그를 보면 언제나 아기돼지 삼형제 중 막내 동생이 연상되었다.

"Good! Good! 맞아요. 원래는 그리스 신화에서 나온 expression인데 그 episode까지 소개할 시간은 없습니다. 관심 있는 사람은 스스로 찾아서 읽어보세요. ……Lotus라는 건 먹으면서 세상의

근심을 잊어버린다는, 마약적인 작용을 하는 음식이지만 일단 일본어로는 연꽃의 열매라고 번역합니다. 하스미蓮実네요. 저도 적당히 수업을 하면서 매일 편안함을 탐합니다."

이야기가 의외의 방향으로 엇나가서 그런지 생각보다 더 큰 웃음이 터져 나왔다. 하스미는 교실을 빙 둘러보았다. 생각했던 대로 다테누마만 전혀 반응을 보이지 않았다. 보통의 담임교사와는 조금 다른 시점이지만 하스미는 다테누마의 일을 걱정했다.

벌써 폭발하고도 남을 시점인데 소리 없이 자세를 무너뜨리지 않는 모습이 왠지 불안하다. 이미 반에서 완전히 고립되었지만 모질고 사나운 싸움꾼이라고 알려졌기에 누구 하나 쓸데없이 간섭하려고 하지 않는다. 그 때문에 다테누마의 주위에는 일촉즉발의 긴장 상태가 계속되는 중이다.

하스미는 어제의 일을 떠올렸다. 공중전화에서 다테누마의 휴대전화로 익명의 전화를 걸어서 제일 큰 콤플렉스를 자극한다고 생각되는 포인트를 철저히 매도했다. 그때 자신의 목소리를 숨기기 위해서 목소리를 바꿔주는 기계를 사용하면서 동시에 교실 안에서 녹음한 학생들의 목소리를 배경 소음으로 흘렸다. 반 학생 중 대다수가 다테누마를 맹비난하는 데 가담한다는 인상을 주기 위해서다.

오늘이야말로 아침부터 피의 비가 내리기를 기대하며 지켜보았지만 예상과 달리 아무 일도 일어나지 않았다.

"자, 그럼 Pin-point, 여기가 수험의 급소!"

요즘 아이들을 따분하게 하지 않기 위해서는 광고처럼 짧고 기억에 남는 관용구를 많이 사용할 뿐만 아니라 버라이어티 방송 프로그램처럼 미니 코너를 많이 만들어서 시선을 끌어야만 한다. '수험의 급소'는 학생들의 주의가 산만해졌을 때 한 번에 집중을 끌어당기려는 의도로 만든 코너였다. 누가 뭐래도 신코마치다는 대학 진학률이 100퍼센트에 가까운 고등학교다. 수험에 관심이 없는 학생은 없다.

"오늘은 비장의 무기를 알려주겠어요. 이것만 알면 작문 문제를 두려워할 필요가 없는 필승법칙을 공개합니다! 일목요연, Crystal-clear! 이 문장을 봐주세요. 주어가……."

그때 귀에 거슬리는 비상벨 소리가 교내 방송 스피커에서 흘러나왔다. 학생들이 술렁거리기 시작한다. 정말이지 어쩜 이렇게 시기를 못 맞추는지 모르겠다. 하스미는 혀를 차고 싶었다. 지금부터가 정말 중요한 부분이었는데 말이다.

"OK! everybody! 피난 훈련입니다. 질서정연하게 조용히 피난합시다."

하스미는 학생들을 교실에서 몰아낸다. 4반 학생들도 완전히 진이 빠진 듯하다. 의욕이 없는 태도로 잡담을 주고받으며 줄지어 걷는다. 긴 복도의 양 끝은 천장에서 내려온 철제 방화셔터와 방화문으로 폐쇄되었다. 방화문은 평소에는 벽의 한 부분처럼 벽에 딱 달라붙어 있지만 비상시에는 문처럼 열려서 복도의 절반을 막는 구조다. 1반부터 3반까지는 동쪽 계단, 4반부터 6반까지는 서쪽 계단 쪽 방화문에 딸린 쪽문을 통해서 피난한다.

"야, 이 새끼들아! 꾸물거리지 말고 움직여!"

방화셔터 쪽에서 죽도로 바닥을 두드리는 소리와 함께 몹시 품위 없는 성난 목소리가 들려온다. 시바하라다. 하스미는 눈썹을 찌푸렸다. 어쩐 일인지 저 원숭이는 이런 때만 되면 이상하게 힘이 넘친다.

"여러분, 좀 기다려주세요. 내려가기 전에 이걸 봐야 해요."

5반 담임인 기타바타케가 창가에 구비된 피난용구에 대해 설명하려 했지만 학생들은 알아차리지 못하고 지나가려 한다. 하스미는 손뼉을 쳐서 소리를 내며 학생들을 불러 세웠다.

"여기! 주목! 지금부터 피난용 구조대 사용법을 설명합니다! 거기 구석에서 딴짓하는 학생들! 이거 수능에 나오니까 빨리 와서 들어요."

나올 리가 없지 않느냐고 불평하면서도 학생들은 줄지어 하스미의 주변으로 모여들었다. 기타바타케는 마음이 놓인다는 표정으로 하스미에게 배턴을 넘겼다.

"화재가 나면 방화셔터가 내려옵니다. 피난로는 서쪽 계단 한 군데밖에 없는데, 만일 이 계단을 사용하지 못하는 경우에 창문으로 탈출하게끔 2층에서 4층까지 각층에 이런 구조대를 비치해

두었습니다. 먼저 창을 열고 이렇게 해서 상자를 엽니다."

하스미는 창가에 놓인 큰 상자의 덮개를 잡고 앞판을 떼어냈다. 그 안에는 꼬불꼬불하게 여러 번 겹쳐서 접은 특수 가공된 구조대가 들어 있다.

"그다음에는 구조대를 고정하는 벨트를 풀고 아래에 사람이 없는지 잘 확인한 다음에 유도 밧줄 끝에 붙은 노란색 모래자루를 투하합니다. 계속해서 앞쪽부터 천천히 구조대를 내립니다."

학생들이 주위 창문에 몰려들어 작업을 지켜본다.

"구조대가 완전히 내려간 걸 확인하면 이 밑동 부분을 반대로 돌립니다."

하스미가 상자에 경첩으로 고정된 구조대의 맨 끝단을 뒤집자 사각형의 입구가 나타났다.

"그다음에 발부터 여기에 넣고 미끄러져 내려가기만 하면 됩니다. 간단하죠."

"근데 하스민 쌤, 이거 거의 수직으로 땅에 떨어지는데요? 구조대를 통해 내려가나 그냥 떨어지나 별 차이 없어 보여요."

가까운 창문에 달라붙어서 보고 있던 야스하라가 의심스럽다는 듯 묻는다.

"아니, 그렇지 않아. 이 구조대는 안쪽이 나선형이어서 빙글빙글 돌면서 내려가거든. 그 덕에 속도는 거의 일정하게 유지돼. 다만 한 가지 주의할 점은 지면에 내려가면 신속하게 그 자리에서 벗어나야 한다는 거야. 출구에서 우물쭈물하는 동안 다음 사람이 머리 위로 떨어지면 큰일이니까. 그럼 누가 실제로 내려가 볼까? 선착순 5명까지야. 내가 적격이라고 생각하는 사람은 손들어!"

언제나 그랬듯이 친위대나 ESS 아이들이 빠짐없이 손을 들 거라고 생각했는데 여학생은 모두 치마를 붙잡고 뒤로 물러난다. 새삼 3층에서 아래를 내려다보니 꽤나 높다고 느낀 탓일까. 남학생들도 망설이는 눈치다.

"뭐야, 왜들 그래? 유원지에서 타는 놀이기구라고 생각하면 재미있을 텐데? 이런 기회는 흔하지 않다니까?"

이윽고 몇 명의 손이 올라온다. 4반에서는 까불이 아리마 도루 혼자였다.

"좋아. 그럼 아리마, 가라."

주목을 끌려고 거꾸로 뛰어들어가려고 하기에 머리를 한 대 탁 때리고 똑바로 발부터 내려가라고 지시했다.

학생들이 지켜보는 가운데 아리마는 무사히 땅에 내려가 서서 영웅인 양 주먹을 머리 위로 치켜들며 승리의 자세를 취해 보였다.

"아리마는 살아 있지? 좋아, 다음."

지원한 학생들을 차례로 내려가게 하고 하스미는 남은 학생들을 계단으로 유도한다.

"다들 운동장으로 갑시다. ……이놈, 잡담 하지 마."

운동장에서는 피난 훈련다운 분위기를 내기 위해 몇 개의 통에 불을 지펴 흰 연기를 피워올렸다. 건물 안에서 하는 편이 훨씬 실감나겠지만 계단 같은 곳에서 시야가 가려질 위험이 있으므로 이 정도로 적당히 때웠다.

땅바닥에 앉아 두 무릎을 세우고 팔로 감싸안는 자세를 하라고 시키자 학생들이 벌써부터 하품을 하기 시작한다.

"에에, 오늘은 모두 피난 훈련을 하느라 수고했습니다."

연단에 선 나다모리 마사오 교장이 학생들을 둘러보며 만면에 웃음을 띤 채 말했다. 대답을 하지 않으면 절대로 다음으로 넘어가지 않기에 학생들은 하는 수 없이 "네"라든가 "옙" 같은 대답을 한다.

"본교에서는 여느 해라면 4월에 피난 훈련을 했습니다. 하지만 각종 방재 설비를 새로 갖추기도 했고 중간고사가 끝난 시점이 좋을 듯해서 올해만 오늘 진행하게 되었습니다. 에, 사람들은 걸핏하면 화재에 대한 의식을 소홀히 하는 경향이 있습니다만 유비무환이라는 말도 있듯이 평소에 한 사람 한 사람 모두 방재의식을 높이고, 또……."

나다모리 교장은 풍채가 좋고 태도가 당당하지만 지치지도 않고 항상 이렇게 시시한 이야기를 하는 것도 재주라고 감동할 만큼 진부한 말만 했다. 요즘에는 조례 시간에 교장이 단상에 오르자마자 학생들이 꾸벅꾸벅 졸기 시작한다. 파블로프의 개처럼 교장의 얼굴만 봐도 졸음이 오나보다.

교장의 긴 이야기가 끝나자 이번에는 소방서 직원이 자동제세동기*의 사용 방법을 설명했다. 거의 렘수면 상태에 빠졌던 학생들도 의식을 되돌린다. 본관 1층의 보건실에는 자동제세동기가 설치되어 있으니 사고 등으로 심장이 정지된 경우 전기 충격을 주어 심장이 다시 움직이게끔 유도해야 한다. 소방서 직원이 연습용 인체모형으로 시범을 보였다. 기계가 음성으로 안내를 해주므로 그대로 따라 하기만 하면 어떻게든 할 수 있을 듯하다. 자동제세동기를 작동하면 자동으로 녹음 기능도 돌아가지만 결코 생명을 구하려고 한 사람의 실수를 파헤치기 위함이 아니니 두려워하지 말고 사용해달라고 했다.

이로써 피난 훈련은 끝나고 남은 시간은 자습이다. 학생들은 줄을 지어 건물 안으로 돌아갔다. 실내화 밑창을 잘 닦으라고 주의를 주었지만 매년 피난 훈련이 끝난 후에는 복도가 모래투성이가 되곤 했다.

"교직원 분들과 사무직원 여러분은 이곳에 남아주세요."

교장이 퇴장하자 사카이 교감이 쇳소리 섞인 목소리로 알린다.

"지금부터 직원을 대상으로 수상한 사람이 침입했을 때를 대비한 모의 연습을 하겠습니다. 그럼 하스미 선생님, 부탁드립니다."

* AED, 급성심장마비 상황에서 전기충격을 통해 환자의 심장 박동을 되살려 주는 장비.

"알겠습니다. 최근 각지에서 학교 내에 수상한 사람이 침입하는 사건이 증가하고, 그중에는 참혹한 희생이 생기는 경우도 있습니다. 따라서 우리 교직원 및 사무직원 여러분은 교내에서 못 보던 사람을 발견하면 반드시 그 사람에게 말을 걸어 주셔야 합니다."

교장이 오래 이야기한 덕분에 시간이 없다. 하스미는 신속하게 직원들에게 지시를 내려 체육관으로 이동한 후 지정된 자리에 배치하게끔 했다.

"자, 최악의 경우 우리는 우선 학생을 지켜야 합니다. 최전선의 직원이 수상한 사람에게 말을 걸어서 시간을 버는 사이에 학생들을 가능한 한 떨어진 피난 경로로 유도해야 합니다."

수상한 사람 역할을 맡은 다케모토 신타로가 등장했다. 사나다와 하스미 다음으로 젊은 30대 화학교사지만 온라인 게임에 푹 빠져 지내느라 항상 잠이 부족한 몰골로 학교에 온다.

"너희 모두 죽여버릴 테다."

매우 단조롭게 읽어 내려가는 대사다. 손에는 식칼로 가장한 골판지 조각을 들었다.

"어이, 너 뭐야, 이 새끼!"

시바하라가 큰소리로 위협하면서 앞을 막아선다. 누가 봐도 이쪽이 훨씬 수상한 사람에 어울린다.

"으음, 맨 처음에는 상대를 자극하는 말을 피하고 무슨 용건이냐고 질문해 주세요."

역시 이 녀석을 내세운 것은 실수였다고 생각하면서 하스미는 설명을 보충한다.

"아무튼 이야기를 듣겠다는 태도로 최선을 다해 상대를 진정시켜서 이 체육관 쪽으로 유도합니다."

다음에 등장한 사람은 소노다와 검도부의 고문을 맡은 우시지마였다. 이들의 박력 있는 모습에 다케모토는 도망치려는 자세를 취한다.

"하지만 그 사람은 언제 어느 때 이성을 잃을지 모릅니다. 그때는 최후의 수단인 힘으로 제압해야 합니다."

이렇게 말하면서도 실제로 그런 일이 벌어지면 결국 소노다 선생님께 의지하겠구나 하고 하스미는 생각했다. 소노다 이외에 전력을 다해 맞설 교사는 두세 사람뿐인 듯했다.

"수상한 사람에게는 여러 사람이 온 힘을 다해서 대응하셔야 합니다. 그때 도움이 될 만한 기구를 1층 교무실과 북쪽 건물의 숙직실에 배치했습니다. 우선 이 폴리카보네이트*로 만든 방패를 설명하겠습니다. 시판되는 물건이지만 해외의 경찰이 채택해서 사용하는 것과 같은 수준의 제품으로 흉기를 막을 뿐만 아니라 방탄 기능도 있습니다."

* 창문이나 렌즈 등에 쓰이는 투명하고 단단한 합성수지.

하스미는 투명한 수지*로 만들어진 방패를 들어서 보여주었다.

"방패는 몸을 지키는 데 효과적입니다. 수상한 사람을 붙잡을 때는 이쪽의 사스마타**를 사용해 주세요."

준비 중이던 우시지마가 긴 막대 끝에 U자형 금속이 부착된 도구를 보여준다.

"이 U자형 금속으로 수상한 사람의 몸통을 단단히 누르면 됩니다. 하지만 시판 중인 사스마타는 사람이 다치지 않게끔 지나치게 배려하는 바람에 결과적으로 전혀 도움이 되지 않습니다. 그래서 본교에서 사용하는 사스마타에 한해서 개조를 했습니다."

하스미는 U자 부분을 가리킨다.

"시판 중인 사스마타에는 이 부분이 평범한 파이프 재질이어서 수상한 사람이 양손으로 잡고 비틀면 회전력이 웃돌아서 오히려 막대를 쥔 사람이 불리한 상황에 빠집니다. 에도시대에 사용된 사스마타는 맨 끝의 금속 부분에 가시를 붙여서 상대편이 손으로 쥐지 못하게 만들었지만, 아쉽게도 현재는 그렇게까지 하면 문제가 생기므로 알루미늄 판을 잘라내서 이 U자 부분을 만들었습니다. 그래서 손으로 쥐기 힘들고, 제압당한 사람은 상당한 통증을 느끼게 됩니다."

* 천연수지와 합성수지를 통틀어 이르는 말.

** 긴 막대 끝에 U자 모양의 쇠를 꽂은 무기. 에도시대에 범죄자나 난폭한 행동을 하는 사람의 목을 눌러 체포하는 데 썼다.

하스미의 말에 응해서 우시지마가 사스마타를 다케모토의 흉부에 갖다 대자 다케모토가 아픈 듯 얼굴을 찌푸린다. 아무래도 연기는 아닌 모양이다.

"수상한 사람을 제압할 때 상대를 배려할 필요는 눈곱만큼도 없습니다. 만약 고통을 호소한다 해도 깔끔하게 무시하세요. 이것은 학생들과 여러분의 생명을 지키기 위해 정말로 필요한 일입니다."

시범을 지그시 응시하는 교사들의 반응은 둔했다. 이런 반응도 당연하겠지 하고 하스미는 생각한다. 마을에서 멀리 떨어진 위치라고 할 정도는 아니지만 변두리에 자리한 학교인 만큼 일부러 이런 곳까지 올 침입자는 없으리라고 대수롭지 않게 여기는 눈치다. 습격하는 쪽에서 본다면 이 학교는 차려놓은 밥상이다.

하스미가 학교 건물의 계단을 올라갈 때 느닷없이 얌전히 자습 중이어야 할 학생들의 비명이 들려왔다. 이어서 격하게 성난 소리와 유리가 깨지는 소리도 났다. 하스미는 다테누마라고 직감했다. 긴 시간 동안, 아니 그래봤자 20~30분이었지만 학생들끼리 있게 한 것이 화근인 모양이다. 다른 의미로는 계산한 대로지만 말이다.

하스미는 계단을 한 번에 두세 칸씩 성큼성큼 뛰어 올라갔다. 3층에서 들려오는 큰소리로 보아 지난번에 다테누마가 야마구치와 격하게 치고받는 싸움을 했을 때보다 훨씬 심각한 사태가 진행 중인가 보다.

"무슨 일이야?"

하스미는 소리를 질렀다. 3층 복도는 흥분한 학생들로 몹시 붐볐다.

"선생님! 다테누마가 날뛰고 있어요!"

사사키 료타가 소리쳐 대답했다. 예전 부하인 그조차 심하게 맞았는지 이미 한 쪽 눈이 부풀어 올랐다.

"애들이 다테누마에게 이야기를 나누자고 말했는데요, 도중에 굉장히 험악해지더니……."

반장인 오노데라 후코가 몹시 겁에 질린 표정을 지으며 냉정하게 보충 설명한다.

"알았다."

하스미는 4반으로 향했다. 처음에는 대화를 할 생각이었지만 고등학생들이다 보니 규탄집회 같은 분위기가 되어 버렸을지도 모른다. 그렇다면 다테누마가 폭발하지 않는 쪽이 더 이상하다.

문득 아까 시범에 사용했던 사스마타를 가지고 왔다면 좋았을 텐데 하는 생각이 머리를 스친다. 물론 예지능력이 없는 한 이런 전개는 알 턱이 없지만 말이다. 교실 안은 이전보다 더 엉망이었다. 책상이나 의자가 뒤집어지고 교과서나 공책, 학용품 등이 바닥 여기저기로 흩어졌다.

금강신처럼 무섭고 억센 모습으로 버티고 선 다테누마의 앞에는 학생 여럿이 바닥에 주저앉아 있었다. 눈 깜짝할 사이에 두들겨 맞아 엉망이 되었는지 하나같이 저항할 기력이 없어 보였다.

"다테누마, 왜 그러니?"

하스미는 다정하게 말을 건다. 이미 퇴학당하기에 충분한 폭력 행위를 했다는 걸 간파했다. 더 이상 흥분시킬 필요는 없다. 다테누마는 거친 숨을 내쉬면서 날카로운 시선을 이쪽으로 돌렸지만 아무 말이 없다.

"아무튼 진정해. 무슨 일이 있었는지는……."

하스미는 말을 멈췄다. 다테누마가 손에 커터 칼을 쥐고 있다.

퍼뜩 앉아 있는 학생들을 둘러보았다. 코피가 나서 와이셔츠가 새빨갛게 물든 학생이 있기는 하지만 칼에 베어서 피를 흘리는 사람은 없다.

"다테누마, 그거 이리 내."

하스미는 오른손을 내밀면서 천천히 다테누마에게 다가갔다. 다테누마처럼 철저하게 불량한 학생이 사용하기에 커터 칼은 너무 맥 빠지는 물건이다. 아마 다른 학생의 물건이겠지. 몸을 지키기 위해 커터 칼을 들고 다테누마에게 덤벼들었지만 단박에 빼앗겼나 보다. 어느 쪽이든 간에 이 판국에 이런 물건을 사용하게 내버려 둬서는 안 된다. 담임으로서의 책임 문제도 있고, 부상자가 나와서 문제가 커지면 언론 매체가 크게 보도할 가능성이 있다.

"다테누마……."

하스미는 발길을 멈추었다. 다테누마가 무표정하게 이쪽을 응시한다. 오른손에는 커터 칼을 쥐었지만, 아래로 축 늘어뜨린 상태지 위협하는 자세는 아니다.

이 녀석은 나를 벨 기세다.

다른 교사라면 간파하기 힘들겠지만 하스미는 그렇게 직감했다. 어떻게 이야기가 진행되었는지는 모르지만, 혹시 비난 공격의 배후에 숨어서 주도하는 자가 있다고 알아차렸는지도 모른다. 함부로 오른손을 뻗었다가는 손바닥을 베일 위험도 있다.

"다테누마, 무슨 일이 있었는지 선생님한테 말해보지 않을래?"

하스미는 손을 아래로 내리며 말했다. 애초부터 설득이 가능하리라고는 생각지 않는다. 다른 교사들이 도우러 올 때까지 시간을 벌 셈이었다. 다테누마는 여전히 아무 말이 없었다. 축 처진 양손은 언뜻 전의가 없어 보인다. 하지만 조금 오른발을 끌어당겨서 미미하게 발뒤꿈치를 띄운 자세를 보면 언제라도 덤벼들 자세를 유지하고 있다는 것을 알게 된다. 아마도 이쪽이 사정거리 안에 발을 들여놓는 순간을 기다리는 모양이다.

칼을 가진 사람을 제압하는 일은 아무래도 위험이 따르기 마련이다. 더구나 다테누마는 권투를 한 경험이 있다. 도저히 맨 손으로 어떻게 해볼 상황이 아니다.

"하스민 쌤!"

등 뒤에서 목소리가 들린다. 야스하라다. 큰일이다. 자신을 지키려고 이곳으로 뛰어 들어올지도 모른다.

"누가 야스하라 좀 잡아!"

하스미는 뒤돌아보지 않고 소리쳤다. 주위에 있던 여러 명의 학생들이 그 목소리에 호응해서 순식간에 야스하라를 붙잡았는지 밀고 당기는 기척이 느껴진다.

"어이! 무슨 일이야?"

이제야 응원군이 도착한 모양이다. 학생들을 좌우로 헤치며 세 명의 교사가 나타난다. 사나다와 오스미, 조금 늦게 온 다카쓰카다. 셋 다 사스마타는 고사하고 무기 같은 물건은 무엇 하나 손에 들지 않았다. 어째 도움이 되지 않는 녀석들만 줄줄이 몰려왔다.

하스미는 낙담했다. 소노다는 어떻게 된 거야. 하다못해 시바하라라도 온다면 죽도가 생길 텐데…….

"하스미 선생님, 선생님한테 묻고 싶은 게 있어요."

다테누마가 결국 침묵을 깼다. 몹시 격앙된 상태라고는 생각하지 못할 만큼 조용한 목소리다.

"뭔데? 뭐든지 괜찮으니까 말해 봐."

말은 그렇게 했지만 속으로는 난처해지겠다고 생각했다. 고등학생의 추궁에 본성을 드러내줄 만큼 배려 넘치는 성격은 아니지만 이렇게 많은 청중 앞에서 다테누마가 자신을 향한 의혹을 입에 담는 일은 가능한 한 피하고 싶다.

"그래요? 그렇다면 묻겠는데요, 그 종이는 진짜로……."

느닷없이 등 뒤에 있는 학생들이 웅성거린다.

"너! 뭐하는 거야?"

소노다의 큰 목소리다. 살았다고 생각한 하스미 안에서 약간의 방심이 생겨났다.

"빌어먹을……!"

다음 순간 다테누마가 바닥을 차며 한 번에 뛰어서 가까운 거리까지 다가왔다. 하스미는 당황해서 재빨리 물러선다. 필사적으로 얼굴을 뒤로 젖혀서 커터 칼을 피하려고 했지만 다테누마가 빠르게 휘두른 칼끝이 복부를 스치고 지나갔다.

다음 순간 하스미의 등 뒤에서 뛰쳐나온 소노다의 발길질이 다테누마의 명치를 가격했다. 4~5미터 나가떨어진 다테누마는 교실 벽에 부딪쳐서 넘어졌다. 바로 벌떡 일어나려 했지만 소노다에게 커터 칼을 든 손목을 눌리며 반격을 당했다. 엎어진 채 팔이 비틀렸다.

"젠장…… 놔!"

다테누마는 끙끙댔지만 힘으로 맞설 상대가 아니라는 사실을 아는지 더 이상 버둥대지는 않았다.

"하스민 쌤! 괜찮아요?"

야스하라가 안색을 바꾸며 달려왔다. 그 뒤를 이어 친위대나 ESS, 그 밖의 다른 학생들도 다가왔다.

"응. 아무렇지도 않아."

하스미는 일어서서 미소를 지어 보였지만 왼손으로 복부를 누른 채였다. 그 모습을 눈치채고 야스하라가 눈을 크게 떴다.

"설마…… 다쳤어요?"

"아니, 괜찮아. 봐, 피 안 나잖아?"

하스미는 배에 손바닥을 댄 채 말했다.

"갑자기 힘을 줘서 복근에 조금 이상을 느꼈을 뿐이야."

"정말요?"

하스미를 우러르는 학생들은 모두 마음을 놓은 듯했다.

"소노다 선생님, 고맙습니다."

하스미는 소노다에게 도와줘서 고맙다고 인사했다.

"아닙니다. 하지만 정말 괜찮습니까? 나한테는 커터 칼이 닿은 것처럼 보였는데요."

"다행히도 아슬아슬하게 닿지 않았습니다."

하스미는 다테누마를 내려다보았다. 이 녀석은 지금 자신이 한 말이 거짓말이라고 알아챌지도 모르지만 진실까지는 모를 터다.

"다테누마, 조금 머리를 식히고 생각을 해보렴. 폭력으로는 아무 것도 해결되지 않아."

이런 말을 내뱉고 하스미는 교실을 뒤로 했다. 사나다가 걱정하며 따라왔지만 놀라서 속이 이상해졌다고 작은 소리로 말하고 화장실로 직행한다. 화장실 칸막이 안에 들어가서 배를 눌렀던 왼손을 떼어냈다. 두꺼운 와이셔츠 천이 4~5센티미터 정도 깨끗하게 절단되었다. 다테누마가 휘두른 커터 칼은 확실히 목표에 닿았다. 만약 아무 준비도 하지 않았다면 치명상에는 이르지 않았어도 심한 창상을 입었을 터다.

하스미는 와이셔츠를 벗고 그 안에 입은 방인조끼*의 매직테이프를 벗겨냈다. 다테누마가 폭발할 것을 대비해 이런 물건을 입었다는 사실이 알려져서는 안 된다. 수상한 자의 침입훈련을 핑계 삼아 변명하기도 상당히 난처하다. 훈련에서는 한 번도 방인조끼에 대해 언급하지 않았으니까 말이다. 게다가 아무리 오래전에 구입한 물건이라고 해도 수만 엔이나 하는 방인조끼를 가지고 있는 이유를 설명하기도 꽤나 곤란하다.

학교 측에서는 다테누마가 일으킨 사건의 파문을 가능한 한 축소하려고 했다. 이번 사건만으로도 퇴학 처분을 내리기에 충분한데 다테누마는 그 전에 일어난 폭력사건으로 이미 옐로우 카드를 받은 상태였다. 이제 참작의 여지가 없다는 의견이 교무회의의 지배적인 분위기였다.

담임으로서 의견을 요구받은 하스미는 침울한 표정으로 다른 학생들에게 미치는 영향이 염려되므로 부득이하지만 퇴학 처분을 내려야 한다고 딱 잘라 말했다. 평소라면 가능한 한 학생을 옹

* 날붙이를 이용한 공격을 막아주는 방어구. 방탄조끼처럼 총알을 막을 만큼 튼튼한 재질은 아니다.

호하는 하스미의 의견이다. 사카이 교감 이하 대부분의 교사는 깊이 수긍했다. 아무래도 다테누마의 난폭함을 바로 눈앞에서 목격한 탓에 나중에 자신이 구타당하는 일을 상상하면서 겁에 질려 떠는 모양이다.

유일하게 사나다만이 다테누마가 폭력을 휘두르게 된 사정을 구명해야 한다는 의견을 냈지만 회의에 출석한 사람은 모두 그렇게 생각할 마음이 추호도 없었다. 사나다는 한 가닥 희망을 담은 표정으로 나다모리 교장의 의견을 구했다. 교장은 평소부터 미온적인 언동이 특징이었다. 확실하게 엄벌이 필요한 경우에도 걸핏하면 적당히 얼버무리려고 하는 경향이 있다.

그렇지만 이 날의 나다모리 교장은 여느 때와 달랐다. 이런 때야 말로 울며 마속馬謖의 목을 베야만 한다고 말하며 퇴학 처분에 동의한 이상 이사장에게는 자신이 설명한다고까지 자청했다. 이제 다른 의견이 나올 여지는 없었다.

나다모리 교장의 이례적인 결단 뒤에는 누군가 특별한 사람의 의향이 작용한 모양이다. 하스미는 몇 명의 교사가 한마디도 하지 않은 스리이 쪽을 흘끗 보는 것을 알았다. 물론 누구 한 사람 쓸데없는 말을 내뱉으려고 하지는 않았지만 말이다.

그렇게 다테누마의 퇴학 처분은 정식으로 결정되었다. 다테누마의 보호자 —무엇을 하는지 잘 모르겠는 자영업자인데, 계부로 보인다— 는 처분을 선고받은 후에야 학교를 고소하겠다고 맹렬하게 씩씩거렸다. 하지만 다테누마에게 맞았던 학생의 부모들이 거꾸로 소송을 걸려는 모습을 보이자마자 아주 깔끔하게 물러났다.

그리고 사건의 발단이 된 학교 내 익명 사이트 문제는 요코타 사오리가 하스미의 설득에 응해서 게시판을 폐쇄하는 것으로 흐지부지 막을 내렸다.

"있잖아요, 하스민 쌤……."

붉은 다람쥐 새끼에게 해바라기씨를 던져주면서 야스하라가 띄엄띄엄 말한다.

"왜?"

"나를 어린애 취급하는 거죠?"

"그렇지 않아. 왜 그렇게 생각해?"

하스미는 나무 울타리에 기대서 야스하라의 모습을 지그시 바라보았다. 붉은 반소매 트레이닝복에 짧은 반바지 차림의 평상복이다. 언제나 교복을 입은 모습만 보았기에 신선하다.

"데이트라고 하면 보통 좀 더 분위기 좋은 곳에 가지 않나요? 왜 하필이면 다람쥐 공원이에요?"

"여기라면 우리 학교 관계자는 아무도 오지 않으니까."

마치다 다람쥐 공원은 나들이 나온 가족으로 붐볐다. 하지만 고등학생은 거의 보이지 않는다. 게다가 신코 마치다에서 너무

가까워서 교직원들이 휴일에 가족 서비스를 할 때도 여기로는 오지 않는다.

"그런 이유예요?"

"그뿐만이 아니야. 동물과 만나고 접촉하면 마음이 치유되는 느낌이잖아? 미국 붉은 다람쥐 새끼도 얼마나 예쁘니. 그냥 다람쥐도 귀엽고 말이야. 타이완 다람쥐는 우리 학생들이 떠올라서 좀 그렇지만."

"그게 무슨 뜻이에요? ……뭐, 다람쥐가 사랑스럽다는 건 인정해요. 백 보 양보해서 기니피그랑 토끼를 키우는 공간이 있는 것도 그냥저냥 허용 가능한 범위예요. 그런데 대체 저건 뭐예요?"

야스하라는 '거북이 코너'를 가리켰다.

"왜 다람쥐 공원에 거북이가 있는 거예요? 말도 안 돼요."

"뭐, 있어도 괜찮지 않아?"

"여기가 '토끼 공원'이었다면 억지로라도 이유를 갖다 붙여서 토끼와 거북이가 연상이 되니까 이해할지도 몰라요. 근데 다람쥐가 출발점이라면 거북이랑은 아무 관계도 없잖아요?"

야스하라는 학교에서는 절대로 보여주지 않는 소녀 같은 표정으로 골을 냈다.

"이상한 데 집착하는구나."

하스미는 웃었다.

"여기는 단순한 만남의 장소야. 자, 갈까?"

“기다려요.”

야스하라는 갑자기 이곳을 떠나기 아쉽다는 기색을 보였다.

“왜 그래?”

“그러니까…… 여기는 처음으로 하스민 쌤이랑 데이트한 장소잖아요. 조금만 더 있고 싶어요.”

“또 오면 되잖아. 기념품 사줄 테니까 이만 가자.”

하스미는 야스하라를 기념품 가게로 데려갔다.

“다람쥐 인형이 있네. 귀엽지?”

“역시 어린애 취급을 하잖아요.”

야스하라가 하스미를 흘겨본다.

“필요 없어?”

“누가 필요 없댔어요?”

야스하라는 시간을 들여서 다람쥐 인형을 골랐다.

“이게 좋겠다. 하스민 쌤이랑 꼭 닮았어요.”

“어디가 닮았다는 거야.”

야스하라가 고른 인형은 눈망울이 동그랗고 애교 있게 생겼다.

“자, 이것도 사줄게. 휴대전화 줘.”

“아, 키티요?”

“이곳에서만 파는 한정판매 키티야. 다람쥐 인형 탈을 쓰고 있잖아?”

“정말이네. 이렇게 가까운 곳에서 이런 버전을 파는 줄은 몰랐어요."

몇 번이나 휴대전화를 압수했는데도 야스하라가 키티 수집가인 줄은 몰랐다.

"등잔 밑이 어둡다잖아. 그런데 고양이면서 다람쥐 탈을 쓰다니. 자존심도 없나?"

야스하라가 팔꿈치로 하스미의 옆구리를 쿡 찌른다. 엄청 아프다.

"왜 그런 얄미운 말만 하는 거예요?"

하스미가 인형과 휴대전화 줄을 계산하고 나서 두 사람은 다람쥐 공원을 나왔다.

"좀 걸을까?"

"여기서 어디로 가게요?"

"동물을 봤으니 이제 꽃이라도 보면서 평온한 시간을 보내는 건 어때?"

15분 정도 어슬렁어슬렁 걸어서 마치다 모란 공원으로 갔다. 수백 그루의 모란은 거의 져버린 뒤였지만 다행히 올해는 개화 시기가 늦었는지 아직 꽃이 조금 남아 있었다. 야스하라는 꽃을 발견할 때마다 환호성을 질렀다.

"야스하라가 이렇게 꽃을 좋아하는지 몰랐어."

"좋아해요. ……아버지와 어머니의 사이가 좋았을 때는 집에서 장미를 키웠거든요. 송충이가 달라붙는 건 싫었지만 봄이랑 가을에는 정말 예뻤어요."

야스하라는 잠시 감상에 젖었다.

"그렇구나. 그럼 다른 꽃도 보러 갈래?"

"네! 그런데 다른 꽃은 또 뭐예요?"

"아직 안 피었을지도 모르는데 마치다 국화 공원에는……."

"그만!"

야스하라가 큰소리로 하스미의 말을 막는다.

"응? 왜 그래?"

"설마 데이트 장소를 이 근처로 하려고요? 아! 생각해보니까 이 주변이면 하스민 쌤 집이랑 가깝잖아요!"

"그야 그렇지. 나나쿠니야마산이니까. 걸어서도 올만한 거리야."

"어쩜 그래요? 집 근처 돌아다니다가 그걸로 끝이에요? 그게 무슨 데이트예요!"

"그런 말 한 적 없잖아. 그런 다음에 차를 타고 조금 멀리 나갈 생각이었어."

야스하라는 길게 한숨을 쉬었다.

"그 경트럭으로요? 창피해요!"

"오늘은 하이제트 안 타."

"네? 정말요?"

"다른 차를 옆 주차장에 세워놨어."

하스미는 반신반의하는 야스하라를 달래서 데리고 갔다.

"저 차야."

주차된 차를 보고 야스하라는 깜짝 놀란다.

"이 차는 대체 뭐예요?"

"포르셰잖아. 본 적 없어?"

하스미는 검은색 포르셰 카이맨의 조수석 문을 열었다. 야스하라는 못 믿겠다는 표정을 지으며 차에 탄다.

"이제 출발한다."

주차장에서 빠져나온 하스미는 셔츠 소매를 걷어 올리고 포르셰의 속도를 높였다. 경트럭과는 비교도 되지 않을 만큼 빠른 속도에 몸이 절로 시트에 깊이 묻힌다.

"이 차 어디서 났어요?"

조수석에 앉은 야스하라는 빠른 속도에는 익숙한 듯 두려워하지 않았지만, 하스미를 수상한 눈빛으로 쳐다봤다.

"빌렸어."

"누구한테요?"

"게이술가*한테서."

"예술가? 진짜요? 저도 그런 사람 만나고 싶어요."

"게다가 아마추어 심리학자에 초현실주의자야."

* 남자끼리 사랑하는 경우를 뜻하는 게이ゲイ와 예술가芸術家의 일본어 발음이 같음을 이용한 말장난.

“뭐예요, 그게. 무슨 소린지 모르겠어요.”

야스하라는 투덜댔지만 표정을 보니 굉장히 좋아하는 듯했다. 그날은 활짝 갠 5월 날씨로 드라이브를 하기에 딱 좋을 만큼 화창했다. 요코하마 · 마치다 인터체인지에서 도메이 고속도로를 탄다. 하스미는 덜덜거리며 달리는 차들을 단숨에 제쳤다. 속도가 빨라서이기도 했고, 혹시 실수로 포르셰를 긁기라도 하면 어쩌나 하는 걱정에 길을 비켜준 다른 운전자들 덕분이기도 했다.

야스하라는 처음에는 환호하며 즐거워했지만 잠시 후에는 가만히 앉아 풍경을 바라보았다.

“저기요, 선생님.”

창밖을 바라보면서 잔잔한 목소리로 묻는다.

“응?”

“다테누마 어떻게 돼요?”

“다테누마에게는 안 된 일이지만, 교무회의 때 만장일치로 퇴학시키기로 결정됐어. 나는 한 번 더 기회를 달라고 부탁했는데 아무래도 높으신 분들이 완고하다 보니 힘을 쓰지 못했어.”

“어쩔 수 없죠, 뭐. 큰 소동이었으니까요. 제가 신경이 쓰이는 건 다테누마와 얘기했을 때 들은 말이에요.”

“뭐라고 얘기했는데?”

“애들이 다테누마를 퇴학시키라고 선생님한테 요구했대요. 그 편지를 봤다고 그러던데요?”

“아! 그 얘기 말이야?”

하스미는 고개를 끄덕였다.

“아무리 생각해도 거짓말 같은 얘기였어요. 하지만 그 상황에서 다테누마가 거짓말을 한다는 것도 뭔가 이상하잖아요?”

“거짓말 아니야.”

하스미는 들릴 듯 말 듯 작게 한숨을 쉰다.

“무슨 말이에요?”

“확실히 내가 그런 내용이 적힌 종이를 받았거든.”

“정말요? 누가 그런 걸 썼는데요?”

“말 못 해.”

하스미는 액셀을 밟아서 눈 깜박할 사이에 대형트럭을 앞질렀다.

“다테누마는 반 애들이 다 적었다고 했는데, 우리는 그런 일이 있었는지 까맣게 몰랐어요.”

다테누마는 과묵하다기보다는 자기표현에 서투른 아이로 보였는데 그런 일까지 다 말했다니 의외였다.

“반 애들 전부라는 말은 과장이야. 한 명은 아니었지만.”

“그렇군요.”

야스하라는 하스미를 흘끗 봤다.

“그건 그래요. 그런 분위기에서 쓴 사람이 이름을 적을 리가 없죠. 그런데 마지막에 다테누마가 선생님께 여쭤보지 않았어요?

'그 종이는……'이라면서요. 무슨 뜻일까요?"

하스미는 야스하라가 용케도 기억한다고 생각했다.

"아마 자기를 퇴학시키라고 한 사람이 누구인지 어떻게든 알아내고 싶었겠지."

하스미는 슬픈 듯이 조용히 대답한다.

"어찌됐든 이미 끝난 일이야. 내 능력이 부족해서 다테누마를 구하지 못했어. 하지만 다테누마가 퇴학당한다고 해서 그대로 그 아이의 인생이 끝나지는 않으니까. 그 녀석도 우리 학교보다 더 마음 편하게 지낼 곳을 찾겠지."

"그럴까요?"

"그러니까 야스하라도 그런 글을 쓴 범인을 찾을 생각은 그만둬. 다테누마를 퇴학시키라고 했던 애들도 이번 일로 마음에 상처를 입었을지 몰라. 이제 와서 그 상처를 건드린들 아무것도 바뀌지 않잖아?"

"네."

"걔네도 결코 벌을 안 받는 것이 아니니까. 자기가 한 일을 누구에게도 알리지 않고 마음속에 감춰만 두는 일이 사실 가장 힘들거든."

"그래도 선생님은 누구인지 알죠?"

아무렇지 않게 묻는 말에 허를 찔려서 대답하기까지 1초 정도 걸렸다.

"알았지. 근데 다 잊어버렸어. 그런 종이는 처음부터 없었으니까."

하스미는 야스하라를 보고 미소 지었다.

"그렇죠?"

"응. 그래."

야스하라도 드디어 마음속 불신이 풀렸는지 웃었다.

"집까지 바래다줄게."

주변은 이미 어둑어둑해졌다. 즐거워하던 야스하라도 노느라고 지쳤는지 조용히 밤 풍경을 바라본다.

"집 앞까지 가면 안 되겠지? 담임 선생님이 검은색 포르셰로 딸을 바래다주는 모습을 보면 어머님이 놀라실 테니까."

"별로 신경 안 써도 돼요."

야스하라는 조금 기분이 상했다는 말투로 대답했다.

"당연히 신경 쓰이지. 학생이랑 데이트한 사실을 학교에 들키면 교감에게 혼나는 걸로 안 끝날 테니까 말이야."

하스미는 농담 삼아 한 말이었지만 야스하라는 침묵했다. 빗방울이 하나둘 떨어지기 시작한다. 자동차 창문에 물방울이 맺혔다. 하스미는 와이퍼를 작동시켰다.

"노을이 참 아름다웠죠?"

야스하라가 불현듯 말했다.

"그래. 멋있었어."

도메이 고속도로에서 하다노나카이 인터체인지로 빠져나와 야비쓰토게 고개와 미야가세코 호수를 돌았다. 그곳에서 물놀이를 하고 유람선을 탔다. 즐거운 시간은 빠르게 지나가고 순식간에 저녁이 되었다. 붉은 노을이 수면을 비추었다. 마치 피의 바다처럼 독특한 아름다움이었다.

"원래 노을이 지고 나면 날씨가 맑아지지 않나요?"

야스하라가 굵어지는 빗방울을 보며 물었다.

"그때그때 다르지. 내일 과학 선생님께 물어볼게."

"안 물어봐도 돼요. 과학 질문이 아니니까요."

야스하라는 뚱하게 대답한다.

"왜 그래?"

"저 우산 없어요."

우산을 빌려주겠다고 말할 분위기가 아니다.

"어떡하지? 바래다줄까?"

"바래다줘요. 내일 아침에."

하스미는 가볍게 헛기침을 했다. 담임교사라면 이렇게 말하는 학생을 나무라야 하지만, 하스미는 이미 참지 못할 만큼 뜨거운 욕망을 느꼈다.

"알았다. 내일 아침에 가도 어머님이 아무 말씀 안 하시니?"

"아마 신경도 안 쓸 거예요. 오전에는 잠만 자거든요. 요즘 여러 번 외박했는데요, 뭐.”

그렇게 말하고 걱정스러운 듯 하스미를 본다.

“이상한 짓은 안 해요. 옛날 친구나 여자애들하고 놀기만 해요.”

“알아.”

멀리서 번갯불이 번쩍였다. 몇 초 뒤 천둥소리가 들렸다.

“일단 이 차를 세워야 해.”

“어디에요?”

“가와사키에 있는 아파트.”

“그다음에는 어떡해요?”

“그 아파트도 당분간 내가 쓰기로 했어. 오늘 밤은 거기에서 보낼까?”

“에엣!”

야스하라가 매우 놀랐다.

“그 예술가 친구요? 왜 그렇게까지 잘해줘요?”

“고마웠나보지. 최근에 내가 어떤 문제를 해결해 줬거든.”

“남자인가요?”

“응.”

“그 사람 설마 선생님이랑 이상한 관계는 아니겠죠?”

야스하라는 찜찜해하면서도 웃는 이상한 표정을 짓는다.

“바보, 애인 있는 사람이야.”

하스미는 마음속으로 '남자지만 말이야'라고 덧붙였다.

"그렇구나! 다행이다."

야스하라는 휴 하고 한숨을 쉬며 이마의 땀을 닦는 시늉을 했다. 도메이 · 가와사키 인터체인지로 빠져나와 잠시 달린 포르셰 카이맨은 자그마한 아파트의 지하 주차장으로 들어갔다. 외부 차량 주차장에 세워진 하이제트가 눈에 들어왔다. 장소와 어울리지 않는다는 느낌이 들었다.

주차장에서 엘리베이터를 타고 내리면 눈앞에 바로 문이 나온다. 한 집이 건물 한 층을 다 점유하게 설계되어 공동 공간이 없는, 사생활 보호를 중시한 건물이다. IC칩이 부착된 열쇠를 꽂아서 문을 열고 야스하라를 먼저 들여보낸다.

"실례합니다."

야스하라는 흥미진진해하며 아파트 안을 둘러본다. 현관은 천연 대리석이었는데 간접조명을 받아 반짝반짝 빛난다. 긴 복도를 걸어 문을 열자 20평쯤 되는 넓이의 거실이 나타났다.

"굉장해요."

야스하라는 빨간 가죽소파에 앉았다. 열 명도 앉을 법한 크기였다. 마루에는 풍경화가 그려진 페르시아 융단이 깔려있다. 벽에는 65인치 액정 텔레비전이 걸려있고, 그 앞에는 덴마크의 음향기기 전문업체인 뱅앤올룹슨에서 만든 세련된 디자인의 오디오 세트가 놓여있다.

“이 집에 사는 친구 분이 엄청난 부자인가 봐요?”

“그런가 봐.”

“엄청 잘 노는 사람 아니에요? 이런 데라면 여자를 데리고 오기도 좋잖아요.”

“그렇지. 그래도 그 자식은 절대로 여자를 데리고 오지 않을걸?”

하스미는 점잔을 빼며 말했다.

“헤. 성실한 사람이네요. 역시 선생님 친구군요.”

아파트 안을 구경하던 야스하라는 호화스런 내부 장식을 볼 때마다 매번 놀랐다. 레스토랑 주방처럼 은색 냄비가 몇 개나 걸린 부엌에는 업소용으로 쓰는 대형 냉장고와 와인 저장고가 나란히 늘어서 있다.

“땀 흘렸을 테니까 샤워라도 해.”

“네.”

욕실로 가던 야스하라가 곤란해하며 돌아본다.

“갈아입을 옷이 없어요.”

처음부터 자고 갈 생각은 아니었던 모양이다.

“아마 그쪽에 세탁기가 있을 텐데.”

야스하라는 욕실과 세면장 안을 들여다본다.

“아! 있어요. 건조 기능도 딸렸네요.”

“그걸로 다 빨면 돼. 금방 마를 거야.”

"그때까지 뭘 입어요?"

"목욕가운 없어?"

야스하라는 세면대 근처에서 뒤적거리더니 찾았다며 큰소리를 낸다.

"그럼 먼저 샤워할게요."

"그래."

하스미는 마찬가지로 뱅앤올룹슨 제품인 전화기 옆에 놓인 전화번호부를 보고 근처 레스토랑에 전화를 걸었다. 이 아파트에서는 룸서비스로 가벼운 음식을 제공한다. 와인 저장고의 문을 열자 100개 이상의 와인 병이 안에 가득했다. 아마 다 빈티지 와인이겠지. 어차피 구메가 주는 선물이므로 와인에 맞춰서 가장 비싼 풀코스를 주문했다.

욕실에 가니 드럼 세탁기가 돌아가는 중이다. 야스하라가 콧노래를 부르면서 샤워하는 소리가 들린다. 하스미는 옷을 벗고 조용히 욕실 문을 열었다. 다섯 평은 되는 욕실 구석에 전화박스처럼 생긴 샤워부스가 있다. 김이 조금 서리긴 했지만 투명한 유리 너머로 야스하라의 뒷모습이 또렷이 보인다. 소녀에서 여자로 변해가는 몸매는 건강한 에로티시즘과 생명력이 넘친다.

하스미가 샤워부스의 문을 노크하자 야스하라가 깜짝 놀라서 뒤돌아본다.

"뭐예요!"

당황한 야스하라가 가슴을 가리며 돌아선다. 그 모습이 매우 청순했다.

"같이 샤워할까?"

하스미는 억지로 문을 열고 샤워부스 안으로 들어갔다.

"싫어요. 부끄러워요."

야스하라는 하스미를 보려고도 하지 않는다.

"등 밀어줄게. 교사와 학생은 이런 스킨십도 중요하니까 말이야."

하스미는 야스하라 손에서 샤워타월을 빼앗아 들고 야스하라의 목, 어깨, 등을 순서대로 부드럽게 문질렀다. 야스하라는 긴장하면서도 내버려두었다.

"저도 밀어드릴게요."

"난 괜찮아."

"밀어드릴게요."

야스하라는 샤워타월을 빼앗아 들고 하스미의 뒤쪽으로 돌아섰다. 하스미가 잡으려고 했지만 야스하라는 한 바퀴 빙 돌아서 빠져나가 결국 하스미의 뒤쪽에 섰다.

"어! 어쩌다 이랬어요? 이 상처."

하스미의 등뼈 오른쪽에 난 깊은 상처 자국을 문질렀다.

"옛날에 난 상처야. 어렸을 때 사고를 당했거든."

"무슨 사고요?"

"얘기할 정도는 아니야."

하스미는 다시 야스하라를 잡아 세우고는 등을 닦기 시작했다. 야스하라는 하스미의 손이 앞으로 오는 순간 몸을 떨면서도 거절하지는 않는다. 하스미는 뒤에서 안듯이 야스하라의 젖가슴을 애무했다. 하스미가 움직일 때마다 하나하나 반응하는 야스하라의 모습이 사랑스러웠다.

"선생님! 하지 말라니까요!"

항의하는 목소리에 교태가 섞였다.

"담임선생님은 학생의 모든 것을 알아야 되잖니."

"선생님 너무 야해요."

고개를 뒤로 돌리고 하얀 치아를 보여준다. 그 표정이 가슴이 철렁할 만큼 요염하다.

"All right! 그럼 그 말을 영어로 해볼까?"

"Y…… You are a very bad teacher……."

열심히 설명하려고 노력하는 모습이 안쓰럽다.

"A teacher who performed an immoral sexual act(도덕에 어긋나는 짓을 하는 선생님)."

"모르겠어요."

"그럼 이번에는 조금 쉬운 문제를 낼게. '선생님이 가장 좋아하는 사람은 저예요'를 영어로 말해봐."

하스미는 보디클렌저를 발라서 미끌미끌한 야스하라의 몸에 딱 달라붙었다가 끌어안으면서 귓가에 대고 속삭였다.

"I am…… my teacher's favorite student(선생님이 가장 좋아하는 사람은 저예요)."

야스하라는 뜨거운 숨결이 섞인 목소리로 대답한다. 하스미의 영어 수업을 들은 이후로 영어만큼은 열심히 공부하려고 노력해 왔다.

"Not too bad! 하지만 정답은 I am my teacher's pet이야."

"선생님의 애완동물?"

야스하라는 고개를 돌려 상기된 얼굴로 말했다.

"정말 그렇게 말해요?"

"Of course! 따라해 봐. I am my teacher's pet."

"I am my teacher's pet."

야스하라가 숨을 헐떡이며 하스미의 말을 따라한다.

"Say it again! I am my teacher's pet."

"I am…… my teacher's…… pet……."

야스하라는 당장이라도 쓰러질 것 같다. 야스하라는 학교에서 자주 남학생을 발로 차며 괴롭히는 사디스트 성향을 띤 이미지다. 하지만 이렇게 농락하는 말에 반응하는 모습을 보면 이 아이는 원래 마조히스트 성향인 듯하다. 하스미는 왼팔로 야스하라의 등을 받치고 오른손으로는 소녀의 풋풋한 몸을 어루만지며 애무했다.

인터폰이 울린다. 하스미는 행동을 멈추고 야스하라를 샤워부스 안에 앉힌 후 샤워기를 잠갔다. 부스에서 나와 욕실 안에 구비된 수건을 든다. 아까 주문한 요리가 도착한 듯했다. 꽤 빨리 왔다고 생각했지만 시계를 보니 샤워를 시작한지 벌써 40분이나 지났다. 갑자기 배가 고파진다.

"음식이 왔으니까 레슨은 잠시 중단하자. 감기 걸리지 않게 몸 잘 닦고 나와."

세면대 벽장을 열자 문 쪽에 걸린 크고 작은 목욕가운이 보였다. 하스미는 큰 가운을 걸치고 현관문을 열러 나간다. 저녁은 호텔 룸서비스처럼 왜건에 실려 왔다. 결제도 사인만 하면 된다. 글씨체를 최대한 비슷하게 흉내 내서 구메라고 적었다.

왜건을 부엌으로 끌고 와서 테이블 위에 올려놓자 야스하라가 나왔다. 꿈이라도 꾼 듯 멍한 표정이다. 작은 목욕가운조차 야스하라에게는 조금 컸는지 소매를 접었다.

"여기 앉아."

하스미는 야스하라에게 의자를 끌어다 주었다. 와인 저장고를 열어 와인을 꺼내려고 했지만, 시작이니까 축하파티처럼 샴페인을 골랐다. 크루그의 로제를 꺼내 성대한 소리를 내며 마개를 열고 샴페인 잔에 따랐다.

"건배!"

하스미가 잔을 부딪치자 야스하라도 부끄러워하며 따라한다.

요리는 지금까지 먹어본 적 없는 맛이었다. 하스미는 비싼 샴페인이며 빈티지 와인을 계속해서 따서는 탐욕스럽게 먹어치웠다. 야스하라도 허기를 느끼고 정신이 들었는지 쉬지 않고 먹었다.

식사 후 거실에 앉아 케이블 채널에서 방영하는 영화를 봤다. 하스미는 방에서 발견한 싱글몰트 위스키를 마셨다. 야스하라는 조금 취했다며 오렌지주스를 마셨다.

"이제 레슨을 다시 시작할까?"

하스미가 일어서자 야스하라는 조용히 끄덕이고는 그를 따라갔다. 10평쯤 되는 침실 안에는 방의 4분의 1을 차지하는 커다란 물침대가 놓여 있다.

"목욕 가운을 벗고 차렷 자세로 서볼래?"

하스미가 명령하자 야스하라는 시키는 대로 했다. 모양이 예쁜 가슴과 가는 허리, 옅은 거웃이 떨린다. 학생에게 이런 짓을 한다는 사실을 들키면 분명 징계를 받겠지. 하스미는 이렇게 생각하면서 야스하라의 몸을 안아 천천히 물침대 위에 뉘었다.

끝없이, 그리고 세심하게 야스하라를 애무하던 하스미는 세 시간이 지나고서야 가까스로 그녀의 몸을 뚫었다. 그때까지 끝없는 쾌감의 소용돌이 속에 환희와 고통의 차이도 모르게 된 야스하라는 몇 번이나 의식조차 몽롱해질 만큼 강렬하게 절정에 올랐다. 하스미는 절정에 반응을 하지 않게 된 후로도 그녀의 몸을 더욱 세게 탐했다.

결국 그날 밤은 한숨도 못 잤다. 우선 둘이서 커피를 끓여 마셨다. 뜨거운 포옹을 주고받고, 날이 밝아오기 전에 외부 차량 주차장에 세워둔 하이제트로 출발했다. 야스하라는 잠시 집에 들러서 교복으로 갈아입었다.

그들은 평소보다 빨리 학교에 도착했다. 하스미는 하이제트를 주차장에 세웠다. 주변에 아무도 없는지 확인하고 짐칸를 두드렸다. 야스하라가 파란 시트 밑에서 빠져나와 한걸음에 교정까지 달렸다.

하스미는 담배에 불을 붙인다. 다시 한번 기요타의 집 동태를 살핀다. 오전 세시라서 아무 소리도 들리지 않는다. 이 부근은 근처 주민도 대체로 일찍 잔다.

페트병을 바꿔치기 한 뒤로 약 일주일이 지났다. 그사이 방화범이 불을 붙여주기를 은근히 바랐지만, 당연히 그렇게 운 좋은 일은 일어나지 않았다. 페트병의 기본재료인 폴리에틸렌 테레프탈염산에 등유가 닿아도 손상되지 않는다는 사실은 이미 확인을 마쳤지만, 시간이 지나면 무언가를 계기로 내용물이 물이 아니라는 사실을 들킬지도 모른다. 이제 때가 왔다.

하스미는 말보로 담뱃갑에서 여섯 개비를 꺼내 한꺼번에 물고 100엔짜리 라이터로 불을 붙였다. 하스미도 한때는 과다 흡연자였지만 꾸준히 노력해 금연에 성공했다. 흡연은 지방간의 원인일 뿐 아니라 간접 흡연자인 학생들의 건강에 나쁜 영향을 미치기 때문이다.

입에 문 담배를 두세 번 빨아들여서 끝 부분에 제대로 불이 붙었는지 확인한다. 오랜만에 들이쉬는 연기가 매우 알알해서 무심코 얼굴을 찡그렸다.

담뱃갑에서 남은 담배를 꺼내 조수석에 올려놓고, 대신 그 안에 불이 붙은 일곱 개의 담배를 넣었다. 그 담뱃갑을 빈 휴지상자에 넣어 쓰레기봉투 안에 밀어 넣었다. 쓰레기봉투에는 구긴 신문지를 가득 넣어놓았다. 쓰레기봉투를 묶어 하이제트의 문을 열고 밖으로 나왔다. 쓰레기봉투에서 벌써부터 타는 냄새가 난다. 바로 불이 날 듯해 조마조마하다.

기요타의 집 마당 안으로 들어갔다. 쓰레기봉투를 페트병과 맞닿게 내려놓고 경트럭으로 돌아가 조용히 출발한다. 빠른 속도로 현장에서 멀어진다. 이런 단순한 장치로 버는 시간은 고작 2~3분에 불과하지만, 그거면 충분하다.

더 복잡한 시간제한 발화장치도 만들기 쉽지만 그랬다가는 오히려 경찰의 주의를 끌 확률이 높다. 담배를 이용한 방화는 요즘 자주 신문을 떠들썩하게 만드는 방화범의 수법을 모방한 것이다. 더욱이 현장 검증에서 스무 개의 페트병이 등유로 가득 찬 사실이 밝혀지면 경찰이나 언론에서도 관점을 바꿀지도 모른다.

불발로 끝날 염려는 없다. 일곱 개의 담뱃불은 자연스럽게 꺼지지 않는다. 늦든 빠르든 불씨가 담뱃갑을 타고 신문지에 옮겨 붙는다. 쓰레기봉투에서 타오른 불이 페트병을 녹이면, 그 안에 든 등유가 흐른다. 등유의 인화점은 50도이므로 휘발유처럼 빨리 타지는 않겠지만, 일단 불이 붙으면 그 연소력은 휘발유를 뛰어넘는다. 그 뒤로는 도미노다. 기요타의 집 주위에 죽 늘어선 페트병에 순서대로 불이 붙는다. 도미노 중간에 기폭제 역할을 해줄 자동차도 준비해 두었다. 불이 잘 옮겨 붙으면 기세 좋게 휘발유가 폭발해서 더욱 큰 화재가 발생할 터다.

하스미는 학창시절에 읽은 레이 브래드베리의 『화씨 451』을 떠올렸다. 유명한 머리말인 'It was a pleasure to burn'은 일본어로 '불꽃은 즐거웠다'라고 멋지게 번역되었다.

옛날에 눈앞에서 본 새하얀 불기둥이 선명하게 뇌리에 떠오른다. 불꽃에 휩싸여 미친 듯이 양손을 휘저어대는 그림자. 커다란 소리를 내며 드럼통이 넘어진다. 불빛은 오렌지색으로 바뀌었다.

그 집을 둘러싼 불기둥은 무슨 색을 띨까? 그 광경을 이 눈으로 보지 못해서 안타깝지만 아침뉴스를 기대하며 기다리는 수밖에 없다. 어딘가에서 〈모리타트〉의 선율이 들려온다. 자신도 모르는 사이에 휘파람으로 즐겁게 따라 부른다.

집으로 돌아가는 길에 소방차와 직접 마주치지는 않았지만, 딱 한 번 멀리에서 사이렌 소리가 들렸다. 경트럭을 주차장에 댈 때 기묘한 낌새가 느껴져서 하스미는 위를 올려다보았다. 지붕 위에 검은 그림자가 보인다. 까마귀 같다. 야행성으로 바뀐 사람의 생활습성에 따라 적응했는지 요즘에는 새벽녘부터 활동하는 까마귀가 많다.

하스미는 작은 소리로 쫓아내려고 했지만 도무지 움직이지 않는다. 던질 만한 물건이 없나 찾으려고 할 때 까마귀가 고개를 돌렸다. 가로등 빛에 반사되어 왼쪽 눈이 뿌옇게 흐린 모습이 보인다.

무닌이다. 순간 등줄기에서 한기가 느껴진다. 무닌은 잠시 하스미를 내려다본 뒤 크게 날갯소리를 내며 힘차게 날아 저 높이 아직 어두운 하늘 속으로 사라졌다.

제4장 공감 능력

하스미는 하이제트를 학교 주차장에 세우고 엔진을 끄려고 했다. 그때 마침 라디오에서 뉴스가 방송되어 무심코 귀를 기울였다.

오늘 오전 3시 30분 마치다시 OO마을 3-4 기요타 가쓰시 씨 집 주변에 화재가 발생해서 2층 목조 건물 130평방미터를 전부 불태웠습니다.

새벽 뉴스는 놓쳤지만 어쨌든 무사히 불이 난 듯하다. 불이 잘 붙지 않을지도 모른다고 걱정한 만큼 우선 한시름 놓았다.

화재가 일어난 장소에서는 기요타 가쓰시 씨로 추정되는 남성 한 명이 사체로 발견되었습니다. 현재 경찰에서는 신분을 확인

중입니다.

기요타 가쓰시가 확실하게 불에 타 죽었단 말이지? 하스미는 고개를 끄덕였다. 지방이 많은 남자니 분명히 잘 탔으리라. 신원을 알아보지 못할 만큼 새까맣게 탔다면 경찰에서는 치아 모양을 대조해 봐야 할지도 모른다. 고생이 많겠군.

우선 화재 사건으로 소란만 일어나도 충분하지만 소동이 살인 계획으로 바뀌어도 별로 상관없다.

부인인 요코 씨는 불이 난 것을 알고 대피했으나 화상을 입어 병원에서 치료를 받고 있습니다.

어? 왜 기요타 리나 이야기는 하지 않지? 하스미는 의아했다. 그때 똑똑 하고 하이제트의 창문을 두드리는 소리가 들렸다. 고개를 드니 사카이 교감의 심각한 얼굴이 보였다. 하스미는 창문을 열었다.

"화재 사고가 발생했다는 뉴스 들으셨습니까?"

평소와 달리 낮게 가라앉은 목소리다.

"네. 방금 라디오 뉴스를 들었습니다. 돌아가신 분은 기요타 리나의 아버지겠지요? 뉴스에서는 기요타 리나 이야기를 안 했지만……."

"무사하다더군요."

사카이 교감은 그렇게 말했지만, 어쩐지 기뻐보이지는 않았다.

"어젯밤에 부모님께 알리지 않고 친구 집에서 잤다나 봐요."

"그런가요? 그거 정말 다행이로군요!"

하스미의 솔직한 마음이었다. 기요타 리나가 무사하다는 소식을 듣고 내가 왜 이렇게 기뻐하지? 하스미는 학생을 진심으로 염려하는 자기 자신에게 문득 신선함이 느껴졌고 놀라웠다. 이게 바로 담임의 마음인가?

문득 하스미의 머리에 소박한 외모를 지닌 은사가 떠오른다. 구마가이 선생님, 오랜만에 이름을 떠올렸다. 진심으로 자신을 걱정해 준 선생님이었다.

"다행이라고 해야 할지, 말아야 할지."

사카이 교감은 변함없이 벌레 씹은 표정이었다.

"아니, 당연히 매우 가슴 아픈 사고입니다. 갑자기 기요타 리나의 아버님이 돌아가셨으니까 기요타의 마음을 치유하려면 앞으로 어떻게 해야 할지 염두에 두어야겠지요. 하지만 그녀가 무사하다는 소식을 듣고 많이 안심했습니다."

사카이 교감은 코를 훌쩍였다. 뉴스도 끝난 듯해서 하스미는 시동을 끄고 경트럭에서 내렸다.

"경찰이 어떻게 조회했는지 저에게 연락했습니다. 그래서 몇 번이나 하스미 선생님 휴대전화에 전화를 걸었는데 안 받으시더군요. 전화를 계속 꺼두셨습니까?"

과연 사카이 교감이 언짢았던 이유는 그 때문이었다. 하스미는 가방에서 휴대전화를 꺼낸다.

"죄송합니다. 깜빡 잊고 충전을 안 해서 전원이 꺼졌나 봅니다."

사카이 교감은 혀를 찼다.

"신경 좀 쓰세요. 오늘처럼 밤중에라도 급한 일이 생길지도 모르니까요."

하스미는 그럴 줄 알고 푹 자려고 전원을 꺼두었다.

"아무튼 이 사건으로 오늘 아침에 긴급 교무회의를 엽니다. 하스미 선생님은 담임으로서만이 아니라 학생지도부의 일원으로서도 회의의 중심에 서주셨으면 합니다."

"교무회의 말인가요?"

하스미는 뜻밖이었다. 확실히 큰 사건이기는 하지만 학교와는 별 상관이 없다. 대체 무슨 이야기를 한다는 말인가. 사카이 교감은 하스미가 무엇을 의아해하는지 알아챈 듯 손짓으로 하스미를 가까이 오게 하더니 귓속말하듯이 말한다.

"기요타 리나가 아버지와 사이가 아주 좋지 않았나 보더군요."

"그렇습니까?"

"평소에도 무단 외박을 자주 했다고는 하지만, 하필이면 어젯밤에 집에 안 들어온 이유를 경찰이 알고 싶어 합니다."

"네? 설마하니 기요타를 의심하시는 겁니까?"

"그럴 가능성이 전혀 없다고는 단정하기 어렵습니다."

"아닙니다! 기요타는 그런 짓을 할 아이가 아니에요! 어쩌다 어젯밤 외박했다는 이유로 의심하다니 너무하지 않습니까!"

하스미는 꽤나 진심으로 분개했다. 기요타 리나가 무죄라는 사실을 누구보다 잘 아는 까닭이다. 오랜만에 구마가이 선생님을 떠올린 영향을 약간 받았는지도 모른다.

"하스미 선생님이 학생을 믿고 싶어 하는 마음은 저도 잘 압니다. 물론 저도 그렇고요. 그러나 경찰은 의심하는 것이 직업입니다. 그러니까 우리가 어떻게 기요타 리나를 지킬지 의논하기 위한 회의라고 생각하세요."

"네. 흥분해서 죄송합니다."

"아니요. 오히려 저는 하스미 선생님이 학생을 생각하는 마음에 감동받았습니다. 그저……."

사카이 교감은 다시 하스미에게 얼굴을 가까이 대고 조심스레 이야기한다.

"어제 일어난 화재는 확실히 방화라고 하더군요. 화재가 발생한 곳은 집 앞에 놓인 쓰레기봉투로 추정되고요. 그 정도라면 방화범의 소행이라고 판단하겠지만 이상한 점이 발견되었다고 합니다."

"뭡니까?"

하스미도 소곤소곤 말한다.

"고양이를 쫓아내기 위해서 집 주위에 물이 든 페트병을 많이 늘어놓았다고 합니다. 그게 어찌된 일인지 방화 사건이 일어났을 때는 가연성 액체가 든 병으로 바뀌었다고 해요."

"그런 일이 일어나다니요! 설마……."

"저도 경찰한테 그 말을 듣고 깜짝 놀랐습니다. 아! 이건 아직 아무한테도 말하지 마세요. 경찰도 실수로 말한 눈치였습니다. 매스컴이 아무리 압력을 넣어도 공표하지 않은 사실이라고 하더군요."

"알겠습니다."

"그래서 방화범의 소행이라고 하기엔 좀 미심쩍은 듯합니다. 어쨌든 페트병이 상당히 많았으니까요. 아무리 늦은 밤 시간이라지만 그렇게 많은 페트병을 일부러 옮겨서 불을 내는 건 이상하잖아요?"

"그러나 만약 기요타 리나가 페트병에 등…… 가연성 액체를 넣었다고 하면 어디에서 구했을까요?"

"뭐, 아직 모릅니다."

"게다가 그 추론은 조금 터무니없군요. 만약 이런 경트럭을 가지고 있다면 페트병이 조금 많더라도 쉽게 옮겼을 테지만 말입니다."

하스미는 하이제트의 짐칸을 두드리며 말했다.

“아뇨, 물론 저도 기요타 리나가 자기 집에 불을 질렀다고는 생각하지 않습니다.”

사카이 교감은 질렸다는 듯이 하스미의 말에 동의했다.

“아무튼 교무회의에서 대책을 마련해야 합니다.”

“그럼 기요타는 오늘 학교에 안 오겠군요.”

“일단 기요타 리나는 외갓집에 머문다고 합니다. 어머님은 적어도 이삼일 정도 쉬게 하고 싶어 하시고요. 기요타는 오늘도 학교에 가겠다고 했답니다.”

사카이 교감은 기요타 리나의 무감각을 이해하지 못하는 듯했다. 하스미는 느닷없이 다른 생각이 떠올랐다. 오늘은 학생 상담 교사가 오는 날이다. 정말 그것까지 계산하지 않았지만…….

“교감선생님, 기요타 리나가 학교에 올 때를 대비해서 미리 미즈오치 선생님께 심리치료를 부탁드리고 싶습니다.”

“그거 좋은 생각이군요. 겉으로는 꿋꿋한 척해도 마음속 상처는 클 테니까요. 그럼 그 일은 하스미 선생님께서 맡아주십시오.”

“알겠습니다.”

하스미는 입가에 번지는 미소를 손으로 가려서 얼버무렸다. 미즈오치 사토코와 이야기할 기회가 생겼다. 사건은 덤으로 뜻밖의 역할을 했다. 사카이 교감은 그런 하스미를 보고 영락없이 눈물을 참고 있다고 생각했는지 조용히 고개를 끄덕인다.

교무회의는 시종일관 당혹스러운 분위기 속에서 진행되었다. 대부분의 교사가 아직 화재 사건에 대해 아무것도 몰랐다. 하스미처럼 왜 그것이 교무회의의 의제인지 의문을 품은 교사도 많았다. 그리고 사카이 교감이 기요타 리나가 범인일지도 모른다는 이야기를 흘리자마자 하스미가 반박을 했기에 그 이상 끼어드는 교사는 없었다.

현재 학교에서 대처할 방법이 거의 없는 탓에 결국 상황을 설명하고, 언론 취재에 신중하게 대응하라는 이야기로 회의를 끝내려고 했다. 그때 스리이가 손을 들었고 교사 모두가 놀랐다. 스리이는 그때까지 교무회의에서 발언을 한 적이 한 번도 없었다.

"저어, 돌아가신 기요타 가쓰시 씨 말입니다."

가래 끓는 목소리로 찰진 간사이 사투리를 쓰며 말한다.

"가끔 학교에 오셨다고 하던데 사실입니까?"

"네."

하스미가 대답한다.

"기요타 리나가 따돌림을 당하지 않는지 상담하러 몇 번이나 오셨습니다. 하지만 제가 조사한 결과 따돌림을 당한 사실이 없었기에 그 취지를 설명했습니다."

"그렇습니까? 그런데……."

스리이는 뭔가 이상하다는 듯 고개를 갸우뚱거린다.

"아버지가 그 말을 안 믿었다고 하던데. 안 그렇습니까?"

기분 나쁠 만큼 끈적끈적한 말투였다. 주변이 조용해졌지만 본인은 전혀 신경 쓰지 않는 눈치였다.

"맞습니다. 제 말을 조금도 믿어주지 않으셨습니다."

하스미는 스리이를 경계하며 지켜보았다. 저 자식이 무슨 이야기를 하려는 걸까.

"그…… 뭐라더라, 흔히 말하는 갑질 학부모였나 보군요."

부모父母가 아니라 부父 혼자만 그랬다고 하스미는 마음속으로 지적한다.

"아닙니다. 결코 그렇지 않습니다. 몇 번이나 오시긴 했지만 요즘 보호자는 따돌림 문제에 민감하니까요."

사카이 교감은 억지로 미소를 지으며 수습한다. 스리이 선생님과는 언제나 대화하기 꺼려진다.

"스리이 선생님, 뭔가 신경 쓰이는 점이라도 있으십니까?"

하스미는 오히려 정면으로 물었다. 모두 스리이의 대답을 들으려고 주목한다.

"아닙니다. 신경 쓰이는 점은 없습니다. 더 궁금하지 않습니다."

스리이는 그 말을 끝으로 반대쪽을 바라보며 침묵했다. 역시 스리이는 요주의 인물이다. 하스미는 다시 한번 생각한다. 이 사람이 양떼에 섞인 포식자라는 사실은 예전부터 알았지만, 이 비상하게 좋은 감은 만만치 않다.

"하스미 선생님. 아침부터 고생하시네요."

옆에 와서 말을 건넨 사람은 수학교사인 사나다 슌페이였다.

"뭐, 지금은 우리가 기요타 리나를 지켜줘야 하니까요."

사나다는 하스미의 대답에 크게 동의했다.

"이런 때에 이런 말씀드리기도 뭐하지만, 상담하고 싶은 일이 있습니다."

"무슨 일이십니까?"

하스미는 흥미를 느끼며 사나다를 봤다. 심각한 이야기인 듯하다.

"조금 복잡한 이야기라서요. 오늘 밤에 만나서 얘기하면 안 될까요?"

"괜찮습니다. 그럼 일곱 시에 래빗펀치에서 만날까요?"

"네, 그래요."

사나다는 조금 마음이 편해졌다는 표정으로 하스미의 옆을 떠났다. 다음으로 다카쓰카가 다가왔다. 화재 사건에 대해 제대로 듣고 싶어 한다. 적당히 상대하다 보니 1교시 수업시간이 되었다.

2학년 2반 교실에 들어가니 화재 사건 이야기를 어디서 들었는지 학생들이 떠들어댔다. 학생들을 장악하고 분위기를 지배하는 데 자신이 있는 하스미조차 제대로 수업을 시작하기까지 10분 가까이 시간이 걸렸다. 2반 교실을 나오다 4반 국어 수업을 끝낸 도지마 지즈코와 복도에서 딱 마주쳤다.

"하스미 선생님, 선생님 반은 도대체 어떻게 된 거예요?"

갑자기 도지마 지즈코가 물어뜯을 듯한 기세로 말해 하스미는 머쓱해진다.

"학생들이 시끄러웠나요?"

"시끄러웠냐고요? 아예 수업을 못 했습니다! 갑자기 저한테 화재 사건에 대해 물어보더니, 그 뒤로 아무리 주의를 줘도 떠들어댔다고요! 수업시간 내내! 1교시 내내 그랬단 말입니다!"

"죄송합니다. 아마 학생들도 동요하는 듯하군요."

"그런 귀여운 수준이 아니었어요! 그저 재미있어 할 뿐이었다고요! 전부터 4반은 문제아가 모인 반이라고 생각했습니다! 선생님이 평소에 너무 봐주시니까 애들이 그렇지 않습니까! 학습태도도 생활태도도 근본부터 바로잡아야 해요!"

도지마가 계속 불평을 해댄다. 하스미는 귀찮아져서 슬슬 멈추게 하기로 했다.

"학생들이 도지마 선생님의 관심을 끌고 싶어서 그러지 않았을까요?"

"뭐라고요?"

"왜 이런 말이 있잖아요. 좋아하는 애일수록 더 괴롭히고 싶어진다는 말이."

"선생님! 대체 무슨 말씀을 하시는 겁니까?"

도지마는 외계인을 본 듯한 얼굴이다.

"우리 반 학생들 사이에서 도지마 선생님은 비밀스런 아이돌이라고 할까, 마돈나 같은 존재거든요. 어? 정말 모르셨어요?"

도지마는 어떻게 말을 이어야 할지 황당해하며 입을 뻐끔거렸다. 격분한 나머지 얼굴이 새하얗게 질렸다.

"성, 성추행이에요! 저를 모욕하는 말이라고요. 이 일은 반드시 문제 삼겠습니다. 각오하세요!"

그렇게 말하고 발길을 휙 돌려서는 로봇 춤처럼 삐걱삐걱 걸으며 사라졌다. 도지마의 모습이 사라지자 두 사람의 대화를 듣던 학생들이 대폭소를 한다. 야스하라 미야와 아베 미사키, 미타 아야네 무리가 말 그대로 포복절도하는 모습이 보인다. 박수를 치기도 하고, 휘파람을 불기도 했다. 당연히 도지마에게도 이 소리가 들렸을 테니 틀림없이 속이 뒤집어졌을 것이다. 어느 의미로 도지마는 아이돌일지도 모른다. 이 기회를 잡아 학생들에게 영어 관용구 'Love to hate'를 설명하고 싶을 정도였다.

하스미는 미간을 찌푸렸다. 집게손가락을 들어 학생들에게 흔들고 그 자리를 떠났다.

나도 모르게 말하지 않아도 될 말을 해버렸다. 도지마는 욕구불만이 전부 공격적인 성격으로 바뀌는 아줌마니까 시시한 복수를 꾸밀지도 모른다. 암울하기 그지없는 상황이다.

하지만 암울한 기분은 보건실 앞에서 사라졌다. 운 좋게도 다음 시간은 수업이 없다. 덕분에 미즈오치 사토코와 대화할 시간이 넉넉하다. 하스미는 등을 펴고 손으로 머리를 정돈한 뒤 보건실 문을 노크했다.

"그렇군요. 기요타 리나가 등교하면 아무래도 가능한 한 빨리 상담하는 편이 좋겠네요."

미즈오치는 심각하게 말했다. 이런 사태는 좀처럼 드물어서 어떻게 대응하면 좋을지 망설이는 듯했다.

"아버지가 돌아가신 데다 집이 다 타버렸으니까요. 마음에 큰 상처를 입었겠죠. 나중에 학교에서 어떻게 도와주면 좋을지, 우선 저도 참고할 만한 사례를 찾을게요."

하스미는 침울하게 끄덕이면서 미즈오치를 바라보며 즐겼다. 평소와 다름없이 화장기 없는 청순한 얼굴이다. 소녀처럼 앳된 얼굴로 열심히 학생을 걱정하는 모습이 몹시 귀엽다.

방금 전까지는 다우라도 보건실에 있었지만 하스미를 보더니 새침하게 얼굴을 돌리며 나가버렸다. 지금 보건실에는 단 둘이다.

"그리고 또 한 가지. 기요타 리나가 2차 피해를 입을지도 모른다는 점이 걱정됩니다. 또 한 번 마음에 상처를 받을지도 모릅니다."

하스미가 진지하게 말했다.

"2차 피해요? 다른 학생들에게 야유를 받을지도 모른다는 말씀인가요?"

"아니요. 우리 반 학생들은 안 그럽니다. 그렇다고 해도 제가 지도하면 되고요. 제 걱정은 경찰입니다."

"경찰이라니요? 무슨 일로요?"

미즈오치는 미간을 찌푸렸다. 하스미는 경찰이 기요타 리나를 불을 지른 사람으로 추측한다고 말했다.

"담임으로서 단언하건대 기요타 리나는 절대 그런 일을 할 아이가 아닙니다. 기요타는 방화 같은 나쁜 짓은 안 해요. 그 애는 그럴 성격이 아닙니다. 설령 아버지와 사이가 나쁘다 하더라도……."

하스미는 특기인 열변으로 기요타 리나를 옹호했다. 미즈오치는 고개를 끄덕이며 듣다가 갑자기 작게 웃었다.

"왜 그러십니까?"

하스미는 말을 멈추고 물끄러미 미즈오치를 봤다.

"죄송합니다. 아무것도 아니에요. 하스미 선생님은 학생과 관련된 일이면 정말 열정적이세요."

서로 학생 일에 노력하는 모습을 보고 끌리는 장면은 멜로드라마처럼 자연스러운 전개다.

"당연한 일입니다."

"아니요. 그런 선생님은 별로 안 계세요."

미즈오치는 단호하게 고개를 젓는다.

"대부분의 선생님은 학생을 하스미 선생님처럼 소중하게 생각하지 않아요. 뭐라고 할까, 부적절한 얘기일지도 모르지만 '선량한 관리자의 입장'으로 대할 뿐 그 이상 책임은 안 져도 된다는……."

미즈오치는 깜짝 놀라서는 입을 막았다.

"죄송해요. 말이 너무 심했군요. 교사를 판단할 생각은 아니에요. 그저……."

"아니요. 바른 지적입니다."

하스미는 미즈오치를 격려하듯이 비장의 미소를 보여줬다.

"솔직히 말씀드리자면 저도 그런 생각을 여러 번 했습니다. 그런 이유로 교사를 규탄해봤자 아무 소용없습니다. 주어진 환경에서 학생들을 지키려면 어떻게 해야 할지, 그야말로 머릿속이 터질 정도로 생각하는 길밖에 없지요."

미즈오치가 하스미에게 보내는 시선에서 지금까지 없었던 호의가 느껴진다. 아직 자신에게 심취한 정도는 아니지만 농락을 향해 제법 전진했음은 분명하다.

"제가 학생이었을 때 하스미 선생님 같은 분이 담임이었다면 좋았을 텐데요."

"쑥스럽군요."

하스미는 머리를 긁적거렸다.

"저도 중학교 때 존경하는 선생님이 계셨습니다. 저도 그 영향으로 교단에 섰고요. 무슨 일이 생겼을 때 그 선생님이었다면 어떻게 대처하셨을지 생각해봅니다. 그런 생각을 하다 보면 아무래도 그분 앞에서 부끄러울 일은 못하게 되더라고요."

"그렇군요."

미즈오치는 미소를 지었다.

"그리고 우리 학교는 아직 희망이 있다고 생각합니다. 저 말고도 열심히 일하시는 선생님이 많이 계시니까요."

"맞는 말씀이세요. 인격자이신 오스미 주임선생님도 계시고, 성실하게 학생을 대하시는 사나다 선생님도 계시니까요."

하스미는 사나다의 이름을 말할 때의 미즈오치 표정을 봤다. 그녀는 사나다에게도 어느 정도 호감이 있는 듯했다. 그냥 지나칠 문제가 아니다.

"확실히 사나다 선생님은 항상 생각하는 분이시죠."

하스미는 마음에 일어난 동요를 내색하지 않고 말한다.

"수업 중에도, 테니스 부를 지도할 때도 그렇죠. 사나다 선생님은 훌륭한 교사십니다. 뭐, 술을 너무 과하게 드시는 점이 옥의 티라면 티지만요."

"맞아요."

미즈오치는 쓴웃음을 지었다.

"정말 많이 드시더라고요. 언젠가 술집에서 만난 적이 있는데 그때도 취할 때까지 드셔서 조금 걱정했어요."

내가 모르는 사이에 사나다가 그런 새치기를 했단 말인가. 하스미는 내심 화가 나서 화제를 바꾸기로 했다.

"기요타 리나 이야기를 계속해도 될까요? 기요타 리나가 경찰한테 무신경한 심문을 받았을 때 입을 상처가 가장 걱정됩니다. 그러니까 만약 경찰이 미즈오치 선생님에게 뭔가 물으면 저에게 알려주셨으면 합니다."

가능하면 그 이외의 경찰의 움직임도 함께.

"알겠습니다. 우리가 기요타 리나를 지켜줘야죠."

미즈오치가 결심한 듯이 동의했다. '우리'라는 말은 꽤 기분 좋은 울림이다.

"아까 존경하는 선생님이 계시다고 하셨죠? 어떤 분이세요?"

기요타 리나와 관련한 상담을 마쳤는데 미즈오치가 먼저 말을 꺼냈다. 좋은 징조다.

"정말로 지금도 잊지 못합니다. 구마가이 선생님이셨어요. 그러니까 쉽게 비교하자면 긴파치 선생님*과 똑같았어요."

하스미의 눈은 추억에 잠긴 표정이었다.

구마가이 신지로 선생님은 긴파치 선생님의 풍채에는 훨씬 못

* 1979년 일본 TBS방송사에서 방영한 인기드라마 3학년 B반 긴파치 선생님에 등장하는 캐릭터.

미쳤다. 근시가 어찌나 심한지 항상 검은 테 안경을 썼는데, 렌즈는 항상 지문투성이였고 안경테가 부러지면 셀로판테이프로 고쳐 썼다. 머리 스타일은 몇 개월에 한 번 빡빡 밀고 기르는 구두쇠였다. 수염도 일주일에 한 번 정도만 깎는 탓에 언제나 거친 수염이 입가를 덮고 있었다. 덕분에 삐져나온 코털은 눈에 띄지 않았다.

하지만 겉모습과 반대로 구마가이 선생님은 몸과 마음을 교육에 쏟는, 그 당시에도 보기 드문 교사였다. 처음에는 겉모습을 보고 구마가이 선생님을 무시하던 학생이나 학부모도 졸업할 때쯤이면 선생님을 전폭적으로 신뢰했다.

하스미가 중학교 1학년이었던 때의 담임선생님이 구마가이였다. 하스미는 적어도 겉으로는 아무 문제도 일으키지 않았고 성적도 항상 상위권이어서 교사가 봤을 때 가르치기 편한 학생이었다. 그러나 구마가이 선생님은 하스미에게 관심을 기울이고 일일이 걱정해주었다. 하스미는 그 모습을 이상하게 여겼다. 이 볼품없는 교사는 왜 나를 꼭 소문난 문제아 다루듯이 대할까.

물론 그때까지 하스미가 벌인 모든 일을 신처럼 한눈에 간파했다면 아무리 대담한 교사라도 벌벌 떨었을 것이다. 하지만 아무도 알 리가 없었다.

그리고 그 사건이 일어났다. 하스미의 감각으로는 너무 사소한 사건이라서 지금은 거의 떠오르지 않는다. 머릿속에 떠오르는 광경은 구마가이 선생님이 하스미를 중학교 옆에 있는 언덕으로 데리고 갔을 때의 일이다. 해가 서쪽으로 지는 시간대의 가을 공기는 차가웠다. 말라비틀어진 풀이 석양을 받아 금색으로 반짝인다.

"하스미, 사실 난 네가 계속 염려스러웠단다. 입학했을 때부터 말이야."

구마가이 선생님은 줄 위에 앉아 하늘을 보며 말했다.

"걱정이요? 무슨 걱정인데요?"

하스미는 정말 궁금해서 그렇게 물었다.

"네가 마음의 문을 닫은 사람처럼 보였거든. 너는 절대 아무도 믿지 않고, 다른 사람이 자기 구역에 오지 못하게 선을 긋고 있어. 그래서 나는 네 마음을 몇 번이나 두드렸는지 몰라. 얼른 나오라고 얘기 좀 하자고 말이야. 어쩌다가 네 주위에 믿지 못할 어른들만 있었는지 모르겠지만 세상에는 분명 이야기가 통하는 사람도 있다고 말해주고 싶었거든."

하스미는 그제야 선생님이 왜 그랬는지 알았다. 구마가이 선생님이 기묘하게 행동한 이유가 명쾌해졌다.

"하지만 너는 네가 그어놓은 선 안에서 나오지도 않았고 도무지 어떻게 사는지조차 보여주지 않았어. 내 긴 교사생활에서도 이런 경우는 처음이란다."

구마가이 선생님이 곁눈질로 하스미를 보았다. 하스미는 이유

없이 비난을 받은 듯해 반발했다.

"그렇지 않아요. 저는 선생님과 거리를 두지 않았어요."

"그래, 맞아. 너는 아침에 나를 만나면 먼저 인사하고, 대답도 정말 중학생인지 믿어지지 않을 정도로 잘하지. 교장선생님도 교감선생님도 너를 모범생이라고 말씀하시고. 그런데 말이지……."

구마가이 선생님은 팔짱을 꼈다.

"너와 이야기할 때면 인간의 감정이 전혀 느껴지지 않아. 너는 시험 정답처럼 상대가 바라는 대답만을 딱 골라서 하지. 하지만 네가 무엇을 원하는지, 어떻게 생각하는지는 전혀 드러내지 않아."

하스미는 구마가이 선생님이 자신을 어디까지 파악했는지 시험해 보고 싶었다.

"아니에요! 너무하세요. 전 그냥 감정을 잘 표현하지 못할 뿐이에요. 옛날부터 오해받기 일쑤였죠. 어른들은 아이답게 천진난만한 아이를 좋아하지만 그렇지 않은 애도 있어요."

"아니, 그렇지 않아."

구마가이는 고개를 저었다.

"난 그런 애들을 많이 안단다. 너는 그런 아이들과는 전혀 달라."

하스미는 굉장히 드물지만 자신의 본질을 직감으로 꿰뚫어보는 사람이 있다는 사실을 알았다. 그런 인간에게는 아무리 말을 돌려서 해도 통하지 않는다.

"그럼 저는 마음이 없는 괴물인가요?"

오히려 자조적으로 말해본다. 구마가이 선생님은 크게 고개를 저었다.

"설마. 그렇지 않아. 마음이 없는 사람은 없단다. 단지 너는 …… 자연스러운 감정이랄까, 다른 사람과 공감하는 능력이 조금 모자랄 뿐이야."

하스미는 눈썹을 찡그렸다.

"모자라다고요?"

나한테 그런 딱지가 붙게 되다니……. 불쾌했다.

"너 말이야, 이번에 일어난 일로 다른 애들이 크게 상처받은 건 모르지?"

"상처받았다고요? 하지만 딱히 다친 애들은 없었는데요?"

"몸이 아니라 마음을 말하는 거란다. 네가 꼭 알아줬으면 좋겠어. 인간에게는 감정이 있단다. 감정은 매우 부드럽고 상처받기 쉬워. 다른 사람의 마음에 상처를 주는 행위는 다른 사람의 몸을 다치게 하는 행위만큼 나쁜 짓이지. 아니 그 이상일지도 몰라."

구마가이 선생님은 갑자기 이쪽을 바라보더니 양손으로 하스미의 팔을 잡고 강하게 흔들었다. 찌그러진 안경 너머에서 눈물이 흘러내린다.

"너는 머리가 좋아. 내가 지금까지 봐온 어떤 학생보다 말이야.

그렇다면 알겠지? 이런 행동을 하면 사람은 상처받는다는 사실을 말이야. 이런 얘기를 하면 인간은 슬퍼하고, 이런 행동을 하면 사람은 마음에 무거운 짐을 진다는 사실을 너는 잘 알 거야. 선생님은 네가 그런 점을 진지하게 생각해주기를 바란단다."

구마가이 선생님이 절절하게 호소하는 말은 말라비틀어지고 점점 더 갈라져 가는 대지에 물이 스미듯 하스미의 마음에 확실히 침투했다.

그건 하나의 돌파구였다. 그때까지 하스미가 탐독한 수많은 심리학 전공서 내용이 드디어 유기적으로 맞아 떨어지는 느낌이었다. 인간의 마음에는 논리, 감정, 직감, 감각이라는 네 가지 기능이 있다. 그중에서 논리와 감정은 합리적 기능, 직감과 감각은 비합리적 기능이라고 불린다. 합리적 기능은 자극과 반응 사이에 명확한 인과관계가 성립하지만 비합리적 기능은 앞으로 어떻게 움직일지 예측하지 못한다.

즉, 감정의 이동에는 논리와 마찬가지로 법칙이 존재한다는 뜻이다. 인간의 감정은 타인에게 칭찬받고 싶다든가 인정받고 싶다는 기본적 욕구가 그 기초를 이루고, 무시당하거나 공격을 받았다고 생각하면 방어본능이 움직여 공격적으로 변한다. 그 반대로 상대가 호의를 보여주었을 때는 본인도 호의적인 반응을 한다. 요컨대 감정이 많이 결핍된 사람이라도 논리 능력이 아주 높으면 감정을 모방할 수 있다는 말이다.

우선 사람의 감정을 유형별로 수집해야 한다. 그리고 그 감정들이 어떤 상황에서 어떤 반응을 할지 예측하고 결과를 확인한다. 그 때마다 다른 부분을 수정한다. 그렇게 그 사람들과 똑같이 반응하는 유사한 감정을 마음속에서 키우면, 최종적으로는 진짜 감정과 구분하기 어려운 가짜 감정이 완성된다.

이 방법에는 두 가지 장점이 있다. 우선 다른 사람의 감정을 짐작해서 행동을 예측할 능력이 생긴다. 그리고 나도 그들과 같은 감정을 지닌 사람이라고 생각해서 상대방에게 경계심을 풀게 하고 상황에 따라서는 호의도 품게 한다.

하지만 다른 사람의 감정을 완벽하게 예측하는 것은 상당히 어렵다. 아무리 풍부한 공감 능력이 있는 사람이라도 그런 일은 불가능하다. 그래도 보통사람처럼 위장할 능력을 갖추기만 하면 충분한 이점이 있다.

구마가이 선생님이야말로 하스미를 현재의 완성된 모습으로 이끌어준 은사였다.

"선생님은 상대방의 마음을 생각하는 소중함을 가르쳐주셨습니다. 그것도 아이처럼 울면서요."

하스미는 그 자리에서 교묘하게 편집해서 꾸며낸 미담을 미즈오치에게 들려주었다.

"그렇군요. 저도 조금 감동했어요."

실제로 미즈오치의 눈에는 눈물이 맺혔다.

"구마가이 선생님은 지금도 학생들을 가르치고 계시나요?"

미즈오치의 물음에 하스미는 눈을 감았다.

"아니요. 유감스럽게도 돌아가셨습니다. 제가 졸업하기 전에요."

"그래요? 어쩌다 그렇게 좋은 선생님이…… 병이었나요?"

"사고였습니다. 정말 운이 나빴지요. 지금도 안타깝습니다."

그 이상은 이야기하기 싫다는 표정을 보이자 미즈오치는 미안하다고 사과했다. 하스미는 만족스럽게 보건실을 나왔다. 미즈오치 사토코는 이제 반은 넘어왔다. 지금까지 본능적으로 경계했는지 자신을 향해 날을 세우는 경향이 있었지만, 이번에 나눈 대화로 그 벽이 거의 사라졌다. 사람은 상대방과 접하는 시간이 길면 길수록 상대에게 호의를 느끼고 경계심을 풀게 된다. 대화를 나누면 그 과정은 더 빨라진다. 처음 만났을 때 상대방을 경계하는 사람일수록, 일단 한번 호의를 베풀면 떨어지는 물처럼 빠르게 친해진다.

미즈오치 사토코는 심리학 전문가인 상담교사지만 하스미는 속마음을 들킬까봐 걱정하지 않았다. 지금까지의 경험을 토대로 볼 때 심리학자만큼 속이기 쉬운 족속은 없다.

예를 들어 19세기 말에는 엉터리 영적 능력자가 창궐했는데 당시 이름난 물리학자들은 아주 간단하게 속아 넘어가는 반면에,

기술사奇術師인 해리 후디니는 멋지게 그 트릭을 알아냈던 것과 같다. 요컨대 학자는 자각하지 못한 채로 성선설을 믿기 때문에 악의를 가지고 속이려는 상대방에게는 봉이라는 이야기다. 대상과 관찰자가 뚜렷하게 구분된 일반 자연과학과 달리, 심리학자나 상담사는 피실험자와 마주할 때 상대방과의 관계가 매우 가깝다.

하스미는 소설가 미시마 유키오의 심리분석 책을 읽고 배를 잡고 폭소한 적이 있다. 아직 미시마 유키오가 자결하기 전에 쓴 책이었다. 많은 심리학자가 미시마 유키오와 대화를 나누며 그를 분석했는데 전부 미시마 유키오의 지성과 강렬한 개성에 압도되어 체계적으로 분석하지 못했다고 한다. 개중에는 '미시마 유키오는 매우 훌륭한 사람이다'라고 초등학생 작문 같은 감상을 적은 심리학자도 있었다. 그 글을 읽고 웃음이 멈추지 않아 도서관 사서에게 주의를 받을 정도였다.

회의를 할 때 항상 두려움과 경계심을 품은 사람은 범죄심리학자나 범죄심리분석가 정도다. 상대의 정체를 알지 못하면서 자기가 먼저 공감하려고 하는 상담사는 바이러스 방어 프로그램이나 방화벽도 없이 위험 사이트에 접속하려는 컴퓨터와 같다.

"하스미 선생님, 꽤 기분이 좋아 보이네?"

어디에서 왔는지 다우라 준코가 단도직입적으로 묻는다.

"아니. 기요타 리나 일이 신경 쓰였는데 미즈오치 선생님과 상담하고 나니 짐이 조금 가벼워진 기분이어서 말이야."

하스미는 어디까지나 건전하게 대응한다.

"흐음. 하지만 그렇게 순진한 애한테 나쁜 짓 하면 가만 안 둘 거야."

다우라의 웃음 속에는 시퍼런 칼이 숨겨진 듯하다. 그녀가 말하는 순진한 애가 기요타 리나가 아니라는 사실은 분명하다.

"농담이지? 나 같은 순수한 교사한테 할 말은 아니잖아?"

하스미는 매력적으로 미소를 지어 보이며, 방패로 추적을 막듯이 웃어 넘겼다.

하스미는 어린 시절을 떠올리면 갑자기 자신이 지구라는 모르는 행성에 버려진 우주생물 같은 기분이 들었다. 운동능력의 발달은 지극히 표준이었지만, 지능은 웩슬러의 정의 '개인이 목적에 맞게 활동하고 합리적으로 사고하며 자신을 둘러싼 환경을 효과적으로 처리하는 종합 능력'에 맞춰보면 누가 봐도 천재였다.

하스미는 아기였을 때 보고 듣는 모든 것이 새로워서 주변에 흥미를 가지고 탐욕스럽게 지식을 흡수했다. 처음에는 관찰하고 건드려 보고 어떻게 움직이는지 조사했고 마지막에는 파괴했다. 그때 집안은 처참한 상황이 자주 재현되었으나 부모님은 하나뿐인 아들의 끝없는 탐구심을 채워주기 위해 한 번도 혼내지 않았다.

아버지 하스미 요시오는 내과 전문의였고 개인병원을 운영했다. 그는 일찍부터 하스미의 높은 지능에 주목하며 하늘이 준 능력을 키우기 위해서라면 노력과 비용을 아까워하지 않았다. 어머니 게이코는 외동아들에게 무조건 애정을 쏟았다. 머리가 좋은 아이라 좋은 교육을 시키고 싶어 했지만, 반드시 사회적 성공이 중요하다고 생각하지는 않았다. 무엇보다 자식이 행복한 인생을 살도록 도와주는 것이 부모의 책임이라고 말하는 사람이었다.

하스미는 부모님의 보살핌 아래 무럭무럭 자라며 나이에 어울리지 않는 놀라운 지적 능력을 발휘했다. 그런데 하스미가 네 살이 되었을 때 아버지 요시오는 한 가지 사실에 신경이 쓰이기 시작했다. 높은 지능을 가진 하스미가 공감 능력은 매우 낮았기 때문이다.

동네 아이들과 노는 모습을 관찰하다 보면 그런 생각이 드는 작은 사건을 종종 접하곤 했다. 한번은 깨진 유리병 조각이 모래밭에 묻혀 있어서 하스미가 손을 베일 뻔했다. 하지만 그는 자기 손이 괜찮은지 확인했을 뿐 그 유리조각을 치우려고 하지 않았다. 먼 곳에서 바라보던 요시오는 그것이 유리조각인 줄 몰랐으나 나중에 하스미의 친구가 아무 생각 없이 그곳에 손을 집어넣었다가 손가락 아랫부분을 크게 베인 것을 보고 알았다.

하스미는 부주의해서 유리조각을 놓아둔 것이 아니었다. 하스미는 손을 다친 친구가 흙 속에 손을 집어넣으려 할 때 흥미진진한 듯 그 장면을 살펴보았다.

그렇게 생각하니 하스미에게는 어렸을 때부터 이상한 점이 있었다. 보통 부모가 웃으면 아기는 그 모습을 흉내 내어 웃는다. 하지만 하스미는 그렇게 반응한 적이 한 번도 없었다. 단지 재미있다는 듯이 지그시 부모의 얼굴을 바라볼 뿐이었다. 그것이 이상하다고 생각하지 않았던 이유는 하스미의 이목구비가 매우 사랑스러워서였다. 천사 같다는 소리는 자주 들었지만 웃음이 없다는 것을 이상하게 여긴 사람은 없었다.

아버지가 자기를 관찰한다는 사실을 하스미는 훨씬 나중에 알았다. 아버지가 몇십 년 동안 써온 일기를 보고서 말이다. 일기는 서재에 꽂힌 의학서적 뒤쪽에 숨겨져 있었는데, 하스미가 보기에 그건 숨긴 것도 아니었다.

공감 능력 결핍에 대해서는 하스미 자신도 고민했다. 자신은 항상 논리적으로 행동하는데 어째서인지 주위 아이들과 이해하지 못할 충돌이 일어났다. 의사소통 능력이 때때로 완력이나 두뇌 이상으로 효과가 높다는 사실을 이때 깨달았다. 자신을 귀여워하던 유치원 선생님을 통해 웃는 표정의 중요함을 배워 열심히 연습한 시기도 마침 이때였다. 그럴 마음만 들면 단순한 반 친구들을 내 뜻대로 조종하기도 식은 죽 먹기였다.

그러나 그 나이 또래의 남자아이들 사이에서 모든 문제를 대화로 해결하기는 어렵다. 폭력에 폭력으로 대응하지 않으면 따돌림의 대상으로 전락한다. 하스미의 체격이나 근력은 표준이었지만 어떻게 하면 이길지를 냉정하게 계산하면서 싸운 덕분에, 닭싸움 같은 아이들 싸움이지만 서열은 상위권에 속했다.

체격 차이가 많이 나는 아이에게는 통하지 않기도 한다. 당시 유치원 같은 반에 마사루라는 아이가 있었다. 하스미는 다른 아이들보다 체중이 배 이상 나가는 몸으로 아이들을 괴롭히며 대장으로 군림하는 그 아이가 불쾌하기 그지없었다. 한번 제대로 손을 봐줘서 겁을 먹게 하면 두 번 다시 반항하지 않게 된다는 사실은 알았지만, 그러기에는 그 아이의 덩치가 너무 컸다. 공평하게 싸워 봤자 아무런 의미가 없다. 이제껏 버거운 아이를 상대할 때는 가끔 손 안에 숨길 수 있는 직접 만든 흉기를 사용해 이겨왔지만 이번에는 그렇게 해도 이긴다는 보장이 없었다.

한 가지 계획을 세운 하스미는 마사루가 가장 좋아하는 푸딩이 급식 디저트로 나오는 날을 기다렸다. 마사루가 자주 괴롭히는 아이들과 미리 짜고는 푸딩을 별로 좋아하지 않는 아이들에게 선생님의 눈을 피해서 몰래 마사루에게 푸딩을 주라고 시켰다. 다른 아이 몫의 푸딩까지 받아 기뻐하던 마사루는 평소보다 한층 더 게걸스럽게, 위가 가득 차서 목까지 올라올 만큼 푸딩을 먹어댔다.

급식을 다 먹고 낮잠을 자는 시간이 기습공격을 할 기회였다. 하스미는 선생님이 나가기를 기다렸다가 느닷없이 마사루를 습격했다. 말다툼하는 시간을 다 생략하고 마사루의 얼굴 정면을 하모니카로 힘껏 때렸다.

하스미는 마치 술래잡기라도 하듯이 도망쳤다. 울부짖으면서 하스미를 잡으려고 쫓아가던 마사루가 갑자기 멈춰 섰다. 위장에서 복병인 대량의 푸딩이 흘러나오기 시작했기 때문이다.

하스미는 일단 신발장에 가서 구두를 신고 와서는 바닥에 무릎을 꿇고 토하는 마사루에게 다가가 집요하게 급소만을 노려 열 몇 번을 발로 걷어찼다. 시끄러운 소리를 들은 선생님들이 당황하며 달려왔을 때 마사루는 자신이 토한 푸딩으로 범벅이 되어 거의 움직이지 못하는 상태였다. 하스미 입장에서는 유쾌한 사건의 범주였지만, 그 여파는 그렇지 않았다.

왜 싸웠냐는 물음에 하스미는 미리 준비한대로 대답했다. 마사루가 다른 아이들의 푸딩을 억지로 빼앗으려고 해서 항의하다가 싸우게 됐다는 이야기였다. 나름대로 앞뒤가 맞는 내용이고, 마사루가 푸딩을 많이 먹은 사실은 토사물을 보면 명확하므로 선생님은 믿을 수밖에 없다. 한편 마사루는 아무 이유 없이 하스미가 먼저 때렸다는 거의 믿기 어려운 말밖에 하지 못했고, 다른 아이들은 대체 무슨 일이 일어났는지 잘 모르는 상황이었다.

이걸로 속일 수 있다고 생각했는데 어른은 그렇게 쉽게 넘어오지 않았다. 당연하지만 하스미가 일방적으로 상대방을 때렸다는 사실은 명백했고, 이유 없이 신발을 구두로 갈아 신었다는 점도 의혹의 눈초리를 사는 원인이 되었다. 거기다 한 아이가 하스미가 시켜서 마사루에게 푸딩을 주었다고 증언까지 했다. 치명타였다.

하스미는 엄마와 함께 아동상담소에 갔다. 그곳에서 태어나서 처음으로 심리 테스트를 받았다. 잉크 얼룩으로 만든 좌우대칭 그림을 보고 무엇으로 보이는지 대답하는 로르샤흐 검사, 연극의 한 장면을 옮겨 놓은 듯한 그림을 보고 이야기를 만드는 TAT, 자유롭게 나무 그림을 그리는 나무 테스트. 다음부터는 익숙해졌다.

일반적으로 아무리 아이큐가 높은 아이라도 테스트의 배경까지 짐작하지는 않지만 하스미는 진짜로 천재였기에 바로 이렇게 생각했다.

그들은 도대체 왜 이런 쓸모없는 테스트를 하려고 할까. 그들의 진짜 목적은 무엇일까. 이 테스트에 솔직하게 대답하면 안 될지도 몰라.

교문을 나왔을 때 한 남자의 모습이 보여 가타기리 레이카는 미간을 찡그렸다. 마흔 살 정도인가? 앞머리가 별로 없고 검은색 고케시 인형*처럼 생긴 남자였다. 전자상가 로고가 새겨진 점퍼

* 일본 도호쿠 지역의 특산품. 동그란 얼굴에 팔다리가 없는 원기둥 모양의 몸통으로 이루어진 목제 인형이다.

를 연상하게 하는 얄팍한 소재의 윈드브레이커를 입고 하교하는 학생들을 바라본다. 학생들은 누군가의 아버지라고 생각하며 흘끗 남자를 보더니 금세 흥미를 잃고 지나갔다.

아니. 학생의 아버지가 아니야, 가타기리는 직감했다. 자기 딸이나 아들을 찾으려는 눈이 아니다. 저 눈은 무언가를 수색하는 눈이다. 변태일지도 몰라. 학교에 가서 선생님을 모시고 오자고 생각했을 때 하야미 게이스케가 나타났다.

"여기서 뭐해?"

하야미는 교문 앞에 서서 바깥을 살피는 가타기리를 보고 갸우뚱거렸다.

"저기 이상한 사람이 있어."

"이상한 사람? 치한 말이야?"

하야미는 따분함이 단번에 날아갔다는 얼굴로 당당하게 나가더니 "으악, 위험해!" 하고 중얼거리며 돌아오려고 했다.

"야! 하야미!"

그때 남자가 멀리서 하야미를 바로 알아보고 불러세웠다.

"누구야? 아는 사람이야?"

가타기리가 안심하고 물었다.

"아는 사람이라고 해야 할지……."

하야미는 정말 싫은 내색이었다.

"하야미! 마침 잘 만났다. 그래, 너 여기 학생이었지."

남자는 다가오더니 뜻밖에 인간성 좋게 인사했다. 가타기리는 이상하다고 생각했다. 하야미를 찾아온 게 아닌 모양이다.

"뭐 좀 알려줬으면 좋겠는데."

"할 말 없어요!"

하야미는 반항적으로 말한다.

"에이, 그러지 말고."

남자가 웃으면서 하야미를 쓰다듬는다.

"너 지금 2학년이지? 기요타 리나랑 같은 반이냐?"

"아니요."

하야미는 쌀쌀맞게 군다.

"만난 적도 없고, 이야기한 적도 없어요. 어떤 앤지 전혀 몰라요."

"저기…… 전 기요타 리나랑 같은 반인데요."

가타기리는 무심코 앞에 나가서 말했다.

"아, 그래? 그럼 네가 말해줄래?"

남자 얼굴이 단번에 밝아진다. 반대로 하야미는 굳은 표정으로 가타기리를 본다.

"난 생활안전과의 시모즈루라고 해."

남자는 씩 웃으면서 자기소개를 했다. 익숙하지 않은 부서명이라서 가타기리는 그가 시청에서 온 사람이라고 생각했다. 이름을 밝힌 시모즈루라는 남자는 어딜 어떻게 봐도 경찰로는 보이지 않았다.

"얼추 다 됐다. 이것저것 알려줘서 고마워."

시모즈루 형사(생활안전과면서도 형사라고 하는 듯하다)는 언뜻 보면 평범하게 보이는 차로 마치다역까지 두 사람을 바래다주고는 손을 흔들며 사라졌다.

"너 말이야, 왜 쓸데없이 같은 반이라고 말한 거야? 나까지 엮었잖아."

하야미가 걸으면서 이래저래 불평을 한다.

"근데 왜 일부러 학교까지 와서 기요타에 대해 물어봤을까?"

가타기리는 이해하지 못했다.

"그야 기요타가 범인이라고 생각해서 그렇겠지."

하야미는 당연하다는 듯 말했다.

"뭐? 대체 왜?"

"나도 몰라. 뭔가 이상하지도 않냐. 애초에 생활안전과에서 왔다는 자체가 말이 안 되지."

"무슨 말 하는지 모르겠거든?"

가타기리는 에스컬레이터를 타면서 멍하니 물었다.

"방화는 보통 형사과에서 취급해. 생활안전과에서 사람이 나온 이유는 소년범죄일 가능성을 점쳐서야."

가타기리는 곁눈질로 잠시 하야미를 본다.

"왜?"

"시모즈루 형사가 너를 잘 아는 눈치더라? 게다가 뭐라고 했지? 그래, 생활안전과라고 했어. 생활안전과라…… 학교 생활지도부랑 아주 비슷한 이름이잖아?"

"아냐, 아니라고."

하야미는 아픈 곳을 찔렸을 때 하는 습관대로 웃는다.

"클럽에서 노는 와중에 주변에서 일이 좀 생겨서 나한테 사정을 들으러 온 적이 있을 뿐이야. 내가 일을 친 게 아니라고."

"그 좀 생겼다는 일이 뭔데?"

"대마초인가 뭔가를 피우는 녀석이 있었나 봐."

어째서인지 하야미가 자신과 눈을 맞추지 않는다. 둘은 에스컬레이터를 내려서 걷기 시작했다.

"그보다 이 사건 뭔가 냄새가 나지 않아?"

시대극에서 나올 법한 대사다.

"화재 사건이라면 당연히 냄새가 나지."

가타기리는 지나가는 말처럼 농담을 해보았다.

"아니 그거 말고. 죽은 기요타의 아버지가 유명한 갑질 학부모였다고 하더라고. 몇 번이나 학교에 와서 화를 냈대."

"그래서?"

"상담한 사람은 너희 반 담임이잖아?"

가타기리는 기가 찼다.

"너 지금 하스미 선생님이 기요타 집에 불을 질렀다고 말하는 거야? 아무리 그래도 그럴 리가 없잖아."

"나도 그렇게 생각했는데……."

하야미는 가는 턱 끝에 자란 수염을 쓰다듬었다.

"사실 오늘 엄청난 걸 발견했거든."

하야미는 개찰구 앞에 멈춰서 가방 안에서 휴대전화와 무전기처럼 생긴 기계를 꺼냈다.

"그거 뭐야?"

"도청탐지기야."

하야미가 자랑스레 말한다.

"아직도 그런 짓을 해? 저번에 수상한 전파는 없다고 말했잖아?"

휴대전화가 터지지 않아 커닝에 실패한 뒤, 하야미는 도청탐지기를 몰래 가지고 다니면서 학교 안을 구석구석 돌아다녔다. 하지만 어디에서도 도청전파는 잡히지 않았다.

"그랬지. 그런데 오늘은 삐삐 하고 반응이 왔단 말이야."

"진짜?"

"그래서 어디에서 전파가 나오는지 밝혀내려고 하니까 갑자기 뚝 멈췄어. 원래 안 그러잖아?"

"그게 무슨 말이야?"

개찰구 앞에서 열심히 대화하는 둘의 모습을 다른 사람이 보면 사귀는 사이인 줄 알겠다고 가타기리는 생각했다.

“도청기는 확실히 있어. 하지만 항상 전파가 나오는 게 아니야. 목소리에 반응하는 구조이거나 주인이 필요할 때만 작동하는 모델일지도 몰라.”

하야미는 히죽 웃었다.

“어쨌든 반드시 찾아주겠어. 전파를 잡으면 끈기 있게 서서히 장소를 좁혀나가면 되니까. 그런데 만약 학교에서 도청기가 발견되면 커닝이랑은 비교도 안 될 만큼 큰 소동이 일어나겠지?”

“늦어서 죄송합니다. ESS가 늦게 끝나는 바람에 이렇게 됐네요.”

하스미는 래빗펀치 음식점 안을 살펴보고 가장 안쪽에 자리 잡은 사나다에게 말했다. 오늘도 손님의 절반은 신코 마치다 고등학교 교사다.

“괜찮습니다. 저야말로 갑자기 불러내서 죄송합니다.”

사나다는 정중하게 일어나서 하스미를 맞는다. 얼굴색을 보아하니 먼저 술을 마시고 있던 모양이다.

“불러내시지 않아도 어차피 여기는 늘 오는 곳인데요, 뭐.”

이야기를 들은 동료 교사들이 웃어댄다. 하스미가 앉자 아무 말도 하지 않았는데 직원이 잘게 간 얼음을 넣은 잔과 물수건을 가져왔다. 사나다가 고구마 소주를 졸졸 따라서 하스미가 마실 온더록스를 만들었다.

"그렇지만 하스미 선생님 댁과는 반대 방향이니까 댁에 돌아가시는 길에 들를 위치는 아니지 않습니까."

"그렇기는 합니다만 집에 가서 혼자 취하면 별로 재미가 없거든요. 아무래도 여기는 마음의 오아시스니까요."

하스미는 지나가는 여자 직원을 보며 웃으면서 말했다. 토끼귀를 단 여자는 얼굴 가득 미소를 지었다.

"사나다 선생님. 차는 어떻게 하셨습니까?"

"여기 주차장에 세워뒀습니다. 내일 아침까지 주차해도 된다니까 오늘은 전철로 가려고요."

사나다가 재킷 주머니에서 마쓰다 RX-8의 열쇠를 들어서 보여준다. 작년에 음주운전을 하다가 검문에 걸리는 바람에 경찰과 학교 측으로부터 크게 야단을 맞아서 질린 모양이다.

"그런데 상담하고 싶은 게 뭡니까?"

하스미는 잡담을 조금 나눈 뒤 본론을 물었다. 그때까지 웃고 있던 사나다가 갑자기 심각해졌다.

"아무에게도 말씀하시면 안 됩니다."

"당연하죠. 게다가 이 자리는 비밀 좌석이니까요."

하스미는 농담을 섞어서 말했다. 래빗펀치 음식점 안은 많이 시끄러웠기 때문에 조용하게만 대화한다면 누가 들을 염려는 없었다.

"실은 2학년 여학생이 선생님과 불순한 관계를 맺은 듯합니다."

방심한 사이에 기습 공격을 받아 충격을 받은 하스미는 일부러 그 감정을 그대로 드러냈다.

"정말입니까?"

"네. 한 학생한테 들었는데 이미 소문이 많이 퍼졌어요."

사나다도 하스미만큼이나 인기가 많았고, 자신이 담당하는 3반과 테니스부를 중심으로 자기 정보 네트워크를 갖고 있다. 확신하는 말투인데 과연 어디까지 파악했을까.

"그 여학생과 선생님은 누구인가요?"

"그게……. 아직 잘 모르겠습니다."

시치미를 떼고서 하스미의 반응을 살펴보려는 속셈은 아닌 듯하다. 하스미는 사나다의 표정을 관찰하고 안심했다.

"그런데 그 여자애가 아무래도 4반 학생 같습니다."

어쩌면 다른 학생일지도 모른다고 생각했지만 4반 이야기라면 야스하라를 가리키는 것으로 보인다. 야스하라 말고 교사와 관계를 맺는 학생이 있다면 내가 모를 리가 없다.

"4반의 누구라고 짐작하시나요?"

"죄송하지만 그것까지는 모르겠습니다. 다만 짐작 가는 선생님은 있습니다."

놀라운 고발이었다. 하지만 이번에는 마음의 준비를 했으므로 하스미는 조금도 동요하지 않았다. 잔을 들어 입에 가져다 대면서 조용히 사나다의 얼굴을 본다.

"누구입니까?"

"미술 담당이신 구메 선생님입니다."

하스미는 입에 든 술을 뿜을 뻔했다.

"정말입니까?"

"네, 분명합니다."

사나다는 진지함 그 자체였다.

"4반 여학생이 선생님과 관계를 맺었다는 말은 본인이 직접 했다고 하더군요. 그 학생이 누구인지는 저에게 알려준 학생도 입을 꾹 다물고 말하지 않았지만요."

그 학생이 이름을 알려주지 않은 이유는 아마 야스하라가 무서워서겠지. 그런 이야기를 줄줄 늘어놓다니 야스하라는 대체 무슨 생각이지? 하스미는 몹시 불쾌했다. 여자들이 친구에게 때때로 터무니없는 이야기까지 털어놓는다는 사실은 알고 있었지만 말이다.

"그 이야기를 들었을 때는 솔직히 저도 반신반의했습니다. 실제로 듣긴 했지만 단순한 괴담이라고 생각했습니다. 그런데 이번에는 목격한 사람이 나왔어요!"

사나다는 얼굴을 더 가까이 댔다.

"목격이라면? 구메 선생님과 그 여학생 말입니까?"

"아뇨. 그 애도 구메 선생님도 보지 못했지만, 그 4반 여자애가 자동차에서 내리는 모습을 봤답니다. 그 차가 다른 것도 아니고 검은색 포르셰였다고 하고요."

하스미는 팔짱을 꼈다. 도대체 어디에서 들켰을까. 주의를 기울이지 못한 것은 틀림없다.

"그러고 보니 구메 선생님이 평소에 검은색 포르셰를 탄다는 소문을 들은 적이 있군요."

"맞습니다. 사실 저도 오늘 아침에 알았어요. 아무리 생각해 봐도 그 선생님 말고는 우리 학교에서 검은색 포르셰를 탈 사람이 없지 않습니까?"

사나다가 학생과 관계를 맺은 교사를 구메라고 점찍은 것은 행운이다. 구메가 세심하게 주의를 기울여서 본인이 게이라는 사실을 감춘 덕분이다. 그러나 여기에서 잘못 대처하면 일자리를 놓치게 될지도 모른다. 어떻게 하는 것이 최선일까? 하스미는 천천히 잔을 입으로 가져갔다.

"사나다 선생님. 이 문제 잠시 저에게 맡겨주시겠습니까?"

곰곰이 생각한 끝에 하스미는 그렇게 말했다.

"우선 4반 학생들한테 넌지시 물어봐서 그 여학생이 누구인지 밝혀내야죠. 그리고 그 아이와 이야기해 보고 싶습니다."

"그보다는 구메 선생님을 직접 만나는 편이 더 빠르지 않겠습니까?"

사나다는 약간 불만인 듯했다. 말투가 꽤 이상해졌다.

"아닙니다. 무엇보다 그 학생을 먼저 생각해야 합니다. 누구인지 모르는 상태에서는 섣불리 움직이지 못합니다. 만약 그 학생이 기요타 리나라면 어떻게 합니까? 화재 사건으로 마음에 상처를 받은 직후입니다. 괜한 추궁은 하지 말아야 합니다."

"그건 그렇군요. 제 생각이 조금 짧았습니다."

사나다는 자꾸 고개를 끄덕였다. 하스미의 이야기가 많이 이상하지만 술기운이 올라온 탓인지 제대로 된 사고를 하지 못하는 눈치다.

"저한테 먼저 얘기해주셔서 다행입니다. 사나다 선생님, 정말 감사합니다."

"아니요. 뭐 그런 걸로. 아무래도 하스미 선생님이 맡아야죠. 생활지도부시고, 또 담임선생님이시니까요."

하스미는 사나다의 잔에 소주를 부어 병을 비웠다.

"자! 오늘 밤은 미친 듯 마십시다. 답례로 제가 사겠습니다."

하스미는 여자 직원을 불러 가게 이름이기도 한 래빗펀치라는 오리지널 칵테일을 주문했다.

"괜찮으세요?"

여자 직원이 조금 걱정스럽다는 듯이 사나다를 보았다. 이제 거의 성공이다.

"우리도 가끔은 다 잊어버리고 취하고 싶거든요. 괜찮으니까 신경 쓰지 마세요. 제가 바래다줄 테니까요."

하스미는 그렇게 말하며 여자 직원을 안심시켰다. 하스미가 술에 굉장히 강하다는 사실은 이 가게에서 유명하다. 바로 나온 칵테일은 애플 스냅스를 바탕으로 보드카와 바나나주스를 섞어 만든 것이다. 맛이 좋아서 여성들도 즐겨 마신다. 하지만 알코올 도수가 매우 높은 칵테일이라 그 효과가 장난이 아니다. 한두 잔이면 인사불성이 되고 다음 날 아침에는 래빗펀치*를 맞은 듯한 두통에 시달린다.

하스미는 이 칵테일에 조미료를 첨가하기로 했다. 사나다가 화장실에 간 틈을 노려서 항상 가방에 넣어두는 수면제를 꺼내 가루로 으깼다. 그것을 사나다의 칵테일에 섞었다. 최음제로 악명 높은 플루니트라제팜은 알코올과 함께 사용하면 몇 배의 효과를 낸다. 투여된 사람은 잠에 빠질 뿐만 아니라 그 앞뒤의 기억을 잃는다.

여성이라면 래빗펀치 같은 칵테일이 나올 때 조금 경계하겠지만, 사나다는 아무 의심 없이 맛 좋은 칵테일을 마셔버렸다. 그리고 금세 심하게 취하고 말았다. 하스미는 계산을 마치고 사나다가 완전히 의식을 잃기 전에 어깨로 받치면서 가게를 나왔다. 여기까지는 누가 목격하든 상관없다.

시계를 보니 밤 9시 40분이었다. 지금이라면 아직 되돌릴 수 있다. 즉석으로 짠 계획을 실행할지 말지 하스미는 다시 검토했

* 가게 이름과 권투 기술 이름, 칵테일 이름이 같다.

다. 하지만 아무리 생각해도 결론은 같았다. 기회는 지금뿐이다.

사나다 선생님은 조만간 여학생과 부적절한 관계를 맺은 사람이 구메가 아니라는 사실을 알게 된다. 그러면 정의감이 투철한 이 남자는 분명히 진실을 밝혀내려고 할 터다. 그전에 이 남자가 학교를 그만두게 만들어야 한다.

신코 마치다 고등학교로서는 놓치기 아쉬운 인재이지만 학생들의 인기를 나눠 갖는 교사는 없어도 되고, 미즈오치 사토코에게 새치기를 한 사실만으로도 충분히 징계해고를 받을 만하다.

하스미는 주위의 이목을 끌지 않으려고 노력하면서 래빗펀치의 주차장으로 갔다. 음주 운전자를 향한 세간의 눈이 엄격해진 요즘은 술집 주차장을 의혹의 눈으로 볼지도 모른다. 하지만 실제로는 이곳에 차를 대고 한 잔 마신 다음 전철로 귀가하는 것이 교사들의 수법이었다.

다행히 보는 사람은 없었다. 하스미는 노란색 RX-8 앞 땅바닥에 사나다를 앉혔다. 등 전체를 문에 기대게 한 뒤 재킷 주머니에서 차 키를 꺼낸다. 뒷좌석의 여닫이문을 열고 사나다를 옆으로 눕힌다. 이미 술에 취한 상태를 넘어 수면 상태에 빠졌다. 좌석에서 떨어지지 않도록 벨트로 고정했다.

지금부터가 계획 중 가장 위험한 부분이다. 아무리 알코올에 내성이 있다고 해도 하스미는 취한 상태다. 음주 검문에 걸리기라도 하면 한 방에 실패한다.

하스미는 운전석에 앉아 주변을 살피면서 신중하게 자동차를 출발시킨다. 그렇지 않아도 눈에 띄는 차다. 다른 사람의 인상에 남을 만한 행동은 가능한 한 피해야 한다. 뒷좌석에 사람이 있었다는 증언이 나오면 계획은 무사히 끝나지 않는다.

RX-8은 도중에 검문을 만나 멈추는 일 없이 역 앞 번화가를 지나 서북 방향 47번 도로로 진입했다. 목적지는 신코 마치다 고등학교다. 어두운 도로를 지나 빨강이나 노랑으로 빛나는 신호등 불빛을 보는 사이에 뜬금없이 과거의 영상이 떠올랐다. 오늘은 이상하게 옛날 기억이 자주 떠오른다. 그 기억들이 또 다른 과거를 떠올리게 하는지도 모른다.

처음에 나타난 영상은 놀라움과 고통으로 일그러진 중년여성의 얼굴이었다. 구즈하라 이쓰코였다. 하스미 세이지가 초등학교 2학년이었을 때 담임선생님이었다.

하스미는 모범생이었기에 교사를 번거롭게 하지 않았지만 어째서인지 구즈하라 선생님에게는 배척 받았다. 구즈하라는 하스미의 가면 속에 감춰진 본질을 꿰뚫을 정도로 날카로운 안목을 가진 사람은 아니었다. 병적으로 좋고 싫음이 확실해서 '애답지 않은' 아이가 싫었을 뿐이다. 나이에 비해 영리한 아이나 어른스러운 대답을 하는 아이를 보면 불쾌하다고 공언할 정도였다.

마음에 드는 학생이라면 대놓고 편애하고, 싫어하는 학생은 히

스테릭하게 괴롭혔다. 구즈하라에게는 고개를 숙여야 하는 사람이 없는 환경에 놓이면 권력에 취하고 분노에 중독되어 자신의 행동을 자제하지 못한다는 위험한 습성이 있었다. 목표로 삼은 아이를 철저하게 굴복시키지 않고는 못 견디는 성격이어서 언어 폭력뿐만 아니라 물리적인 폭력을 휘두르는 경우도 다반사였다.

어린 학생밖에 없는 교실 안에서는 누구도 구즈하라를 말리지 못했다. 그녀는 밀실 안의 독재자였다. 대부분의 학생은 체벌과 구즈하라의 이상할 정도의 격노에 위축되어 부모에게도 말하지 못했다. 하지만 하스미에게는 이렇다 할 이유도 없이 볼이 부어오를 정도로 맞고도 참을 이유가 없었다.

바로 교장실에 가서 상황을 해결해달라고 항의했다. 교장은 그때는 하스미의 이야기에 동의했지만 문제 교사를 지도하려는 열의도 능력도 없는 인물이라 구즈하라가 그런 적이 없다고 말하면 자기에게 그런 말을 한 학생이 있었다고 말할 뿐이었다.

이 사건이 구즈하라의 복수심에 불을 지피는 원인이 되었다. 그 뒤로 하스미를 향한 음험한 괴롭힘이 시작되었다. 조금이라도 잘못을 발견하면 치근치근 말로 공격하고, 마지막에는 자기 이야기에 자기가 흥분해 폭력을 휘두르는 것이 일상이었다. 부모에게 도움을 요청하면 처리해 주겠지만 구즈하라가 제대로 처벌받지 않는 어중간한 결말은 재미없다. 하스미는 스스로 해결하기로 결심했다.

먼저 필통에서 목적에 가장 적합한 연필을 찾았다. 적당한 길이는 물론이거니와 굳기도 단단해야 한다. 안전성을 생각하면 반대쪽에 지우개가 달린 연필이 가장 좋다. 딱 맞는 연필 한 자루를 찾아서 연필깎이와 칼로 예쁘게 깎았다. 작업이 즐겁다 보니 자연스럽게 콧노래가 나왔다.

다음 날 수업시간에 구즈하라는 바로 하스미를 불렀다. 쉽게 맞힐 만한 질문이었지만 하스미는 일부러 틀리게 말했다. 구즈하라는 드디어 꼬투리를 잡았다는 듯 콧구멍을 벌렁거리며 하스미의 앞에 와서 보란 듯이 하스미를 혼냈다. 하스미는 절대 대답하지 않고 반항적으로 옅은 웃음을 지으면서 구즈하라를 봤다.

이 불경한 태도를 본 구즈하라는 눈앞이 아찔해질 정도로 화가 났다. 몸을 부르르 떨더니 이를 가는 모습이 흡사 성적으로 흥분한 사람 같았다. 왼손잡이인 그녀는 테니스 기술 스매시처럼 크게 왼손을 들어 올려서 힘껏 하스미의 얼굴을 때리려고 했다.

하스미는 몇 번이나 반복해서 연습한 동작으로 대응했다. 구즈하라의 왼손이 그리는 궤도도, 볼에 닿는 위치도 확실히 머리에 넣어두었다. 하스미는 그저 아이답게 반사적으로 오른손을 들어 자기 오른뺨을 막았을 뿐이다. 갑작스레 일어난 일이었기에 연필을 든 채 손을 들어 올렸을 따름이다. 하스미를 향해 날아오는 구즈하라의 왼손과 거꾸로 쥔 연필은 어쩌다 보니 정확하게 직각으로 만나버렸다. 그것도 송곳처럼 뾰족하게 다듬은 6H 연필의심 부분과 말이다.

구즈하라는 순간 무슨 일이 일어났는지 모르는 듯했다. 그리고 왼손을 보고 놀람과 고통으로 괴로워했다. 손을 관통한 연필심이 손등으로 삐져나왔다.

구즈하라의 끝없는 절규에 교실이 비명 천지로 변했다. 바닥에 쓰러진 하스미가 흘린 웃음소리는 아무도 듣지 못했으리라. 구즈하라의 반응이 재미있었고, 꼭 만화처럼 생각한 대로 결말이 났기에 아무리 참으려고 해도 웃음이 새어 나왔다.

그 후 사건은 하스미가 기대한 대로 움직였다. 어떤 때라도 시종일관 무사안일주의자인 교장은 일이 더 커지지 않게끔 처리했다. 명백히 불행한 사고였고, 순간 얼굴을 감싸려고 했을 뿐인 초등학교 2학년 남자아이를 혼낼 상황도 아니었다. 오히려 이 사건을 계기로 학교 육성회에서 불합리한 체벌을 자행한 구즈하라를 향한 비난 여론이 일어났을 정도였다.

구즈하라는 병가를 냈고, 그동안 가와즈 미사코가 담임을 맡게 되었다. 같은 여자 교사지만 가와즈 선생님은 친절하고 공평한 성격이었기에 학생들은 열렬하게 환영했다.

손과 마음에 입은 상처가 다 나으면 다시 구즈하라가 담임을 맡게 된다. 하스미는 생각했다. 그전에 반 아이들의 마음을 메시지로 만들어 구즈하라에게 보내는 편이 좋지 않을까?

하스미는 집에 있던 낡은 워크맨을 꺼냈다. 그리고 교실에서 반 아이들의 대화를 부지런히 녹음하기 시작했다. 반 아이들은 모두(그녀가 편애하던 아이들마저) 구즈하라를 싫어했기에 일부러 대화를 유도하지 않아도 '쓰레기'를 욕하는 소리는 빨리 모였다. '인간쓰레기', '죽어라', '죽었어야 했는데', '얼굴이 싫어', '성격도 거지', '마귀할멈', '할망구' 같은 쓸데없는 소리였지만 출석번호 순으로 모든 소리를 나열했더니 꽤 들을 만하게 변했다. 물론 하스미도 한마디 덧붙였다. "어차피 찌를 거였으면 눈알로 할 걸 그랬죠? 후후"라고 말이다.

아버지인 요시오가 오디오 마니아여서 집에는 녹음한 내용을 편집하는 기재도 있었다. 하스미는 '쓰레기'를 향한 반 전체의 메시지를 하나의 테이프로 정리해 예쁘게 포장해서 구즈하라의 집으로 보냈다. 테이프를 들었는지는 지금도 모르지만 결국 구즈하라는 학교에 복귀하지 않았다.

그다음에 나타난 영상은 상큼하게 미소 짓는 젊은 남성의 얼굴이었다. 지금 깨달았는데 사나다와 조금 닮았다. 마쓰시마 겐타다. 하스미가 초등학교 4학년 때 옆 반 담임이었던 열혈 교사다. 밝은 성격에 운동을 잘해서 지역 소년야구팀의 감독을 맡았다. 그의 인기는 학교 안에서 멈추지 않았고, 주변 사람들의 신뢰도 두터웠다. 취미는 자동차로, 자동차 할부금과 개조비에 월급의 대부분을 쏟아부을 만큼 열심이었다. 좋아하는 자동차는 빨간

색 폰티악 피에로 GT였다. 고속도로에서 속도를 너무 낸다는 점이 주위에서 걱정하는 유일한 나쁜 습관이었다. 결국 그는 그 나쁜 습관 탓에 스물여덟이라는 젊은 나이로 세상을 떠났다. 비극적인 일이었다.

사고는 역시 고속도로에서 일어났다. 갑자기 왼쪽 뒷바퀴가 고장이 났는지 말을 안 들어 주행도로를 달리던 대형트럭과 부딪쳐서 차가 뒤집혔다. 게다가 뒤에서 오는 차와 격돌하는 바람에 불까지 났다.

타이어가 파열된 원인은 밝혀내지 못했다. 긴 못이 박혀서 그렇게 되었다고 추측할 뿐이었다. 못은 일반도로를 달리는 동안 원심력으로 인해 빠지려고 하다가도, 바퀴가 땅에 닿을 때마다 타이어 안으로 묻혔다. 그러나 지나치게 빠른 속도로 달리면 바퀴가 땅에 닿기 전에 못이 튕겨 나간다. 못이 뽑힌 구멍으로 단숨에 공기가 빠진 끝에 타이어가 파손되는 사태를 초래했다.

하스미는 친구들과 마쓰시마의 장례식에 참석하면서 이제 더 이상 소년야구팀에 들어오라는 소리를 듣지 않아도 된다는 사실에 작은 만족을 느꼈다. 하스미가 같은 학년 여자아이 둘에게 외설 행위를 하는 모습을 본 이후로 마쓰시마는 끈질기게 입부를 권유했다. 이제 모처럼 즐거운 놀이를 하려는데 방해하는 어른은 사라졌다.

세 번째는 크게 웃는 소년의 얼굴이었다. 항상 주위에 웃음이 끊이지 않는 인기인이었지만, 물속에서 코와 입으로 거품을 뿜어내던 모습이 어쩐지 우스꽝스러웠다. 그 아이는 하스미가 6학년이었을 때의 친구로 이이노 다쓰야라는 이름이었다.

하스미는 고개를 저었다. 지금 생각하면 이이노는 죽이지 않아도 되었다. 그만큼 별다른 이유가 존재하지 않았다. 단지 반 인기투표에서 이이노가 언제나 남자 1위를 하고 하스미가 그 뒤를 따랐다는 점과 그때 하스미가 관심을 보였던 미나라는 여자아이가 이이노를 좋아한다는 소문을 들은 것이 주요 동기였다. 재미있는 녀석이었는데 그렇게 죽여버리다니 아까운 짓이었다. 마음도 잘 통했고, 같이 놀 때 매우 즐거웠다.

해변의 여름학교에서 죽였다. 아무도 없는 장소에서 얼마만큼 숨을 참을 수 있는지 이이노와 교대로 경쟁하다가 1분이 지났을 때 잠수한 이이노 앞에 갑자기 얼굴을 들이밀고 기묘한 표정을 지어 보였다. 그 바람에 이이노는 웃느라고 숨을 다 뱉어버렸고, 게다가 기관지에 물이 들어간 듯했다.

당황한 이이노가 물 밖으로 나가려고 했지만, 하스미는 위에서 덮치며 계획대로 양쪽 어깨를 눌러 움직이지 못하게 했다. 공황상태에 빠진 이이노는 더욱 물을 마시고 말았다. 덕분에 몸을 전혀 움직이지 못하게 될 때까지 1분 정도밖에 안 걸렸다.

하스미는 만약의 사태를 피하기 위해 1분을 더 기다린 뒤 이안

류*로 이이노의 시체를 끌고 가서 흘려보냈다. 그리고 해안에 올라가 길을 돌아서 아이들이 모인 곳으로 돌아갔다.

그리운 얼굴을 잇달아 떠올리는 동안 RX-8은 학교로 향하는 좁은 일차선 도로로 들어섰다. 이 앞은 신코 마치다 고등학교에 용무가 있는 사람만 오는 곳이다. 밤 열 시가 넘은 시간이라 누구와도 마주치지 않고 학교 부지로 들어갈 줄 알았다.

그런데 맞은편에서 누군가가 자전거를 타고 다가왔다. 이 시간에 누구지? 누구든 간에 내 얼굴을 들키지 않으려면 재빨리 스쳐 지나가야 한다. 자전거를 탄 사람도 도중에 멈칫하며 내 쪽을 바라보는 듯했다. 이 학교 사람이라면 누구나 다 이 차의 주인이 사나다임을 안다. 왜 이 시간에 학교로 돌아왔는지 의심스럽게 생각할 텐데…….

그 사람의 정체는 전조등을 비춰 보고 바로 알았다. 도지마 지즈코다. 평소에는 훨씬 일찍 귀가하더니 왜 하필 오늘 밤에 이렇게 늦게까지 학교에 남았는지 모르겠다. 학교에서 대체 무슨 일을 했을까.

하스미는 눈살을 찌푸렸지만 이내 미소를 띠었다. 오히려 잘된 일인지도 모른다. 전조등을 가장 밝게 조정해서 도지마의 얼

* 離岸流, 한두 시간 정도 짧은 시간에 매우 빠른 속도로 해안에서 바다 쪽으로 흐르는 좁은 표면 해류.

굴을 비추었다. 도지마는 눈이 부신지 손바닥으로 얼굴을 가렸다. 하스미는 가속 페달을 밟고 재빨리 핸들을 돌려서 도지마를 향해 돌진했다. 쿵 하는 충격과 함께 자전거를 탄 도지마의 통통한 몸집이 공중에 붕 떠올랐다. 자동차 지붕 위에 떨어진 도지마는 다시 튕겨서 뒤쪽으로 떨어졌다. 하스미는 일단 차를 세웠다. 방금 전 충격으로 정신을 차렸을지도 모른다는 생각에 뒷좌석에 앉은 사나다의 모습을 살펴보았지만 여전히 시체처럼 꿈쩍도 하지 않는다.

한편 등 뒤의 길에서는 도지마의 모습이 눈에 띄지 않았다. 벌떡 일어나서 달아났을 리는 없으니까 아마도 어딘가 풀숲으로 굴러떨어진 모양이다.

하스미는 다시 차를 출발했다. 학교 앞에 다다르니 아직 교문은 열려있었다. 여느 때라면 훨씬 전에 닫혀야 마땅하지만 아직 야근하는 직원이 있고, 자가용으로 퇴근하려고 열어둔 모양이다.

원래는 차로 교문을 들이받을 생각이었지만, 하스미는 전조등을 끄고 열린 교문을 지나 조용히 안으로 들어갔다.

주차장 바로 앞에 차를 세웠다. 건물 안은 아무런 기척도 없이 쥐 죽은 듯 고요하다. 자세히 보니 사카이 교감의 은색 렉서스 IS가 아직 주차장에 세워져 있다. 하스미는 자신도 모르게 입이 벌어졌다. 이런 기회를 놓쳐서는 안 된다. 정말로 아직 교감이 교내에 있다면 빨리 처리해야 한다. 그렇지 않으면 들킬 위험이 있다.

하스미는 핸들을 꺾어서 렉서스 IS를 마주보게 세워놓고 변속기를 주차로 조정했다. 차에서 내려서 뒷좌석 문을 열고 안전벨트를 풀어 사나다를 안아 들었다. 그대로 운전석에 앉히고 안전벨트를 단단히 맸다.

어디보자, 막대기 같은 게 없을까. 주변을 둘러보니 화단에 꽂힌 대나무 작대기가 눈에 들어왔다. 하스미는 화단으로 달려가 작대기를 뽑아서 돌아왔다. 전조등을 켜고, 변속기를 주행으로 조정하고 나서 차 문을 닫으니 차가 서서히 움직이기 시작한다. 열어둔 운전석 창문으로 팔을 집어넣어 대나무를 가속 페달 위에 올리고 체중을 실어서 단숨에 밀었다. 마치 바다에 닻을 던지는 뱃사공 같은 자세였다. 엔진소리가 커지면서 노란색 스포츠카가 앞쪽으로 달려간다. 하스미는 대나무 작대기를 차에서 빼내며 재빨리 몸을 피했다. RX-8이 렉서스 IS와 정면충돌했다. 금속이 찌그러지는 둔탁한 소리와 함께 에어백이 튀어나왔다. 렉서스 IS에 설치된 도난경보장치의 경보음이 기묘한 가락으로 울린다. 하스미는 대나무 작대기를 손에 쥔 채 교문이 아닌 다른 방향으로 도주했다. 구석구석 잘 아는 건물 뒤쪽으로 계속 달려가서 안뜰 맞은편에 위치한 숲 속에 모습을 숨겼다.

등 뒤의 학교에서 희미하게 사람 목소리가 들려왔다. 드디어 소란이 일어나기 시작하는 모양이다. 하스미는 대나무 작대기를 던져버리고 천천히 달려서 집에 돌아갔다.

사카이 교감은 여태껏 하스미가 한 번도 본 적 없는 초췌한 얼굴이었다. 아마 지난밤부터 한숨도 못 잤겠지. 교감실에 놓인 재떨이는 담배꽁초로 가득했다. 지금까지 금연에 성공했는데 이번만큼은 아무래도 못 참겠나 보다. 이렇게 계속해서 문제가 일어나니 그럴 만도 하다. 애지중지하는 자동차 렉서스 IS가 크게 부서진 일을 제외하고도 말이다.

"그래서 만취한 사나다 선생님을 그대로 방치하고 돌아왔단 말입니까?"

사카이 교감이 앞에 선 하스미를 향해 눈을 치켜뜨며 원망스럽게 말했다.

"죄송합니다. 하지만 그때 사나다 선생님은 정신이 비교적 맑은 상태였습니다. 술을 상당히 많이 마셨으니 곧바로 전철을 타면 토할지도 모른다며 잠시 차에서 쉬고 나중에 돌아가겠다고 말씀하시기에 먼저 돌아갔습니다."

"그런 사람이 대체 왜 음주운전까지 해가면서 학교로 돌아왔냐는 말입니다!"

사카이 교감은 울분이 가득한 표정을 지었다.

"글쎄요. 아침이 되었다고 생각해서가 아닐까요? 본인은 뭐라고 해명합니까?"

"뭐 하나 기억나는 게 없는 듯합니다. 마지막으로 기억나는 게 하스미 선생님과 래빗펀치에서 술을 마신 일이라고 하더군요."

사카이 교감은 한숨을 쉬었다.

"정말 곤란하게 됐습니다. 음주운전을 하지 말라고 그렇게 강력하게 징계해 왔는데 이를 어쩌면 좋을지……."

"사나다 선생님은 작년에도 음주운전을 하신 적이 있으니까요."

하스미는 깊이 동감한다는 듯이 고개를 끄덕였다.

"대물사고만으로도 큰 문제이기는 하지만 뭐, 이 정도라면 내부에서 처리해도 됩니다. 불행인지 다행인지는 모르겠지만 어쨌든 교내에서 일어난 일이니까요."

사카이 교감은 새 담배를 꺼내어 불을 붙였다.

"그렇지만 사나다 선생님이 의식불명 상태여서 구급차를 불러야만 했습니다. 내가 보기에는 사고로 인한 쇼크 상태인지 그냥 술에 취해 자고 있을 뿐인지 판단이 서지 않았으니까 말입니다."

"결과적으로는 그 편이 나았을 겁니다."

하스미가 지적했다.

"그 직전에 도지마 선생님을 치었으니 섣불리 은폐한다면 일이 더 커질 우려가 있습니다."

사카이 교감은 고개를 끄덕이면서 담배 연기를 길게 내뿜었다.

"내 신고를 받고 온 경찰차와 구급차가 학교 바로 앞에서 도지마 선생님을 발견하고 큰 소동이 일어났습니다. 그대로 아침까지 방치했다면 어떻게 되었을지 모릅니다."

"오늘 아침 뉴스를 보았는데 상당히 심각한 분위기였습니다. 만취 상태로 동료 교사를 들이받아 중상을 입힌 후 뺑소니쳤으니까요. 토론자 사이에서도 경찰이 위험 운전으로 입건해야 한다는 의견이 압도적이었습니다."

위험운전치사상해죄는 알코올이나 약물에 의해 정상적인 운전을 하지 못하는 상태에서 사고를 일으킨 경우에 적용되며, 기존의 업무상 과실치사상해죄보다 훨씬 엄중한 처벌을 받는다.

"그렇게 되면 징계해고를 면하기 어렵겠군요."

사카이 교감이 불쑥 한마디를 꺼냈다. 하스미도 고개를 끄덕였다.

"어쩔 수 없는 일입니다. 그건 그렇고 도지마 선생님은 상태가 좀 어떠십니까?"

"뭐, 생명에 지장은 없다고 하더군요. 대퇴골과 골반이 골절되어서 교단으로 복귀하려면 아무리 빨라도 반년은 걸린다고 들었습니다."

겨우 그 정도라니⋯⋯ 하스미는 실망했다. 적어도 재기불능이라는 말 정도는 듣고 싶었는데 말이다.

"의식은 또렷하지만 많이 놀랐는지 이상한 말을 늘어놓더군요."

"이상한 말⋯⋯ 이라고요?"

"예. 사나다 선생님이 일단 정차한 후에 급발진을 하고 일부러 갈지자로 운전해서 자신을 들이받았다며 살인미수로 고소하겠다는 말까지 했습니다. 정말이지 그 사람은 대체 무슨 생각을 하는지 모르겠습니다."

사카이 교감은 팔짱을 꼈다. 이렇게 되면 차라리 죽는 편이 좋았을 텐데 하고 생각하는 듯 보인다. 하스미도 전적으로 동감했다.

"어찌 되었든 조속히 대체할 사람을 알아봐야 합니다. 우선 수학이나 국어 비상근 교사를 찾아야 하고 3반 담임을 어떻게 할지도 생각해야지요. 골치 아픈 이야깁니다."

"수학여행은 어떻게 할까요?"

하스미의 질문에 사카이는 얼굴을 찡그렸다. 다음 주에 2학년 학생 전원을 교토로 데려가야 하는데 사나다 선생님이 빠진 탓에 인솔 교사가 한 명 부족해졌다.

"음…… 3반 부담임이 나미키 선생님이었던가요? 그분은 아무래도 그때 시간을 내기가 힘들겠다고 말씀하셨는데 말입니다. 안 가기로 결정된 분들은 이미 그 날짜에 약속을 잡았거나 볼일을 보려고 생각 중이셔서 이제 와서 수학여행에 참가해달라고 하면 다들 싫어할 텐데 참 문제군요. 대체 누구에게 부탁을 하면 좋을지 모르겠습니다."

"제가 한 명 생각해 둔 사람이 있습니다."

하스미는 곤경에 처한 사카이 교감을 보다 못해 구원의 손길을 뻗었다. 사실 이번 사건을 일으킨 사람이 자신이라는 심적 부담도 있었다. 교감의 자동차까지 희생할 필요는 없었으니까.

"그래요? 누굽니까?"

"구메 선생님이라면 맡아주실 겁니다."

사카이 교감은 내가 지금 잘못 들었나 하는 표정을 지었다.

"구메 선생님 말입니까? 농담이시죠?"

"보기와는 달리 책임감도 강하고 학생들을 아끼는 선생님입니다. 제가 설득하겠습니다."

"그런가요? 알겠습니다. 그럼 부탁 좀 드리겠습니다."

산더미 같은 문제들 가운데 가장 간단한 일은 손에서 떠났지만, 사카이 교감의 심기는 편해질 줄을 몰랐다.

"하스미 선생님, 일이 커졌군요. 참 안타깝습니다."

교무실에 돌아오자마자 다카쓰카가 말을 걸어왔다.

"네. 저 역시 책임을 느낍니다."

하스미는 침통한 표정을 지어 보였다.

"제 눈에는 사나다 선생님이 멀쩡해 보였지만 사실 술을 꽤 마신 상태였으니까요. 차를 래빗펀치 주차장에 세워두었으니 차 안에서 조금 쉬고 돌아가신다고 말씀하시기에 그만……. 이렇게 될 줄 알았으면 찻집에 모시고 가든지 택시를 불러드렸어야 했는데 말입니다."

하스미는 사카이 교감 때와 마찬가지로 적당히 날조한 이야기를 반복했다. 본인이 아무것도 기억하지 못하니 마음대로 말해도 된다.

"그렇다면 사나다 선생님께서는 하스미 선생님이 돌아가신 후에 곧바로 차를 몰았다는 이야기군요."

다카쓰카 선생은 굵은 팔뚝으로 팔짱을 끼며 신중한 태도로 이야기했다.

"곧바로? 그게 무슨 말입니까?"

"아, 그게 말이죠. 지난밤에 이하라 선생님과 기타니 선생님도 가게에 계셨다고 하더라고요. 하스미 선생님과 사나다 선생님이 나가고 5분 정도 뒤에 래빗펀치에서 나오셨는데 그땐 이미 주차장에 RX-8이 없었다고 말씀하시더군요."

"그렇군요."

하스미는 천장을 바라보았다. Oh my Jesus. 어차피 충돌 시간부터 거꾸로 계산하면 언제쯤 주차장을 빠져나갔는지 밝혀지겠지만 이건 계산 밖의 상황이다.

"잘못 보셨는지도 모르죠. 다른 선생님들도 술에 취하셨으니까요."

"하지만 다른 차도 아니고 노란색 RX-8이라면 아무리 취했어도 눈에 띄지 않았을까요? 주차장도 좁고요."

다카쓰카는 잘못 봤다는 의견에 동의하기 어렵다는 얼굴이었다.

"그런데 간밤에 사나다 선생님과는 무슨 이야기를 하셨습니까?"

다카쓰카가 하스미 쪽으로 가까이 다가왔다.

"음…… 뭐랄까."

하스미는 쓴웃음을 지으며 다카쓰카를 바라보았다. 이런 녀석을 두고 아줌마 같은 남자라고 하나 보다.

"뭐, 그냥 학생지도에 관련된 이야기죠. 또 저희 반에서 작은 문제가 생겨서요."

사람들은 대개 새빨간 거짓말보다는 진실을 조금 섞은 거짓말을 더 쉽게 믿는다.

"그렇습니까? 이하라 선생님은 두 분께서 꽤 분위기가 좋았다고 말씀하셨는데 말입니다. 마지막에는 그 칵테일…… 래빗펀치까지 주문하셨다던데……."

"분위기가 좋기는요. 오히려 그 반대예요."

"반대라고요?"

"상당히 심각한 문제라서 반쯤 자포자기한 심정으로 술을 들이부었습니다."

"그러셨군요. 그럼 그런 스트레스가 이번 사건의 간접적인 원인이 되었을지도 모르겠네요."

다카쓰카는 혼자 알아서 납득하고는 고개를 끄덕였다.

"그럼 저는 이번 사건의 뒤처리를 해야 해서 가보겠습니다."

"아, 잠깐만 기다리세요."

막 일어서려는 하스미를 다카쓰카가 잡아끌었다.

"오늘 아침 수학여행 안내장을 제본하려고 인쇄실에 갔는데 휴지통에 이런 게 떨어져 있었습니다."

다카쓰카는 하스미에게 인쇄를 잘못해서 글자가 번진 전단지 같은 종이를 건네주었다. '인기 교사 HS의 가면 뒤에 숨겨진 진짜 모습을 고발한다!'라는 제목으로 비방하는 글이 빼곡히 적힌 종이다. 이름을 이니셜로 적은 까닭은 그래야 진실성이 높아진다고 생각해서인가. 일본식으로 성을 앞에 쓴 듯하다. 설마하니 이 글이 영어식으로 성과 이름의 순서를 바꾼 사카이 히로키(SH) 교감 이야기라고 생각하는 사람은 없겠지.

하스미는 대충 훑어보았지만 정확한 사실을 기록한 부분은 거의 없었다. 단순히 기분에 따라 아무렇게나 갈겨쓴 글이다. 황소가 뒷걸음치다가 쥐 잡은 격이라고 생각하지만 여학생과 깊은 관계라는 말 하나는 사실이었다. 도지마가 예상한 사람은 제일가는 미소녀인 가시와바라 아리 같았지만 말이다.

"곤란하게 됐네요. 이거 도지마 선생님 글씨죠?"

학교 업무가 아니라 괴문서를 만들기 위해서 어제 밤늦게까지 학교에 남아 있었던 모양이다. 이런 쓸데없는 작업에 몰두하지 않았다면 교통사고를 당하는 일도 없었을 텐데.

"저도 그렇게 생각합니다. 어딜 어떻게 봐도 그분 문장이군요."

국어교사임에도 불구하고 삼류 여성주간지 같은 추측성 기사에 구닥다리 연설을 짜깁기한 가시 돋친 말투로 글을 써놓았다. 누가 봐도 도지마가 쓴 글이라고 뻔히 알 법한 문장이다.

"이 종이가 이미 나돌았습니까?"

다카쓰카는 고개를 저었다.

"모두에게 슬쩍 물어보았습니다만 아직 나돌진 않은 모양이더군요."

다카쓰카는 왜 도지마가 이런 일을 벌였는지에 대해서는 의문을 갖지 않은 모양이다. 역시 사람이란 평상시에 받는 인상이 크게 작용하는가 보다. 이 전단지에 대처하기에 앞서 하스미는 우선 사카이 교감에게 줄 약소한 선물을 준비하기로 했다.

하스미는 미술실로 향했다. 살짝 문을 열어보니 아직 천진난만한 1학년 학생들이 지루함을 필사적으로 참아가며 정물 묘사에 몰두하는 중이다.

"구메 선생님."

하스미가 미술실 문 앞에서 작은 목소리로 불렀더니 구메가 놀란 얼굴로 이쪽을 바라본다. 기뻐서 놀라지는 않았겠지.

학생들이 술렁거렸다. 하스미는 1학년 수업을 담당하지 않지만 ESS의 부원을 중심으로 여학생들 사이에서는 이미 상당한 인기를 자랑한다.

"무슨 일로 오셨습니까?"

출입문으로 다가온 구메가 비난하는 말투로 말했다.

"부탁드릴 일이 좀 있어서 왔습니다."

"지금은 수업 중입니다."

"미안합니다. 제가 지금밖에 시간이 안 나서요. 짧게 이야기하겠습니다."

구메는 어쩔 수 없다는 듯 한숨을 쉬며 복도로 나왔다. 재빨리 손을 뒤로 뻗어 출입문을 닫는다.

"사나다 선생님 사건에 대해서는 알고 계시죠?"

"네. 음주운전은 용납이 안 되죠. 세간의 이목이 얼마나 무서운 시대인데요. 저는 사나다 선생님도 열정적이고 좋은 선생님이라고 생각했는데 말입니다."

하스미는 조사 하나로 교묘하게 비꼬는 말을 흘려듣고 본론으로 들어갔다.

"그래서 다음 주 수학여행 때 인솔 교사가 한 명 부족해졌습니다. 그리고 제가 교감선생님께 구메 선생님을 추천했고요."

구메의 입이 쩍 벌어졌다.

"농담이시죠?"

신기하게도 사카이 교감과 똑같은 반응이었다.

"아닙니다. 진담이에요."

하스미는 매우 기쁜 소식을 가져왔다는 듯 연신 미소를 지으며 말했다.

"혹시 다른 일정이 있으시더라도 아무쪼록 잘 부탁드립니다. 사나다 선생님의 대타라서 일단 3반을 인솔하시겠지만 낮 시간은 어차피 조별 자유시간이니까요. 특히 3반에 관련해서……."

"아니요. 잠깐 제 말 좀 들어주세요. 저는 그 학생들을 관리할 만한 능력이 없는 사람입니다."

"아이들을 능숙하게 다루는 사람은 많지 않습니다. 저도 학생들이 주변에서 파리처럼 정신없이 뛰어다니면 살충제를 뿌리고 싶을 때가 있습니다."

하스미는 농담하는 척 말을 건네며 냉혹한 눈빛으로 구메를 쏘아본다. 이 이상 가타부타 말하지 말라는 뜻이다.

"그리고 물론 선생님께서 특별하고 즐거운 시간을 보내시게끔 도와드릴 생각입니다. 마에지마와 둘이서 교토의 밤하늘을 바라본다면 분명 평생 잊지 못할 추억이 될 겁니다."

하스미는 귓가에 이렇게 속삭이고 어깨를 토닥여주고는 망연자실한 구메를 남겨두고 서둘러 계단을 내려왔다. 지나치게 궁지에 몰리지 않도록 조심하면서도 가끔은 이렇게 적당히 거북한 일을 하게 함으로써 상호 간의 물리적 유대관계를 재확인시켜주고, 반항하려는 의지가 있으면 싹을 잘라두어야 한다.

하스미는 자그마한 선물을 가지고 교감실 문을 두드렸다. 우선 구메 선생님이 수학여행 인솔을 흔쾌히 수락했다고 보고한 후에 다카쓰카에게서 받아온 전단지를 보이면서 도지마 선생님이 꾸민 짓을 폭로하고 정정당당하게 항의했다.

문서에 적힌 일은 모두 사실무근이며 낱낱이 파헤쳐져도 상관없다. 문제는 자신에 대한 비방보다는 오히려 가시와바라 아리처럼 선량한 학생을 끌어들였다는 점이고, 우리 학교에 치명상을 입힐 만한 불명예라고 강력하게 주장한다. 하물며 매스컴의 매서운 눈초리가 곳곳에 도사리는 요즘 같은 시기에 이런 일을 어떻게 처리하면 좋겠느냐고 물었다.

전단지를 읽는 사카이 교감의 얼굴이 분노로 하얗게 질렸다. 그렇지 않아도 교감이 여러 가지로 스트레스를 엄청나게 받는 이런 시기에 문제를 일으키다니 도지마도 참 운이 나쁘다. 불난 집에 부채질한다는 속담은 이런 상황을 두고 하는 말이다.

힘내세요! 사카이 교감선생님.

도지마가 정말 이 문서를 배포할 생각이었는지 아닌지는 곧 판명 되었다. 사카이 교감의 명령으로 다우라가 여교사 휴게실에 들어가 비상열쇠를 이용해 사물함을 열었다. 다우라의 행동이 법적으로 다소 문제가 되는 행위이긴 하지만 사물함 안에서는 무려 이백 장의 전단지가 나왔다.

장난삼아 한 장만 만들었다면 모르지만 교내 시설과 비품을 이용해서 이백 장을 준비한 행동은 변명의 여지가 조금도 없다. 이로써 도지마가 아무리 히로세 이사장의 먼 친척이라 해도 명예퇴직을 면하기 어려울 전망이다. 오늘 방과 후에 열릴 긴급 교무회의에 새로운 충격이 또 하나 추가되겠군.

하스미는 사카이 교감에게 도지마 선생님을 징계해고해서 그녀가 사나다 선생님을 살인미수로 고소하지 않게끔 견제해야 한다고 의견을 제시했다.

가장 큰 이유는 도지마가 자신의 일을 들춰내는 상황을 막기 위해서지만, 아무런 잘못 없이 학교에서 쫓겨나는 데다가 징역형을 선고받을지도 모르는 사나다에게는 하스미도 깊은 동정을 금할 길이 없었기에 베푼 호의였다.

굉음이 터져 나온다. 가타기리는 하늘을 바라보았다. 학교 건물 바로 위, 공격하면 금방 당할 만한 위치를 군용 전투기가 가로질렀다. 아쓰기 기지에서 날아오른 미군 전투기일까? 정말이지 이 소리 좀 어떻게 해줬으면 좋겠다.

"근데…… 누가 이랬을까?"

가타기리는 시선을 다시 화단으로 돌리고는 한숨을 쉬었다. 누군가가 덩굴장미 받침대 하나를 통째로 뽑아버렸다. 그 받침대는 어디에서도 보이지 않는다.

"바로 옆에서 자동차가 충돌했는데도 화단을 걱정하다니 참 가타기리다운 일이야."

나고시 유이치로가 감탄한 듯이 말했다. 지금은 푸른 작업복을 입은 정비원들이 밤중에 정면충돌한 렉서스 IS와 RX-8을 간신히 철거하는 참이었다.

"그대로 두면 덩굴장미까지 말라 죽을지도 모르잖아."

가타기리는 화를 냈다.

"사고 났을 때 자동차에 걸려서 뽑히지 않았을까?"

나고시는 안중에 없는 일이라는 듯 적당한 말로 둘러댔다.

"그럴 리가 없잖아? 잘 봐, 거리가 상당히 떨어졌어. 어떻게 받침대 하나만 이렇게 교묘하게 걸려서 뽑히느냐고!"

"알았어. 알았으니까 그렇게 화내지 마."

나고시는 가타기리를 진정시켰다.

"글쎄, 상식적으로 생각해 보면 못된 장난인데……."

"만약 그렇다면 언제 그랬을까?"

어깨 너머로 들려오는 목소리를 듣고 가타기리가 뒤를 돌아보니 하야미가 서 있었다. 나고시와는 달리 진지한 눈빛으로 가타기리를 바라본다.

"그야…… 어제 집에 가면서 봤을 때는 별다른 이상이 없었으니까 저녁 무렵부터 오늘 아침 사이에 일이 벌어졌겠지."

"자동차가 충돌하기 전인지 후인지가 관건이야."

"그걸 어떻게 알……. 아, 그거다!"

나고시는 뭔가 알아냈다는 듯이 외쳤다.

"그렇게 된 거야. 틀림없어. 사고 직후다!"

"무슨 말이야?"

가타기리는 전혀 감이 오지 않았다.

"그러니까 말이야, 자동차가 부딪치면서 사나다 선생님이 차안에 갇혔잖아? 그래서 누군가가 사나다 선생님을 구하려고 이 화단에 놓인 받침대를 이용한 거야."

"받침대로 어떻게?"

가타기리는 여전히 이해가 가지 않았다.

"차 문을 비틀어 여는 데 지렛대로 쓰지 않았을까?"

나고시는 이미 자신의 생각이 옳다고 확신하는 모습이다.

"대나무 작대기로 차 문이 열릴까?"

하야미가 의심에 찬 목소리로 말했다.

"실제로 도움이 됐을지, 아니면 도움이 되지 않았는지까지는 모르지. 하지만 적어도 누군가가 그렇게 할 작정으로 받침대를 뽑았다고 생각해."

"뭐, 다급한 상황이라면 그랬을지도 모르지."

하야미는 반신반의하는 표정으로 말싸움을 끝냈다.

"그럼 그 대나무는 어디로 간 거지? 네 말대로라면 쓰고 나서 그 근처에 던져 놓았어야 하지 않아?"

가타기리는 계속 물고 늘어진다.

"거기까지는 모르지. 차 밑에 깔렸다든가?"

나고시는 가타기리의 집요함에 질려버렸다.

"아니야. 잠깐 기다려 봐. 어쩌면 그게 아닐지도 몰라. 또 다른 해석도 가능하지 않을까?"

하야미는 눈을 번뜩였다.

"어떤 해석?"

가타기리는 이렇게 묻고 나서 하야미의 얼굴을 보고 깜짝 놀랐다. 방금 전 확신으로 가득 찬 미소가 어느샌가 사라지고 소름이 끼치는 표정으로 변했다.

"그래, 그런 거였어. 대나무가 뽑힌 시점은 사고 직후가 아니라 직전이야!"

제5장 괴물

“요즘 같은 때 고등학교 수학여행을 교토로 온다는 게 말이 돼?”

나고시는 신칸센에 탄 이후로 계속 투덜거렸다.

“작년에는 호주 갔다 오고 그전에는 한국 갔다며? 왜 올해만 갑자기 수준이 낮아진 거야? 고등학교 생활의 최대 이벤트가 중학교 때랑 같은 장소라니……. 이건 정말 아니야.”

가타기리는 나고시의 말을 한 귀로 듣고 한 귀로 흘리며 창 밖 풍경을 바라보았다. 원래는 남녀가 구분된 좌석이지만 학생들은 도중에 자유롭게 자리를 옮겼다. 너무 시끄럽게 굴지만 않으면 인솔하는 교사들도 모른 척해준다. 자연스럽게 ESS나 친위대 등 마음이 맞는 친구들끼리 모였다. 나카무라 히사시는 캠코더를 들고 스토커 같이 수상한 동작으로 그 주위를 졸졸 쫓아다녔다. 목표는 ESS의 미소녀들, 그중에서도 가시와바라 아리가 분명하다.

"왜 그래? 몸이 안 좋아?"

드디어 가타기리가 침울한 기색임을 알아차렸는지 나고시가 물어왔다.

"그런 건 아니고……."

가타기리 스스로도 자신의 마음을 무겁게 만드는 정체가 무엇인지 감이 오지 않았다. 굳이 표현한다면 그냥 막연한 불안감이랄까…….

"왠지 불길한 예감이 들어서……."

"무슨 말이야?"

"잘 모르겠어. 하지만 우리가 모르는 곳에서 뭔가 좋지 않은 일이 벌어지는 듯한 기분이 들어."

나고시는 눈살을 찌푸렸다. 다른 사람이라면 웃어 넘겼겠지만 나고시는 지난 일 년 동안 가타기리와 지내면서 그녀의 감이 얼마나 예리한지를 봐왔다.

"으음. 그냥 기분 탓이라고 말하기에는 가타기리의 직감이 너무 잘 맞으니까……. 무슨 안 좋은 일? 사고라도 일어나는 거야?"

"내가 무슨 초능력잔 줄 알아? 그런 게 아니고 요즘 우리 학교에서 일어나는 일들 말이야, 왠지 꺼림칙하지 않아?"

"그래, 뭐 별로 좋게 느껴지지는 않지."

나고시는 기차 안을 둘러보았다. 학생들은 모두 지친 기색 없이 이야기꽃을 피우고 있다. 요즘 들어 잇달아 발생한 사건에 대해서는 모두 까맣게 잊었다는 듯이.

"그래도 기운 내. 기요타는 화재로 아버지가 돌아가셨는데도 씩씩하게 놀러왔잖아."

가타기리는 두 좌석 뒷자리에 앉은 기요타 쪽을 돌아보았다. 웃는 얼굴로 옆자리 친구와 이야기를 나누는 중이다. 요즘에는 학교 근처에서 경찰관의 모습이 보이지 않는다. 기요타에 대한 방화 혐의는 풀린 듯했다.

"그 화재도 굉장히 마음에 걸려. 상습 방화범의 수법과는 엄연히 다르다고. 페트병에 등유를 부었다는 점이 상상만으로도 섬뜩해. 하지만 더 이상한 건 사나다 선생님 사건이야."

"무슨 말이야? 가타기리는 사나다 선생님이나 도지마 선생님보다 덩굴장미를 더 걱정했잖아?"

"그때는 아직 사태의 심각성을 못 느꼈어."

가타기리는 한숨을 내쉰다.

"사나다 선생님이 감옥에 가실지도 모르는 상황이 될 줄은 상상도 못했어."

"어? 무슨 얘기해? 여기만 분위기가 안 좋네."

선생님인가 싶어 올려다보았지만 두 사람을 내려다보는 사람은 하야미였다. 일부러 옆 칸에서 건너왔나 보다. 3인용 의자의 통로 쪽에 앉아 있던 학생은 어디론가 가버렸다. 하야미가 대신 그 자리에 앉았다.

"지금 사나다 선생님 사고 이야기를 하는 중이었어. 가타기리가 뭔가 이상하다고 하더라고."

나고시가 설명한다.

"응. 가타기리 말대로 분명히 그 사고는 어딘가가 이상해."

하야미는 표정 변화 없이 말했다.

"뭐가 이상한데?"

나고시가 물었다.

"술이 떡이 돼서 밤중에 차를 몰고 학교로 다시 돌아오는 사람이 어디 있냐?"

"너무 취해서 판단력이 흐려지지 않았을까? 뭔가 두고 온 물건을 가지러 왔을지도 모르고."

"다음 날 아침이 아니고 꼭 그날 밤에 필요한 물건이 있단 말이야? 그런 게 어디 있어?"

가타기리는 이전에 그가 했던 말이 갑자기 생각나서 하야미에게 물었다.

"하야미, 너 전에 덩굴장미 받침대가 뽑힌 시기가 사고 직전이라고 하지 않았어? 그 말 무슨 뜻이야?"

"그래. 나도 계속 그 말뜻이 궁금했어. 자세히 얘기해봐."

나고시도 몸을 바짝 당긴다.

"그건 아직 비밀이야."

하야미는 히죽거리며 웃었다.

"어째서?"

"꽤나 황당무계한 추리라서 말이지. 하지만 만일 내 추측이 사실이라면 이 사건은 절대 사고가 아니야."

"칫. 매번 의미심장한 말만 한다니까."

나고시는 혀를 찼다.

"난 사나다가 싫지 않았어."

하야미는 갑자기 진지해졌다.

"솔직히 너무 정열적이어서 재수 없다고 생각하긴 했지만 적어도 그 녀석은 학생들의 일에 관해서 진지하게 고민하고, 또 열심이었으니까 말이야."

"그래."

"맞아."

사나다 선생님이 죽은 것은 아니지만 꼭 초상집에라도 온 듯한 침울한 분위기가 흘렀다.

"이번 일과 관계가 있는지 없는지는 모르지만 예전에 사나다가 어떤 말을 흘린 적이 있어. 그게 자꾸 마음에 걸려."

"뭐라고 했어?"

"우리 학교에 괴물이 있다고 하더라고."

가타기리는 등골이 오싹해졌다. 노조미호 열차 안의 기온이 단숨에 영하로 떨어지는 듯했다.

"뭐? 괴물? 그건 또 무슨 소리야?"

"사나다도 나한테 확실히 설명하지는 않았어. 하지만 그 녀석이 뭔가 엄청나게 치사한 방법으로 우리 학교를 지배한다나 봐."

"그래? 그게 누구야?"

"몰라."

하야미는 어깨를 으쓱거렸다.

"하지만 가타기리라면 누군지 짐작이 가지 않아?"

"내가? 어떻게?"

"지난번에 말했잖아. 우리 학교에 위험하게 느껴지는 교사가 네 명 있다고."

"그건 그냥 직감적으로 그런 기분이 들어서……."

"전에 소노다, 시바하라, 스리이, 하스미 이렇게 네 명이라고 했잖아? 소노다는 어떻게 보면 괴물 같은 면이 있지만 사나다가 말하는 괴물은 아닐 테고. 시바하라는 태양계 최고 밑바닥 선생 중 한 명이겠지만 아마 아닐 거야."

하야미는 손가락으로 한 명 한 명 꼽아가며 이야기했다. 가타기리는 심장박동이 점점 빨라짐을 느꼈다.

"그럼 스리이 아니면 하스미라는 말인데……."

"하스미 선생님은 아닐 거야."

나고시가 한마디 툭 던진다.

"어째서?"

"사나다는 하스미를 존경하고 신뢰했으니까."

"그래, 그렇구나. 사고가 일어난 밤에도 하스미와 술을 마셨으니까. 이렇게 되면 괴물은 스리이가 되는 건가?"

사나다 선생님이 괴물이라고 생각한 사람은 스리이 선생님일 가능성이 높다. 그러나 진짜 괴물은 따로 있지 않을까? 어쩌면 사나다 선생님이 그 인물을 경계하지 않아서, 그래서 사나다 선생님이 곤경에 빠졌는지도 모른다. 가타기리의 마음속에서 망상이 끝도 없이 부풀었다.

"아아, 역시 이번 수학여행은 대단하구먼."

하야미가 기지개를 켜며 고개를 저었다.

"무슨 말이야?"

"뒤를 잘 봐. 방금 말한 환상의 4인조가 다 모였잖아. 자네들은 둔감하니까 아무렇지도 않겠지만 나같이 섬세한 사람은 죽을 맛이야."

노조미호가 교토역에 도착했다. 신코 마치다 고등학교의 학생과 인솔교사는 대기한 버스를 타고 니조성二条城 맞은편 호텔로 이동해서 체크인하고 점심을 먹었다. 길거리 설문조사에서나 쓸 법한 휴대용 계수기로 인원수를 확인 한 후에 곧바로 조별활동을 시작한다.

원칙적으로는 네 명이 한 조가 되어 학교에서 일괄적으로 계약한 택시를 타고 사전에 제출한 행동계획에 따라 신사나 절 등을 방문 한 뒤 나중에 보고서를 제출해야 한다.

수학여행 장소가 해외든 국내든 간에 매년 학생들의 대부분이 온라인 백과사전인 위키피디아를 베껴서 보고서를 작성하니 현지에 온 보람이 없다고 교사들은 한탄했지만, 수학여행이니까 너그럽게 봐주곤 한다.

"금각사*는 쇼와 25년에 소실되었지만 30년에 재건되었습니다. 그런데 금박이 지나치게 얇은 탓에 안쪽의 옻칠이 배어 표면이 검게 변했죠. 그래서 쇼와 61년부터 쇼와 62년에 걸쳐 금박을 다섯 배나 두껍게 입혔습니다."

오에 씨라는 초로의 운전기사가 물이 흐르듯 자연스럽게 설명했다. 가타기리는 교토의 택시는 역시 뭔가 다르다며 감탄했다.

"쇼와 25년에 일어난 화재는 방화였죠?"

조수석에 앉아 꼼꼼히 메모를 하던 오노데라 후코가 질문했다.

"그렇습니다."

"왜 불을 질렀을까요?"

"글쎄요. 어느 사미승의 소행이었습니다만 동기는 잘 모르겠습니다. 그 사건을 주제로 쓴 소설도 있습니다. 미시마 유키오의 『금각사』나 미나카미 쓰토무의 『금각 염상金閣炎上』이지요."

* 金閣寺, 일본 교토에 위치한 유명 사찰. 본문의 일본어 표기는 원어 발음을 기본으로 표기하되, 한국인에게 익숙한 금각사는 원어 발음 킨카쿠지가 아닌 금각사로 표기하였습니다.

가타기리는 신칸센 안에서 이야기했던 기요타네 집에서 일어난 방화 사건을 떠올렸다. 이제 와 말하기도 새삼스럽지만 범인은 왜 불을 지른 걸까? 지금까지는 불을 지르고 즐거워하는 미치광이의 범죄라고만 여기고 깊이 생각하지 않았는데 어쩌면 명확한 목적이 있었는지도 모른다. 금각사의 화재처럼 건물이 표적이라고 보기는 힘들다. 그렇다면 기요타 리나의 가족 모두, 또는 가족 중 누군가를 노렸을 가능성이 있다는 말인데…….

"그럼 그 당시 화재가 일어나기 전까지는 아시카가 요시미쓰*가 지은 건물이 남아있었나요?"

오노데라의 적극적인 태도에 자극받은 마에지마 마사히코가 물었다.

"그렇습니다. 참 애석한 일이죠. 로쿠온지**의 건물 대부분은 그 전에 일어난 전쟁 때 몽땅 타버렸지만 사리전***인 금각사만은 연못이 바로 앞에 위치한 덕택에 기적적으로 위험을 면했거든요."

"네? 하지만 전쟁 때 교토에는 폭탄이 한 발도 떨어지지 않았잖아요?"

이번에는 가타기리가 무언가 신경이 쓰여서 질문을 했다.

* 14세기 일본 무로마치시대를 개창한 아시카가 다카우지의 손자로 무로마치 막부를 정치적으로 안정시키는 데 기여하고 통치 기간에 완전한 문민정치를 확립한 쇼군이다.

** 鹿苑寺, 금각사의 정식 명칭.

*** 부처의 진신사리를 봉안한 전각.

"아, 교토에서 '전쟁'이라고 하면 오닌의 난*을 말합니다."

오에 씨는 태연하게 말했다. 가타기리 옆에서 나고시가 히죽이며 웃는다. 가타기리와 오노데라, 나고시 조에 마에지마가 합류하게 된 건 우연이었다. 남녀 각 두 명씩 짝을 맞춰서 조를 짜려고 했다. 하야미를 같은 조에 넣고 싶었지만 반이 달라서 단념해야 했다. 대부분의 아이들이 이미 조를 정한 뒤여서 아직 소속을 정하지 않은 사람들을 비교해 보고 가장 위험 부담이 적은 마에지마를 데려왔다.

그건 그렇고 행동계획을 나고시에게 전부 맡긴 건 실수였다. 가타기리는 후회하는 중이다. 절에는 흥미가 없으니 어디를 가든 상관없지만 맨 처음에 금각사를 갔다가 기요미즈데라清水寺에 들른 다음 니조성으로 돌아오는 코스는 흔해 빠졌다고나 할까…… 평범해도 너무 평범하다.

얼마 후 택시가 주차장에 멈추고 네 사람은 오에 씨의 안내를 받으며 금각사를 견학했다. 교토 수학여행은 택시 운전사가 가이드를 겸하는 경우가 많다. 그동안 인솔하는 교사들은 편하게 시간을 보낸다.

경내에 들어서자 곧 금각사가 보였다. 생각보다 조촐해 보였지만 금박이 햇빛에 반사되어 비추는 성스러운 자태가 다시 연못

* 応仁の乱, 1467년 1월 2일 쇼군 후계자 문제를 명분으로 지방의 봉건 영주(슈고 다이묘)들이 교토에서 일으킨 난.

에 비쳐 시선을 사로잡았다. 당시 사람들에게는 말 그대로 극락정토로 보였으리라. 가타기리는 흔해 빠졌다고 했던 말을 마음속으로 철회했다.

수학여행의 성수기인 봄이라서 그런지 도호쿠 지역 사투리를 사용하는 고등학생들도 더러 보였다. 그 외에 중국어나 한국어도 들리고, 동유럽 쪽 언어로 추측되는 귀에 익지 않은 말들도 여기저기서 마구 들려왔다.

"외국인 천지네."

뒤에서 익숙한 목소리가 들렸다. 뒤를 돌아보니 하야미가 서 있었다.

"뭐야? 하야미네 조도 금각사부터 보기로 했어?"

"응. 계획 짜기 귀찮아서 나고시한테 듣고 똑같이 따라했어."

"그럼 이 다음은 기요미즈데라랑 니조성?"

"그래. 뭐 교토에서 달리 갈 만한 곳도 없잖아."

저기요, 교토에는 세계유산만 해도 열일곱 군데나 되거든요? 그렇지만 오늘 하루 같이 다닌다고 하니 기쁘긴 했다. 하야미네 조도 남녀 각 두 명씩을 짝지어 구성했다. 두 조는 두 사람의 택시 운전사의 안내를 받으며 금각사 경내를 견학했다.

"오오, 부적이다. 저거 좀 사가자."

하야미가 억새 지붕이 인상적인 전통 상점을 바라보며 말했다. 가타기리와 나고시가 그 뒤를 따랐고, 결국 여덟 명 모두 부적을 샀다. 아직 고등학교 2학년이긴 하지만 입시를 앞둔 몸인지라 망설임 없이 '학업성취'를 기원하는 부적을 골랐다. 오노데라도 가타기리와 같은 부적을 골랐지만 나고시는 '소원성취'를 골랐고, 하야미가 고른 부적은 '액막이'였다.

"그러고 보니 지금쯤 우리 담임은 대학 탐방 중이겠구나. 하야미는 왜 거기 안 갔어?"

가타기리는 흥미가 없었지만, 하스미 선생님은 지원자를 대형 택시 두 대에 나눠 태우고 교토대학과 도시샤대학, 리츠메이칸대학 같은 학교를 견학하러 갔다. 4반에서는 이사가와 마이, 와타라이 겐고와 같은 성적 우수자들과 함께 야스하라 미야도 참가했다. 하야미는 전부터 교토대 지망을 언급했으므로 당연히 그쪽으로 가리라 생각했다.

"별로 안 내켜서. 수학여행까지 와서 대학 순례할 일 있냐?"

하야미는 냉정하게 딱 잘라 말했다.

"게다가 환상의 4인조 중 한 명인 하스미가 안내하잖아?"

택시는 금각사를 나와서 기요미즈데라로 향했다. 일반적인 관광 코스라면 두 절 사이에 위치한 니조성에 들러야겠지만 숙박하는 호텔이 니조성 부근인 관계로 마지막에 돌아보기로 했다.

여덟 명은 택시에서 내려서 차완자카 언덕을 어슬렁어슬렁 걸어 올라갔다. 택시는 한 발 앞서 주차장으로 향했다.

기요미즈데라에 들어서자마자 수구당*이라는 건물에 붙은 태내胎内 순례**라는 간판이 눈에 들어왔다. 어째서인지 갑자기 의욕이 생긴 하야미의 권유에 이끌려 모두 참가했다. 참가비 백 엔을 지불하고 신발을 비닐봉지에 넣은 뒤 왼손으로 밧줄처럼 늘어진 수많은 염주를 쥐고 어두컴컴한 계단을 내려간다. 등 뒤에서 몇몇 사람이 큰 목소리로 떠들지만 가타기리는 짙은 어둠에 압도당해서 목소리가 나오지 않았다.

가타기리는 숨이 막힐 듯한 기분에 휩싸였다. 그 안은 일상생활에서 미처 경험해보지 못한 칠흑 같은 어둠으로 가득했다. 바로 앞에서 걷고 있을 하야미의 모습조차 보이지 않는다. 눈이 어둠에 적응하기 위해 헛되이 조리개를 열고 있다는 느낌이 들어서 불안하고 무서웠다.

앞이 보이지 않는다는 감각은 인간에게 무언가 근원적인 불안감을 가져온다. 느닷없이 하야미가 사라져버린 느낌이 들어서 신발을 담은 비닐봉지를 겨드랑이에 끼고 오른손을 뻗었다. 손끝에 하야미의 등이 닿았다. 엉겁결에 교복을 붙잡힌 하야미는 잠시 걸음을 멈추었지만 곧 그대로 다시 움직였다.

수구보살의 태내를 의미한다는 어둠 속을 걷는 시간은 지극히

* 수구보살을 모신 불당. 수구보살은 관세음보살이 변신한 이름이다.

** 일본 특유의 참배 방법. 지하에 만들어진 좁고 어두운 공간을 수구보살의 자궁으로 간주하여 태아가 어머니의 태내에서 빠져나오듯 어둡고 좁은 길을 걸어 출구를 찾아 빠져나간다.

짧았다. 이윽고 희미한 빛줄기가 비추었다. 안심했다. 빛줄기의 정체는 거대한 석조 원반이었다. 비모보살을 상징하는 '하라'라는 범어梵語(가타기리의 눈에는 필기체 Y로 보였다)가 적혔다.

"소원을 빌면서 돌려야 하나 봐."

하야미와 가타기리는 천천히 원반을 돌렸다. 뒤에서 오노데라도 손을 얹었었다.

좀 더 다양한 소원을 빌 생각이었지만 지금 가타기리가 기원하는 건 단 하나였다. 모두가 이대로 무사히 졸업해서 계속 웃을 수 있기를…….

태내 순례를 마치고 유명한 기요미즈노부타이에서 기념사진을 찍었다. 높이는 그다지 높지 않지만 무대의 튀어나온 부분이 절벽 끄트머리를 향해 완만한 경사를 이룬 탓에 왠지 모르게 불안했다.

가타기리는 마에지마가 무릎을 굽히고 목제 난간에 매달린 채 조심스레 아래를 내려다보는 모습을 보고 눈치챘다.

"뭐야? 혹시 무서워?"

마에지마는 고개를 가로저으며 억지웃음을 지어 보였다.

"설마. 그럴 리가 없잖아."

"거짓말하긴. 무섭잖아? 고소공포증 있어?"

가타기리는 마에지마를 놀려댔다.

"메이지 시대까지는 여기서 소원을 빌고 뛰어내리는 사람이 꽤 많았습니다."

어느새 오에 씨가 옆으로 다가와 설명했다.

"기록으로 남아 있는 것만 무려 234건입니다. 생존율은 대충 8할에서 9할 정도라고 하더군요."

"뭐야. 웬만하면 다 산다는 소리잖아. 마에지마라고 했지? 여기서 한 방에 4반의 전설을 만들 기회야. 기요미즈노부타이에서 인간비행 도전! 고!"

하야미가 뒤에서 갑자기 들어 올리려고 하자 마에지마는 여자아이 같은 비명을 지르며 도망쳤다.

"하스민 쌤은 정말 교토대학을 구석구석 잘 아시네요."

이사가와 마이가 감탄한 듯 말했다. 하스미가 거침없이 교내 시설을 안내한 까닭이다.

"일단 여기 선배니까"라고 하스미가 대답하자 깜짝 놀란 얼굴을 한다. 처음 듣는 이야기다.

"정말이야. 한 달 정도밖에 다니지 않았지만."

아마 일본의 대학이라면 어디를 가든 마찬가지였겠지만, 하스미는 입학한 지 일주일 만에 여기서 공부해 봐야 별 도움이 안 된다는 판단을 내리고 그 다음 주에 자퇴서를 제출했다.

"그리고 어떻게 하셨어요?"

하스미의 설명에 이사가와는 눈이 휘둥그레졌다.

"1년 재수해서 미국 대학으로 유학을 갔지. 어학연수 말고 제대로 공부하고 싶었거든."

부모님의 유산과 생명 보험금, 범죄 피해자 구조금 덕택에 학비나 항공료, 생활비는 걱정할 필요가 없었다. 하스미가 갖은 노력 끝에 입학한 학교는 소위 말하는 아이비리그에 속하는 명문대학이었다. 졸업 후에는 전공 관련 비즈니스 스쿨에 진학해 경영학 석사 학위를 취득하고 유럽계 명문 투자은행 모르겐슈테른 북미총괄본사에 취직했다. 그때는 장래에 이렇게 선생님이 되리라고는 상상조차 하지 못했다.

"그럼 애초에 교토대는 왜 들어가셨어요?"

와타라이 겐고가 의심쩍다는 듯이 질문했다.

"별다른 이유는 없었어. 다니던 고등학교에서 가깝기도 해서 그냥 흘러가는 대로 가다 보니 그렇게 됐지."

"어? 하스민 쌤 교토 출신이었어요?"

잠자코 듣고 있던 야스하라가 놀란 듯이 물었다. 하스미는 지금까지 자신이 걸어온 길에 대한 언급을 의도적으로 피해왔다.

"태어난 곳은 도쿄야, 교토에 온 건 중학교 2학년 때였고, 슬슬 부모님 품에서 떠나 독립하고 싶었거든."

쓸데없는 말을 조금 많이 해버렸다. 하스미는 화제를 바꿔 도쿄의 떠들썩한 분위기를 벗어나 교토에서 보낸 학창시절의 좋은 점에 대해 열심히 이야기했다. 그 후 사전에 섭외해둔 공학부 연구실을 방문해서 신코 마치다 고등학교를 졸업한 대학원생에게 매일같이 오직 연구에만 몰두하는 나날에 대해 생생한 이야기를 들었다. 좋은 쪽으로도 나쁜 쪽으로도 지나치게 실감나는 이야기에 학생들은 약간 질린 분위기였다.

말없이 이야기만 듣고 있자니 조금 지루했다. 하스미는 어느새 그날 밤에 일어난 일을 떠올리기 시작했다. 열네 살의 나이로 그때까지의 생활을 접고 모조리 다시 시작하게 했던 그날 밤의 일을…….

더운물이 나오는 샤워기 아래에 머리를 갖다 대니 마음이 조금 가라앉았다. 하스미는 손바닥에 알로에 향기가 나는 보디클렌저를 묻혔다. 곧 또다시 피투성이가 되겠지만 귀찮다며 수고를 아낄 때가 아니다. 배수구 주변을 소용돌이치며 흐르는 물의 색깔이 빨간색에서 회색빛이 도는 분홍색으로 변하고, 이윽고 투명해질 때까지 정성스럽게 온몸을 씻는다. 미리 옷을 벗어둔 덕분에 충동적으로 범행을 저지른 얼간이처럼 피가 잔뜩 묻은 옷을 처리해야 할 상황에 몰려 허둥거릴 필요는 없다.

단 옷은 벗고 있더라도 운동화는 신어야 한다. 맨발로 돌아다녀서 방안에 피 묻은 발자국을 남겨서는 안 되니까. 오래 신어서 너덜너덜해진 운동화는 샤워를 하는 동안 쭉 발밑에 있었다. 덕택에 따로 빨지 않아도 얼핏 봐서는 모를 정도로 피가 씻겨 내려갔다. 전신을 거울에 비춰서 깨끗해진 모습을 확인한 후 목욕 수건으로 물기를 닦는다. 핏물이 조금이라도 수건에 스며들지는 않았는지 자세히 확인했다. 다음으로 세면대 아래를 열고 파이프 세척제를 꺼냈다. 배수구에 파랗고 하얀 알갱이를 듬뿍 넣는다. 욕실 바닥은 화장실 세정제를 뿌려서 청소용 솔로 열심히 닦았다.

여기까지 조사할 가능성은 거의 없지만 이렇게 해두면 설령 욕실 바닥이나 배수관을 조사한다고 해도 루미놀 반응*은 나오지 않든가, 나온다고 해도 그저 면도하다 베었다거나 코피라고 둘러대면 통할 정도로 줄어든다.

아직 젖은 운동화를 쓰레기봉투에 담아서 입구를 단단히 봉하고 작은 배낭에 집어넣는다. 그리고 새 속옷과 플란넬 셔츠에 청바지를 입고 두꺼운 아디다스 점퍼를 입었다.

새벽녘까지는 아직 시간이 조금 남았다. 평소에 애용하던 자이언트 마운틴 바이크에 올라탄다. 길거리에서 타는 평범한 자전거가 아니라 크로스컨트리용으로 나온 제대로 된 산악자전거다. 아버지를 조르고 졸라 산 기억을 더듬으며 잠시 추억에 젖는다.

산악자전거를 타고 근처 언덕으로 향한다. 사람을 죽이기 전에 미리 구멍을 파두는 것이 하스미의 원칙이었다. 무슨 일이든 사

* 루미놀에 과산화수소수와 헤민 또는 혈액을 더하였을 때 루미놀이 파란 형광을 내는 반응. 범죄 수사에 서 혈흔을 감식하는 데 쓴다.

전에 철저히 준비해야 한다. 이 장소에도 오늘 아침 일찍 와서 깊이 1.5미터 정도의 구덩이를 미리 파두었다. 묻어야 할 물건이 작아서 그다지 힘들지는 않았다. 얼굴에 다 드러나 보여도 경찰이 증거물을 찾기 위해 집 주변을 수색하겠지만, 흉기도 현장에 남겨두었으니 여기까지 올 리는 없다. 만약 여기까지 와서 검시 봉으로 땅을 찔러 수색한다 하더라도 이렇게 깊은 곳에 있는 물건까지는 발견하기 힘들다. 몇 년 지난 뒤에 우연히 파헤쳐져서 발견된다고 해도 사람들이 그저 낡아빠졌을 뿐인 운동화에 관심을 보일 리가 없다.

운동화를 쓰레기봉투에서 꺼내 구멍 밑바닥에 던져 넣은 뒤 그 위에 흙을 덮고 땅을 발로 밟아 다지는 데에는 5분도 채 걸리지 않았다. 지금까지는 일이 너무나 순조롭게 풀렸다. 하스미는 은밀한 만족을 느꼈다.

한 시간 전.

하스미는 신중하게 〈서푼짜리 오페라〉 음반에 축음기 바늘을 내렸다. 거실에 자리한 거대한 스피커, JBL 파라곤에서 흘러나오는 〈모리타트〉. 누구든지 한 번쯤은 들었을 법한 선율이다.

처음 들었을 때는 독일어라 전혀 알아듣지 못했는데 이상하게도 기분이 고조되었다. 그 후 번역된 가사를 보고 충격 받았다. 밝고 친숙한 선율과 상반된 내용이라는 점도 있었지만 마치 자신의 이야기를 노래한 곡 같다는 기묘한 감각에 휩싸였다.

상어의 이빨은
얼굴에 다 드러나 보여도
매키가 품은 칼은
눈에 띄지 않네.

밝은 대낮 일요일에
해변에서 죽은 남자
모퉁이를 도는 사내
칼잡이 매키 짓이네.

유대인 마이어 사라지고
부자가 여럿 죽어도
돈 빼앗은 칼잡이 매키
아무 증거 없다네.

창녀 제니 타울러가 발견되고
칼에 가슴 찔렸네.
선창가에 칼잡이 매키
아무것도 모르네.

소호 거리의 화재
불타 죽은 한 노인과 일곱 아이
군중 속의 칼잡이 매키

탐문하는 자 아무도 없네.
세상 모두 이름 아는
나이 어린 과부
깨어보니 강간이네.
매키 목에 걸린 현상금이 얼마인가.

엘라 피츠제럴드가 부른 영어판 〈칼잡이 맥〉도 좋지만 역시 원곡이 최고다. 작곡은 쿠르트 바일이, 작사는 베르톨트 브레히트가 했다. 〈모리타트〉는 브레히트가 만든 단어로 살인귀를 의미한다.

하스미는 네 번 반복해서 〈모리타트〉의 선율에 귀를 기울였다. 맨 처음에는 눈을 감고, 두 번째부터는 미리 준비한 단도의 칼날을 엄지손가락으로 매만지며 방 안을 뱅글뱅글 걸으면서 들었다.

충분히 기분이 고조된 상태에서 축음기를 멈추고 독특한 선율을 휘파람으로 불면서 옷을 전부 벗어 던졌다. 알몸이 되어 낡은 운동화를 신고 단도만을 들고 거실로 간다. 소리 내지 않고 천천히 계단을 올라갔다. 부모님은 이 시간이면 깊이 잠들어 계신다.

부모님은 어제 뜬눈으로 밤을 지새우셨다. 오늘은 밤늦게까지 두 분이서 입을 꾹 다물고 위스키 잔을 기울이시는 모습을 보았다. 적어도 좋은 꿈을 꾸셨으면 좋겠다. 두 분 다 오늘이 인생의 마지막 밤일 테니까.

전날 밤.

하스미는 이어폰을 귀에 꽂고 도청기에서 들려오는 소리에 귀를 기울였다. 아버지의 가슴에 맺힌 비통한 고백이 막바지에 접어들었다.

"전부 저놈 짓이야. 세이지는 사람 죽이는 걸 대수롭지 않게 생각한다고. 태어났을 때부터 공감 능력이 낮은 이유가 궁금했어. 하지만 아무리 그래도 일이 이렇게 될 줄은 상상도 못했는데……."

"그래도 정말 믿기지 않아요."

어머니가 콧소리를 섞어 울먹이며 말했다.

"뭔가 단단히 잘못됐어요. 세이지가…… 우리 아들이……. 그런……."

"처음엔 나도 믿지 않았어. 하지만 이제는 의심의 여지가 없어."

"세이지가 한 일이라는 증거는 없잖아요."

"내가 증인이야."

아버지가 이를 악물며 말했다.

"그날 밤 저 녀석은 분명히 집을 빠져나갔다고."

"그냥 잠깐 놀러 나갔을 뿐일지도 몰라요."

"그것뿐만이 아니야. 구마가이 선생님이 죽은 날도……."

아버지는 냉정하게 증거를 나열했다. 의심 가는 일이 한 가지라면 그냥 우연의 일치려니 하고 말겠지만, 이렇게까지 맞아 떨어지면 결코 우연이 아니라고 생각했겠지.

"세이지는 사람을 죽였어. 단 한 번 실수로 사람을 죽인 게 아니야. 냉혹하고 철저하게 계산해서 두 사람을 살해했다고. 내가 우연히 알아차린 것만 두 사람이야. 그래도 설마 했는데……. 희생된 사람이 더 있을지도 몰라. 저 녀석은 괴물이야!"

어머니는 흐느끼기 시작했다.

"더 이상 내버려둬서는 안 돼. 우리가 세이지를 막아야 해."

"세이지는 이해를 못할 뿐이에요. 무엇이 바른 일이고 무엇이 그른 일인지 모를 뿐이라고요. 분명 우리가 교육을 잘못한 거예요. 그러니까 우리 아이에게 벌을 주지 말아요."

"벌이라니? 그런 차원에서 하는 말이 아니잖아?"

아버지는 목소리를 쥐어 짜냈다.

"저 녀석을…… 한시라도 빨리 사회에서 격리해야 해. 더 이상 희생자가 나오지 않게끔."

"그건 너무 잔인해요. 세이지는 이제 겨우 열네 살이라고요."

"피해자 유족들한테 그런 말이 통하리라고 생각해?"

"그럼, 그럼 세이지는……."

“청소년보호법이 있으니까 사형은 면하겠지. 평생을 감옥에 갇혀 지내지도 않을 거야. ……내 걱정은 오히려 교도소까지 다녀와도 저 녀석이 변하지 않으면 어쩌나 하는 거야.”

어머니는 한참을 조용히 있다가 쉰 목소리로 물었다.

“우리는 이제 어떻게 될까요?”

“나도 모르겠어. 아니, 틀림없이 모든 것을 다 잃게 되겠지.”

아버지의 목소리는 낮게 잠겨서 바닥까지 울리는 느낌이다.

“하지만 달리 선택의 여지가 없어.”

그 후로 침묵이 찾아왔다. 그 어떤 깜깜한 밤보다도 더 어두운 절망의 밤. 하스미는 비상구도 없는 어둠 속에서 두려움에 떠는 부모님을 깊이 동정했다. 실수를 한 탓에 두 건의 살인을 저질렀다는 사실을 아버지가 알아버렸다. 그 점을 감안하면 책임은 하스미에게 있다.

그 사실을 안 아버지는 이해가 가지 않는 행동을 했다. 그냥 잠자코 있으면 아무도 알아차리지 못할 텐데 왜 가장 불편한 사실을 직접 나서서 세간에 공표해야 한다고 말하는 걸까. 그렇게 하면 지금까지 힘들게 쌓아 올린 생활이 모두 물거품이 되어 버리는데 말이다.

아버지의 단호한 목소리로 미뤄보아 다른 선택의 여지가 없다고 생각하신 듯하다. 일단 이렇게 결정이 나면 아버지는 끝까지 자신의 고집을 꺾지 않는다. 설득을 시도해봤자 받아들이지 않을

게 뻔하다. 아버지가 정말 내가 저지른 범행을 경찰에 진술한다면 상당히 곤란해진다. 물론 사형은 면하겠지만 목숨보다 중요한 자유를 박탈당한다.

그렇다면 어떻게 해야 할까. 이런 상황에서 벗어날 방법은 없을까. 하스미는 최후의 방법을 떠올렸다.

아이러니하지만 법을 잘 이용해서 법이 실패하게 만들어야 한다. 법에 당하지 않을 상황을 만들어내면 된다. 성공한다면 자유를 빼앗길 일이 없다. 아니, 지금보다 더한 자유를 얻게 되리라.

만에 하나 실패한다고 해도 내가 처한 상황은 그다지 변하지 않는다. 유감스럽게도 나 역시 선택의 여지가 없다. 게다가 부모님은 지금 차마 두 눈 뜨고 보지 못할 만한 곤경에 빠지셨다. 재빨리, 무슨 일이 일어났는지 알아차리지 못하는 동안 편하게 해드리는 것이야말로 자비로운 일이고, 아들로서 최소한의 애정이다.

하스미의 회상은 범행 당일의 기억으로 다시 이어졌다. 운동화를 처리하고 집으로 돌아왔다. 집안은 쥐죽은 듯이 조용했다. 이제는 하스미가 집에 돌아와도 반겨주는 사람이 없다고 생각하니 한줄기 외로움이 느껴진다.

현관문은 열어두었다. 범인이 여기로 도주했다는 시나리오이기도 하고, 구조대가 집에 도착하는 데 시간이 걸리면 그만큼 자신의 생명이 위험해지기 때문이기도 하다. 다음으로 지면에 발자국이 남지 않게끔 콘크리트나 돌 위를 골라서 디디며 1층 창문 바깥쪽으로 돌아 나왔다. 라이터로 유리를 달궈서 깨뜨리고 창틀의 잠금장치를 열어둔다. 창문 바깥쪽 지면과 방 안쪽에는 앞서 처리한 운동화 발자국이 남았다.

하스미는 다시 한번 집안의 상황을 상세히 되새기면서 모순된 점은 없는지 머릿속으로 그림을 그려보았다. 깊은 밤 창문을 부수고 침입한 남자는 한동안 1층을 둘러보고 계단을 이용해 2층으로 올라온다. 부모님이 잠든 침실 문을 열고 대담하게도 머리맡에 놓인 금고 서랍을 열어서 그 안을 뒤진다. 그 후 잠결에 눈을 뜬 어머니를 가지고 온 칼로 찔러 죽이고 몸싸움 끝에 아버지도 살해한다. 그러고 나서 방 안을 좀 더 탐색하려던 참에 소리를 듣고 수상히 여긴 하스미가 복도로 나온다. 남자는 그 사실을 눈치채고 칼로 찌르려 한다.

하스미는 칼날을 피하려고 범인과 몸싸움을 벌이다가 팔을 베이고, 몸을 날려 도망치려고 했지만 1층에 내려가 경찰에 신고하려는 순간 붙잡힌다. 그 뒤 범인이 등 뒤에서 찌르는 칼에 맞고 의식을 잃었다는 시나리오다. 이 정도면 동정을 받았으면 받았지 의심을 받을 리는 없다.

남은 장애물은 둘. 우선 미리 조작해 놓은 범인의 발자국을 절대로 밟으면 안 된다. 세 명을 죽이고 도주한 범인의 발자국을 나중에 누군가가 더럽힌 흔적을 발견한다면 경찰은 조사 방침을 근본적으로 수정할 터다.

첫 번째 장애물은 조금만 주의를 기울이면 해결되지만 두 번째 장애물은 꽤 높다. 되든 안 되는 자신의 목숨을 위험에 노출시킬 필요가 있다. 하스미는 잠옷으로 갈아입고 그 위에 두툼한 한텐*을 걸쳤다.

잠옷 소매 너머로 쥔 길이 13센티미터 정도의 낡은 맥가이버 칼을 들고 유심히 살펴본다. 차고에 필요 없는 물건을 넣어둔 상자 안에서 발견한 칼이다. 칼날에 새겨진 상표도 일단 조사해 둔 바로는 이미 도산한 업체다. 아버지는 한때 아웃도어에 푹 빠진 적이 있는데 아마 그 시기에 산 물건으로 추정된다. 상당히 많은 양이 생산된 보급품이니 제아무리 경찰이라도 이제 와서 판매 경로를 추적하는 것은 불가능하다.

칼날에는 부모님의 끈적끈적한 피가 살짝 묻었다. 닦아낸 다음 알코올로 소독하고 싶은 마음이 굴뚝같지만 나중에 칼을 조사할 때 의심받을 가능성이 있어서 포기했다. 더구나 감염의 위험보다 먼저 자상으로 인한 생명의 직접적인 위협을 걱정해야 한다.

이 모든 정보는 아버지의 서재에 있는 의학서적을 참고했다. 척추의 왼쪽에는 심장이나 하행대동맥 같이 생명 유지에 관여

* 옷고름이 없고 깃을 뒤로 접지 않는 일본 고유의 방한용 외투.

하는 기관이 집중되어 있으므로 오른쪽 중에서 여기라면 찔러도 괜찮겠다고 생각되는 부위를 신중하게 선정했다. 방어흔도 잊어서는 안 된다. 팔뚝이라고 우습게 생각하다가 실수로 동맥을 건드리면 치명적인 상처를 입는다.

하스미는 배우처럼 앞으로 해야 할 일을 머릿속으로 되새겨보았다. 관객 없는 혼자만의 연극이지만 그런 만큼 더더욱 모순된 행동을 하지 않게끔 주의해야 한다.

숨을 깊이 들이마신 뒤 잠옷 소매를 길게 늘어뜨려 오른손에 나이프를 움켜쥐고 우선 왼쪽 팔뚝을 벤다. 다음에는 왼손으로 칼을 바꿔들고 오른쪽 손바닥을 벤다. 날카로운 통증이 느껴지고 선혈이 낭자했다. 맥가이버 칼을 들고 범인의 발자국에 주의하면서 아래층으로 내려온다. 당연히 발자국을 밟으면 안 되고, 그 이상으로 위에서 피를 흘리지 않게끔 신경 써야 한다.

전화기 앞에서 다시 한번 숨을 내쉬었다. 일부러 피에 젖은 손으로 수화기를 들고 110번을 눌렀다.

"여보세요. 무슨 일이십니까?"

"살려 주세…… 누가 날 죽이……."

다급한 목소리로 외치고 수화기를 떨어뜨렸다. 110번은 상대방이 전화를 끊기 전까지 회선이 계속 유지된다. 전화번호를 통해 주소를 알아내고 경찰이 출동하기까지 빨라도 5분은 걸린다. 서두를 필요는 없다.

하스미는 침착한 손놀림으로 맥가이버 칼을 미리 결정한 위치에 가져다 댔다. 두툼한 한텐 위로 찌르면 벽으로 피가 튀지 않을 터다. 그리고 뒤쪽으로 두세 걸음 도움닫기 해서 벽에 몸을 부딪쳤다.

"하스민 쌤? 왜 멍하니 서 있어요?"

생각에 잠긴 하스미에게 야스하라가 말했다. 학생들 사이에서 한바탕 웃음소리가 터져 나왔다.

"잠깐 옛날 생각이 나서 그랬어."

"왜 그렇게 웃으세요? 헤어진 애인 생각이라도 떠올리셨어요?"

"그런 거 아니야."

하스미는 쓴웃음을 지었다.

"젊었을 때는 나도 꽤나 터무니없는 짓을 했다 싶어서."

저녁 식사가 끝난 후에는 자유 시간이었다. 체육복 차림의 학생들은 나름대로 시간을 보냈다. 서로의 숙소를 오가며 잠시 해방감을 맛보았다.

가타기리는 트윈룸에 보조침대를 추가한 3인실에서 함께 방을 쓰는 오노데라 후코, 이사가와 마이와 함께 수다 삼매경에 빠졌다. 우시오 마도카와 가시와바라 아리도 합류해서 5인 우노*를

* 숫자나 글자가 들어 있는 108장의 카드를 써서 노는 게임.

시작한다.

평소에는 진지하고 얌전한 인상의 ESS부원들이지만 승부를 겨루게 되면 다들 흥분해서 의외로 분위기가 무르익는다. 가타기리는 처음에는 마치다 고등학교의 기괴한 내부 규율을 접하고 당황했지만 곧 중학교 시절 방해의 여왕으로 악명이 높았던 감이 돌아와 치열한 전투를 펼쳤다.

누군가 노크하는 소리가 들리더니 세 명의 남학생이 얼굴을 내민다.

"안녕."

다른 두 사람의 정수리가 코에 닿을 만큼 키가 큰 사람은 야마구치 다쿠마다. 다테누마와 장렬하게 몸싸움을 벌일 때는 무서워서 가까이 다가가기 힘들었지만 지금은 애교스러운 낙타처럼 미소를 날린다.

그 옆에 있는 사람은 부동의 학년 수석 와타라이 겐고다. 평소 느꼈던 차가운 인상을 떨쳐내기 어렵지만 도수 높은 안경 너머로 보이는 강렬한 외꺼풀 눈도 마음 탓인지 평소만큼 예리하게 느껴지지 않는다.

나머지 한 사람은 나고시 유이치로다. 개성이 강한 다른 두 사람에 비하면 그저 평범한 남학생이다. 가타기리를 보고 조심스럽게 고개를 끄덕인다.

"우노 하는 중이야? 나도 끼워줘."

야마구치가 의외의 붙임성을 발휘하며 여자아이들 사이로 끼어들었다. ESS의 여자아이들도 그다지 싫지 않은 표정으로 앉을 자리를 내주었다. 오노데라의 얼굴이 살짝 상기된 모습을 본 가타기리는 깜짝 놀랐다. 야마구치 쪽도 명백히 오노데라를 의식하는 눈치다.

와타라이는 야마구치만큼 거리낌 없는 사교성은 없었지만 시치미를 뚝 떼며 야마구치의 뒤를 따라 재빨리 가시와바라 아리의 옆자리를 차지했다. 와타라이가 얼굴을 밝히고 귀엽게 생긴 여자를 좋아한다는 사실은 4반 학생이라면 다 안다.

"이건 어떻게 된 조합이야?"

가타기리가 옆자리에 앉은 나고시에게 작은 목소리로 물었다. 이 세 사람이 사이좋게 어울린다는 얘기는 듣지 못했다.

"그냥 여기 오는 도중에 우연히 만났어."

나고시는 가타기리에게는 진작 들킬 줄 알았다는 표정으로 머리를 긁적거렸다. 요컨대 각자 찍어둔 사람이 있고, 목표가 서로 달라 경쟁할 필요가 없음을 알고 즉석에서 팀을 만들었다는 얘기다.

하야미도 데리고 왔으면 좋았을 텐데. 누군가가 조용히 문을 열기에 하야미라는 생각에 두근거렸지만, 들어온 사람은 캠코더를 든 나카무라 히사시였다. 나카무라는 대화에 끼어들지 않고 묵묵히 비디오 촬영을 이어갔다. 수학여행이 시작된 이후로 내내

이 상태다. 촬영 대상은 여학생뿐이고, 그중 반 정도는 가시와바라를 향해 렌즈를 들이대고 있다. 여자아이들은 처음 찍을 때는 기분 나쁘다고 불만을 나타냈지만 지금은 질려서 거의 무시하곤 한다.

우노가 시작되었지만 승부의 양상은 이전과 완전히 달랐다. 노골적인 전투심은 자취를 감추었고 게임의 흐름을 타고 대화를 즐기는 분위기가 조성되었다.

"저녁밥 정말 맛있었지?"

우시오가 평온한 말투로 얘기했다.

"응. 교토 음식은 맛이 밍밍한 줄 알았는데 먹어 보니 제대로 된 맛이더라."

오노데라가 고개를 끄덕였다.

"나는 생선 싫어하는데 그 은어는 정말 맛있더라."

가시와바라가 말했다.

"맞아. 아직 새끼 은어지만 튀김이라 통째로 먹어서 좋고."

와타라이가 음식 평론가같이 건방진 말투로 이야기했다. 아까부터 가시와바라가 하는 말에만 열심히 맞장구를 친다.

"으…… 확 말해버릴까."

나고시가 얼굴을 찡그리고 붉은 카드를 버리며 중얼거린다.

"뭘?"

나고시가 전에 없이 불쾌한 표정을 짓자 가타기리가 의아한 듯 물었다.

"저녁 식사 말인데……. 우리랑 선생님들 식사 시간이 좀 달랐잖아. 장소도 우리는 연회장 같은 곳에서 먹었는데 저쪽은 별실이었고."

"그래서?"

"밥 먹고 나서 선생님들이 밥 먹는 곳에 가봤지."

"정말? 뭐 때문에?"

"그건 별로 중요한 일이 아니었어. 하여튼 교무실에 들어갈 때처럼 실례하겠다고 이야기하고 문을 열었더니 선생님들이 엄청나게 당황하더라? 사카이 교감은 뭐 하러 왔냐는 눈으로 쳐다보고 시바하라가 바로 일어나더니 쫓아내려고 오더라고."

어느새 모두 우노를 중단하고 나고시의 이야기에 빠져들었다.

"왜 그렇게 당황했을까?"

야마구치가 모두를 대표해서 물었다.

"그 자식들은 우리랑 다른 걸 먹더라고. 어딜 어떻게 봐도 그쪽이 몇 단계는 호화로웠어."

"정말?"

"완전 치사해!"

"진짜로?"

곳곳에서 원성이 들려왔다.

"나카무라, 특종 잡으러 가자!"

이사가와가 촬영에 열을 올리고 있는 나카무라에게 말했지만 나카무라는 가시와바라의 화난 얼굴을 기록하는 데 열중하느라 반응이 없었다.

"그런데 그 돈이 어디서 나서?"

야마구치가 으르렁거리며 말했다.

"당연히 우리 수학여행비로 충당했겠지. 공무원이 세금이나 연금, 보험료를 삥땅치는 거랑 마찬가지야."

와타라이가 언제나처럼 비아냥거리며 말했지만 이번만큼은 속 시원하게 들렸다.

"공금을 횡령하다니 이게 말이나 돼?"

정의감에 불탄 오노데라가 와타라이에게 물었다.

"이 정도야 우습지. 매년 수학여행을 혼자서 관리하는 사람이 스리이지? 스리이가 오후쿠여행사의 수행 안내원…… 그 녀석 이름이 뭐였더라?"

"니시마?"

"그래, 그래. 그 녀석이랑 짜고 거하게 자기들 주머니를 채운 모양이야."

어째선지 가시와바라를 향해서 고개를 끄덕여가며 설명한다.

가타기리는 어디까지 믿어야 하는지 의심을 품었다. 하지만 확신에 가득 찬 와타라이의 모습을 보면 그저 소문만은 아닌 듯하다. 교사에 대한 큰 환상은 없었지만 학교라는 곳이 청소년에게 어른들의 부끄러운 모습을 보여주고, 그와 같은 사람을 양성하기 위한 틀 같다는 기분마저 들었다.

호텔 복도를 걷고 있으면 푹신푹신한 발아래의 감촉이나 부드러운 간접조명 탓에 학교와는 다른 분위기에 휩싸여 점점 불쾌한 일은 잊고 기분이 들뜨게 된다. 엘리베이터에 타지 않아도 계단을 한 층만 내려가면 남자 숙소다. 남자 숙소와 여자 숙소는 일단 다른 층으로 예약했지만 취침 시간까지 서로 들락날락하는 정도는 봐준다.

층계참에 가기 전에 갑자기 걸음을 멈추었다. 대화 소리가 들린다. 누군가가 있다. 가타기리는 몸을 숨기고 살그머니 아래를 엿본다. 본능적으로 두려워하는 네 명의 교사 중 누군가라면 피하고 싶어서였다.

그곳에 있는 사람은 구메 선생님과 마에지마 마사히코였다. 작은 목소리라서 무슨 얘기를 하는지 잘 들리지 않았지만 상당히 친밀하게 말을 주고받는 모습이었다. 그러고 보니 마에지마가 미술부였지.

이야기를 방해하기도 뭐해서 잠시 기다리기로 했다. 구메 선생님이 마에지마에게 다가간다. 위에서 내려다봐도 키가 꽤 차이 난다. 구메 선생님이 마에지마의 어깨에 손을 올려 끌어안더니 몸을 앞쪽으로 수그린다.

어? 거짓말이지? ……두 사람이 입을 맞춘다. 처음에는 구메 선생님이 성추행을 하는 거라고 생각했는데 마에지마도 상대방의 목에 손을 감고 적극적으로 응한다.

가타기리는 어안이 벙벙했지만 처음부터 끝까지 지켜보았다. 두 사람이 드디어 아래층으로 사라졌을 때는 손바닥에서 땀이 나고 심장이 쿵쾅거렸다. 고개만 빼꼼히 내밀어 남자 숙소 쪽을 바라보았다. 마침 마에지마가 복도 안쪽 방으로 들어가는 중이다. 소리 없이 문이 닫힌다.

믿을 수 없다. 동성애다. 정말로 이런 일이 일어나다니. 1초라도 빨리 하야미에게 이 사실을 전하고 싶었지만 방에는 아무도 없었다. 그때 마침 근처 방문이 열리고 이름이 기억나지 않는 1반 아이가 얼굴을 내밀었다.

하야미가 어디에 있는지는 모른다고 대답했다. 아까 마에지마가 들어간 방을 가리키며 누가 쓰는 방인지를 물었다. 거기는 교직원용 싱글룸이고 구메 선생님이 쓴다고 대답했다.

하야미는 방에 없고 전화도 받지 않는다. 계속 남자 숙소를 기웃거리기는 싫었다. 가타기리는 계단을 이용해서 여자 숙소로 돌아왔다. 엘리베이터 문이 열리고 같은 반 남자아이가 내렸다.

"와키무라, 뭐해?"

와키무라 하지메는 양손으로 다 들지 못할 만큼 많은 음료수 캔을 들고 있었다.

"아…… 저, 이것 좀 사러……."

얼굴을 푹 숙이고 작은 목소리로 대답한다. 내장 질환 탓에 체중이 90킬로그램에 육박할 만큼 덩치가 크지만 성격이 소심해서 가타기리와 눈을 마주치지도 못한다.

와키무라는 같은 반 여자아이들에게서 심부름꾼 취급을 받는다. 특히 심하게 부려 먹는 사람은 야스하라 미야나 아베 미사키 일당이지만 요즘에는 검도부의 구보타 나나와 시라이 사토미, 하야시 미호, 요코타 사오리, 요시다 모모코 같은 별 볼 일 없는 아이들도 합세했다.

가타기리는 이것도 분명한 따돌림이라고 생각하지만 같은 반 아이들은 지극히 당연한 일로 여긴다. 폭력이나 공갈을 수반하지 않으니까 심각하게 여겨지지 않는 데다가 본인이 그 위치에 안주한 듯이 보여서 더 그런 듯하다.

와키무라는 신칸센 안에서도 다지리 유키오와 함께 야스하라 일당 앞에 서서 개그맨 흉내를 내는 등 바보짓을 해야 했지만 그 모습을 본 인솔교사들도 크게 꾸짖지 않았다.

"와키무라, 너 혹시 1반 하야미 못 봤어?"

가타기리는 별다른 기대 없이 물었다.

"아, 조금 전에 봤는데……."

의외의 대답에 곧바로 귀를 기울였다. 하야미는 교내에서 유명인이므로 다른 반 학생들도 거의 얼굴 정도는 알고 있다.

"어디서?"

"옥상에서 봤어."

"그래? 고마워."

가타기리는 얼굴이 풀어진 모습을 들키지 않기 위해서 재빨리 와키무라와 자리를 바꿔 엘리베이터에 탔다.

호텔 옥상은 여름에는 비어 가든으로 사용하지만 아직 영업을 시작하지 않았다. 그 대신 교토의 야경을 볼 수 있게끔 투숙객에게 개방해 두었다.

가타기리가 엘리베이터에서 내려서 옥상으로 가는데 누군가가 계단으로 모습을 감추었다. 구두굽이 바닥에 박혀버릴 듯한 기세였기에 오히려 신경이 쓰여서 뒷모습을 확인한다.

여성이다. 체육복을 입지 않았으니까 학생은 아니지만 일반 투숙객도 아니었다. 유카타처럼 매화 무늬가 그려진 블라우스. 전에 본 기억이 있다. 평상시와 달리 화려한 모습이 신선했다. 저 사람은 분명히 보건교사 다우라 준코다. 하지만 왜 저렇게 급히 달려가는 걸까. 꼭 엘리베이터 소리에 놀라서 황급히 도망가는 사람처럼…….

옥상에는 인기척이 전혀 없다. 낮에는 날씨가 화창했지만 지금은 하늘에 구름이 잔뜩 끼어서 별도 보이지 않는다. 한바탕 비라도 올 듯한 분위기마저 감돌아서 몸이 으스스하다. 조금 전까지만 해도 학생들이 많이 오가더니 지금은 모두 방으로 돌아갔나 보다.

아무도 없나? 가타기리는 옥상을 한 바퀴 돌아보기로 했다. 경치가 보일 리 없는 구석에 우두커니 선 그림자를 발견했다. 감색에 하얀 줄무늬가 들어간 신코 마치다 체육복을 입었고 큰 키에 호리호리한 체형이다.

"하야미?"

가타기리가 말을 걸자 깜짝 놀란 표정을 짓는다.

"이런 곳에서 뭐 해?"

"아냐……. 아무것도……."

짧게 대답했지만 하야미는 분명히 몹시 당황했다. 손으로 연기를 휘저어 날려 보내려는 행동을 보고 딱 느낌이 왔다. 여기서 담배를 피우는 중이었나 보다. 정말이지 뭐 하는 짓인가 몰라.

하지만 하야미에게 다가간 가타기리는 자신이 착각했음을 깨달았다. 담배와는 다른, 풀을 태운 듯한 달짝지근한 냄새.

"너 설마 대마초 피웠니?"

가타기리는 자신도 모르게 약간 엄한 말투로 물었다. 담배는 아니다. 대마초를 피웠다면 틀림없는 퇴학 감이다.

"아니야."

하야미는 부정했지만 안절부절못하는 꼴이 심히 수상했다.

"이쪽 좀 봐! 너 미쳤니? 수학여행까지 와서 이런 짓은 왜 하는데?"

가타기리는 말문이 막혔다. 하야미 입 주위에 뭔가 빨간 것이 묻었다. 립스틱이다.

다우라 선생님. 머릿속에서 번개처럼 모든 것이 맞아떨어졌다. 충격이 너무 크다 보니 어떻게 반응해야 할지도 모르겠다. 화조차 나지 않았다. 가타기리는 어쩐지 넋이 나간 사람처럼 멍해졌다.

"가타기리, 그게 말이야……."

하야미가 머뭇거리며 손을 뻗었지만 쳐내기도 싫었다. 가타기리는 몸을 돌려 하야미의 손을 피하고는 곧장 그 자리에서 빠져나왔다.

엘리베이터에 타서 숫자 버튼을 누를 때까지 한 번도 뒤돌아보지 않았다. 하야미가 따라올까 봐 계속 숨을 죽였다. 엘리베이터 문이 닫힌 뒤에야 간신히 길게 한숨을 내쉬고 손수건을 꺼내어 눈가를 닦았다.

도착을 알리는 벨소리가 울리고 엘리베이터 문이 열렸다. 가타기리는 눈앞에 서 있는 사람을 보고 움찔했다. 하스미 선생님이다.

당연히 5층 여자 숙소에 도착했다고 생각하고 하스미 선생님의 옆을 비집고 빠져나오려고 할 때 아직 7층이라는 사실을 알았다. 하스미는 눈썹을 올리고 입가에 미소를 띠었지만 그전에 순간 표정을 굳혔다. 하스미는 아무렇지 않은 척하며 엘리베이터에 타고 4층 버튼을 눌렀다.

"무슨 일 있니?"

하스미가 가타기리에게 묻는다. 가르치는 학생을 걱정하는 마음이라기보다는 질문을 듣기 전에 기선을 제압하겠다는 느낌이다.

"별일 아니에요."

가타기리는 어색하게 대답했다. 방금 전에 운 걸 눈치챘을까?

"그래?"

하스미는 고개를 들어 몇 층인지를 확인했다. 이런 시간에 학생이 옥상에 다녀온 이유가 뭔지 생각하는 눈치다.

"나는 가타기리에게 신뢰받지 못하나 보구나."

상냥한 목소리로 말한다. 입 밖에 내지는 않았지만 다른 학생들에게는 신뢰가 두텁다는 낌새를 풍겼다.

"혹시 뭔가 곤란한 일이 있으면 언제든지 말해도 좋아. 이전에 상담했던 문제도 제대로 해결했잖니?"

야스하라 미야가 성추행을 당한 일을 털어놓았을 때의 일을 말하는 듯하다. 야스하라의 태도로 봐서는 그 문제를 확실히 해결한 모양이다. 가타기리는 입을 다물었다. 도착 벨이 울렸다. 이번엔 정말로 5층이다.

"실례하겠습니다."

가타기리는 인사를 하고 엘리베이터에서 내렸다. 등 뒤로 찌르는 듯한 하스미 선생님의 시선이 느껴졌다. 조금 시간이 지나고 뒤를 바라보니 엘리베이터 문은 이미 닫힌 후였다. 갑자기 하스미 선생님이 7층에서 무엇을 했는가 하는 의문이 엄습했다.

하지만 지금은 머릿속이 복잡하다. 하야미가 호텔 옥상에서 대마초를 피웠다. 다우라 선생님과 몰래 만나 키스까지 했다. 온갖 일들이 뒤죽박죽 섞여서 차분히 생각하기가 힘들다. 어쨌든 빨리 아무도 없는 곳에 가서 실컷 울고 싶었다.

가타기리 레이카가 5층에서 내려서 뒤도 돌아보지 않고 사라지는 모습을 확인한 하스미는 엘리베이터 문이 닫히자 얼굴을 일그러뜨렸다. 역시 번거롭더라도 비상계단을 이용해야 했다.

스위트룸이 위치한 최상층 두 층, 즉 7층과 8층은 엘리베이터 키가 없으면 엘리베이터가 서지 않고 비상계단도 계단 쪽에서는 문을 열지 못하는 구조다. 요컨대 7층과 8층으로 출입이 가능한 사람은 호텔 종업원과 그 층에 숙박하는 사람들뿐이다. 가타기리가 공연히 억측을 하지 않게끔 망을 봐둘 필요가 있다.

4층에서 엘리베이터를 내려서 모퉁이를 돌자 시바하라가 몇몇 남학생을 붙잡고 혼을 내는 모습이 눈에 띈다. 수학여행에까지 죽도를 가지고 오지는 않았지만 껄렁한 불량배가 선량한 고등학생들에게 시비를 거는 모습으로밖에 보이지 않는다.

시바하라는 가타기리 레이카를 지켜보기에 적당한 사람이 못 된다. 하스미는 비상계단을 이용해 다시 5층으로 올라갔다. 거기서 뜻밖에도 다우라와 마주쳤다.

“다우라 선생님, 지금 바쁘지 않으면 부탁 좀 들어주시겠습니까?”

평소와 달리 예의를 차리는 말투에 뭐라고 한마디 할 줄 알았는데 다우라는 “뭔데요?”라고 대답했다. 학교에서 걸치는 흰 가운이 아니라 매화 무늬가 그려진 실크 블라우스를 입어서인지 평소와는 분위기가 달라 보인다.

“저희 반의 가타기리 레이카에게 문제가 생긴 듯해서 말입니다.”

하스미는 엘리베이터에서 본 일을 이야기했다. 그녀가 옥상에서 내려왔으며 울고 있었다고 말하자 다우라는 어째서인지 복잡한 표정을 지었다.

“평소에 착실한 아이니까 그다지 걱정되지는 않지만 조금 상태를 보고 와주시겠습니까?”

“제가 해야 하는 일인가요?”

두말없이 승낙할 줄 알았는데 주저하는 태도였다.

“한창 민감한 나이니까요. 아무래도 같은 여자 분이 더 낫지 않을까요? 기타바타케 선생님이나 고바야시 선생님보다는 다우라 선생님이 이런 일에 익숙하시잖아요.”

“하지만 여학생이라면 하스미 선생님이 저보다 더 잘 다루시잖아요?”

"그게, 이유는 모르겠지만 가타기리가 나를 싫어하거든."

하스미는 평상시처럼 반말로 돌아갔다.

"부탁 좀 할게. 설마하니 무슨 일을 치지는 않겠지만 지금은 누군가가 같이 있어 주는 편이 좋겠다는 생각이 들어."

"알겠어."

다우라는 깊은 한숨을 내쉬고는 가타기리를 찾아 나섰다. 하스미는 다우라를 보내놓고, 다시 비상계단으로 돌아가서 휴대전화로 야스하라 미야를 불러냈다.

"하스민 쌤."

야스하라가 들뜬 목소리로 대답한다.

"멍청아, 이름 부르지 마!"

"괜찮아요. 지금 방이긴 하지만 옆에 아무도 없거든요."

"코트는 가져왔어?"

"네."

"아무한테도 들키지 않게 조심해서 6층으로 올라와. 엘리베이터 말고 계단으로 와야 한다."

"알겠어요."

하스미는 전화를 끊고 빠른 걸음으로 계단을 올라갔다. 시간은 오후 아홉 시. 6층에서 투숙객이나 종업원의 모습은 보이지 않았다. 위로 올라가는 엘리베이터 버튼을 누른다. 잠시 후 문이 열린다. 다행히 아무도 타고 있지 않았다.

하스미는 바지 뒤에 숨겨둔 모자를 꺼내 쓰고 까만 뿔테 안경을 썼다. 가명으로 체크인을 할 때는 제법 공들여서 변장했지만 엘리베이터 감시카메라를 속이는 데에는 이 정도면 충분하다.

곧 야스하라가 숨을 헐떡이며 도착했다. 끈 없는 구두로 신발을 갈아 신고 모자가 달린 봄 코트를 옆구리에 꼈다. 야스하라는 체육복 바지를 무릎까지 걷어 올린 뒤 코트를 입고 모자를 썼다. 이렇게 하면 천장에 달린 감시 카메라에서는 체육복을 입은 고등학생으로 보이지 않을 터다.

두 사람은 엘리베이터에 탔다. 하스미는 엘리베이터 키를 찔러 넣고 7층 버튼을 눌렀다. 야스하라의 손이 하스미의 손을 더듬더듬 찾더니 꽉 잡는다. 수학여행 중에 혼자만 특별한 일을 하고 있다는 생각으로 흥분한 모양이다. 7층에서 엘리베이터를 내리고 스위트룸으로 향했다.

"와! 굉장해, 이렇게 넓다니."

야스하라는 처음 보는 스위트룸의 모습에 감격했다.

"하스민 쌤, 드디어 우리 단둘이만 있게 되었네요."

하스미가 문을 닫고 뒤돌아보자 야스하라가 하스미의 목에 매달린다. 하스미는 선 채로 긴 입맞춤을 했다. 야스하라는 몸에서 힘이 빠져 그대로 쓰러질 듯하다. 안아 올려 침실의 침대까지 이동해서 툭 내던진 후 체육복 바지와 속옷을 벗겨서 던진다.

교내에서 잠깐씩 비는 시간을 이용해서 학생들을 범할 때는 가급적 벗기기 쉬운 복장이 바람직하다. 천 조각이나 다름없는 교복 치마는 한 번 손을 움직여서 속옷을 내리기만 하면 삽입할 수 있다. 한편 체육복 바지는 벗기는 사이에 학생의 저항을 받기 쉽다는 단점이 있지만, 발목을 묶는 용도로 유용하다는 장점이 있다. 이전에 근무한 학교에서는 체육 창고에서 학생을 능욕할 때 벗겨낸 체육복을 재빨리 꽈서 손발을 묶는 일이 하스미의 주특기였다. 선보일 기회는 없겠지만 파티에서 장기자랑으로 이 기술을 시연하면 박수갈채를 받을 것이다.

"잠깐만요. 이렇게는 싫어요."

하스미의 일방적인 행동에 야스하라는 저항했다.

"시간이 없어."

하스미는 야스하라의 몸을 뒤집어서 엉덩이를 잡고 끌어올리며 말했다.

"우리 둘 다 자유시간 내내 보이지 않으면 사람들이 이상하게 생각할 거야."

"하지만 조금 부드럽게……앗……."

억지로 삽입하자 아직 충분히 젖지 않은 야스하라가 고통으로 몸부림쳤다.

"잠깐만 참아 봐. 곧 좋아질 테니까."

하스미는 야스하라의 양팔을 뒤로 빼서 말고삐처럼 쥐고는 야스하라의 상태는 신경도 쓰지 않고 몸을 흔들기 시작했다.

"이건 아직 예행연습이야. 진짜는 오늘 밤부터 내일 아침까지지."

얼굴은 보이지 않지만 필사적으로 고통을 견뎌내는 모습이 애처롭다. 하스미는 사디스트가 아니라서 상대방이 고통스러워하는 모습을 보며 즐거워하지는 않지만, 그렇다고 배려해 줄 생각은 없었다.

조금 시간이 지나자 빽빽했던 곳이 갑자기 부드러워졌다. 야스하라가 젖기 시작했다. 고통과 굴종 다음에는 반드시 최고의 쾌감을 얻는다. 치밀한 스킨십으로 이렇게 가르쳐온 보람이 느껴진다. 내 지도에 따라 학생들이 극적으로 변화하는 모습을 보는 일이야말로 교사 생활의 진정한 묘미다. 그렇게 실감하는 순간이었다.

처음에는 얼른 끝낼 생각이었지만 아쉬운 마음이 들었다. 조금만 더 즐겨도 되겠지. 지금이야말로 학생을 지도하기에 적절한 기회다.

"그건 그렇고 야스하라는 반성할 일이 있지 않니?"

"죄송해요."

"야스하라, 이유도 모르면서 사과하면 안 되잖니. 선생님은 네가 다른 학생들에게 우리만의 비밀을 누설한 일을 말하는 거란다."

"하지만 하스민 쌤이라고는 아무한테도 말하지 않았어요."

"말하지 않아도 대충은 알아. 상대방이 선생님이라고 넌지시 흘렸지?"

"아…… 그건……."

"이런 일을 한다는 사실이 밝혀지면 선생님은 해고당해. 그렇게 되면 야스하라와도 더 이상 못 만나게 되고. 그래도 좋아?"

"아니…… 싫어요."

"그럼 두 번 다시 우리 일을 누구에게 자랑하지 마."

"네, 알았어요."

"그래, 그래. 착하구나."

칭찬의 의미로 다시 한번 깊숙이 집어넣어 준다. 야스하라는 마치 전기에 감전된 듯 몸을 뒤로 젖혔다. 필사적으로 지켜왔던 사고 능력이 어딘가로 사라져 버린 모양이다.

어떤 학생이든 솔직해지는 순간이 있다. 그 순간을 끌어내는 계기는 쾌감이기도 하고 공포나 두려움이기도 하다. 이 세상의 교사들이 왜 그런 순간을 이용해서 지도하지 않는 건지 하스미는 의아할 따름이다.

"우리 이야기를 누구누구에게 했지?"

"아베하고…… 두세 명뿐이에요."

야스하라는 흩어진 사고 능력을 다시 긁어모았다.

"자, 이렇게 할까. 야스하라가 관계를 가진 사람은 사나다 선생님이라고 해두자."

"네? 하지만……."

"어차피 학교에 없는 사람이니까 이 기회에 뒤집어씌우자. 그 방법이 모두의 행복을 위한 길이야. 사나다 선생님도 우리에게 도움이 되어서 만족할 거야."

"네……."

"어색한 티를 내면 안 돼. 스스로 잘 생각해서 상대방이 네 말을 믿게끔 해야 한단다. 그래, 우선은 가능한 한 외로운 표정을 지어 보여야지."

"외로운 표정이요?"

"사랑했던 사나다 선생님이 이제 없으니까 외로워야지. 그 정도 연기는 가능하지?"

"네, 가능해요."

야스하라는 이미 자아를 잃어버린 상태였다. 마치 최면 암시를 받는 듯했다. 피스톤 운동에 회전을 더하면서 애완견을 다루듯 야스하라의 머리를 부드럽게 쓰다듬어 주었다. 야스하라는 격렬한 움직임에 몸을 맡기고, 베개를 입에 물어 소리를 죽이면서 넋이 나간 듯 눈을 감았다. 그 옆모습이 어느 사이엔가 하스미의 기억 속에 간직된 또 다른 소녀의 얼굴을 떠오르게 했다.

중학교 2학년 겨울.

'참담한 비극'으로 부모님을 동시에 잃은 하스미는 교토에 사는 외삼촌 마쓰자키 다케후미의 손에서 자라게 되었다. 외삼촌네 집에서 하스미를 기다린 건 마치 살얼음을 밟듯이 조심스러운 주위 사람들의 배려와 상냥함이었다. 외삼촌은 교유젠*을 만드는 장인이었다. 평소에도 그다지 사람과의 교제를 즐기지 않던 외삼촌은 상상을 초월하는 비극을 겪은 하스미를 어떻게 대해야 할지 고민하는 모습이었다. 그렇지만 어딘가 달관한 듯한 사람이어서 자잘한 일을 신경 쓰지 않는 면도 있었다. 하스미는 그렇게 신경 써주지 않아도 된다고 생각했지만 말이다.

숙모인 히로코는 우애 있게 지내던 형님 부부를 잃은 갑작스런 비극으로 상당히 동요했다. 강인하고 똑 부러진 여성이었지만 불현듯 그 사건이 떠오르면 눈물을 보이기도 했다. 그녀는 혼자 남겨진 하스미에게 지극히 섬세한 배려를 아끼지 않았다. 하스미는 적당히 자기만의 세상에 틀어박히면서도 건강하고 밝게 행동했다. 그런 모습을 지켜보면서 히로코는 점점 더 하스미를 동정했다.

두 명의 사촌 동생, 즉 중학교 1학년인 미노리와 초등학교 5학년인 도모야는 처음 얼마 동안 조심스레 멀리서 바라만 보았지만 하스미가 공부를 도와주면서 서먹함을 없애기 위해 노력하자 곧 상냥한 오빠, 다정한 형을 따르기 시작했다.

하스미는 늘 주변의 기대에 부응해야 한다는 사실을 잊지 않았으므로 외삼촌네 집은 점점 살기 편한 곳이 되었다. 2학기가

* 일본 전통 염색 직물.

끝나려면 한 달 반 정도가 남았으므로 하스미는 다른 학생들보다 한발 앞서 긴 봄방학을 맞이했다. 그동안 독서나 아침 산책으로 몸과 마음을 달랜 하스미는 3학년 1학기에 교토의 공립중학교로 편입했다.

하스미가 전학을 가게 된 이유는 다른 학생들에게 절대 비밀에 붙이기로 했다. 사건의 피해자로 하스미라는 성姓이 전국에 보도되었기에, 법적으로 양자로 들이진 않았지만 '마쓰자키 세이지'라는 이름을 사용했다. 덕분에 진상을 알아차린 친구는 한 명도 없었다.

하스미가 주목을 받은 이유는 전학 후 치른 첫 모의고사에서 갑자기 전교 1등을 차지했기 때문이다. 몇몇 여학생은 다른 남자애들보다 어른스럽고 세련되었지만 어딘가 그늘진 하스미에게 호감을 나타냈다. 개중 일부는 교제를 청하기도 했지만 하스미는 모두 정중히 거절했다. 사건의 진상을 아는 사람은 아무도 없었지만 아직은 슬픔에 빠진 소년 연기를 계속해야 한다고 생각한 까닭이다. 마찬가지로 남자아이들과도 적극적으로 사귀려고 들지 않자, 자연스럽게 하스미를 우러러보면서도 멀리하는 분위기가 조성되었다.

그러던 중 반에서 자리를 바꿨을 때 우연히 옆에 앉은 이시다 유미라는 여학생만은 하스미가 상대해 주지 않아도 아무 거리낌 없이 말을 걸어왔다. 작은 체구에 이마가 넓고 코도 납작해서 미소녀와는 거리가 멀었지만 묘하게 끌리는 애교가 있었다. 이상한 아이라고 생각했지만, 너무 무뚝뚝하게 굴기도 좀 그래서 적당히 말을 주고받는 사이, 가장 대화를 많이 나누는 상대가 되었다.

하스미가 유미의 존재를 진지하게 신경 쓰게 된 시기는 자리를 바꾸고 난 후 한 달 정도 지난 무렵이었다.

"하스미 너 그러면 안 돼."

유미가 하스미에게 타이르듯 말했다. 하스미와는 대조적으로 유미의 성적은 늘 바닥이었다. 학급의 다른 학생들은 그녀를 비웃었고, 유미에 대한 조롱을 서슴지 않는 녀석도 있었다. 유미는 따돌림당하지는 않았지만 웃음거리의 대상이었다. 하지만 영향력 있는 하스미가 유미의 언동을 관대하게 바라보는 사이에 주위에서도 흥미를 잃고 괴롭힘을 그만두었다.

하스미는 스스로도 자신이 왜 유미의 행동을 받아주는지 당혹스러웠다. 하지만 어느 날 유미의 말을 듣고 나서 번뜩 그 이유를 깨달았다.

"너는 정말 제멋대로고 지나치게 차가워. 다른 애들 기분도 생각했으면 좋겠어."

어떤 상황인지는 기억나지 않지만 아무래도 유미가 하스미의 연기를 알아챘다는 생각이 들었다. 그녀가 수업을 따라가지 못하는 이유는 아이큐가 낮아서가 아니라 일종의 학습장애가 있어서였다. 하지만 다른 사람의 심리를 꿰뚫어 보는 능력은 보통이 아니었다. 어떤 친구가 마음이 상했는데 주위에 알리지 않고 아무렇지 않은 척하고 있으면 유미는 바로 알아차리고 위로의 말을 건넸다. 평소에 바보 취급을 당하면서도 따돌림까지 가지 않는 이유는 바로 이 때문이다.

구마가이 선생님에게서 다른 사람의 마음을 헤아리라는 충고를 들은 이후로 하스미는 주위 사람을 관찰하고 모방해서 거의 완벽하게 자연스러운 감정을 만들어냈다. 사람들은 대체로 잘 속았다. 실제로 외사촌 동생들까지도 하스미를 좋은 오빠, 다정한 형으로 믿어 의심치 않는다.

하지만 여기 그런 겉치레를 극히 자연스럽게 간파한 사람이 있다. 역시 내가 자체적으로 만들어낸 감정에는 한계가 있는 듯하다. 하스미는 둘 중 하나를 선택해야 하는 상황에 처했다. 이시다 유미를 살해하느냐, 아니면 보다 완벽한 감정 연기를 하기 위해 그녀를 이용하느냐이다. 하스미는 고심한 끝에 후자를 택했다. 장래를 위해서는 사람을 죽이기보다 더욱 철저하고 완벽하게 다른 사람의 감정을 따라 할 필요가 있다는 생각으로 내린 판단이었다. 다행히 유미는 자신에게 공감 능력이 부족하다고 여길 뿐, 하스미 안에 사악한 무언가가 있다는 생각은 하지 않았다. 혹시 나중에 유미가 하스미를 위험한 존재라고 깨닫는다고 해도, 지혜롭게 처세하는 방법도 모르고 다른 사람을 의심하지도 않는 소녀를 처리하기는 식은 죽 먹기다.

이렇게 유미는 하스미에게 감정을 가르치는 과외 선생님이 되었다. 하스미가 유미와 보내는 시간이 자연스럽게 늘어났다. 이미 자신이 가면을 쓴다는 사실을 알기에 더 이상 연기를 할 필요가 없어서 편안했다. 가식이나 위선 따위는 모르고 자라온 그녀는 하스미의 가면 뒤에 숨겨진 진짜 얼굴은 상상도 하지 못했다. 유미는 하스미가 이 세상에서 아무런 경계를 하지 않아도 되는 유일한 사람이었다.

그 답례로 하스미는 졸업할 때까지 유미의 공부를 도와주었지만 상황은 절망적이었다. 유미의 학습 수준은 초등학교 저학년 단계에서 이미 멈췄다. 하스미는 그녀를 가르치려고 쉬운 내용부터 설명했지만, 얼마나 더 쉽게 설명해야 그녀가 이해할지 결국 알아내지 못했다. 이런 상황을 알면서도 유미를 방치해온 교사들에게 정말 질려버렸다.

이윽고 하스미의 인생에서 유일하게 잠잠했던 시기가 막을 내리고 졸업을 맞았다. 하스미는 무난하게 교토의 유명한 사립 고등학교에 입학했고, 한 명을 제외한 모든 친구들이 각자 수준에 맞는 고등학교에 진학했다. 그 한 명이 유미였다.

하스미는 한 번밖에 만나지 못했지만, 유미의 부모님은 주위의 시선과 체면을 의식하는 사람들이라서 학습장애가 있는 딸을 부끄러워하는 듯했다. 사람들 눈에 띄지 않는 곳에 얼른 취직이나 시킬 생각 같았다.

졸업식에서도 하스미는 별다른 감흥이 없었다. 끝난 일은 바로 잊어버리는 하스미는 늘 앞으로 다가올 일에만 흥미를 느꼈다. 그 후 하스미는 고등학교에 입학하고 격동의 한 학기를 보냈다. 하스미는 자신이 앞에 나서서 교사들의 주의를 사지 않으면서 학급을 자기 마음대로 조종한다는 어려운 과제를 9할 정도 마친 상태였다.

여름 방학이 시작되자마자 유미에게서 전화가 왔다. 처음이자 마지막 전화였다. 그녀는 자기만 가지 못한 고등학교라는 곳을 보고 싶다고 말했다. 지금까지 하스미에게 무언가를 해달라고 말한 적이 없는 유미가 어쩐 일인지 그런 부탁을 했다.

하스미는 분명히 그녀의 바람을 매정하게 거절할 작정이었지만, 정신을 차려 보니 이미 그러겠다고 말한 뒤였다. 약속을 했으니 자신이 한 행동이 이해가 가지 않아도 이제 어쩔 수 없다. 고등학교는 낮에 안내해도 되지만, 방해를 받거나 호기심 어린 시선에 드러나기 싫어서 한밤중에 유미를 불러냈다. 이미 몇 번이나 밤중에 학교에 숨어들어온 적이 있어서 방범장치는 모조리 꿰뚫고 있다.

밤 12시. 하스미는 손전등을 한 손에 들고 유미를 학교 안으로 이끌어 안전한 길로 안내했다. 본관, 수영장, 체육관, 무도관, 동아리 부실. 하스미는 중학교와 별반 다른 곳이 없다고 생각했지만, 유미는 그 하나하나에 감탄하며 신이 난 듯 재잘거렸다.

마지막으로 학교 옥상에 올라가서 교토의 밤하늘을 보여주었다. 학교 안은 무더웠지만 밤바람은 선선했다. 이미 달이 져버려서 아쉬웠지만 학교 건물이 그다지 높지 않아 지상의 조명이 적당히 눈에 들어왔고, 엷은 먹물을 뿌려놓은 듯한 하늘은 멋스럽고 풍치가 있었다.

교토에서 태어나고 자란 유미에게는 신기하지 않을 풍경이었지만, 어째서인지 그녀는 철망을 붙잡고 꼼짝도 하지 않은 채 그 모습을 바라보았다.

"이제 갈까?"

하스미가 말을 꺼냈을 때는 이미 새벽 2시가 지난 시간이었다.

유미가 뒤돌아본다. 유미의 눈에 머문 진지한 눈빛을 본 하스미는 그녀를 학교에 데리고 온 일을 후회했다. 틀림없이 유미에게서 고백을 받으리라는 생각이 들어서였다. 하지만 유미의 입에서는 예상과 전혀 다른 말이 흘러나왔다.

"하스미. ……나를 죽여줘."

"뭐?"

잘못 들었나 생각하는데 유미가 하스미의 양손을 잡아 자신의 목으로 이끌었다.

"부탁해. 하스미가 나를 죽여줬으면 좋겠어."

유미의 말에 반응하듯 어느새 양손이 움직였다. 놀라울 정도로 가는 목이었다. 양손의 엄지손가락을 교차시켜도 한쪽 손의 중지가 반대쪽 손에 닿았다. 하지만 거기까지였다. 어째서인지 아무리 노력해도 유미의 목을 조르지 못했다. 하스미는 망연히 자신의 양손을 바라보았다.

"나는 전부터 네 손에 죽고 싶었어……."

유미가 재차 부탁했지만, 하스미는 양손을 거둬들이며 고개를 저었다.

"왜 그런 일을 하라는 거야?"

잠깐 동안 유미는 아무 말 없이 우두커니 서 있었다. 그녀가 왜 그런 말을 했을까. 하스미는 점점 더 깊은 의문 속으로 빠져들었다. 얼굴을 든 유미는 방긋이 웃었다.

"미안해. 신경 쓰지 마, 지금 한 말은 농담이야."

"농담이라니……."

하스미는 연기가 아니라 진심으로 당황했다. 그녀의 의도를 파악하지 못한 것은 둘째 치고, 자신이 마치 낯선 사람으로 변해버린 기분이었다.

방금 전 자신은 유미의 부탁 때문이 아니라 스스로의 의지로 손가락에 힘을 주어 그녀의 목을 조르려 했다. 그런데 손끝이 마비되기라도 한 듯 조금도 움직이지 않았다. 대체 왜 그랬을까?

"집에 가자."

유미는 하스미에게서 등을 돌렸다. 마음속에서 이대로 돌려보내면 난처해지지 않을까 하는 의문이 생겼다. 하지만 결국 하스미는 어떠한 행동도 취하지 못했다.

학교를 나와 유미의 집 근처까지 가서 헤어질 때 하스미는 유미의 등 뒤에서 다시 한번 양손으로 그녀의 목을 쥐려고 했다. 역시 힘을 주어 조르지 못하겠다. 부자연스러운 동작을 얼버무리듯 그녀의 머리를 쓰다듬었다. 유미는 조용히 몸을 반쯤 돌려 하스미를 바라보았다.

"오늘 고마웠어."

눈가에서 희미하게 눈물이 반짝이는 듯했다. 그리고 유미는 달려갔다. 그것이 마지막으로 본 그녀의 모습이었다. 그로부터 이틀 뒤에 유미가 죽었다는 이야기를 들었다. 집에서 목을 매달았다고 한다.

하스미는 예전 학교 친구들과 함께 장례식에 참석했다. 그렇게 유미를 바보 취급하고 공기처럼 무시했으면서, 놀랍게도 여자아이들은 눈물을 흘리고 남자아이들도 몹시 침울해했다.

하스미는 그곳에서 만난 한 소녀에게서 유미의 소문을 들었다. 유미는 전기제품을 조립하는 공장에서 일했다고 한다. 하루 근무 시간은 일단 8시간으로 정해졌지만, 실제로는 네다섯 시간 정도의 추가 근무를 하는 경우가 허다하고 근무량을 달성하지 않으면 휴일 출근도 강요하는 공장인 듯했다. 사람이 좋은 유미는 동료가 일을 떠맡겨도 거절하지 못하고 휴일에도 거의 쉬지 않고 일했다고 한다.

“그건 너무한데……. 그래서 우울증이 생긴 거야?”

하스미의 물음에 그녀는 고개를 저었다.

“그건 아니래.”

공장에는 아무도 못 건드리는 불량한 직원이 한 명 있는데, 그 사람이 유미를 노골적으로 성추행하고 스토커 같은 짓까지 했다고 한다.

“이 말은 공장 사람들한테 들은 건데, 유미가 그 사람한테 난폭한 짓을 당했을지도 모른다는 소문이 있다더라.”

그 남자가 누구인지 알아내는 일은 그리 어렵지 않았다.

하스미의 움직임이 갑자기 거칠어졌는지 야스하라가 괴로운 듯한 비명을 흘렸다. 그 소리를 알아차린 하스미는 다시 느긋하게 몸을 움직였다.

“너, 지금 누구한테 씨부렁거리는지 아는 거야?”

오무라라는 불량하기 짝이 없는 공장 직원은 바지 뒷주머니에서 버터플라이 나이프를 꺼내 들었다. 익숙한 손놀림으로 휘둘러서 접힌 칼날을 펼쳤다. 체격은 빈약하지만 묘하게 폭력에 익숙한 느낌이다.

“무슨 말이든 해봐.”

오무라는 하스미의 목에 나이프를 들이댔다. 그는 하스미가 겁이 나서 침묵한다고 착각했는지 넙치 같은 얼굴에 미소를 띠었다. 칼날 옆면으로 하스미의 볼을 찰싹찰싹 때린다.

"너 바보 아냐? 일부러 사람을 이런 데로 불러낸 걸 보니 무슨 일을 당해도 상관없다는 거야?"

오무라는 더러운 이를 드러내며 웃었다.

"목을 콱 그어버릴까? 아니면 거시기를 잘라버릴까? 엉?"

오무라가 칼날을 아래로 미끄러뜨린다. 하스미는 그 칼이 배 위로 왔을 때, 상대가 생각지도 못한 행동을 취했다. 양손으로 그의 손목을 꽉 붙잡았다.

"……이 자식!"

깜짝 놀란 오무라는 앞뒤를 생각하지 않는 난폭함을 발휘해서 나이프로 힘껏 하스미의 복부를 가르려 들었다. 그러나 칼이 꽂히지 않았다. 칼날은 하스미가 입은 셔츠 천을 베었을 뿐, 방인조끼는 뚫지 못하고 옆으로 미끄러졌다. 그 사이 하스미는 오른손으로 오무라의 오른쪽 손목을 잡고 그에게 가까이 다가가 왼팔까지 사용해서 그의 오른팔을 단단히 제압했다. 그대로 상대의 오른팔을 안쪽에서부터 비틀어 나이프를 손에 떨어뜨렸다. 아래로 떨어진 칼을 발로 차 멀리 보내놓고 상대의 오른팔을 강하게 비틀어 올렸다. 중학교 때 근처의 합기도 교실에 다니며 대략적인 관절꺾기 기술을 배웠지만, 하스미는 상대방에게 장애가 남든 말든 신경 쓰지 않고 최대한 고통을 주기 위해 자기가 나름대로 변형한 기술을 썼다.

“아파파파파파파……!”

오무라가 큰소리로 아우성쳤다.

“파파파파? 무슨 소리하는지 모르겠네.”

하스미는 고개를 갸웃거렸다.

“아플 때는 오른손을 올려줘. 치과의사한테 할 때처럼 말이야.”

하스미는 상대의 오른쪽 손목을 꽉 누르면서 말했다.

“웃기지 마. 너 이거 뭐 하는 짓이지?”

오무라가 침을 튀기며 외쳤다. 그의 볼 위로 눈물이 흐른다.

“내 뒤에는 OO조직의 XX파가 있어! 이딴 짓을 하면 너를 가만둘 것 같아?”

“네가 고자질하면 내가 곤란해진다는 소리지? 그렇다면 더더욱 못 돌려보내겠네.”

하스미는 작정을 하고 그대로 온몸에 체중을 실어 눌러서 팔꿈치를 부러뜨렸다. 오무라는 고통에 절규했다. 하스미는 양손으로 붙잡은 오무라의 오른팔을 풀지 않고 양다리 사이에 끼워 십자꺾기 자세를 취했다. 이렇게 하면 설령 팔이 꺾이지 않는다고 해도 통증이 심해서 움직이지 못한다.

“아…… 아파……! 뭐야? 네 목적이 대체 뭐야?”

“하나만 말해. 너, 이시다 유미를 강간했어?”

“아아, 그랬어. 평생 처녀일 것 같기에 불쌍하니까 공장 선배로서 개통식을 해준 거지. 처음에는 싫어하더니 마지막엔 엄청 좋아 하던걸?"

오무라는 마지막 허세라도 부리듯 이를 드러내고 침을 튀기며 말한다.

"뭐야, 너 개한테 반한 거야?"

"아니. 유미는 내 과외 선생님이었어."

"그게 뭔 소리야? 고등학교도 제대로 안 다닌 그런 멍청이한테 뭘 배운다고……."

"난 유미에게 평범한 사람의 감정을 배우고 있었어."

"뭐……?"

"나는 아무래도 감정이 없나 보더라고."

오무라는 여기서 처음으로 소름이 끼친다는 표정을 지었다.

"뭐, 그건 좀 과장일지도 몰라. 나에게도 물론 희로애락은 있어. 단지 그 감정을 타인과 공유할 때 장애가 생길 뿐이지. 다른 사람과 공감하는 능력만 쏙 빠진 것처럼 말이야."

눈을 부릅뜬 오무라가 갑자기 큰 목소리로 외치려 들었다.

"누가 나 좀 살려……."

하스미는 오무라의 목을 정확하게 겨냥해서 오른발로 찼다. 축구공보다 훨씬 부드러운 오무라의 울대뼈에 운동화의 발부리가 푹 박히는 감촉이 굉장히 기분 좋았다.

"이봐, 이런 인기척 없는 장소에서 도움을 요청해봤자 쓸데없다는 건 네가 더 잘 알잖아?"

오무라는 피가 섞인 침을 뱉으며 심하게 콜록거렸고 고통에 몸부림쳤다. 목소리를 내려고 하지만 목에서는 이제 희미하게 그르렁대는 소리밖에 나지 않았다.

"그만둬…… 이제, 그만둬…… 부탁이야."

오무라는 고통스러워하면서도 필사적으로 목소리를 짜내어 작게 말했다.

"그래, 알았어. 하지만 그전에 한 가지 실험에 협력해 줘야겠어. 유미가 없으니까 네가 그녀 대신 공감 능력의 실험 상대가 돼줘. 내가 너의 고통에 어디까지 공감할지를 알고 싶거든. 반대로 말하자면 네가 고통스러워하는 모습을 내가 언제까지 참고 볼 수 있을지 시험해 보고 싶어."

하스미는 십자꺾기 자세에서 옆구리와 목덜미에 발을 걸쳐 등 근육의 힘을 최대로 이용해 오른팔을 송두리째 뽑아내려고 시도했다. 오무라는 팔다리를 잡아 뜯기는 귀뚜라미처럼 몸을 부들부들 떨었다.

"아파? 그야 아프겠지. 자, 공감이 되나 안 되나 한번 볼까."

하스미는 눈을 감아본다.

"으음. 서서히 공감이 되려고도 하는데. 나는 아직 견딜 만한걸? 조금만 더 버텨줄래?"

하스미는 젖 먹던 힘까지 다해 오무라의 오른팔을 잡아당겼다.

하스미와 비슷한 나이로 보이는 양아치 같은 공장직원은 갈라진 목소리로 절규했다. 비지땀을 흘리며 괴로워하더니 아이처럼 훌쩍이며 운다. 이젠 좌우 팔 길이가 확연히 다르다.

"인대는 스웨터랑 비슷해서 일단 늘어나면 원래대로 돌아가지 않아. 앞으론 셔츠를 살 때 팔 길이가 넉넉한 걸로 사서 왼쪽 소매를 줄여서 입어."

하스미가 친절하게 조언을 해주었지만, 오무라는 다른 생각으로 머리가 꽉 차서 아무 말도 들리지 않는 모습이었다. 무시당해서 기분이 나빠진 하스미는 여러 번 뛰어오르듯 움직이며 오른팔을 당겼다. 어깨와 팔꿈치 관절이 완전히 탈구되었다.

오무라가 실낱같은 숨을 내뱉는다. 하스미는 이상할 정도로 길어진 상대의 오른팔을 놓지 않고 일어선다. 〈모리타트〉의 선율을 휘파람으로 불면서 오무라의 주위를 빙글빙글 돈다. 그의 오른팔을 비틀며 비비 꼬아간다. 근육을 걸레처럼 쥐어짜니 근육섬유가 뚝뚝 끊어지는 느낌이 온다. 마지막에는 요골이 쪼개지는 소리가 울렸다.

심하게 구토를 하던 오무라는 곧 움직임이 멈췄다. 아무래도 토사물이 목에 걸려 죽은 듯하다. 이렇게 천천히 죽여도 심리적으로 아무런 저항이 일어나지 않았다. 유미를 죽이지 못한 건 역시 일시적인 망설임이 아니었을까.

휴대전화의 벨소리가 하스미의 의식을 현실로 끌어냈다. 하스미는 야스하라 안에 몸을 묻은 채 전화를 받았다. 사카이 교감이었다.

"네, 하스미입니다."

"하스미 선생님, 지금 어디신가요?"

"……호텔 안을 둘러보던 참입니다. 다른 층에서 헤매는 학생이 없을까 싶어서요."

하스미는 조금 빠르게 걸었을 때처럼 숨을 몰아쉬었다.

"곧바로 4층으로 와주세요. 시바하라 선생님이 방에서 캔 맥주를 마시던 학생을 발견해서 소동이 일어났습니다."

"예, 알겠습니다."

하스미는 전화를 끊었다.

"야스하라 오늘 안전한 날이지?"

"아, 안 돼요!"

하스미가 무엇을 할지 알아차리고 야스하라가 소리쳤을 때, 하스미는 짐승처럼 격렬하게 움직이며 그녀의 안에 사정했다.

가타기리는 침대 위에서 잠을 이루지 못하고 계속 뒤척였다. 잠자리가 바뀌었다고 잠을 못 자는 성격은 아니지만, 이상하게 신경이 곤두서서 쉽사리 잠이 오지 않는다. 같은 방의 오노데라 후코와 이사가와 마이는 침대에 눕자마자 잠이 들었다. 친구들이 기분 좋은 듯 내쉬는 숨소리를 들으며 오늘 하루 있었던 사건을 몇 번이나 떠올린다.

하야미도 절대로 용서 못 하지만, 그 이상으로 다우라 선생님에게 화가 났다. 교사이면서(아니, 오히려 그 지위를 이용했음이 분명하다) 남학생을 유혹하고 수학여행 중에 옥상에서 밀회를 했다. 틀림없이 하야미가 눈앞에서 대마초를 피워도 말리지 않았겠지.

게다가 그 후에 일부러 자신을 만나러 왔다. 대체 무슨 생각이지? 옥상에서 뭘 봤는지 떠보려고 온 걸까? 옥상에 간 사람이 자신인 줄은 어떻게 알았지?

다우라 선생님에게는 내가 보이지 않았을 터다. 그 사실만큼은 확신한다. 그렇다면 그 후에 하야미가 한 번 더 그 여자와 만난 걸까? 그렇게 생각하자 머리가 불타오르듯이 뜨거워지고 손발은 얼어붙듯이 차가워졌다.

그 여자, 다우라 준코와는 대화하기조차 싫었다. 그래서 일 초라도 빨리 쫓아내려고 빙 돌려서 옥상의 일을 넌지시 말했더니 그녀의 얼굴색이 확 달라졌다. 요컨대 그 여자도 자신이 그 사실을 안다고 예상하지 못한 게 분명하다. 그렇다면 어째서 일부러 자신을 만나러 왔을까. 생각은 계속 제자리를 맴돌았다. 왜 즐거워야 할 수학여행에서 나만 이런 마음고생을 하는 걸까. 가타기리는 잠든 두 사람이 깨지 않게끔 소리 죽여 훌쩍였다.

새벽녘이 되어서야 졸음이 찾아왔다. 아아, 이제야 겨우 잠들겠구나. 별로 좋지 않은 꿈을 꾸게 될지도 모른다는 각오는 했지만, 실제로 꾼 꿈은 예상보다 더 심했다. 눈앞에서 천천히 문이 열린다. 문의 저편은 암흑이었다. 사람 그림자가 보인다. 어둠 속에서 우두커니 서 있는 남자의 윤곽이었다. 하야미는 아니다. 누굴까 궁금해하며 집중해서 바라보았다. 남자는 미소를 짓고 있었다. 왠지 등줄기가 차가워진다. 가타기리는 뒤로 물러서려고 했다. 가까이 다가오는 그 남자가 말로 표현하지 못할 만큼 무서웠다. 이윽고 그 얼굴이 선명하게 보였을 때 가타기리는 비명을 질렀다. 멀리서 봤을 때는 인간 같았는데 가까이에서 자세히 보니 그건 단지 인간의 얼굴처럼 보이는 생물이었다. 이건 인간이 아니다. 인간 모습을 본뜬 정체 모를 괴물이다.

"가타기리! 왜 그래? 정신 차려!"

정신을 차리니 바로 앞에 오노데라의 얼굴이 보였다. 그녀의 뒤에서 이사가와 마이가 걱정스럽다는 표정으로 이쪽을 들여다본다.

"아아……."

"괜찮아? 갑자기 큰소리를 내서 깜짝 놀랐어."

가타기리는 오노데라를 꼭 끌어안았다.

"가타기리? 너 왜 그래?"

오노데라는 당혹스런 목소리를 냈지만 가타기리는 떨어지지 않았다.

다음 날 아침, 가타기리는 수면 부족으로 머리가 멍했다. 아침밥은 거의 먹지 않았다. 하야미가 이쪽으로 다가오는 모습이 보이기에 얼굴을 마주치지 않으려고 도망쳤다. 지금은 하야미뿐만 아니라 나고시도 보고 싶지 않았다. 누가 됐든지 간에 남자와는 말을 섞고 싶지 않았다. 인솔 교사의 주의도 한 귀로 듣고 한 귀로 흘려버렸다. 다우라 선생님과 시선이 마주치자 그녀는 조금 어색해하며 눈을 돌린다.

그래. 당신이 피해야 해.

가타기리는 마음속으로 중얼거렸다. 학생들이 줄지어 호텔 로비를 나왔다. 하스미가 버스에 올라타는 4반 학생들 한 명 한 명을 확인하면서 휴대용 계수기를 찰칵찰칵 눌러 인원수를 센다. 가타기리는 얼굴을 숙이고 지나가려고 했다.

"하스미 선생님!"

누군가가 그렇게 부르는 목소리를 듣고 반사적으로 그쪽으로 시선을 돌렸다. 도수 높은 안경을 걸치고 머리가 이마 위까지 벗겨진 남성이 하스미 선생님에게 다가온다. 아무리 봐도 교사 같은데 우리 학교 선생님은 아니다. 누구지?

"사가에 선생님. 굉장히 오랜만입니다."

하스미는 정중하게 고개를 숙였다. 가타기리는 그가 미소 짓고 있지만, 진심으로 기뻐서 짓는 웃음이 아니라는 사실을 알아차렸다.

"수학여행 오셨나요?"

"예, 어제부터 이 호텔에 묵고 있습니다."

"그렇군요. 저는 오늘 예비조사를 하러 왔습니다."

사가에 선생님이라고 불린 사람은 어딘가 굉장히 신기하다는 표정을 지었다.

"그 후로 우리 학교도 간신히 회복되었습니다. 다 하스미 선생님께서 노력해 주신 덕분입니다."

"말도 안 됩니다. 저는 적 앞에서 도망친 몸인걸요."

하스미 선생님은 말을 얼버무렸다. 어쩐지 별로 건드리기 싫은 화제인 듯하다.

"하스미 선생님. 이분은 누구십니까?"

두 사람의 대화를 듣던 사카이 교감이 그의 존재를 궁금해하며 끼어들었다.

"아, 교감선생님. 이분은 사가에 선생님입니다. 제가 전에 몸담았던 도립 OO고등학교의……."

"거기, 가타기리! 거기서 뭐 하는 거야. 빨리 버스에 타지 못해?"

가타기리 레이카는 거기까지 듣고 시바하라 선생님의 성난 목소리에 쫓기듯이 버스에 탔다. 버스 창문 너머로 사카이 교감선생님과 사가에 선생님이 명함을 주고받는 모습이 보였다. 그때 가타기리는 그들의 대화에 흥미를 느낀 사람이 자신만이 아니라는 사실을 알아차렸다. 조금 떨어진 곳에서 스리이 선생님이 지그시 두 사람을 응시하는 모습이 눈에 들어왔다.

수학여행 중에 거의 모습을 보이지 않아 도대체 뭐 하려고 따라왔는지 이해가 가지 않던 선생님이다 보니, 원래 있던 사람이 아니라 갑자기 그 자리에 나타난 느낌이었다. 평소에는 무표정하던 스리이의 입가에 아주 엷게 미소가 번졌다.

제6장 위기

"혹시 이거 아냐?"

나고시 유이치로가 가타기리 레이카의 책상 위로 종이뭉치를 던진다. A4용지 아래쪽에 URL이 기록되어 있다. 예전 신문기사를 인쇄한 듯했다. 가타기리는 눈살을 찌푸리며 종이를 훑어보았다. 어젯밤에 이유도 없이 밤늦게까지 잠을 자지 못한 탓에 1교시에는 하품을 참기 힘들었는데, 그렇게나 집요하게 몰려왔던 졸음이 순식간에 날아갔다.

기사의 날짜는 2년 전 가을로, 봄부터 가을에 걸쳐 일어난 일련의 사건을 정리한 내용이었다. 무대는 도립 OO고등학교, 수학여행에서 하스미 선생님이 입에 담은 전에 부임했던 학교의 이름이다.

그러고 보니 하스미 선생님은 지금까지 이전에 근무했던 고등학교 이야기를 꺼낸 적이 거의 없었다.

"베르테르 효과가 뭐야?"

가타기리는 갑자기 익숙하지 않은 단어가 튀어나와서 나고시를 바라봤다. 베르테르 효과란 독일의 문호 괴테가 1774년에 출간한 서간체 소설 『젊은 베르테르의 슬픔』에서 유래한 단어로 유명인이나 자신이 모델로 삼은 사람 등이 자살할 경우, 그 사람과 자신을 동일시해서 자살을 시도하는 현상을 일컫는다.

"아아, 뭐였더라. 심리학 용어 같았는데 말이지."

나고시는 머리에 손을 짚었다.

"어쨌든 연쇄 자살에 관한 이야기야. 다음 페이지에 그 설명도 실렸는데 별 대단한 내용이 아니기에 종이가 아까워서 인쇄 안 했어."

왜 하필 그럴 때 종이 한 장을 아끼는지 모르겠다.

"도대체 베르테르가 누군데?"

"으음. 누구였더라. 피터팬의 여자 친구 같은 거 아닐까?"

나고시는 엉터리로 말하며 얼버무리려고 했다. 기사를 읽으면 내용은 알잖아 하고 말하는 듯한 몸짓으로 인쇄물 쪽으로 주의를 돌리려고 한다.

"그건 웬디 아냐?"

"아아, 그렇게도 말하지. 뭐, 영어 읽기랑 독일어 읽기가 다르다잖아?"

나고시가 점점 더 헛소리를 해댄다. 가타기리와 시선을 맞추지 못하고 허공만 두리번거리는 눈동자를 보니 뻔하다.

"베르테르는 괴테의 젊은 베르테르의 슬픔의 주인공 이름이야."

정답을 알려준 사람은 하야미였다. 평소와 똑같이 4반에 들어왔지만, 묘하게 어려워하는 모습으로 가타기리의 책상에서 2미터 정도 떨어진 곳에서 멈춰 섰다.

"그렇구나. 고마워."

가타기리는 시선을 올리지 않고 퉁명스럽게 말했다.

"그 『젊은 베르테르의 슬픔』이란 책이 연쇄 자살 이야기야?"

나고시는 베르테르 효과에 대한 설명을 읽었을 텐데도 하야미를 향해서 내용을 물어본다.

"그럴 리 없잖아. 나도 읽지는 않았지만 그냥 단순한 연애소설이야. 마지막에 베르테르가 실연해서 자살하는 내용이긴 해. 그 당시에 베스트셀러가 된 책이니까 그 책의 영향을 받아 자살하는 독자가 급격히 늘어나서 그런 말이 나오지 않았을까?"

하야미는 천천히 다가오면서 여느 때와 다름없는 진지한 눈빛으로 대답한다.

"그 기사에도 실렸지만 20년 정도 전에는 한 아이돌이 빌딩에서 투신자살하자 팬들이 그 뒤를 따라서 차례로 뛰어내렸다고 하더라고. 하야미도 알아?"

기사에서는 20년도 더 이전에 일어난 그 사건에 대해 그저 단

한 마디만 써놓았다. 오카다 유키코 현상. 가타기리는 아무리 열광적인 팬이라도 그런 이유로 목숨을 끊으려고 하는 사람들이 이해가 가지 않았다.

"아아, 인터넷으로 본 적이 있어. 신문이라든가 잡지, 텔레비전에서 지나치게 보도하는 바람에 자살자를 늘리는 결과를 초래했다고 쓰여 있더군."

아무래도 베르테르 효과는 유명인의 자살을 계기로 일어나는 연쇄 자살을 말하는 듯하다. 그리고 매스컴의 소신 없고 선정적인 보도가 그 현상을 조장했다는 말이다.

가타기리는 기사 내용으로 의식을 되돌렸다. 도립 OO고교는 불과 반년도 채 안 되는 동안 네 명의 학생(남자 두 명과 여자 두 명)이 차례차례 자살하는 비극을 맞이했다. 물론 당시에 크게 화제가 된 사건이어서 가타기리도 어렴풋이 기억한다. 그러나 고작 2년 전의 사건인데 자세한 내용은 벌써 기억 속에서 지워지기 시작했다.

"하지만 말이야. 역시 네 명은 너무 많아!"

나고시는 팔짱을 끼며 고개를 흔들었다.

"우리 학교였다면 분명 큰 소동이 일어났을걸?"

"실제로 일어났어. 큰 소동이."

가타기리는 다시 한번 처음부터 기사를 읽어보았다. 위화감이 영 사라지질 않는다. 하나는 기사를 쓴 기자의 자세다. 4명의 학생이 스스로 목숨을 끊은 사건을 옛날부터 도립 OO고등학교에 존재해 온 괴담과 연결해 초자연적인 현상처럼 다루었다. 또 하나는 일어난 사건 그 자체였다. 뭐라 설명하기 어려운 기분 나쁜 느낌이 들었지만, 그 이유는 자신도 잘 모르겠다.

"두 명은 목을 매달고, 한 명은 뛰어내리고, 나머지 한 명은 연탄가스를 마시고 자살했구나. 지금이었다면 아마 황화수소 같은 걸 사용하겠지?"

가타기리가 읽는 인쇄물을 들여다보던 나고시가 말했다.

"뛰어내렸다고? 어디서 그랬대?"

하야미가 묻는다.

"학교 옥상 아닐까?"

바로 그때 가타기리의 안에서 막연했던 위화감이 드디어 정체를 드러냈다.

"잠깐, 이거 이상하지 않아? 이 네 명이 죽은 장소 말이야."

가타기리가 나고시에게 물었다.

"죽은 장소? 그게 왜?"

나고시는 또다시 머리에 손을 짚었다.

"어디가 이상하다는 말이야?"

"네 명 다 학교에서 죽었어."

나고시와 하야미는 침묵했다.

"학교에서 죽으면 이상해?"

나고시는 아직 깨닫지 못한 듯했다.

"한 명이라면 이상하지 않지. 하지만 네 명이 다 같은 장소에서 죽었다는 건 뭔가 수상해. 자살은 대개 집에서 하지 않아? 네 명이 연속으로 학교에서 자살했다는 건 이상하다고. 무슨 이유가 있을지도 몰라. 아무래도 수상해."

기자 역시 아마 그런 이유로 사건을 학교 괴담 풍으로 꾸미고 싶은 유혹을 떨쳐내지 못한 듯하다.

"그건 말이야, 아마 그걸 거야."

나고시가 뭔가 말하려다 그대로 굳어버렸다.

"그거라니, 그게 뭔데?"

기다리지 못하고 가타기리가 먼저 재촉한다.

"학교에서 죽으면 급부금 같은 게 나오잖아? 하지만 집에서 죽으면 못 받을걸? 따돌림처럼 학교에 원인이 있다는 점이 확실하다면 받을 수 있지만 말이야."

그 이야기라면 가타기리도 들은 적이 있다. 학교에서 다치거나 사망한 학생에게 무슨 독립 행정법인으로부터 재해 공제 급부금이라고 하는 돈이 지급된다고 한다.

"말도 안 돼. 자살할 때 그런 걸 신경 쓸 리가 없잖아?"

하야미가 쌀쌀맞게 부정한다.

"나도 가타기리의 말이 맞는다고 봐. 이거 역시 좀 묘하네."

가타기리는 하야미가 자신의 의견을 지지해 줘도 여전히 눈을 맞추지 않았다.

“하지만 묘하다고 한들 뭐 변하는 게 없잖아?”

나고시는 당혹스러워하며 말했다.

“당연히 경찰이 제대로 조사했겠지. 분명 자살일 거야.”

“그 녀석들이 제대로 조사하는 경우는 별로 없어.”

하야미는 어째서인지 자신만만하게 반론을 한다.

“어차피 머리 굳은 공무원이잖아. 맨 처음에 자살이라고 예측하면 나중에는 그쪽으로만 조사한다고.”

“하지만 한 명이라면 몰라도 네 명이나 죽었는데?”

가타기리는 하야미와 냉전 상태라는 사실도 잊은 채 자기도 모르게 의문을 던졌다.

“그 점이 오히려 선입견으로 이어졌는지도 모르지. 거기 적힌 ‘베르테르 효과’라는 연쇄 자살이라고 생각하면 살인이라는 의문이 들지 않게 되잖아?”

정말 그런 어처구니없는 이유일까? 가타기리는 온몸에 쭈뼛쭈뼛 소름이 도는 감각에 휩싸였다.

“나 OO고등학교에 아는 애가 있으니까 걔한테 사정을 좀 들어 볼게.”

하야미는 그렇게 말하며 4반 교실을 나갔다. 가타기리와 화해했다고 오해한 듯 발걸음이 조금 가벼워 보였다. 다음 수업의 예비종이 울렸다.

“우리도 조사해 보는 게 좋겠어.”

가타기리가 그렇게 중얼거리자 나고시는 좀 참아달라는 표정을 지었다.

“가타기리는 생각이 지나쳐. 조사하자니, 대체 뭘? 어떤 방법으로?”

“그건 아직 잘 모르겠지만…….”

“뭐를 위해서? 하스미가 관련됐다는 증거는 아무 데도 없잖아? 학생들이 연속으로 자살한 뒤에 하스미가 그 학교를 그만둬서 그러는 거라면…….”

가타기리는 나고시의 팔을 붙잡아 이야기를 멈추게 했다.

“뭐?”

나고시는 가타기리의 시선을 따라 교실 입구 쪽을 뒤돌아봤다. 스리이 선생님이 서 있었다. 후줄근한 갈색 상의, 출석부를 겨드랑이에 낀 경직된 인형 같은 자세, 표정을 잃은 생기 없는 얼굴도 여느 때와 똑같다. 철 테 안경 속에서 치켜 올라간 눈이 지그시 이쪽을 보고 있다.

스리이를 바보 취급하는 4반 학생들은 평소와 같이 잡담을 나누면서 일부러 느리게 자리에 가서 앉는다. 까불이 아리마는 교탁에서 등을 돌리고 책상에 걸터앉아서 큰소리로 웃고 있었다. 기요타 리나는 이제 화재 사건의 충격에서 완전히 회복됐는지 수학 교과서를 꺼내려고도 하지 않고 10대를 대상으로 출판된

패션잡지를 집중해서 읽고 있다. 이 안에서 가타기리와 나고시만이 가만히 아래를 보고 있다.

방금 전의 대화를 스리이가 들었다. 단지 그뿐인데 왜 이렇게 무서운 걸까.

스리이 마사노부는 천천히 교실을 둘러봤다. 꼬맹이들에게는 아무 흥미도 없다. 원래 시끄러운 작은 동물로밖에 생각하지 않았고, 이 녀석들이 좋은 대학교에 합격할 확률을 조금이라도 올리는 일 역시 관심 밖이다.

그런 귀찮은 짓을 하지 않아도 지금 교장이 자리를 지키는 한 자신과 자신의 지위는 보장된다. 정해진 시간에 정해진 교실에 들어가서 '수업'을 하고 돌아오기만 하면 된다. 어떤 반이든 꼬맹이들은 시끄럽지만 이제는 거의 익숙해져서 거슬리지도 않는다. 유난히 심하게 대드는 녀석은 4반의 그 망할 꼬맹이(스리이는 이젠 그 꼬맹이의 이름조차 떠오르지 않는다)처럼 누군가가 처리하게 하면 그만이다.

꼬맹이들에게는 조금도 흥미가 없지만 단 한 가지 스리이의 관심을 끄는 일이 있다. 공포의 냄새다. 창문 쪽 자리 중간쯤에 앉은 여자아이. 그리고 그 왼쪽 대각선 뒤로 앉은 남자아이. 다른 꼬맹이들은 돼지우리 안의 새끼 돼지처럼 완전히 풀린 분위기인데, 반대로 두 사람만은 명백히 다른 기운을 풍겼다. 너희 왜 그러냐? 떨고 있잖아.

교실에 들어왔을 때 두 사람이 이야기하던 내용도 흥미를 돋웠다. 도립 OO고등학교에서 2년 전에 일어난 연쇄 자살 사건. 그 아이들의 화제는 앞으로 스리이가 조사해 보려던 일이었다. 수학여행 때 본 한 장면이 순식간에 뇌리에 되살아난다. 호텔 앞에서 버스를 타려던 참이었다. 스리이는 포토그래픽 메모리 정도가 아니라 비디오그래픽 메모리라고 해도 좋을 만큼 기억력이 좋았다. 과거에 보고 들었던 장면을 하나도 빠짐없이, 영화처럼 자세하게 기억해 낸다.

"하스미 선생님!"

누군가가 하스미를 부르는 소리가 들리기에 스리이는 그쪽으로 눈을 돌렸다. 소리를 듣자마자 아는 사람의 목소리가 아니라는 것을 판별해 냈다. 도대체 어디서 튀어나온 멍청이야.

쉰 살쯤 되어 보이는 남자가 하스미에게 다가온다. 도수가 높은 근시 안경을 꼈고, 이마 부분부터 정수리까지 머리가 벗겨졌다. 책임감 강한 교사인 척하는 사람, 스리이가 제일 경멸하는 유형의 인간이었다.

"사가에 선생님. 굉장히 오랜만입니다."

하스미는 정중하게 고개를 숙였다. 웃는 얼굴에 아주 조금 경련이 일어난다. 분명히 이곳에서 만난 사실이 기쁘지 않은 듯하다.

“수학여행 오셨나요?”

“예, 어제부터 이 호텔에 묵고 있습니다.”

“그렇군요. 저는 오늘 예비조사를 하러 왔습니다.”

사가에라고 하는 교사는 미소를 지우고 침통한 표정을 지었다.

“그 후로 우리 학교도 간신히 회복되었습니다. 다 하스미 선생님께서 노력해주신 덕분입니다.”

“말도 안 됩니다. 저는 적 앞에서 도망친 몸인걸요.”

하스미는 말을 머뭇거렸다. 상대방이 건드리고 싶지 않은 화제를 건드려서 한시라도 빨리 지나가고 싶은 눈치였다.

“하스미 선생님, 이분은 누구십니까?”

무슨 일이든 관리하고 장악하지 않으면 직성이 안 풀리는 사카이 교감이 여느 때와 마찬가지로 간섭해 온다.

“아, 교감선생님, 이 분은 사가에 선생님입니다. 제가 전에 몸담았던 도립 OO고등학교의…….”

“거기, 가타기리! 거기서 뭐 하는 거야. 빨리 버스에 타지 못해?”

그때 귀가 멍멍해질 만큼 큰소리로 성난 목소리를 낸 사람은 그 성격 더러운 원숭이, 인간쓰레기 같은 시바하라였다.

스리이는 고개를 갸웃했다. 가타기리……? 그래, 저 여자애였다. 전부터 신경이 쓰였다. 통닭구이 영계로나 쓰일 만큼 둔감한

다른 꼬맹이들과는 달리 저 아이는 자주 자신을 향한 두려움을 드러냈다. 알 리가 없는데 왜 저럴까 하고 이상하게 생각했다. 제법 감이 좋은가 보군.

교실을 가득 채운 잡음이 평소와는 다른 파장으로 변했다. 붕어 수준의 지능밖에 없는 꼬맹이들 눈에도 아무 말 없이 교탁 앞에 서 있는 스리이가 이상하게 보이나 보다.

스리이는 20년도 넘게 계속 사용한 수업노트를 펼치고 휙 하고 등을 돌려 말없이 칠판에 내용을 적기 시작했다. 꼬맹이들은 이 행동만으로도 관심을 잃은 듯 평소처럼 큰 목소리로 벌이 윙윙대는 소리 같은 와글거림을 내기 시작했다. 스리이는 기계적으로 수식을 적으면서 머릿속에 일시 정지해둔 영상을 재생했다.

성격 더러운 원숭이의 성난 고함에 쫓기듯 가타기리는 버스에 올랐다.

"저는 신코 재단에서 운영하는 고등학교에서 교감을 맡은 사카이라고 합니다."

"감사히 받겠습니다. 저는 도립 OO고등학교의 사가에라고 합니다."

호들갑을 떨며 명함을 교환하는 두 사람 곁에서 하스미는 하릴없이 우두커니 서 있었다. 무의식적으로 바깥으로 향한 무릎을 보아하니 빨리 그 장소를 떠나고 싶은 모양이다. 다른 사람들은 하스미가 단순히 지루해한다고 생각하겠지. 하지만 스리이는 다른 점을 발견했다. 그 상황에 대한 하스미의 강한 혐오다. 드디어 발견했다. 스리이는 진한 만족감을 느꼈다. 모든 사람에게는 약점이 존재한다. 스리이가 지그시 관찰하면 그것은 자연히 떠올랐다.

하스미라는 애송이는 맨 처음에 봤을 때부터 자신의 허물을 숨기고 있다는 생각이 들어 주시해 왔다. 하지만 그 약점은 좀처럼 그 모습을 확실히 드러내지 않았다.

지금은 실패했군. 건드리고 싶지 않은 부분을 건드렸을 때야말로 더 확실하게 연기를 해야지, 안 그래? 스리이는 후배에게 충고하듯이 마음속으로 중얼거렸다.

넌 사기꾼이야. 교묘한 말주변으로 주변 사람들을 꾀는 게 특기인가 본데, 그 속은 겉과 딴판이지. 이 학교에서 무슨 짓을 할 생각인지는 모르겠지만 뒤에서 학교를 지배하는 내 영역을 침범하려 든다면 철저하게 처리해 주지. 나는 지금의 지위를 얻기 위한 교환조건으로 네가 상상도 못 할 대가를 치렀으니까 말이야.

기억의 재생을 정지하려던 스리이는 우연히 신경을 붙잡는 영상을 발견했다. 버스 창문 너머로 자신을 주시하는 학생이 있다. 뭐야, 이건. 지금 다시 영상을 훑어보기 전까지는 알아채지 못했다.

역시 그렇군, 가타기리…… 이름이 뭐였더라? 스리이는 출석부를 본다. 맞아, 가타기리 레이카였어. 네가 나를 왜 봤을까.

스리이는 희미하게 엷은 미소를 띠며 가타기리를 바라보았다. 쓸데없는 일에 끼어들었다가 무슨 일이 일어나도 선생님은 책임 못 진단다.

“하스미 선생님. 요전엔 오랜만에 봐서 정말 반가웠습니다.”

하스미는 수화기에서 들려오는 사가에의 목소리가 조금도 반갑지 않았다.

“아뇨. 저야말로 계속 신경이 쓰이던 참에 사가에 선생님의 건강한 모습을 봐서 마음이 놓였습니다.”

하스미는 적당히 장단을 맞추면서 이 사람이 무슨 일로 나한테 전화를 걸었는지 의아하게 여겼다. 설마 이제 와서 그 사건을 다시 문제 삼으려는 생각인가.

“실은 전화를 할지 말지 망설였습니다만, 하스미 선생님에게는 신세도 졌고 하니 아무래도 알려드리는 편이 좋겠다고 생각해서요.”

사가에의 올곧은 목소리에 흐릿하게 어두운 음색이 섞였다.

“무슨 일이 생겼습니까?”

“어제 하스미 선생님이 다니시는 학교 선생님을 이곳에서 뵈어서 잠시 이야기를 했습니다. 그런데 그분의 모습이 아무래도 심상치 않았다고 할까…….”

온몸에 긴장이 맴돌았다.

“우리 학교 선생님이요? 어떤 분이십니까?”

“스리이 선생님이라고 하셨습니다. 말씀하시는 내용이 영 두서가 없었지만, 간단하게 요약하면 그 사건에 대해 자세히 알려달라는 말씀이셨습니다. 가볍게 말할 내용이 아니라서 이유를 여쭤봤는데 스리이 선생님께서는 확실히 대답해 주지 않으시더군요.”

하스미는 혀를 차고 싶었다. 그 좀비가 왜 그런 쓸데없는 짓을 했나 모르겠다.

“그렇군요. ……어떤 모습이셨기에 심상치 않다고 말씀하시는 겁니까?”

“뭐라 말해야 좋을까요. 일부러 물어보러 오셨는데 이따금 마음이 여기 없다고 해야 할까, 정상이 아닐 만큼 심하게 우울한 느낌을 받았습니다.”

“그렇습니까. 이거 정말 폐를 끼쳤군요.”

하스미는 한숨을 쉬었다. 아무래도 빨리 결단을 해야 할 듯하다. 스리이가 위험한 존재라는 건 이 학교 사람이라면 다 아는 사실이다. 그래서 지금까지 가능한 한 자극하지 않으려고 배려도 해왔다.

하지만 이번에는 확실하게 선을 넘었다. 평소에는 제대로 된 수업도 못 하는 게으름뱅이에 인간을 혐오하는 남자가 땡전 한 푼 안 들어오는 일로 다른 고등학교까지 가서 사람을 만나고 정보를 얻으려 했다. 어쩌면 그런 행동이 자신에게 알려지리라는 계산까지 마치고 움직였는지도 모른다.

견제, 협박, 혹은 선전포고인가. 어느 쪽이든 시간을 지체하면 지체할수록 스리이는 더 많은 정보를 얻고, 난 더 위험해진다. 어쩔 수 없다. 귀찮지만 외과수술을 실행해야겠군. 좀비는 이제 그만 묘지에 돌아갈 시간이다.

하스미는 듣는 사람이 없는지 교무실 안을 둘러보았다.

“사가에 선생님. 지금부터 제가 하는 말이 부디 다른 사람의 귀에 들어가지 않게끔 주의해 주셨으면 합니다. ……스리이 선생님은 마음의 병을 앓고 계십니다.”

“역시 그랬군요.”

사가에는 곧바로 납득했다.

“몇 년 전에 갑자기 사모님이 실종되신 이후로 중증의 우울증 진단을 받으셨습니다. 지금도 매일 항우울제에 의지하며 사십니다.”

예전에 스리이에 대해 조사해 둔 내용을 지금 이렇게 유용하게 쓸 줄은 몰랐다.

“그건…… 도저히 남 일 같지가 않네요. 요즘은 교사가 마음의 병에 걸리기 가장 쉬운 직종이라고들 하더군요. 그런 분인데 휴직을 하지 않으셔도 괜찮은 겁니까?”

“계속 교단에 서는 일만이 스리이 선생님의 마음을 지탱해 주니까요. 교장선생님의 온정으로 계속 수업을 하고 계십니다. 주위의 도움은 필요하지만요. 무엇보다 학생들의 따뜻한 격려가 제일 효과가 좋은 듯합니다."

주로 종이를 잘게 찢어 만든 눈보라나 종이뭉치에 맞는 일로 격려를 받지만 말이다.

"그렇군요."

사가에는 몹시 감동한 말투로 말했다.

"그런데 그런 스리이 선생님께서 이제 와서 그 사건에 흥미를 갖는 이유가 뭘까요?"

하스미는 흐릿하게 한숨 소리를 들려주었다.

"……그게 말입니다. 스리이 선생님께서 요즘 자살에 대해 이상할 정도로 흥미를 보이세요."

"저런."

사가에는 말문이 막혔다.

"그렇다면 그 사건에 대한 말을 하지 않은 게……."

"정답이었다고 생각합니다."

하스미는 사가에의 판단을 강하게 긍정해 주었다.

"무엇보다 이렇게 전화해 주셔서 정말 감사합니다. 앞으로는 저희가 스리이 선생님의 모습을 주의 깊게 지켜보겠습니다."

하스미는 그 후로 잠시 소소한 근황 보고나 세상 돌아가는 이야기를 한 후 전화를 끊었다.

일격. Strike while the iron is hot. 쇠는 뜨거울 때 두드려라. 쇠

뽈도 단김에 빼라.

우선 필요한 건 쓰레기봉투. 그리고 모래였다. 쓰레기봉투는 교무실에 있을 테고, 설령 없다고 해도 동물의 사체를 넣기 위해 네코야마가 갖고 있을 터다. 모래라면 운동장에 얼마든지 있다.

교문을 나서려는 가타기리의 눈에 교문에 기대고 선 하야미의 모습이 보였다.

"가타기리."

가타기리도 "어어"라며 인사를 받아준다.

"잠깐 시간 있어?"

"왜?"

"오늘 한 이야기, 아까 도립 OO고등학교의 친구에게 전화해서 물어봤어."

수학여행 때 있었던 일을 변명하려는 속셈이라면 매정하게 거절할 생각이었는데 아니었다. 결국 그 사건에 대한 이야기를 듣고 싶다는 유혹을 뿌리치지 못하고 승낙했다.

"좋아."

거기에 나고시도 따라붙었다. 마치다역까지 나가서 찻집이라도 들어갈 생각이었는데, 하야미가 걸으면서 이야기하자고 말했다. 해가 지려면 아직 시간이 좀 남았다. 세 명은 좁은 길을 느릿하게 걸어간다. 바람도 불지 않고, 이상하게 무더운 해질 녘이었다.

"전화를 돌려 여러 명과 통화해서 이야기를 들었는데."

하야미의 목소리는 진지했고, 어딘지 모르게 절박한 느낌이 들었다.

"자살한 네 명은 같은 무리라고 할까, 항상 같이 다녔다고 해."

"좀 노는 애들이었어?"

나고시가 묻는다.

"아니, 굳이 말하자면 성적도 좋고 머리도 좋은 애들이었대. 학년이 다르니까 이야기를 해준 녀석들도 직접 만난 적이 있는 게 아니라 간접적으로 들은 얘기겠지만 말이야."

"모범생이었다고?"

"그거와는 조금 다른 느낌 같아. 세상을 삐뚤어진 눈으로 보는 애들이라고 할까, 반 안에서 붕 뜬 느낌이었대."

"고립된 애들이었다는 얘기야?"

가타기리의 질문에 하야미는 고개를 저었다.

"그런 느낌도 아닐 거야. 반 애들과도 나름대로 잘 사귄 듯하고. 하스미와 관련된 일을 제외하고는 말이야."

"무슨 말이야?"

"의욕이 없는 교사나 무턱대고 학생들을 관리하려 드는 교사가 많은 와중에 하스미는 수업을 재미있게 하고 학생들의 편을 들어주는 선생님이어서 열광적인 인기를 얻었다고 해. 그런데 그 네 명만 하스미에게 비판적이었다고 하더라고. 명확한 근거는 없지만 어딘가 수상하다고 할까, 못 믿을 사람 취급을 했대."

"뭐야, 그거."

나고시가 중얼거렸다.

"친근감이 생기네. 꼭 우리 같잖아."

가타기리는 '그런 말 하지 마'라고 생각하며 눈을 감았다. 하야미의 이야기를 듣고 나고시와 전적으로 똑같은 생각을 한 까닭이다. 그 말을 입에 담은 순간 불길한 예감이 현실로 변할 듯한 느낌이 든다.

"하지만 그 정도라면 사람을 죽일 동기가 되지 않잖아?"

"으응……. 그 점은 잘 모르겠어. 하지만 맨 처음에 자살한 소노베라는 여자애는 굉장히 행동력이 있었다고 할까, 하스미의 무언가에 대해서 조사했다는 소문도 있어."

"무언가라니?"

"안타깝지만 그 이상은 알아내지 못했어. 하스미의 과거에 관한 일 같아."

이야기가 또다시 과거로 거슬러 올라가는 건가. 가타기리는 형언할 수 없는 불길함을 느꼈다. 순전히 가정이지만 만의 하나 하스미가 정말로 네 명의 학생들에게 손을 댄 살인마라면 아마 그게 첫 살인은 아닐 터다.

"그래서 자살에 대한 의문의 여지는 없었어?"

"그거 말인데, 경찰이 꽤 진지하게 조사한 모양이야."

하야미는 떫은 표정을 지었다.

"시신 네 구 모두 사법 해부를 받았는데 결국 살인이라고 의심되는 증거는 찾지 못했다더라고."

"역시 그렇지?"

나고시가 안심한 듯이 말한다.

"맨 처음부터 말이 안 되는 소리였다고. 연속으로 네 명이나 자살처럼 꾸며서 살인을 한다는 게 어디 쉬운 일이냐?"

"아니, 그렇지도 않아."

하야미는 걸음을 멈추고 두 사람을 향해 돌아섰다. 그의 눈에서 지금까지 본 적 없는 기색이 엿보였다. 가타기리는 등줄기가 서늘해졌다.

"단 한 명뿐이지만 기를 쓰고 그 사고를 조사하던 형사가 있었다고 하더라. 이 형사가 교직원이나 학생들을 찾아다니면서 이야기를 듣는 바람에 경찰이 진지하게 조사한다는 인상이 강해졌대. 학교로서는 그렇지 않아도 학생들의 동요가 심한데 그걸 휘젓고 다니는 일은 그만둬줬으면 했고 말이야. 그래서 꽤나 강하게 항의하며 경찰과 언쟁을 벌였는데 그 선두에 선 사람이 하스미와 사가에라는 선생님이었어."

"하지만 의심했던 형사는 단 한 명뿐이라며? 그 녀석이 그냥 좀 별종이었던 거 아냐?"

"넌 정말 뭘 모르는구나."

하야미는 혀를 찼다.

"한 명이라도 그런 형사가 있었다는 말은 경찰 내부에서 상당히 의심했다는 소리야. 하지만 증거를 하나도 못 찾은 데다가 고등학교나 교육위원회 측에서 맹렬한 항의까지 들어와서 결국 마지못해 수사를 그만뒀다고 해."

"그 형사에게 이야기를 들을 방법이 없을까?"

가타기리의 질문에 하야미는 입꼬리를 올리며 웃었다.

"묻는 것은 의외로 간단할지도 몰라. 나도 가타기리도 아는 사람이거든."

"뭐?"

"그 사람이 바로 시모즈루 아저씨야, 경찰은 절대로 개인플레이를 용서하지 않아. 이 한 건으로 수사 1과에서 경찰서의 생활안전과로 좌천됐지."

스리이는 교무실 창문으로 석양을 바라보았다. 아아. 그날의 석양과 똑같은 색깔이다. 그 색깔에 홀리면 안 된다. 그런데 왜 이렇게 홀린 듯이 바라보게 되는지 모르겠다. 나는 언젠가 지옥에 간다. 그 사실을 의심하지 않는다. 지금은 지옥으로 가는 문이 반쯤 열린 상태다.

교무실에는 아직 절반 이상의 교직원이 남았지만 꼼짝도 안 하는 스리이에게 말을 거는 사람은 없다. 어차피 석양을 보게 된다면 여기에서 보는 편이 낫다. 집으로 돌아가서 보는 석양은 적나라한 공포 그 자체니까.

휴일이라도 되면 온종일 어두컴컴한 방에서 꿈쩍도 하지 않고 멀뚱하니 앉아 있다. 저녁이 되기 전에 어딘가로 외출하겠다는 생각을 한다. 하지만 결국 나가지 못한다.

비바람이 몰아치는 날은 아주 잠시나마 안식이 주어진다. 쉬지 않고 내리는 빗방울이 지은 지 30년이 지난 주택을 음산한 기운으로 채우지만, 그래도 눈이 부시도록 부엌을 가득 채우는 저 사악한 석양보다는 훨씬 낫다.

저번 주 일요일도 아주 화창했다. 스리이는 다다미방에 앉아 꼼짝도 하지 않고 장지문에 비친 태양이 저물어가는 모습을 지켜보았다. 이윽고 천천히 머리를 돌린다. 시선이 자연스럽게 부엌을 향한다. 바닥에 난 문. 예전에는 식품창고였던 곳이다. 그곳이 삐걱거리는 소리를 내며 열릴 듯이 보인다.

이런 멍청이, 그럴 리가 없어. 이건 그냥 환각이라고.

자신을 아무리 타일러도 효과가 없다.

이윽고 문이 천천히 열리며 안에서 작은 손이 나온다. 빨간 매니큐어를 칠한 핏기 없는 하얀 손이.

거짓말이야. 그럴 리가 없어.

눈을 꾹 감았다 뜨니 환영은 사라진다. 하지만 그건 정말 한순간이었다. 또다시 문이 열릴 듯이 흔들리자 이번에는 마룻바닥

전체가 마치 살아있는 생명체처럼 꿈틀대기 시작한다.

환영은 몇 번을 되돌리든 간에 집요하게 반복된다. 느릿한 움직임으로, 또는 영화 필름처럼 화면이 하나씩 넘어가며 부엌 마루 밑에서 밖으로 나오려 한다.

물론 여기는 부엌이 아니다. 하지만 부엌을 빨갛게 물들이는 저 석양이 여기까지 비쳐 들어 오니까…….

스리이는 저녁놀의 빨간 빛에서 필사적으로 시선을 거둬들였다. 기분이 몹시 우울해지면서 두근거림이 심해진다. 항생제를 복용하고 싶은 마음이 굴뚝같지만 이미 하루 허용량인 20밀리그램을 넘겼다. 게다가 약을 먹으면 이유 없이 공격적으로 변하거나 환각이 오히려 심해지기도 한다.

이대로 내버려둘 수밖에.

스리이는 기력을 있는 대로 긁어모아서 일어섰다. 불안한 발걸음으로 세면대에 가서 찬물로 얼굴을 씻는다. 물론 그렇게 해도 아무 효과가 없으리란 사실은 잘 알지만 말이다.

내가 왜 게이코와 결혼했는지 당최 모르겠다. 십 년 전 일에 대한 구체적인 경위는 잘 생각나지 않는다. 그 무렵 게이코는 이제 막 서른이었고, 나는 마흔다섯 살이었다. 뭐, 나이 차는 큰 문제가 아닐지도 모르지만 나는 대체로 여자가 좋아할 만한 생김새도 아니고 돈이 많지도 않았다. 아이도 끝까지 만들지 않았으니 아이를 원해서도 아니었겠지.

게이코는 화려한 여자였다. 처음부터 나와는 어울리지 않았다. 그런데도 반한 게 죄였다. 나는 그녀가 바라는 건 뭐든지 다 들어주었다. 그게 잘못이었는지도 모른다. 아니다. 내가 뭘 어떻게 했든지 간에 결국 결과는 똑같았을 터다.

스리이의 머릿속에 프렌치 레스토랑의 광경이 떠오른다. 나다모리 교장에게 초대받아 부부가 함께 외출했을 때다. 처음 만난 교장은 키가 크고 풍채가 좋으며 매부리코에 눈이 컸다. 요컨대 일본인답지 않은 외모였다. 물건도 일본인과는 달리 클 것 같았다.

지금 생각해 봐도 게이코가 노골적으로 아양 떠는 모습이 눈에 거슬린다. 눈을 위로 치켜뜨고 새 같은 목소리로 교성을 높이며 교장의 넓적다리에 마구 손을 얹었다. 마치 품에 안기듯이 기대는 기생 같은 모습이었다.

그에 비해 나는 익숙하지 않은 테이블 매너에 힘들어하며 교장이 펼치는 화제를 따라가지 못하고 쩔쩔맸다. 이럴 때는 초대한 측도 아내와 같이 와야 한다는 상식조차 모르는 듯했다.

게이코, 그 여자는 그때도 여러 차례 교장과 눈짓을 주고받으며 나를 웃음거리로 만들었다. 기억에 남은 영상을 재생하면 그런 사실은 쉽게 확인된다. 굳이 그러지 않는 이유는 진실을 알고 상처받는 일이 두려워서다.

두 사람은 전부터 알고 지낸 사이로 보였다. 게이코는 나와 결혼하기 전에 파견회사에서 근무한 적이 있고 한때 신코 재단에서 사무도 봤다.

애초에 교사로서 내세울 것 하나 없는 내가 그런대로 사립 고등학교에 취직자리를 얻은 이유는 나다모리 교장과 게이코의 관계 외에는 마땅히 떠오르는 게 없다. 그 명백한 사실조차 생각하지 않으려고 했다. 나는 눈을 감고 귀를 막고 단지 평온하고 무사히 하루하루를 보내기만을 바랐다.

마침내 그날의 영상이 떠오르기 시작했다. 나다모리 교장을 자신의 집으로 불렀을 때 그는 조금 창백한 얼굴이었다. 넥타이는 비뚤어졌고, 흐트러진 머리카락은 이마를 덮었다. 스리이는 '언젠가는 불륜이 들키리라고 각오했나 보군'이라고 생각했다. 어떻게든 될 거라고 이 일을 우습게 봤겠지. 교장으로서의 권력도, 아버지에게서 상속받은 유산도 있다. 나 같은 신참 교사에게는 잠깐 사죄하는 모습을 보이고 섭섭하게는 안 한다고 말하며 나중에는 위자료를 주고 끝낼 속셈이 틀림없다.

그렇지만 그런 뻔뻔스러움을 신이 용서할 리 없다. 스리이는 우선 두 사람이 호텔에서 나오는 장면을 찍은 사진을 건넸다. 교장은 슬쩍 보고 고개를 돌린다.

"증거라면 아직도 많아."

스리이가 그렇게 말하니 미안하다고 말하며 바닥에 손을 짚고 깊숙이 머리를 숙였지만 그런 행동은 단순한 연기일 뿐, 진심이 조금도 담기지 않았다는 사실은 불 보듯 뻔했다.

스리이는 그 자리에 게이코를 불렀다. 게이코는 될 대로 되라는 식으로 행동했다. 사과 한마디 없을 뿐만 아니라 그렇다면 이혼하자며 정색하고 나오는 형편이었다.

"그런가. 그러는 게 좋을지도 모르지."

스리이가 그렇게 말하자 게이코는 막말을 해댔다.

"당신처럼 기분 나쁜 도마뱀 같은 남자를 참아주며 지금까지 같이 살아줬잖아? 오히려 내가 감사 인사를 받아야 해. 그럴 생각이라면 재깍재깍 이혼신고서에 도장 찍어. 어차피 재산이라고는 이 집 정도밖에 없지? 그러면 아무것도 필요 없어. 당신 쪽이 위자료가 필요하다면 이 사람이 내줄 테니까."

"그렇군. 알았어. 그렇다면 이것으로 끝내지. 이혼처럼 귀찮고 힘든 짓은 안 할 거니까."

"뭐야, 도대체 무슨 소리야?"

스리이는 숨겨둔 쇠지레를 꺼내 날카로운 눈으로 노려보는 게이코의 머리에 일격을 가했다. 게이코는 바닥에 정좌한 교장의 바로 눈앞에서 졸도했다.

스리이는 거기서 멈추지 않고 쇠지레를 크게 치켜들어 게이코의 후두부를 십여 발정도 후려갈겼다. 게이코의 머리는 고두叩頭하듯이 몇 번이나 바닥에 튕겼다. 두개골이 부서지는 둔탁한 소리가 방 안에 울려 퍼졌다. 나다모리 교장은 완전히 기세가 꺾였다. 게이코의 핏방울이 드문드문 묻은 얼굴로 이를 덜덜 떨었다. 부엌 창으로 들이치는 석양은 숨 막힐 듯이 눈부셨다.

"힘내서 잘 파는 게 좋을 거야. 밤중까지 안 끝나면 집에 돌아가서 부인에게 꾸며낼 말이 없잖아?"

스리이는 속옷 한 장만 걸친 채 부엌 마루 밑의 땅을 파는 나다모리 교장을 독설로 독려했다.

"이런, 이런 일을 저지르다니 언젠가는 경찰한테 들킬 거야."

교장은 이마에서 폭포수 같은 땀을 흘리며 망연하게 중얼거렸다.

"잠꼬대는 작작 해. 들켰을 때는 당신도 공범이니까."

"공범?"

교장은 입을 떡 벌리고 반론한다.

"당연하잖아? 지금 당신은 시체 처리를 돕고 있어. 안 그런가?"

"그건 스리이 자네가, 자네가 협박해서……."

"그런 변명이 경찰에게 통하리라고 생각해? 공범이라면 그나마 낫지. 여차하면 살인범은 당신이고 나는 도왔을 뿐이라고 말할 거야. 그렇게 되면 당신에게 유리한 결말이 나올 리 없겠지? 이쪽은 불륜의 증거를 모아놨으니까 말이야."

"그런 말도 안 되는……!"

교장은 진심으로 기겁해서 눈을 크게 떴다.

"뭐가 말이 안 되는지 모르겠고."

스리이는 험악한 눈초리로 나다모리 교장을 봤다.

"그럼 여기서 죽든가. 나는 말이야, 처음부터 당신도 죽일 생각이었어. ……옛날부터 간통하는 놈들은 사지를 넷으로 자르는 게 법도였거든."

쉿소리 섞인 목소리로, 사람을 위협하는 깡패의 말투와는 거리가 먼 가래 낀 가느다란 목소리였지만, 그게 오히려 생생하게 들렸는지 교장은 부들부들 떨었다. 지금까지보다 더 필사적으로 마루 밑을 파냈다. 파낸 흙은 금세 부엌에 빈틈없이 깔린 신문지 위로 솟아올랐다. 꼭 조그만 버력더미 모형 같았다.

"여기를 나가서 곧바로 경찰서로 뛰어가도 좋아. 그렇다 해도 잘 생각해 봐. 재판을 하면 당신이 무죄라고 해줄까? 당신들이 저지른 간통이 원인이라는 사실이 백일하에 드러나고 시끄럽게 스캔들이 나겠지. 당신 같은 유명인은 많은 걸 잃게 되지 않을까? ……나는 말이지, 이제 잃을 게 아무것도 없어. 언제 사형을 당하든 상관없다고."

지금까지 살아오면서 이렇게 수다스럽게 이야기한 적이 있었던가? 나다모리 교장은 정상이 아닌 상황에 놓인 나머지 완전히 정신이 이상해졌다. 스리이가 말한 대로 마루 밑에서 기계적으로 삽을 움직여 두더지처럼 계속해서 구멍을 파나간다. 구멍의 깊이가 충분해지자 스리이는 게이코의 시체를 넣으라고 지시했다.

교장은 구멍 안에 선 채로 부엌 바닥에 놓인 모포로 싼 시체를 들어 올리려다가 균형을 잃었다. 게이코의 시체가 데굴데굴 굴러 나온다. 스리이는 무감각하게 그 광경을 바라봤다. 인간은 죽으면 볼품없는 고깃덩어리로 변한다. 그 뒤에는 썩어 없어지기를 기다릴 뿐이다.

창문으로 들어오는 피 같은 색의 석양빛을 받으며 나다모리 교장이 시체를 구멍 속으로 끌어넣었다. 빨간 매니큐어를 칠한 게이코의 손이 마치 가고 싶지 않다고 떼를 쓰듯 구멍의 가장자리에 걸렸다.

그게 마지막으로 본 게이코의 모습이었다. 교장은 평소의 나태한 이미지를 말끔히 없애려는 듯이 부지런히 움직였다. 시체를 구멍 바닥에 내려놓고 위에서 흙을 덮는다. 식품창고 문을 닫은 뒤에는 윤곽이 뚜렷한 얼굴에 홀린 듯한 표정을 띠고 걸레질을 했다. 시체에서 흘러나온 핏자국과 자금자금한 모래를 훔친다.

시간이 자정을 지날 즈음 부엌은 적어도 겉보기에는 원래의 모습을 되찾았다. 나다모리 교장은 비틀거리는 발걸음으로 스리이의 집을 떠났다. 스리이는 좀처럼 마시지 않는 위스키를 머그잔에 가득 따라서 천천히 시간을 들여 모두 마셨다. 새벽 3시가 지나고서야 잠자리에 들었다. 머릿속에서 기억이 빙글빙글 소용돌이쳤다.

그리고 그날 이후 아주 세밀한 회상과 환각으로 채색된 악몽

같은 날이 시작됐다.

꽤 오랫동안 서서 이야기를 나누었다. 도중에 버스를 타고 마치다역에 도착했을 때는 이미 석양이 서쪽 하늘을 붉게 물들이기 시작했다.

“어쨌든 앞으로는 꼭 조심해야 해. 어디까지나 내 감이지만 이미 상당히 위험한 상황이란 느낌이 들어.”

“뭐야 그거. 너무 겁주지 마.”

가타기리가 하야미에게 항의한다.

“아니, 딱히 겁을 주려는 의도는 아니었어.”

하야미가 평소에 보이던 장난스러운 태도는 자취를 감추었다.

“도립 OO고등학교의 네 명도 설마하니 자신들을 노릴 줄은 생각도 못했겠지. 위험을 느꼈을 때는 이미 늦었던 거야.”

세 사람은 잠시 입을 다물었다. 나고시가 결국 참지 못하고 침묵을 깼다.

“저기 말이야, 너무 막말하지 마. 그 네 명은 자살이었어. 살해당했다는 증거는 어디에도 없잖아?”

“그래, 증거는 없지. 증거는 말이야.”

“가타기리도 하야미도 하스미가 싫으니까 범인으로 만드는 거지? 탐정놀이를 즐기려는 거 아냐?”

아무도 웃지 않았다.

퇴근길로 보이는 직장여성이 세 명의 옆을 지나 또각또각 구두 소리를 내며 역의 계단을 올라갔다.

"……우선 도립 OO고등학교 사건에는 이 이상 관여하지 않는 편이 좋겠어. 나머지는 내가 조금 조사해 볼게."

"조사해 본다고? 도대체 뭘 할 생각이야?"

"전부터 말했잖아? 나는 누군가가 우리 학교에 도청기를 설치했다고 확신해."

"너무 위험한 일은 하지 마."

가타기리는 자기도 모르게 애원하듯이 말이 나와서 후회했다. 아직 수학여행 때의 일을 용서하지 않았는데…….

"내 걱정은 하지 마."

하야미는 자신만만하게 말한다.

"나보단 너희 둘이 더 걱정돼. 가타기리는 좀 어때?"

"어떻다니?"

"예의 그 직감 말이야. 뭔가 위험한 조짐이라든가 그런 거 느끼지 않았어?"

가타기리는 다시 생각해 봤다. 직감이 모든 일을 알려주지는 않지만 지금으로서는 그렇게 절박한 징조는 없는 듯하다.

오늘 아침 수업 시간에 스리이에게 느꼈던 공포까지 굳이 말할 필요는 없겠지. 특히 수업 도중에 아무 맥락도 없이 갑자기 이쪽을 바라보며 옅은 웃음을 띠었을 때는 무심코 등줄기가 서늘해졌지만…….

"아니, 특별히 없어."

"그래? 다행이다."

"나도 특별히 없었다고 생각해."

나고시도 골똘히 생각하며 말한다.

"그래?"

하야미는 차갑게 응답했다.

"……그럼 내일 보자."

하야미가 갑자기 손을 흔들고 번화가 쪽으로 발길을 돌린다.

"어? 너 어디 가?"

"밤놀이 좀 가려고."

가타기리는 눈살을 찌푸렸다.

"하야미, 설마 아직도 대마초 같은 거 해?"

순간 하야미의 표정이 어두워졌지만 곧바로 무표정으로 돌아와 "바보"라고 말하고 인파 속으로 걸어 들어갔다. 가타기리는 강하게 내리쬐는 석양으로 붉게 물든 뒷모습을 배웅하면서 말로 설명하지 못할 불안에 휩싸였다.

스리이는 회상이 끝난 뒤 한 번 더 세면대에서 얼굴을 씻고 빗을 꺼내서 머리를 정갈하게 매만졌다. 그렇게나 심한 공포를 느꼈는데도 기분은 다시 원래대로 되돌아왔다. 교무실로 돌아간다.

운 좋게도 하스미는 평소와 달리 일찍 귀가한 듯하다. 오스미 주임이나 기타바타케 등 여러 선생님이 남아 있었지만 당연히 아무도 스리이에게 말을 걸지 않는다.

스리이는 교장실로 향했다. 나다모리 교장이 이미 귀가했다는 사실은 알고 있지만 예의상 노크를 했다. 옷 안쪽 주머니에서 열쇠고리를 꺼내 교장을 협박해서 만든 여벌 열쇠로 문을 열었다. 허락도 받지 않고 익숙한 교장실로 들어가 방 불을 켜지 않고 컴퓨터 전원을 켰다. 비밀번호를 입력하고 교장과 교감만이 열람 가능한 직원 기록을 검토한다.

하스미 세이지는 보면 볼수록 한없이 흥미로운 기록을 가졌다. 어째서 더 빨리 보지 않았을까 하고 생각할 정도다. 태어난 곳은 도쿄도지만, 무슨 일인지 중학교 3학년 1학기라는 미묘한 시기에 교토로 전학했다.

어쩌면 무슨 사연이 있을지도 모른다. 그 뒤에는 교토의 유명한 인문계 고등학교를 졸업하고 교토대학 법학부에 입학하지만 겨우 1개월 만에 중퇴한다. 다음해 9월부터 미국 대학으로 유학가서 아이비리그의 대명사인 유명 대학을 졸업, 같은 계열 비즈니스 스쿨에서 MBA를 취득했다.

스리이의 콧잔등에 깊은 주름살이 생겼다. 이렇게 화려한 경력을 가진 인간은 그 자체만으로도 성격에 맞지 않는다. 하스미는 그 후 유럽계 유명한 투자은행인 모르겐슈테른의 북미 지역 총

괄 본사에 자리를 얻는다. 경제 분야에 어두운 스리이조차 이름을 아는 기업이다. 더더욱 엘리트의 냄새가 풀풀 난다.

그런데 하스미는 어째서인지 이곳에서도 2년 만에 퇴직한다. 그리고 귀국 후 도립 OO고교에 들어가 전문 분야가 전혀 다른 교직에 몸을 담았다.

도대체 무슨 일이 있었을까. 추측의 범위를 벗어나지는 않지만 무언가 문제를 일으켰음이 분명하다. 그렇지 않다면 국제금융업계에 머무르며 다른 투자은행이나 펀드 쪽으로 이직했겠지. 안타깝게도 여기에서 무슨 일이 있었는지는 조사가 불가능하다. 하지만 하스미 본인을 뒤흔드는 재료가 될지도 모른다.

스리이는 다른 부분에 신경이 쓰였다. 하스미는 일본 대학에 고작 1개월 동안 재적했다. 이 녀석은 도대체 언제 교직을 이수한 거지?

그 의문은 기록을 읽어 나가는 사이에 풀렸다. 하스미는 '특별면허증'을 취득했다. 이 면허는 특정 분야에 뛰어난 지식이나 경험이 있으면 각 지방공공단체의 교육위원회가 인정한 인물에 한해 교직 과정을 이수하지 않아도 교사 면허를 취득하게 해주는 제도로 1989년부터 시행되었다.

하지만 실제로 민간인 교사가 등용하는 경우는 극소수다. 하스미가 어떻게 교육위원회의 인정을 받았는지는 불명확하지만, 기이할 정도로 자신을 어필하는데 뛰어난 하스미에게 교육위원회를 농락하는 일은 식은 죽 먹기였을지도 모른다.

문제는 그 후다. 하스미는 2년 만에 OO고등학교를 떠났고, 신코 재단에서 운영하는 마치다 고등학교에 초청받았다. 이때는 사가이 교감이 그를 매우 마음에 들어 한 듯하다. 면접 기록에 그를 절찬하는 평가가 적혀 있다.

하스미가 새로 부임했을 때 이전에 도립 OO고등학교에서 일했다는 말을 듣기는 했지만, 지금까지는 그 사건과 연결해서 생각해 볼 일이 없었다.

사건의 개요는 인터넷에서 검색하면 쉽게 나오지만, 단순한 사실의 나열만으로는 정말 알고 싶은 부분까지 알아내기 힘들다. 그래서 어제는 유급 휴가를 내고 일부러 그 학교에 찾아가 사가에를 직접 공략해봤지만 수확이라고는 딱 두 개뿐이었다.

사가에가 하스미의 충직한 지지자라는 점. 그는 하스미의 마인드 컨트롤에서 아직도 벗어나지 못한 듯했다. 그리고 연속 자살 사건으로 경찰이나 매스컴 사이의 알력이 있었는지 학교 측이 조개처럼 입을 꾹 다물고 극단적으로 방어한다는 점이다.

어쩌면 이 녀석은 지금까지 생각한 이상으로 위험한 놈일지도 모른다. 교장에게 압력을 가해 지금이라도 학교에서 쫓아내는 편이 좋겠군.

컴퓨터를 종료하려다 문득 마음을 바꾸었다. 겸사겸사 학생 자료를 열람해 두자는 생각이 들었다.

가타기리 레이카. 특별히 이상한 점은 적혀있지 않다고 생각했지만, 어느 부분인가에서 스리이의 얼굴에 미소가 사라졌다. 학교 상담교사가 정신적으로 조금 불안정해 보인다고 쓴 의견이었다. 초등학교 6학년 때 이렇다 할 이유 없이 담임선생님을 겁냈다고 한다. 본인의 이야기에 따르면, 이 선생님은 나중에 실제로 문제를 일으켜 스스로 교단에서 물러난 듯하다.

가타기리는 신코 마치다에서도 4명의 선생님이 조금 무섭다고 고백했다. 4명의 이름은 각각 A, B, C, D로 적혀 있지만, 실마리가 될 만한 특징이 함께 적혔기에 누구를 말하는지 바로 짐작이 갔다.

체육교사인 소노다와 시바하라, 영어교사인 하스미, 그리고 수학교사인 스리이.

자신도 포함되었다. 어째서 이 4명을 위험하다고 생각하는지는 짐작이 안 가지만 정곡을 찌른 내용이다. 언뜻 봐도 무서운 얼굴을 한 소노다와 시바하라는 둘째 치고 하스미나 자신에게 공포심을 느끼는 학생은 거의 없다.

스리이는 한동안 곰곰이 생각했다. 자신의 정체를 간파한 듯한 태도가 불쾌하다. 게다가 그 일을 상담교사에 말한 것은 더욱 죄가 무겁다. 그 사실만으로도 충분히 엄벌을 받아 마땅하다.

이 녀석은 하스미가 전에 일했던 고등학교에서 일어난 사건을 조사해 볼 생각 같았다. 그 일 자체는 이쪽에 아무 영향이 없지만 혹시 게이코가 실종된 사건으로 화살이 향하게 된다면……. 지나친 생각일지 모르지만 아무래도 선수를 치는 편이 낫겠다.

가타기리 레이카. 가타기리 레이카.

스리이는 텔레비전이 전기 신호를 수신해서 화상을 재현하듯이 기억을 재생해서 가타기라의 영상을 모조리 꺼냈다.

자, 네 약점은 어디냐.

조사하기도 전에 바로 감이 왔다. 강점과 약점은 동전의 앞뒤처럼 서로 밀접하게 관련된 경우가 많다. 가타기리 레이카는 놀라울 정도로 예리한 직감이 강점이다. 그렇다면 약점은 너무 강한 감수성이 초래한 연약한 정신이다.

그래, 그렇군. 그렇다면 네게 한 가지 경고를 해둘까.

그때 묘안이 떠올랐다. 그래. 이 녀석은 하스미를 조사하려던 참이지 않은가. 그러면 그 괴물을 방패로 쓰면 되겠군. 이후로 일체 학교에 관해 쓸데없는 냄새를 맡으러 돌아다니지 않게 말이다.

스리이는 빙그레 미소를 지었다. 만일 들켜도 이 녀석을 협박한 사람은 하스미가 된다. 지금 시점에서 나는 협박할 동기가 없다.

쇠뿔도 단김에 빼라고 했으니 내일 방과 후라도 재빨리 실행해 볼까. 뭐, 조금 무서운 일을 겪을 뿐이지 목숨까지 빼앗을 생각은 아니니 안심해라. 하지만 혹시 그 정도로 네 마음이 망가진다면 그건 용서해 줬으면 좋겠군.

스리이의 기분은 아주 잠시 고양되었지만 귀가 시간이 가까워지자 다시 사그라졌다. 자기 집의 이미지가 머릿속에 떠오른다. 날림공사로 지어 음침한 현관, 어둡고 추운 다다미방, 한밤중에 계속 악몽을 만들어내는 독방 같은 침실, 아닌 밤중에 갑자기 삐걱거리는 소리를 내는 계단, 강렬한 석양빛을 받는 부엌의 지하에는 지금도 여전히 시체가 썩는 중이다.

지금으로부터 30년 전에 신임 교사로 부임하면서 은행에서 대출을 받아 집을 구입했을 때는 자그마한 성취감에 축배를 들었다. 좁고 작은 주택이지만 그 후에 버블경제로 순식간에 집값이 올랐을 때는 밝은 미래가 열린 듯한 기분이었다. 설마, 그 결과가 이럴 줄은…….

이제 그 집은 거치적거리는 족쇄이고 저주일 뿐이다. 부엌 마루 밑에 묻혀 온종일 섬뜩한 존재감을 주장하는 게이코 때문에 팔아치우지도 이사하지도 못한다. 그렇다고 이제 와서 시체를 파내자니 상상만으로도 한기가 든다.

스리이는 역 앞의 선술집에서 일본 청주를 홀짝홀짝 마시며 취기가 돌기를 기다렸다. 항우울제와 알코올의 배합은 금기다. SSRI*뿐만 아니라 삼환계나 사환계처럼 오랫동안 사용되어 온

* Selective Serotonin Reuptake Inhibitors, 한국어로는 선택적 세로토닌 재흡수 억제제라고 하며 우울증이나 불안 장애를 비롯한 몇 가지 인격 장애를 치료하는 데 쓰이는 항우울제의 일종이다.

항우울제 역시 술과 만나면 약리효과가 극단적으로 증폭한다. 자신이 가끔 이상할 정도로 공격적으로 변하는 것도 술과 항우울제를 함께 복용한 후다. 게다가 그 뒤에는 무서울 정도의 환각에 시달린다.

하지만 도무지 맨정신으로 귀가할 기분이 들지 않았다. 선술집에서 가까스로 일어났을 때는 자정이 넘은 시간이었다. 스리이는 게이오센의 하시모토역에서 막차를 탔다. 역 자체가 한산한 시각이어선지 스리이가 탄 차량에는 자신 외에 아무도 없었다. 스리이는 눈을 감고 꾸벅꾸벅 졸기 시작했다.

내 인생은 도대체 어디서 어긋난 것일까.

전철이 천천히 출발한다.

어쩌다 교사 따위가 되었는지 모르겠군. 맞아, 완전히 잊고 있었어. 내가 정말로 하고 싶었던 일은…….

문득 눈앞에 누군가가 서 있음을 알아차렸다. 눈을 뜬 순간 하스미의 웃는 얼굴이 눈에 들어왔다.

오랫동안 기다린 보람이 있다. 교문에서 스리이가 나오는 모습이 보였다. 하스미는 스리이가 버스정류장으로 걸어가는 모습을 확인한 후 경트럭을 타고 반대 방향으로 달렸다. 스리이가 사는 곳은 와카바다이다. 대개 학교 근처에서 버스를 타고 JR 후치노베역까지 가서 전철을 탄 뒤 JR 하시모토역에서 게이오 사가미하라센으로 갈아탄다. 처음에는 하시모토역에 잠복했다가 집까지 뒤를 밟을 생각이었다.

그런데 하시모토역에서 내린 스리이가 역에서 가까운 선술집으로 들어가 버렸다. 하는 수 없이 하스미도 그 가게에 들어가 스리이에게 보이지 않을 위치에 진을 치고 앉아서 함께 시간을 죽였다.

스리이는 어째선지 혼자 살면서도 집에 돌아가기를 두려워했다. 밝은 가게 안에서 스리이가 앉은 자리만이 까맣게 그을어 어두침침한 느낌이었다.

하스미는 탄산주가 담긴 잔을 기울이면서 스리이의 모습을 관찰했다. 이처럼 어둠이 서린 술도 흔치 않지.

스리이는 기계적으로 작은 사기 술잔을 움직이기만 할 뿐 거의 움직이지 않았다. 그 모습을 보자 진흙투성이가 되어 연못가에서 꼼짝도 않고 쉬는 악어가 연상된다.

확실히 이 녀석은 작은 악어일지도 모른다. 학교라는 자그마한 연못에서 주인 행세를 하며 매일같이 메기나 개구리를 상대로 위세를 떨치는 악어. 하지만 작은 연못에 익숙해져 자신보다 강대한 상대는 존재하지 않는다고 깔보다가는 목숨이 위태로워진다. 때때로 후미진 곳에서 거슬러 올라오는 황소상어와 조우하는 일이 절대로 일어나지 않으리라는 법은 없으니까.

두 시간도 넘게 끈덕지게 버틴 끝에 스리이는 겨우 숄더백을 어깨에 걸치고 무거운 엉덩이를 들었다. 슬슬 막차 시간이 다가왔다. 하스미는 충분한 간격을 두고 스리이의 뒤를 밟았다. 스리이는 아무도 없는 칸에 들어가서 긴 의자의 끝에 걸터앉아 눈을 감았다. 하스미는 옆 차량에서 잠시 스리이의 모습을 살폈다. 숙면에는 이르지 않았지만 졸고 있는 듯했다. 전철이 움직이기를 기다려 조용히 차량 사이의 문을 열고 스리이가 있는 곳으로 간다.

하스미는 자신의 숄더백에서 무기를 꺼내 들고 스리이를 내려다보았다. 주위에 사람이라고는 한 명도 없다. 아무도 보지 않는다. 차장이 순회하는 기척도 없다. 이러면 일부러 집까지 따라갈 필요도 없지.

그때 뭔가의 낌새를 느꼈는지 스리이가 눈을 번쩍 떴다. 하스미는 만면에 미소를 띠고 내려다봤다. 스리이가 반응하기 전에 손에 든 블랙잭을 정확히 내려친다. 너무 강하지도 약하지도 않게 익숙한 솜씨로 관자놀이에 일격을 가하자 스리이는 고개를 풀썩 떨어뜨리고는 더 이상 움직이지 않았다.

직접 만든 블랙잭은 폴리에틸렌 쓰레기봉투를 다섯 장 겹쳐서 가는 모래를 채워 넣고 고무테이프로 감아 보강한 무기다. 모래의 중량이 운동량을 전달하여 눈에 띄는 외상을 남기지 않고 뇌출혈을 일으킨다.

다음 정류장인 다마사카이역까지는 2분 정도밖에 안 남았다. 빠른 속도로 일을 진행해야 한다. 하스미는 블랙잭을 잘 챙겨 넣고 스리이의 숄더백에서 어깨끈을 떼어낸다. 그다음 자신의 가방에서도 끈을 떼어낸다. 서류를 가지고 다닐 일이 많은 교직원에게 숄더백은 필수품이다.

두 개의 가방 모두 어깨끈을 쉽게 탈부착하게끔 양 끝에 카라비너* 같은 형태의 쇠고리가 붙어있다. 스리이의 가방끈 길이를 조절해서 교수형에 사용하는 목줄 모양으로 만들어 그의 목에 건다. 양 끝의 쇠고리를 자신의 가방끈 끝에 연결하니 개에게 목줄을 채운 듯한 모양새가 됐다. 끌그물 같은 형태가 된 자신의 가방끈을 삼각형의 전철 손잡이에 통과시키고, 체중을 실어 단번에 당겼다.

체중이 가벼운 스리이는 좌석에서 떠올라, 데루테루보즈**처럼 손잡이에 대롱대롱 매달렸다. 키가 작아서 발끝이 바닥으로부터 몇 센티미터 떴다. 뇌진탕 증상으로 처음부터 의식이 몽롱하더니 지금은 교수형이나 목매어 자살할 때처럼 한 순간에 실신한 모양이다.

하스미는 가방끈의 끝 부분을 전철의 짐 올리는 선반 사이에 끼워서 쇠고리로 고정했다. 그러고 나서 스리이의 구두를 벗겨서 발밑에 가지런히 정리했다. 위험한 순간이었다. 스리이가 거의

* 등반용 자일을 꿰는 금속제의 고리.

** 하얀 천이나 종이로 만든 인형. 일본에는 이 인형을 처마 끝에 달아두면 다음 날 날씨가 갠다는 풍습이 있다.

직후에 소변을 흘렸다. 소변이 바닥과 구두 위로 뚝뚝 떨어졌다. 마무리로 스리이의 목을 조르는 쪽의 가방끈 쇠고리에서 자신의 가방끈을 빼내고 대신 스리이의 가방과 연결해서 숄더백을 고정 장치로 썼다. 스리이의 발끝이 바닥에 닿을락 말락 할 정도로 몸이 조금 내려왔지만 가방이 손잡이에 걸려서 그대로 멈췄다.

전철이 속도를 늦추기 시작했다. 머지않아 다마사카이역에 도착한다. 하스미는 자신의 가방끈을 짐받이 칸에서 떼어내서 원래대로 숄더백에 연결했다. 그리고 전철의 리듬보다 반 박자 늦은 속도로 흔들리는 스리이를 정성 들여 완성한 작품을 감상하듯이 바라본다.

인생이 피곤하기만 한 궁상맞은 남자. 구두를 벗고 전철의 긴 의자에 올라가 합장이라도 하고 난 뒤 손잡이와 숄더백을 사용해 목을 매달았다. 모든 사람의 눈에 그런 딱한 이야기의 주인공으로 보일 터다.

하스미는 숄더백을 어깨에 걸치고 옆 차량으로 이동했다. 다음 역에서 전철이 서자 전철에서 내린다. 일단 감시 카메라에 경의를 표한 뒤 모자를 눈가까지 깊이 눌러쓰고 개찰구를 나왔다. 지극히 자연스럽게 휘파람이 나온다. 선율은 물론 〈모리타트〉다.

새 학기가 시작된 이후에 열린 긴급 교무회의는 기요타 리나의 집이 방화로 전소된 사건과 사나다의 음주운전에 의한 인명

사고에 이어 이제 세 번째였다.

나란히 앉은 교직원들은 아침부터 뜻밖의 뉴스를 듣고 꽤나 망연자실한 상태였다. 어느 누구도 스리이의 죽음을 슬퍼하는 모습을 보이지 않는다. 그러기는커녕 개중 대다수가 속으로는 그가 사라져서 다행이라고 안심한 눈치다.

한편으로는 다들 머릿속으로 왜 집이 아니라 전철에서 목을 매었냐며 화를 내고 있겠지. 텅 빈 막차였다고는 하지만 통근 전철 안에서 목을 매단다는 획기적인 방법으로 죽은 탓에 텔레비전 방송국이나 인터넷 뉴스는 온통 이 화제로 달아올랐다.

"어쨌든 학생들의 동요를 최소한으로 억제해야 합니다."

사카이 교감은 미간에 일자 주름을 깊이 새기며 묵직한 말투로 말했다.

"아슬아슬하게 조간에는 나오지 않았고 텔레비전에서도 익명이었지만, 인터넷 뉴스에서는 스리이 마사노부라고 실명이 밝혀졌기 때문에 이제는 숨기지도 못합니다. 여러분은 일관되게 대응해 주십시오. '스리이 선생님은 불행하게도 마음의 병으로 죽음을 택했지만, 우리 학교에서는 평소에도 계속 학생들에게 생명의 소중함을 가르쳐왔습니다.' 어떤 질문이든 간에 이 말이 기본 대답입니다."

오스미 주임이 손을 든다.

"뭡니까, 오스미 선생님."

"스리이 선생님이 죽음을 선택한 이유 말입니다만, 학생들에게 질문을 받을 경우는 조금 더 자세히 대답해야 하지 않을까요?"

사카이 교감은 얼굴을 찌푸렸다.

"글쎄요. 그건 좀 그렇지 않을까요? 고인의 사생활에 관련된 문제이고……."

"그렇지만 일부 반에서 학생들이 스리이 선생님에게 못된 장난을 쳤다는 이야기도 있습니다."

웅성거리는 소리가 들린다.

"설마 스리이 선생님이 그 일로 괴로워하다가 자살했다고 말씀하고 싶으십니까?"

사카이 교감은 콧방귀를 뀌며 못마땅해했다.

"적어도 학생들 사이에서는 그런 소문이 일어날 가능성이 있습니다. 그에 대해 어떻게 지도할지 미리 방침을 세워야 한다고 봅니다."

하스미가 손을 들고 재빨리 일어났다.

"주임 선생님의 지적이 옳습니다. 하지만 학생지도부의 입장에서 말씀드리자면, 학생들이 하는 장난은 귀엽게 봐줄 만한 수준이었습니다. 기껏해야 교실에 들어갈 때 종이 눈을 날린다든가, 등에 작은 종이뭉치를 던지는 정도입니다. 만약 그걸 알면서도 방치한 책임을 묻는다면 당연히 할 말은 없습니다."

하스미는 교직원 한 명 한 명과 눈을 맞추면서 막힘없이 말했다. 이런 경우 내용은 물론이고 자신 없는 태도 또한 금물이다.

"하지만 스리이 선생님께서 그런 장난에 괴로워하지 않았다는 사실은 여러분도 잘 알고 계십니다. 굉장히 과묵한 성격이셨지만 마음속에 무언가를 숨기고 계신다는 느낌이 드는 분이셨습니다. 저에게는 무서운 선배님이기도 하셨습니다. 멋대로 짐작할 바는 아니지만 자살을 선택하신 이유는 역시 마음의 병이라고 생각합니다."

사카이 교감이 크게 고개를 끄덕였다.

"잠깐만 기다려주세요. 저는 실제 이유가 어떻다는 말씀을 드리는 게 아닙니다."

오스미 주임은 하스미에게 박수라도 쳐줄 분위기를 제지하려는 듯 양 손바닥을 들어 올려 보였다.

"제가 걱정하는 건 실제로 장난에 가담한 학생들입니다. 혹시 그 아이들이 죄의식을 지나치게 느끼면 나중에 커다란 문제로 발전할 지도 모릅니다."

"그게 계기가 되어 연쇄 자살이 일어난다는 말씀이십니까?"

하스미의 반론에 오스미 주임이 놀란 표정을 지었다.

"아뇨, 아무리 그래도 그렇게까지 되지는 않겠지요. 저는 그저 이런 경우에 마음의 치료를 소홀히 했다가 시간이 흐른 뒤에 생각지도 못한 문제가 발생하는 경우가 간간이 발생한다는 말씀을 드리고 싶었습니다. 여하튼 요즘 아이들의 마음은 유리 공예품처럼 깨지기 쉬우니까요."

"그렇군요. 무슨 말씀이신지 잘 알겠습니다. 교감선생님, 이런 방법은 어떨까요. 우선 각 담임선생님들께서 반 학생 전원과 면담해서 치료가 필요하다고 생각되는 학생들의 일람표를 만들어 주십시오. 그런 뒤에 학교 상담선생님도 참여하셔서 한층 더 섬세하게 학생들을 다독여 나갔으면 합니다."

"그거 좋은 방법이군요. 알겠습니다. 그럼 각 반 담임선생님들께서는 오늘 HR시간 후부터 면접을 시작해 주세요."

사카이 교감은 하스미에게 기대는 버릇이 있어 언제나 선선히 제안을 받아들인다. 하스미는 이로써 미즈오치 사토코와 접촉할 대의명분이 또 하나 생겼다는 생각에 속으로 회심의 미소를 지었다.

"그리고 교장선생님께도 한 가지 부탁이 있습니다."

하스미가 화제를 돌리자 지금까지 한마디도 하지 않던 나다모리 교장이 깜짝 놀라 얼굴을 들었다. 수상쩍을 만큼 시선이 허공을 떠돈다.

"에, 저 말입니까? 그…… 저, 뭡니까?"

교직원들은 나다모리 교장이 이상할 정도로 허둥거리는 모습을 기이하게 쳐다봤다.

"오늘 조회 시간에 전교생에게 한 말씀 해주셨으면 합니다. 생명은 역시 소중하다는 내용으로 부탁드립니다. 특히 오스미 선생님이 지적한 점, 스리이 선생님이 돌아가신 일은 누구에게도 책임이 없다는 점을 강조해주시면 감사하겠습니다."

학생지도부에 속했을 뿐 아무런 지위도 없는 하스미가 사실상 교무회의를 마무리를 하고 태연히 교장에게 지도를 내리는 부자연스러운 상황에도 이의를 제기하는 사람은 없었다. 사나다와 도지마, 스리이라는 잔소리꾼 세 명이 사라진 효과는 이럴 때 여실히 나타났다.

"그, 그래요. 알겠습니다. 말하겠습니다. 생명은 소중하니까요. 후우, 물론입니다."

하스미는 지금 한 순간이지만 나다모리 교장이 웃는 모습을 보았다. 당황해서 할 말을 잊었다.

"아니, 그게…… 이런 일이 일어날 줄은…… 제 교직 인생에서도 뭐라고 할까, 굉장히 믿지 못할 사건입니다. 설마하니 그 스리이 선생님이…… 아, 실례합니다."

나다모리 교장이 손수건을 꺼내 눈구석에 댄다. 이 자식 아침부터 술이라도 마셨나? 하스미는 눈썹을 찡그렸다. 좋은 풍채와 안정감밖에 쓸모없는 녀석이면서. 뭐, 좋다. 교장의 이야기는 구태의연하고 지루하기 짝이 없어서 누구의 인상에도 남지 않겠지만, 적어도 우리 학교가 학생들에게 생명의 소중함을 호소했다는 사실만은 어필이 가능했다.

하지만 이번에는 하스미의 예상이 완벽하게 뒤집어지고 말았다.

"여러분. 오늘은 여러분에게 슬픈 소식을 전해야 합니다."

체육관의 연단에 선 나다모리 교장은 학생들을 바라보며 침통한 표정으로 말문을 열었다. 평소에는 학생들이 대답하지 않으면 이야기를 이어 나가지 않지만, 오늘은 분위기가 달랐다. 학생들은 조금 술렁거리다가 얌전히 교장의 다음 말을 기다렸다.

"어젯밤 늦은 시간에 수학을 가르치시는 스리이 마사노부 선생님께서 돌아가셨습니다."

실내는 물을 끼얹은 듯이 조용해졌다. 학생들 대부분이 이미 그 뉴스를 알고 있었지만, 다시 한번 공식 발표를 들음으로써 겨우 실감하기 시작한 듯했다.

"이미 모두가 알고 있을지도 모르겠군요. 스리이 선생님은 스스로 목숨을 끊는다는 슬픈 선택을 하셨습니다. 이 일과 관련해 여러분께 꼭 전하고 싶은 말이 있습니다."

나다모리 교장의 말은 전에 없이 진실하고 박력이 넘쳤다. 학생들뿐만 아니라 교직원들도 한마음으로 훈화를 들었다.

"그것은 생명의 소중함입니다. 여러분은 또 그 이야기냐고 생각할지도 모릅니다. 학교나 매스컴은 이런 사건이 일어날 때마다 귀에 못이 박힐 만큼 생명이 소중하다는 이야기를 합니다. 하지만 제발 오늘만큼은 지금부터 제가 하는 말을 진지하게 들어주세요."

나다모리 교장이 절절하게 호소했다. 아직 본론은 나오지도 않았는데 여학생들 사이에서는 벌써 훌쩍이는 울음소리가 터져 나왔다. 하스미는 놀라웠다. 무능함의 극치라고 생각했던 나다모리 교장에게 이렇게 사람을 끌어당기는 언변이 있으리라고는 생각도 하지 못했다. 여느 때라면 교장의 얼굴을 보기만 해도 학생들의 눈꺼풀은 납처럼 무거워지고, 3분만 지나면 숙면에 빠지는 사람이 속출하는데 말이다.

"……생명은 절대 자신만의 것이 아닙니다. 누군가가 죽음을 선택하면 그 주위에 있는 많은 사람들이 마음 깊이 상처를 받습니다. 아니, 그 사람들의 마음 일부분이 그 사람과 함께 죽는다고 봐도 좋습니다."

이야기를 시작한 지 10분이 지났다. 나다모리 교장은 그 장소에 있는 누구도 들어본 적 없는 열변을 토해냈다. 학생들 사이에서 새어 나오는 소리는 이제 훌쩍이는 울먹임을 넘어 통곡에 가까웠다.

"진심을 담아 말씀하시는 건 좋은데 너무 많이 담으시는 거 아닙니까?"

사카이 교감이 하스미를 향해 소곤거린다.

"그렇군요. 확실히 조금 감정적인 상태이신 듯합니다."

하스미의 의심은 정점에 달했다. 도대체 나다모리 교장과 스리이 사이에 무슨 일이 있었던 걸까.

"스리이 선생님은 마음의 병을 갖고 계셨습니다. 요즘 교육현장에서는 많은 선생님들이 같은 증상을 보이십니다. 그분들 대부분은 스트레스가 그 이유지만, 스리이 선생님은 사정이 달랐습니다. 몇 년 전의 일이지만 스리이 선생님의 사모님께서 갑자기 실종되셨습니다. 믿고 싶지 않을 만큼 불행한 일이었지요."

학생들 사이에서 희미한 술렁임이 시작되었다.

"사모님은 저도 잘 아는 분으로, 굉장히 아름다운 분이셨습니다. 아름다울 뿐만 아니라 머리도 좋고, 상당히 재치도 풍부하셨지요. 그것은 매력적인……."

나다모리 교장은 헛기침을 했다.

"스리이 선생님은 진심으로 사모님을 사랑하셨습니다. 그런 만큼 충격도 크셨지요. 그 이후 스리이 선생님의 마음속에는 계속 사모님이 계셨을 겁니다. 그리고 스리이 선생님은 밤낮을 가리지 않고 사모님의 명복을 비는 나날을 보내셨겠지요. 그건 물론 저도 마찬가지였습니다."

"대체 무슨 소리지?"

사카이 교감이 미간을 찌푸리며 중얼거렸다.

"사람은 모두 마음속에 지옥을 품고 있습니다. 우리는 때때로 억지로 고통의 길을 걸어가야 하는 상황을 맞이하기도 합니다. 그것은 경험하지 않은 사람 이외에는 아무도 모르는 고통입니다. 하지만 거기서 도망치지는 못합니다. 아무리 매일이 고통스럽고 무섭고 절망적이라고 해도 계속 살아가야 합니다. 왜냐면 그것이, 그것이……!"

나다모리 교장은 자신의 감정에 지나치게 몰입한 나머지 말을 잇지 못했다. 수군거림이 점점 커진다.

"하스미 선생님!"

사카이 교감이 소리친다. 하스미는 튕기듯이 뛰어나가서 연단에 올라가 교장을 마이크 앞에서 떼어냈다.

"여러분, 죽어선 안 됩니다! 아무리 죽고 싶어도 계속 살아주세요. 그러면 언젠가는…… 반드시 거기에서 해방되는 날이 옵니다!"

나다모리 교장은 하스미와 소노다에게 양팔을 붙들려 강단에서 내려오면서 남의 눈도 신경 쓰지 않고 울기 시작했다. 학생들 사이에서 자연스럽게 터져 나온 박수 소리는 맹렬한 기세로 높아진 채 언제까지고 멎을 줄 몰랐다.

악의 교전 1

초판 1쇄 펴낸날 2025년 2월 26일

지은이 기시 유스케
옮긴이 한성례
펴낸이 김영정

펴낸곳 현대문학
등록번호 제22-3044호
주소 06532 서울시 서초구 신반포로 321 (잠원동, 미래엔)
전화 02-2017-0280
팩스 02-516-5433
홈페이지 www.hdmh.co.kr

ISBN 979-11-6790-296-2 (04830)
979-11-6790-295-5 (세트)

* 값은 뒤표지에 있습니다.
* 파본은 구입처에서 교환해드립니다.